W0468161

LA ROUTE ÉTROITE VERS LE NORD LOINTAIN

DU MÊME AUTEUR

À CONTRE-COURANT, Flammarion, 2000.
DISPERSÉS PAR LE VENT, Flammarion, 2002 ; 10-18 n° 3644.
LE LIVRE DE GOULD, Flammarion, 2005 ; Babel n° 1361.
LA FUREUR ET L'ENNUI, Belfond, 2008 ; 10-18 n° 4238.
DÉSIRER, Belfond, 2010.

"Lettres des Antipodes"

Titre original :
The Narrow Road to the Deep North
Éditeur original :
Vintage Books / Random House Australia, Sydney
© Richard Flanagan, 2013

© ACTES SUD, 2016
pour la traduction française
ISBN 978-2-330-05787-9

RICHARD FLANAGAN

La route étroite vers le nord lointain

roman traduit de l'anglais (Australie)
par France Camus-Pichon

ACTES SUD

Au prisonnier san byaku san jū go (335).

Mère, ils écrivent des poèmes.

PAUL CELAN

Une abeille s'envole,
titubante,
de la pivoine.

BASHŌ

1

Pourquoi, au commencement des choses, y a-t-il toujours de la lumière ? Dans les premiers souvenirs de Dorrigo Evans, le soleil inonde la salle paroissiale où il est assis avec sa mère et sa grand-mère. Une salle paroissiale en bois. Une lumière aveuglante, et lui, allant et venant d'un pas mal assuré, pénétrant dans cette transcendance accueillante et en sortant pour retrouver les bras des deux femmes. Des femmes qui l'adoraient. Comme s'il avançait dans la mer et retournait vers la plage. Indéfiniment.

Dieu te bénisse, dit sa mère, le serrant dans ses bras avant de le laisser repartir. Dieu te bénisse, mon garçon.

C'était en 1915 ou en 1916. Il devait avoir un an ou deux. Les ombres apparurent plus tard, celle d'un avant-bras qui se dressait, de sa forme noire qui surgissait dans le halo gras d'une lampe à pétrole. Sur une chaise de la petite cuisine sombre des Evans, Jackie Maguire pleurait. Personne ne pleurait à l'époque, sauf les bébés. Jackie Maguire était vieux, quarante ans peut-être, ou plus, et du dos de la main il s'efforçait d'essuyer les larmes sur son visage grêlé. Ou bien était-ce avec ses doigts ?

Seuls ses pleurs restaient gravés dans la mémoire de Dorrigo Evans. Le son de quelque chose qui se brisait. Leur rythme décroissant lui avait rappelé le martèlement sur le sol des pattes arrière d'un lapin pris au piège, seul bruit qu'il connaissait s'en rapprochant. Il avait neuf ans, était entré pour montrer à sa mère une cloque de sang sous l'ongle de son pouce, et ne connaissait rien de comparable ou presque. Il n'avait vu qu'une fois un homme pleurer, spectacle sidérant quand son frère Tom était descendu du train à son retour de la Grande Guerre en France. Il avait jeté son paquetage sur le ballast brûlant et brusquement éclaté en sanglots.

Regardant son frère, Dorrigo Evans s'était demandé ce qui pouvait faire pleurer un homme. Plus tard, les pleurs devinrent une mode et les émotions un théâtre où les acteurs ne savaient plus qui ils étaient dès qu'ils quittaient la scène. Dorrigo Evans vivrait assez longtemps pour assister à ces changements. Et il se souviendrait de l'époque où les gens avaient honte de pleurer. Peur de la fragilité que trahissaient les larmes. Peur des ennuis qu'elles causaient. Il vivrait assez longtemps pour voir des individus recevoir des félicitations qu'ils ne méritaient pas, simplement parce que la vérité aurait pu froisser leurs sentiments.

Le soir du retour de Tom, on avait brûlé le Kaiser dans un feu de joie. Tom ne disait rien de la guerre, des Allemands, des gaz, des chars et des tranchées dont chacun avait entendu parler. Il ne disait rien du tout. Les sentiments d'un homme ne sont pas toujours à la hauteur de ce qu'est la vie. Parfois ils ne sont pas à la hauteur de grand-chose. Tom s'était borné à contempler les flammes.

2

Un homme heureux n'a pas de passé, un homme malheureux ne possède rien d'autre. Devenu vieux, Dorrigo Evans ne savait jamais s'il avait lu cette phrase ou l'avait fabriquée lui-même. Fabriquée, malaxée, concassée. Inlassablement. De même que la roche devient gravier puis poussière puis boue et redevient roche, ainsi va le monde, comme disait sa mère quand il réclamait des explications sur l'état des choses. Le monde est ainsi, répondait-elle. Il est ainsi, mon garçon, voilà tout. Alors qu'il tentait de détacher une pierre d'un affleurement rocheux pour construire un fort et continuer ses jeux, une pierre plus grosse lui était tombée sur le pouce, provoquant sous l'ongle une cloque de sang qui l'élançait.

Sa mère le fit prestement asseoir sur la table de la cuisine où la lampe éclairait le mieux et, évitant l'étrange regard de Jackie Maguire, approcha de la lumière le pouce de son fils. Entre deux sanglots Jackie Maguire prononçait quelques mots. Sa femme avait pris le train pour Launceston avec le plus jeune de leurs enfants la semaine précédente et n'était pas revenue.

La mère de Dorrigo saisit son couteau à découper. Le tranchant de la lame était maculé de graisse de mouton. Elle plongea la pointe dans les charbons ardents de la cuisinière. Une volute de fumée s'éleva et diffusa dans la pièce une odeur de mouton grillé. Elle retira le couteau dont la pointe rougeoyante étincelait, couverte de poussière chauffée à blanc, vision à la fois magique et terrifiante pour Dorrigo.

Ne bouge pas, dit sa mère, s'emparant de sa main avec une poigne qui le choqua.

Jackie Maguire racontait qu'il avait pris le train postal pour aller chercher sa femme à Launceston, mais impossible de la retrouver. Sous les yeux de Dorrigo, la pointe rougeoyante entra en contact avec son ongle, et la cuticule que sa mère brûlait pour y percer un trou se mit à fumer. Il entendait Jackie Maguire :

Elle a disparu de la surface de la terre, madame Evans.

La fumée fit place à un petit jet de sang rouge sombre jailli de son pouce, et la douleur de la cloque de sang comme la terreur inspirée par le couteau rougeoyant s'envolèrent.

Allez ouste ! La mère de Dorrigo le poussait pour qu'il descende de la table. Du balai, mon garçon.

Disparue, disait Jackie Maguire.

En ce temps-là le monde était immense et la Tasmanie était encore le monde. Et des nombreux avant-postes reculés et oubliés que comptait l'île, peu étaient plus oubliés et reculés que Cleveland, le hameau d'une quarantaine d'âmes où vivait Dorrigo Evans. Ancien bagne et relais de diligences ayant sombré dans la misère et l'oubli, il n'en restait qu'un embranchement ferroviaire, une poignée de bâtiments délabrés de style géorgien et quelques maisons éparses en bois avec une galerie couverte de part et d'autre de la porte d'entrée, refuge pour les survivants d'un siècle d'exil et de pénurie.

Sur fond de forêts d'eucalyptus aux branches torses et de mimosas qui ondulaient et dansaient au soleil, les étés étaient torrides et difficiles, les hivers simplement difficiles. L'électricité et la radio n'arrivaient pas encore jusque-là en 1920, on aurait aussi bien pu être en 1880 ou en 1850. Des années plus tard Tom, peu porté sur les métaphores mais, pensait alors Dorrigo, sentant peut-être venir la mort et en proie à la terreur qu'elle engendre chez les vieillards – celle que la vie entière ne soit justement qu'une métaphore et que la vérité se trouve ailleurs –, déclara qu'on aurait dit l'interminable automne d'un monde à l'agonie.

Leur père était cheminot et la famille vivait en bordure de la voie, dans une maison en planches des Chemins de fer tasmaniens. Certains étés, quand l'eau venait à manquer, ils allaient remplir leurs seaux dans le réservoir destiné aux locomotives à vapeur. Ils dormaient sous les peaux des opossums qu'ils capturaient, se nourrissaient des lapins qu'ils prenaient dans leurs collets, des wallabies qu'ils tiraient à la carabine, des pommes de terre qu'ils cultivaient et du pain qu'ils faisaient eux-mêmes. Leur père, qui avait survécu à la dépression de 1890 et vu des hommes mourir de faim dans les rues de Hobart, n'en revenait pas d'habiter ce paradis pour ouvriers. Dans ses moments moins euphoriques il disait pourtant : "On vit comme un chien, on meurt comme un chien."

Dorrigo Evans avait fait la connaissance de Jackie Maguire en passant une partie de ses vacances avec Tom. Pour aller chez son frère, il voyageait de Cleveland au carrefour de la Fingal Valley à l'arrière de la charrette de Joe Pike. Tandis que la vieille jument de trait qui répondait au nom de Gracie trottait gentiment, Dorrigo, ballotté d'avant en arrière, imaginait qu'il se transformait en l'une de ces branches d'eucalyptus incroyablement sinueuses qui caressaient et balayaient le grand ciel bleu. Il humait l'odeur d'écorce humide et de feuilles desséchées, regardait les groupes de loris à bandeau rouge glousser loin au-dessus de lui. Il se gorgeait du chant des roitelets et des méliphages lancéolés, de l'appel des pitohuis qui claquait comme un coup de fouet, le tout ponctué par le trot régulier de Gracie, le grincement et le cliquetis des harnais, des brancards et des chaînes de la charrette, un univers de sensations qui lui revenait en rêve.

Ils longeaient l'ancienne route de la diligence, dépassaient le relais condamné à la faillite par l'arrivée du chemin de fer, désormais presque en ruine et où vivaient plusieurs familles démunies, dont celle de Jackie Maguire. Tous les deux ou trois jours un nuage de poussière annonçait l'arrivée d'une automobile, et des gosses surgis du relais ou des broussailles poursuivaient ce nuage assourdissant jusqu'à avoir les poumons en feu et les jambes en plomb.

Au carrefour de la Fingal Valley, Dorrigo Evans se laissait glisser à terre, saluait de la main Joe et Gracie, et entamait à pied le trajet jusqu'à Llewellyn, un village ayant pour signe distinctif d'être encore plus petit que Cleveland. Une fois à Llewellyn, il coupait à travers les paddocks en direction du nord et, se repérant grâce à l'imposante masse enneigée du mont Ben Lomond, il traversait le bush vers les contreforts du vieux Ben, où Tom travaillait deux semaines sur trois comme chasseur d'opossums. En milieu d'après-midi il arrivait chez Tom : une grotte nichée dans une galerie souterraine au pied d'une ligne de crête. Cette grotte était légèrement plus petite que leur cuisine d'été, et au mieux Tom pouvait tenir debout en courbant la tête. Elle se resserrait comme un œuf à chaque extrémité et la roche en surplomb protégeait l'entrée, ce qui signifiait qu'un feu pouvait y brûler toute la nuit, réchauffant l'intérieur.

Tom, alors âgé d'une vingtaine d'années, demandait parfois à Jackie Maguire de lui donner un coup de main. De sa belle voix, Tom poussait souvent la chansonnette le soir. Ensuite, à la lumière du feu, Dorrigo faisait la lecture de quelques vieux *Bulletins* ou *Smith's Weekly* composant la bibliothèque des deux chasseurs, à l'intention de Jackie Maguire qui ne savait pas lire et de Tom qui prétendait savoir. Ils aimaient surtout quand Dorrigo déclamait le courrier du cœur d'Aunty Rose ou les ballades du bush qu'ils trouvaient "bien tournées", "très bien même". Un peu plus tard, il apprit par cœur à leur intention plusieurs poèmes d'un manuel de son lycée intitulé *Le Parnasse anglais*. "Ulysse" de Tennyson avait leur préférence.

Visage grêlé souriant à la lumière du feu, luisant comme un pudding tout juste démoulé, Jackie Maguire s'exclamait : Ah, ces écrivains d'autrefois ! Ils s'y entendaient pour attacher les mots ensemble, encore plus serré qu'un collet à lapin !

Dorrigo n'avoua jamais à Tom ce qu'il avait vu une semaine avant la disparition de Mme Jackie Maguire : son frère glissant la main sous la jupe de Mme Maguire – une petite femme brune et ardente à l'air exotique – adossée au poulailler derrière l'ancien relais de diligences. Tom enfouissait le visage dans son cou. Dorrigo savait que c'était pour l'embrasser.

Des années durant, il pensa à Mme Jackie Maguire, dont il ne sut jamais comment elle se prénommait, dont la véritable identité était comme la nourriture dont il rêvait chaque jour dans les camps de prisonniers de guerre : à la fois présente et absente, s'insinuant jusque dans son crâne, mais s'évanouissant dès qu'il tendait la main vers elle. Avec le temps, il pensa moins souvent à Mme Maguire ; et enfin elle disparut de ses pensées.

3

Dorrigo fut le seul de sa famille à décrocher le certificat d'études primaires à l'âge de douze ans et à recevoir une bourse pour entrer à Launceston High School. Il était le plus vieux de sa classe. Le jour de la rentrée, à l'heure du déjeuner, il se retrouva sur ce qu'on appelait le terrain d'en haut, une étendue d'herbe sèche et poussiéreuse, jonchée de feuilles et de fragments d'écorce, bordée à une extrémité d'eucalyptus imposants. Il regarda les grands de quatrième et de troisième – certains avec des favoris et déjà une musculature d'homme – former grossièrement deux lignes d'attaque, jouant des coudes et se déplaçant comme s'ils exécutaient une danse tribale. Alors commença la magie des passes. Un joueur donnait un coup de pied dans le ballon en direction de la ligne adverse. Tous ceux qui la composaient s'élançaient vers le ballon et – s'il atteignait une certaine hauteur – bondissaient dans les airs pour l'attraper. Malgré la violence de la lutte pour marquer, le vainqueur était soudain objet de vénération. À lui la récompense – l'honneur de renvoyer d'un coup de pied le ballon vers la ligne d'en face, où le processus se répétait.

Et il en fut ainsi pendant toute l'heure du déjeuner. Inévitablement, les élèves les plus âgés dominaient, engrangeant le plus de points, renvoyant le plus souvent le ballon. Certains des plus jeunes marquaient et tiraient deux ou trois fois, la plupart une seule fois ou pas du tout.

Dorrigo s'était contenté d'observer durant cette première heure. Un autre élève de sixième lui expliqua qu'il fallait être au minimum en cinquième pour avoir une chance de participer – les grands étaient trop forts, trop rapides ; pour éliminer un adversaire, ils n'hésitaient pas à lui mettre un coup de coude en pleine tempe, leur poing dans la figure ou leur genou dans les reins. Dorrigo avait remarqué derrière le *pack* la présence d'élèves plus jeunes, en retrait de quelques pas, prêts à récupérer un ballon envoyé trop haut, qui survolerait la mêlée.

Le deuxième jour, il se joignit à eux. Et le troisième jour, il était juste derrière le *pack* quand, par-dessus les épaules des joueurs, il vit le ballon tournoyer en hauteur avant d'amorcer sa descente vers eux. L'espace d'un instant il s'immobilisa face au soleil et Dorrigo comprit qu'il pouvait l'avoir. Il sentit l'odeur pisseuse des fourmis dans les eucalyptus, les ombres noueuses des branches reculer tandis qu'il se ruait à l'intérieur du *pack*. Le temps se ralentit, il trouva la place nécessaire là où convergeaient à présent les joueurs les plus costauds. Ce ballon tombant du soleil était pour lui, il n'avait qu'à sauter assez haut. Il ne le quittait pas des yeux, mais courir à cette vitesse ne suffirait pas, alors il fit un bond, ses pieds heurtèrent le dos d'un joueur, ses genoux les épaules d'un autre, et il s'éleva dans le rayonnement éblouissant du soleil, au-dessus de tout le monde. Au plus fort de la mêlée, bras tendus, il reçut le ballon et sut qu'il pouvait entamer sa chute, tomber lui aussi du soleil.

Son trophée serré contre lui, il atterrit si brutalement sur le dos qu'il en eut presque le souffle coupé. Entre deux inspirations rauques, il se remit debout et resta là en pleine lumière, tenant ce ballon ovale, se préparant à intégrer le vaste monde.

Tandis qu'il revenait vers eux d'un pas chancelant, les joueurs s'écartèrent avec respect.

Putain, comment tu t'appelles ? demanda un grand.

Dorrigo Evans.

C'était brillant, ton interception, Dorrigo.

L'odeur de l'écorce d'eucalyptus, le bleu agressif du ciel de midi en Tasmanie, si intense qu'il devait cligner des yeux pour éviter d'être aveuglé, la chaleur du soleil sur sa peau lisse, les ombres trapues des autres, l'impression d'être au seuil de quelque chose, d'accéder joyeusement à un autre univers alors que l'ancien demeurait connaissable, palpable, pas encore perdu : de tout cela il avait conscience, comme de la poussière brûlante, des joueurs en sueur, de leurs rires, de la joie étrange et pure d'être avec eux.

Il entendit quelqu'un crier : Tire ! Tire dans ce foutu ballon avant que la cloche sonne et qu'il soit trop tard.

Et en son for intérieur, Dorrigo Evans comprit que depuis le début sa vie le conduisait jusqu'à ce point où il s'était envolé un instant vers le soleil, point dont il s'éloignerait désormais chaque jour davantage. Plus rien n'aurait jamais autant de réalité pour lui. Jamais plus la vie n'aurait autant de sens.

4

C'est qu'il y en a, là-dedans, dit Amy. Allongée près de lui sur le lit de cette chambre d'hôtel dix-huit ans après le jour où il avait vu Jackie Maguire pleurer devant sa mère, elle entortillait les boucles courtes de Dorrigo autour de son index pendant qu'il lui récitait "Ulysse". La chambre se trouvait au troisième étage d'un hôtel décrépi et ouvrait sur une loggia tout en longueur qui – cachant à la vue la route en contrebas et la plage – leur donnait l'illusion d'être assis sur l'océan Austral dont ils entendaient le ressac incessant.

Il y a un truc, répondit Dorrigo. Comme pour faire sortir une pièce de l'oreille de quelqu'un.

Non, ce n'est pas ça.

En effet.

Alors c'est quoi ?

Dorrigo n'en savait trop rien.

Et qu'est-ce que c'est que cette histoire de Grecs et de Troyens ? Il y a une différence ?

Les Troyens étaient une famille. Ils ont perdu.

Et les Grecs ?

Les Grecs ?

Non, les Magpies de Port-Adélaïde. Évidemment que oui, les Grecs. Ils sont dans quel camp ?

Celui de la violence. Mais ce sont eux les héros. Ils ont gagné.

Pourquoi ?

Dorrigo n'en savait trop rien non plus.

Eux avaient un truc, bien sûr. Le cheval de Troie, une offrande aux dieux, mais dans laquelle se cachait la mort des hommes, une chose contenant l'autre.

Alors pourquoi on ne les hait pas, ces Grecs ?

Il ne le savait pas davantage. Plus il y réfléchissait, moins il aurait pu dire pourquoi, ni pourquoi la famille des Troyens était condamnée. Il avait le sentiment que "les dieux", ce n'était que l'autre nom du temps, mais dire une chose pareille serait aussi stupide que laisser entendre qu'on ne peut rien contre les dieux. À vingt-sept ans, bientôt vingt-huit, il était déjà assez fataliste concernant sa propre destinée, sinon celle d'autrui. Comme si la vie pouvait être montrée mais pas expliquée, comme si les mots – tous ceux qui ne désignaient pas directement quelque chose – étaient pour lui ce qui s'en approchait le plus.

Il ne contemplait plus le corps nu d'Amy, la ligne incurvée entre sa poitrine et sa hanche, nimbée d'un halo duveteux, mais l'endroit où, au-delà des portes-fenêtres blanches à la peinture écaillée, la lune formait sur l'océan une route étroite qui échappait à son regard pour s'enfoncer dans les nuages recouvrant l'horizon. On aurait dit qu'elle l'attendait.

Mon dessein ne varie pas,
Voguer au-delà du couchant, et des bassins
D'étoiles de l'Occident jusqu'à ma mort.

Pourquoi tu aimes tant les mots ? demanda Amy.

La mère de Dorrigo était morte de la tuberculose quand il avait dix-neuf ans. Il n'était pas là. Il n'était même pas en Tasmanie mais sur le continent australien, lauréat d'une bourse pour étudier la médecine à l'université de Melbourne. À vrai dire, il n'y avait pas que la mer entre eux. À Ormond College il avait fait la connaissance de fils bien nés, fiers d'une réussite et d'arbres généalogiques qui remontaient plus loin que la fondation de l'Australie, jusqu'à certaines familles de l'aristocratie anglaise. Ils pouvaient dresser la liste des différentes générations, des charges ministérielles, des sociétés, des mariages avec des héritières, des manoirs et des élevages de moutons. Seulement une fois devenu vieux comprit-il qu'il s'agissait surtout d'une fiction dont l'ampleur dépassait tout ce qu'avait pu tenter Anthony Trollope.

À certains égards c'était mortellement ennuyeux, à d'autres, fascinant. Jamais il n'avait rencontré d'individus aussi bardés de certitudes. Les juifs et les catholiques étaient des inférieurs, les Irlandais avaient une sale tête, les Chinois et les Aborigènes n'étaient même pas humains. Non seulement ils le pensaient, mais ils le savaient. Des choses étranges le surprenaient. Leurs demeures en pierre de taille. Le poids de leur argenterie. Leur ignorance de la vie des autres. Leur cécité devant la beauté du monde naturel. Il adorait ses parents. Mais il n'était pas fier d'eux. Leur principale réussite était d'avoir survécu. Il lui faudrait une vie entière pour mesurer quel exploit cela représentait. À l'époque – à côté des honneurs, de la fortune, du patrimoine et de la célébrité dont il découvrait l'existence – il n'y voyait qu'un échec. Et plutôt que de trahir sa honte, il s'était borné à prendre ses distances jusqu'à la mort de sa mère. Aux obsèques, il n'avait pas pleuré.

Allons, Dorry, insistait Amy. Pourquoi ?

Elle remonta lentement son index le long de la cuisse de Dorrigo.

Ensuite était venue la phobie des lieux clos, de la foule, du tramway, du train, des bals, de tout ce qui l'oppressait et occultait la lumière. Il avait des problèmes respiratoires. Il entendait sa mère l'appeler en rêve.

Mon garçon, disait-elle, viens ici, mon garçon.

Mais il ne venait pas. Il avait failli échouer à ses examens. Il lisait et relisait "Ulysse". Il s'était remis à jouer au football australien, cherchant la lumière, le monde entrevu dans la salle paroissiale, se hissant toujours plus haut vers le soleil jusqu'à être capitaine, puis médecin, puis chirurgien, puis au lit dans cet hôtel, à regarder la lune se lever sur la vallée du ventre d'Amy. Il lisait et relisait "Ulysse".

Le long jour décline ; la lune lente grimpe ; des fonds
Marins montent mille voix plaintives. Venez, mes amis,
Il n'est pas trop tard pour chercher un monde nouveau.

Il se cramponnait à la lumière du commencement.

Il lisait et relisait "Ulysse".

Il contempla de nouveau Amy.

Les mots sont la première belle chose qu'il m'ait été donné de connaître, répondit Dorrigo Evans.

5

Lorsqu'il s'éveilla une heure plus tard, Amy s'était mis du rouge à lèvres vermeil, du mascara sur les cils bordant ses yeux du même bleu que la flamme du gaz, et ses cheveux relevés en chignon lui faisaient un visage en forme de cœur.

Amy ?

Il faut que j'y aille.

Amy…

D'ailleurs…

Reste.

À quoi bon ?

Je…

À quoi bon ? Trop souvent…

J'ai envie de toi. Chaque fois que je t'ai près de moi, j'ai envie de toi.

… entendu ça. Tu comptes quitter Ella ?

Tu comptes quitter Keith ?

Il faut que j'y aille, répéta Amy. J'avais dit que je serais là dans une heure. Soirée jeux de cartes. Tu te rends compte ?

Je reviendrai.

Vraiment ?

Vraiment.

Et après ?

Ça doit rester secret.

Nous ?

Non. Enfin, si. La guerre, en fait. Secret militaire.

Quoi ?

On embarque. Mercredi.

Comment ça ?
Dans trois jours à partir…
Je sais quel jour est mercredi. Pour où ?
Pour faire la guerre.
Où ça ?
Comment veux-tu qu'on le sache ?
Vous allez où ?
À la guerre. Elle est partout, cette guerre, non ?
Je te reverrai ?
Je…
Et nous ? Nous ?
Amy…
Est-ce que je te reverrai un jour, Dorry ?

6

Dorrigo Evans vit cinquante ans défiler dans un halètement asthmatique d'installation frigorifique. Déjà le comprimé contre l'angine de poitrine faisait effet, la gêne respiratoire diminuait, le fourmillement dans son bras avait disparu, et même si un violent désordre intérieur auquel les médicaments ne pouvaient rien continuait d'agiter son âme, il se sentait suffisamment bien pour quitter cette salle de bains d'hôtel et retourner dans la chambre.

Regagnant leur lit, il posa les yeux sur l'épaule nue à la chair souple et à la rondeur dont il ne se lassait pas. Sa partenaire souleva en partie son visage damassé par le sommeil et demanda :

Tu parlais de quoi ?

Se recouchant et se blottissant contre elle, il comprit qu'elle faisait allusion à une conversation qu'ils avaient eue plus tôt, avant qu'elle ne s'endorme. Au loin – comme pour défier les sons déprimants du petit matin qui traversaient leur chambre d'hôtel en pleine ville – une voiture fit rageusement vrombir son moteur.

De Darky, lui chuchota-t-il dans le cou comme si c'était une évidence, mais voyant que non, il ajouta : Gardiner. Il lui effleurait la nuque de sa lèvre inférieure à chaque mot. Je n'arrive pas à revoir son visage, dit-il.

Contrairement au tien.

Quelle importance, songea Dorrigo Evans. Darky Gardiner était mort et ça n'avait plus la moindre importance. Il se demanda pourquoi il ne parvenait pas à écrire quelque chose d'aussi simple et évident, ni à revoir le visage de Darky Gardiner.

Le tien, foutrement difficile de ne pas le voir, poursuivit-elle.

Il sourit. Il n'en revenait toujours pas d'entendre des mots comme "foutrement" dans sa bouche. Même s'il la savait foncièrement vulgaire, elle devait à son éducation ce genre de bizarreries de langage tombées en désuétude. Il pressa ses lèvres sèches de vieillard contre son épaule bien en chair. Comment se pouvait-il qu'une femme le fasse encore frétiller comme un poisson ?

Impossible d'allumer la télé ni d'ouvrir un magazine sans que tu pointes le bout de ton fichu nez, continua-t-elle, se prenant à son propre jeu.

Certes, Dorrigo le trouvait omniprésent, ce visage qui ne lui avait jamais spécialement plu. Depuis qu'il avait été révélé au public deux décennies plus tôt, lors d'une émission télévisée retraçant son histoire, il lui souriait partout, des tracts d'organisations caritatives aux médailles commémoratives. Le nez busqué, l'air déconcerté, presque défait, ses cheveux autrefois bruns et bouclés désormais réduits à quelques mèches blanches qui ondulaient vaguement. Durant ces années que la plupart des gens de son âge présentaient comme celles du "déclin", il s'élevait une fois encore en pleine lumière.

Sans s'expliquer pourquoi, il était récemment devenu un héros de la guerre, un chirurgien réputé, le symbole officiel d'une époque et d'une tragédie, à qui l'on consacrait des biographies, des pièces de théâtre et des documentaires. Un objet de vénération, d'hagiographie, d'adulation. Il se rendait compte qu'il partageait certains traits physiques, comportementaux et historiques du héros de guerre. Mais il n'en était pas un. Il avait simplement mieux réussi à vivre qu'à mourir, et il ne restait plus grand monde à pouvoir parler au nom des anciens prisonniers de guerre. Refuser cet honneur aurait semblé une insulte à la mémoire de ceux qui avaient péri. Il ne pouvait pas faire une chose pareille. D'ailleurs, il n'en avait plus l'énergie.

Qu'on l'appelle comme on voulait – héros, lâche, imposteur – il se sentait de moins en moins concerné. Tout cela appartenait à un monde qui lui paraissait de plus en plus lointain et nébuleux. Il se rendait compte que le pays entier l'admirait, même s'il désespérait ses collègues qui devaient désormais travailler avec un chirurgien vieillissant, même s'il était vaguement dédaigné, voire envié, par les nombreux médecins qui avaient agi comme lui dans d'autres camps de prisonniers, mais percevaient avec dépit qu'il leur manquait quelque chose qui lui valait d'occuper la première place dans le cœur de la nation.

Fichue émission de télé, dit-il.

À l'époque, pourtant, toute cette attention ne le gênait pas. Peut-être même s'en réjouissait-il un peu. Mais plus maintenant. Il n'était pas sourd aux critiques de ses contempteurs. Pour l'essentiel il leur donnait raison. Sa célébrité lui semblait tenir au manque de discernement de ses semblables. Il avait évité les erreurs de l'existence les plus flagrantes selon lui, comme la politique et le golf. Mais sa tentative pour lancer une nouvelle technique d'opération des cancers du côlon avait échoué, et, pire, avait pu causer indirectement la mort de plusieurs patients. Il avait entendu son confrère Maison le traiter de boucher. Avec le recul, sans doute avait-il pris des risques inconsidérés. Mais en cas de succès, il savait qu'on aurait loué son audace et son inspiration. Son donjuanisme invétéré et la duplicité qui allait de pair restaient un scandale privé, ignoré du public. Il en était parfois le premier choqué – de cette facilité, cet empressement à mentir, à manipuler, à tromper – et se jugeait avec lucidité, croyait-il. Ce n'était pas son unique prétention, seulement l'une des plus ridicules.

Malgré son âge avancé – il avait eu soixante-dix-sept ans la semaine précédente –, il restait perplexe devant le tour donné par sa nature à son existence. Après tout, c'était la même intrépidité, le même refus des conventions, le même goût du jeu et de la provocation qui lui avaient permis de tenir dans les camps, et l'avaient ensuite conduit dans les bras de Lynette Maison, l'épouse de son confrère Rick Maison, membre comme lui du conseil de l'ordre des chirurgiens, un homme intelligent, éminent, mais si terne. Et dans les bras de quelques autres avant elle. Dans la préface qu'il avait rédigée ce jour-là – sans l'encombrer de révélations inutiles –, il espérait mettre enfin les choses au point avec franchise et humilité, ramener son rôle à celui d'un médecin, rien de plus, rien de moins, et rappeler comme il se devait le souvenir de tous ces oubliés en se concentrant sur eux plutôt que sur lui-même. Quelque part il y voyait une preuve de correction et un acte de contrition nécessaires. En son for intérieur il redoutait toutefois qu'un tel effacement, une telle modestie ne rejaillissent favorablement sur lui. Il se sentait pris au piège. Son visage était partout, mais lui ne voyait plus ceux des autres.

Je me suis fait un nom, dit-il.

C'est de qui ?

Tennyson.

Jamais entendu parler.

“Ulysse”.

Plus personne ne lit ça.

Plus personne ne lit quoi que ce soit. Les gens croient que Browning est un pistolet.

Je pensais que seul Lawson comptait pour toi.

En effet. Quand ce n'est pas Kipling ou Browning.

Ou Tennyson.

Je suis fait de tout ce que j'ai connu.

Ça, c'est de toi, répliqua-t-elle.

Non. C'est seulement très… quel est l'adjectif, déjà ?

Approprié ?

Oui.

Dire que tu peux réciter tous ces vers, reprit Lynette Maison, caressant la cuisse flasque de Dorrigo. Et tant d'autres encore. Mais pas te souvenir d'un visage.

Non.

Sur la mort, c'était Shelley qui lui venait, et Shakespeare. Ils lui venaient spontanément et faisaient tellement partie de sa vie qu'ils étaient sa vie même. Comme si un livre, une phrase, quelques mots, pouvaient contenir toute une existence. Des mots si simples. *Te voilà convié au festin de la mort. Les plus pâles, les plus froids, les plus lunaires sourient.* Ah, ces écrivains d'autrefois !

La mort est notre médecin, dit-il. La pointe de ses seins l'émerveillait. À un dîner ce soir-là, un journaliste l'avait interrogé sur les bombes larguées à Hiroshima et à Nagasaki.

Une fois, peut-être. Mais deux fois ! Pourquoi deux fois ?

C'étaient des monstres, avait répondu Dorrigo Evans. Vous ne pouvez pas comprendre.

Le journaliste avait demandé si les femmes et les enfants étaient des monstres, eux aussi. Et les bébés à naître ?

L'irradiation n'affecte pas les générations suivantes, avait assuré Dorrigo Evans.

Mais là n'était pas la question, il le savait, et par ailleurs il ignorait si les effets des radiations se transmettaient. Longtemps auparavant quelqu'un lui avait assuré que non. Ou que oui. Difficile de s'en souvenir. Ces derniers temps il s'en tenait à un présupposé de plus en plus fragile : ce qu'il disait était vrai, et la vérité, c'était ce qu'il disait.

Le journaliste avait raconté avoir fait un papier sur les survivants, les avoir rencontrés et filmés. Leurs souffrances étaient terribles et elles dureraient toute leur vie.

Ce n'est pas que vous ne sachiez rien de la guerre, jeune homme, avait répliqué Dorrigo Evans. Simplement vous n'en avez appris qu'une seule chose. Or la guerre c'est beaucoup de choses.

Il avait tourné les talons. Puis était revenu sur ses pas.

Au fait, vous savez chanter ?

À présent Dorrigo tentait comme toujours de noyer dans les plaisirs de la chair le souvenir de ce malheureux échange, laborieux et franchement gênant, et il referma la main sur un sein de Lynette, mamelon entre l'index et le majeur. Mais ses pensées étaient ailleurs. À coup sûr, le journaliste relaterait dans de nombreux dîners l'anecdote du héros de guerre qui n'était qu'un vieux bouffon sénile, militariste et partisan de la bombe atomique, et qui lui avait demandé pour finir s'il savait chanter !

Quelque chose chez ce journaliste lui avait pourtant rappelé Darky Gardiner, sans qu'il puisse dire quoi. Pas son visage ni son attitude. Son sourire ? Son arrogance ? Son audace ? Malgré son agacement, Dorrigo avait admiré le refus du jeune homme de s'incliner devant sa célébrité. Une forme de cohérence intérieure – d'intégrité, si on préférait. Ou d'exigence de vérité ? Impossible de trancher. Il n'aurait pas pu nommer un seul tic commun aux deux hommes, un geste, une habitude. Un étrange sentiment de honte le gagna. Sans doute s'était-il ridiculisé. Et avait-il énoncé une contrevérité. Il n'était plus sûr de rien. Sans doute, depuis ce jour où Darky avait été passé à tabac, n'avait-il plus de certitudes.

Je me ferai charognard, chuchota-t-il dans le coquillage rose corail de l'oreille de Lynette, un organe qu'il trouvait indiciblement émouvant chez les femmes, avec son vortex velouté où il voyait toujours une invitation à l'aventure. Il embrassa doucement le lobe.

Tu devrais t'exprimer avec tes mots à toi, dit Lynette Maison. Avec les mots de Dorrigo Evans.

À cinquante-deux ans, elle avait passé l'âge d'avoir des enfants mais pas de faire des folies, et se reprochait l'emprise du vieux chirurgien sur elle. Elle savait qu'il avait non seulement une épouse, mais une autre maîtresse. Voire deux ou trois, soupçonnait-elle. Il la privait même de la gloire sulfureuse d'être la seule. Elle ne se comprenait pas. Il avait l'odeur de levain de la vieillesse. Des tétons flétris en guise de pectoraux ; son ardeur au lit était fluctuante, et pourtant elle trouvait à leurs ébats quelque chose d'étrangement sain qui défiait l'entendement. Avec lui elle éprouvait la certitude inébranlable d'être aimée. Tout en sachant qu'une partie de lui – celle qu'elle convoitait le plus, cette lumière qui l'éclairait de l'intérieur – restait insaisissable, inconnue. Dans ses rêves Dorrigo lévitait toujours à plusieurs centimètres au-dessus d'elle. Dans la journée elle cédait souvent à la rage, aux accusations, aux menaces et à la froideur avec lui. Mais tard le soir, allongée près de lui, elle ne l'aurait échangé contre aucun autre.

Le ciel est tout sale, dit-il, et elle sentit qu'il se préparait une fois encore à se lever. Les nuages s'enfuient toujours, ajouta-t-il, comme si eux-mêmes n'en pouvaient plus.

7

À leur arrivée au Siam début 1943, rien de tel. D'une part le ciel était dégagé et immense. Un ciel familier, croyait-il. C'était la saison sèche, les arbres n'avaient pas de feuilles, la jungle s'ouvrait devant eux, la terre était poussiéreuse. D'autre part il y avait à manger. Pas beaucoup, pas assez, mais la famine ne s'était pas encore installée et la faim n'habitait pas encore le ventre et le cerveau des hommes telle une créature démente. Leur travail pour les Japonais n'était pas non plus devenu cette folie qui les tuerait comme des mouches. C'était difficile, mais pas totalement insensé au début.

Quand Dorrigo Evans baissait les yeux, il voyait la ligne droite que formaient des jalons de géomètre enfoncés dans le sol à coups de marteau par les ingénieurs de l'armée impériale japonaise, ébauche d'une voie ferrée partant de l'endroit où il venait de prendre la tête d'un groupe de prisonniers de guerre silencieux. Ils avaient appris de la bouche des ingénieurs japonais que ces jalons se succédaient sur quatre cent quinze kilomètres, depuis le nord de Bangkok jusqu'à la Birmanie.

Ils indiquaient le tracé d'un gigantesque chemin de fer qui n'en était encore qu'à l'état de plans, d'ordres à première vue irréalisables et d'exhortations grandioses du haut commandement japonais. Un chemin de fer chimérique, né du désespoir et du fanatisme, fait de mythes et d'illusions autant que de bois et d'acier, et de ces milliers de vies sacrifiées pour le construire l'année suivante. Mais la réalité est-elle jamais l'œuvre de gens réalistes ?

On leur avait distribué des machettes, des cordages pourris, et assigné leur première tâche : abattre, débiter et évacuer sur un kilomètre les tecks géants qui poussaient le long du tracé projeté.

Mon père disait toujours : Vous les jeunes, vous ne faites jamais votre part, déclara Jimmy Bigelow en tapotant du bout de l'index la lame émoussée et dentelée de la machette. Je voudrais bien que ce salaud soit là.

8

Plus tard, nul ne s'en souviendra vraiment. À l'image des plus grands crimes, ce sera comme si rien ne s'était passé. Les épreuves, les morts, le chagrin, l'inutilité abjecte et pathétique des immenses souffrances de tant d'hommes : peut-être tout cela n'existe-t-il que dans ces pages et dans celles de quelques autres ouvrages. Un livre peut contenir l'horreur, lui donner forme et sens. Mais dans la vie, l'horreur n'a pas plus de forme que de sens. Elle est là, tout simplement. Et aussi longtemps qu'elle règne, rien dans l'univers ne semble épargné.

L'histoire à l'origine de ce livre débute le 15 février 1942, alors qu'un empire meurt avec la chute de Singapour tandis qu'un autre naît. En 1943, pourtant, le Japon à bout de forces et de ressources perd du terrain, et le besoin d'une ligne ferroviaire devient pressant. Les Alliés envoient par la Birmanie des armes à l'armée nationaliste de Tchang Kaï-chek, et les Américains contrôlent les mers. Afin d'interrompre cette source d'approvisionnement capitale pour l'ennemi chinois et d'attaquer l'Inde par la Birmanie – nouveau rêve fou de ses dirigeants –, le Japon doit fournir ses forces birmanes en hommes et en matériel par la voie terrestre. Or il n'a ni l'argent ni l'équipement nécessaires pour construire l'indispensable chemin de fer. Ni le temps.

La guerre suit toutefois sa propre logique. L'Empire nippon croit en sa victoire : indomptable force de caractère japonaise, que l'Occident ne possède pas et voit comme la volonté de l'empereur ; une force de caractère qui prévaudra selon l'empire jusqu'à la victoire finale. Et pour entretenir une force de caractère si indomptable, nourrir une telle foi, l'empire a la bonne fortune de disposer d'esclaves, asiatiques et européens. Parmi eux, vingt-deux mille prisonniers de guerre australiens dont la plupart se sont rendus lors de la chute de Singapour par nécessité stratégique, avant même que les combats n'aient véritablement commencé. Neuf mille d'entre eux seront affectés à la construction de la ligne ferroviaire. Le 25 octobre 1943, quand la locomotive à vapeur C 5631 parcourra sur toute sa longueur cette Voie ferrée de la Mort – pour l'inaugurer –, tirant derrière elle ses trois wagons de dignitaires japonais et thaïs, elle longera des parterres d'ossements humains, pour un tiers ceux de prisonniers australiens.

Aujourd'hui, la locomotive C 5631 trône dans le musée qui compose pour partie le mémorial de guerre officieux du Japon, le sanctuaire Yasukuni de Tōkyō. En plus de la locomotive C 5631, le sanctuaire abrite le *Livre des âmes*. Une liste de plus de deux millions de noms, ceux des soldats morts à la guerre pour l'empereur du Japon entre 1867 et 1951. Être inscrit dans le *Livre des âmes* en ce lieu sacré garantit l'absolution pour toute mauvaise action. Parmi ces noms figurent ceux des 1 068 hommes condamnés et exécutés pour crimes de guerre après la Seconde Guerre mondiale. Et parmi ces 1 068 noms de criminels de guerre, il y a ceux de militaires envoyés sur la Voie ferrée de la Mort et reconnus coupables de mauvais traitements envers les prisonniers.

Sur la plaque fixée à l'avant de la locomotive C 5631, rien de tout cela n'est mentionné. Ni l'horreur de la construction du chemin de fer. Nulle part n'apparaît le nom des centaines de milliers d'hommes morts pendant les travaux. D'ailleurs personne ne s'entend sur leur nombre. Les prisonniers de guerre alliés ne représentaient qu'une fraction – soixante mille hommes environ – de ceux qui furent exploités pour réaliser ce projet pharaonique. À leurs côtés, deux cent cinquante mille Tamouls, Chinois, Javanais, Malais, Thaïs et Birmans. Peut-être plus. Selon certains historiens, cinquante mille de ces travailleurs réduits en esclavage auraient péri, cent mille selon d'autres, voire deux cent mille. Nul n'en sait rien.

Et nul n'en saura jamais rien. Leurs noms sont déjà oubliés. Il n'existe aucun livre à la mémoire de leurs âmes perdues. Qu'au moins ils aient ce fragment.

Ainsi Dorrigo Evans avait-il conclu en début de journée sa préface au recueil de dessins de Guy Hendricks sur les camps de prisonniers, après avoir demandé à sa secrétaire de lui bloquer trois heures d'affilée pour lui permettre d'achever une tâche qu'il se révélait depuis des mois incapable de mener à bien et qui avait pris un retard considérable. Même terminée, il la voyait comme une nouvelle tentative ratée pour comprendre à quoi tout cela rimait, travestie en une préface qui expliquerait peut-être à autrui ce qu'était la Voie ferrée de la Mort.

Il en trouvait le ton à la fois trop emphatique et trop personnel ; celui-ci lui rappelait curieusement des questions auxquelles il n'avait jamais su répondre. Et alors qu'il avait tant de choses en tête, il n'avait curieusement pas réussi à en consigner une seule par écrit. Tant de choses, tant de noms, tant de morts, et pourtant un de ces noms se révélait impossible à écrire. Il avait esquissé au début de sa préface un portrait de Guy Hendricks et donné un aperçu des événements de la journée où celui-ci était mort, l'histoire de Darky Gardiner incluse.

Mais du détail le plus important de cette journée il n'avait rien dit. Il contemplait sa préface, rédigée à l'encre verte comme à son habitude, dans l'espoir naïf, malgré ses remords, qu'au fond de l'abîme séparant ses rêves de ses échecs, il y aurait peut-être quelque chose méritant d'être lu et où transparaîtrait la vérité.

9

À juste titre, les anciens prisonniers de guerre résument en deux mots la lente descente vers la folie qui avait suivi : *la Ligne*. Depuis, il n'y a plus pour eux que deux sortes d'hommes : ceux qui étaient *sur la Ligne*, et le reste de l'humanité, qui n'y était pas. Voire une seule sorte : les hommes *ayant survécu à la Ligne*. À moins que celle-là même ne se révèle inadéquate : Dorrigo Evans était de plus en plus hanté par la pensée qu'il n'y avait d'hommes que ceux *morts sur la Ligne*. Il redoutait qu'ils soient seuls à avoir en eux la terrible perfection de la souffrance et de la connaissance qui rend pleinement humain.

Regardant à nouveau les jalons de la voie ferrée, Dorrigo Evans vit autour d'eux tant de choses incompréhensibles, incommunicables, inintelligibles, impénétrables, indescriptibles. Des faits objectifs justifiaient la présence de ces jalons. Mais ils n'exprimaient rien. Qu'est-ce qu'une ligne, se demandait-il, qu'est-ce que la Ligne ? Une ligne était quelque chose qui allait d'un point à un autre – du réel à l'irréel, de la vie à l'enfer –, une “longueur sans largeur”, comme la décrivait Euclide dans son manuel de géométrie d'écolier. Une longueur sans largeur, une existence sans signification, le passage de la vie à la mort. Un voyage vers l'enfer.

Dans sa chambre d'hôtel de Parramatta un demi-siècle plus tard, il somnolait, s'agitait, rêvait de Charon, l'immonde passeur qui fait traverser aux morts le Styx jusqu'aux Enfers contre une obole placée sous leur langue. Dans son rêve Dorrigo articulait les mots choisis par Virgile pour décrire le redoutable Charon : effrayant et malodorant, le visage couvert de poils blanchâtres et hirsutes, une lueur féroce dans les yeux, et une cape crasseuse pendue à son épaule noueuse.

Le soir où Dorrigo était couché avec Lynette Maison, il avait un livre à son chevet, comme toujours où qu'il se trouvât, s'étant remis à la lecture vers la cinquantaine. Un bon livre vous donne envie de le relire, avait-il conclu. Un grand livre vous incite à relire votre âme. De tels livres étaient rares pour lui, de plus en plus rares à mesure qu'il vieillissait. Il continuait pourtant sa quête, encore une Ithaque qu'il poursuivait en vain. Il lisait en fin d'après-midi. Il n'ouvrait presque jamais son livre le soir, car celui-ci lui servait de talisman ou de gris-gris – tel un dieu familier qui aurait veillé sur lui et l'aurait transporté sans encombre dans le monde des rêves.

Celui de ce soir-là lui avait été offert par une délégation de Japonaises venues demander pardon pour les crimes de guerre du Japon. Elles étaient arrivées avec cérémonie, munies de caméras vidéo et chargées de cadeaux, dont l'un était insolite : un recueil de traductions de poèmes de mort, à cause d'une tradition qui voulait que les poètes japonais composent un ultime poème. Il avait posé le recueil sur la table de chevet en bois sombre, près de son oreiller, juste à la hauteur de sa tête. Il croyait que les livres possédaient une aura protectrice, que sans l'un d'eux auprès de lui, il mourrait. Il pouvait facilement dormir sans une femme à côté de lui. Jamais il ne s'endormait sans un livre.

10

Parcourant le recueil plus tôt dans la journée, Dorrigo Evans avait été fasciné par un poème précis. Sur son lit de mort, Shisui, l'auteur de haïkus du XVIIIe siècle, avait finalement répondu à ceux qui lui demandaient un ultime poème, saisissant son pinceau pour le peindre avant de mourir. Sur la feuille, ses disciples stupéfaits virent qu'il avait peint un cercle.

Le poème de Shisui roulait sur lui-même dans le subconscient de Dorrigo Evans, un vide contenu, un mystère sans fin, une largeur sans longueur, la roue du destin, l'éternel retour : le cercle, antithèse de la ligne.

L'obole laissée dans la bouche des morts pour payer le passeur.

11

Le voyage de Dorrigo Evans pour rejoindre la Ligne passait par un camp de prisonniers sur les hauts plateaux javanais où, en tant que colonel, il s'était retrouvé commandant en second d'un millier de soldats en captivité, des Australiens pour la plupart. Pour occuper ces heures interminables où ils sentaient leur vie s'écouler goutte à goutte, ils faisaient du sport, organisaient des programmes d'éducation et des concerts, évoquaient leur patrie avec lyrisme et entamaient l'œuvre de leur vie en peaufinant leurs souvenirs du Moyen-Orient : caravanes de chameaux chargés de blocs de grès au crépuscule ; ruines romaines et châteaux des croisés ; mercenaires circassiens à long manteau noir gansé d'argent et à toque noire d'astrakan ; grands soldats sénégalais qui les dépassaient, leurs rangers autour du cou. Ils se remémoraient avec nostalgie les jeunes Françaises de Damas ; ils se rappelaient avoir crié depuis l'arrière des camions : *Salauds de juifs !* aux Arabes qu'ils croisaient en Palestine, jusqu'au moment où ils avaient rencontré les ouvrières arabes de Jérusalem ; et *Salauds d'Arabes !* aux juifs, jusqu'à ce qu'ils voient les jeunes filles d'un kibboutz, en short bleu et chemise blanche, insistant pour leur donner des filets d'oranges. Ils se tordaient de rire une énième fois en racontant l'histoire de Yabby "Morpion" Burrows, qui semblait avoir emprunté ses cheveux à un échidné et passait toutes ses journées dans les bordels du Caire, d'où il revenait en se grattant frénétiquement l'entrejambe et en demandant, après y avoir jeté un coup d'œil : Où j'ai bien pu attraper ces bestioles ? Sûrement dans ces foutues toilettes égyptiennes, hein ?

Pauvre vieux Yabby, répétaient-ils. Pauvre enfoiré.

Pendant longtemps il ne leur était pas arrivé grand-chose. Dorrigo avait rédigé des lettres d'amour pour ses amis sur les tables des cafés du Caire poissées par les éclaboussures de vin de palme, les désirs charnels cachés sous d'éternelles forfanteries qui commençaient invariablement par : *Je t'écris à la lumière des tirs d'obus…*

Puis étaient venus les rochers, les crottes de chèvres et les feuilles d'oliviers desséchées de la campagne de Syrie, où sous le poids de leur chargement ils glissaient et dérapaient dans la pierraille, croisant à l'occasion le cadavre boursouflé d'un Sénégalais, gardant leurs pensées pour eux tandis qu'au loin ils entendaient le feu des mitrailleuses, les détonations et les déflagrations des combats et des escarmouches. Les morts, leurs bras et le contenu de leur paquetage éparpillés comme les pierres – partout, inévitables – décourageaient toute parole, toute réaction, sauf les efforts pour éviter de marcher sur leurs corps informes. L'un des trois muletiers chypriotes de Dorrigo Evans lui avait demandé où ils se dirigeaient au juste. Il n'en avait pas la moindre idée, mais comprit aussitôt qu'il fallait dire quelque chose pour les inciter à continuer ensemble.

Une mule s'était mise à braire, il se frotta le coin de l'œil pour retirer un énorme grain de sable et inspecta du regard le champ de sorgho où ils se trouvaient avant de se concentrer sur les cartes, la sienne et celle du muletier, qui ne s'accordaient sur aucun détail significatif. Finalement il sortit sa boussole : elle contredisait les deux cartes, mais comme pour beaucoup de ses décisions, il se fia à son instinct qui le trompait rarement et, dans le cas contraire, permettait au moins d'avancer, ce dont il avait fini par comprendre que c'était souvent l'essentiel. Alors qu'il était commandant en second de l'unité chargée des premiers soins aux blessés de l'Australian Imperial Force près de la ligne de front, ils avaient reçu l'ordre de démonter leur hôpital de campagne dans le chaos d'une retraite tactique qui ferait place, le lendemain, à la confusion d'une offensive stratégique.

Pendant que l'on évacuait en camion le personnel de l'hôpital loin derrière la ligne de front, il était resté avec le matériel pour attendre le dernier des camions. Au lieu de quoi il hérita d'une caravane de vingt mules, de trois muletiers chypriotes, et de l'ordre de rejoindre avec son matériel un village proche de la nouvelle ligne de front, à une trentaine de kilomètres plus au sud d'après la carte des muletiers, à une quarantaine plus à l'ouest d'après la sienne. De petite taille et bavards, ces Chypriotes faisaient eux aussi partie du carnaval des forces alliées combattant en Syrie contre le carnaval des forces françaises de Vichy, guerre minuscule au sein d'une guerre à plus grande échelle, et dont personne ne garderait le moindre souvenir.

12

Ce qui aurait dû prendre deux jours avait duré la majeure partie de la semaine. Le deuxième jour, sur une piste escarpée conduisant dans la montagne, Dorrigo et ses trois muletiers avaient croisé une compagnie de sept mitrailleurs tasmaniens dont le camion était en panne. Un jeune sergent du nom de Darky Gardiner à leur tête, ils se dirigeaient vers la même destination qu'eux. Ils avaient transféré leurs mitrailleuses Vickers, leurs trépieds et leurs boîtes métalliques de munitions sur les mules disponibles, et tout le monde avait repris la route, Darky Gardiner chantonnant parfois tandis qu'ils grimpaient toujours plus haut sur des pentes rocheuses et des éboulis, franchissaient des cols de montagne, traversaient des villages en ruine où se succédaient les corps en décomposition, les murets de pierre branlants, à moitié détruits, le tout dans cette même odeur d'huile d'olive renversée et de chevaux morts, parmi les chaises retournées, les tables et les lits brisés, les maisons délabrées au toit éventré, avec les canons de soixante-quinze de l'ennemi qui pilonnaient sans relâche devant et derrière eux.

Redescendus dans la plaine, ils longèrent d'autres murets en pierre sèche n'offrant aucune protection contre les obus de vingt-cinq aux hommes qui gisaient désormais en paix parmi les débris de leur paquetage, leurs bras arrachés et leurs casques français. Ils poursuivirent leur marche au milieu des cadavres : ceux dissimulés derrière des parapets de pierre en forme de croissants, remparts dérisoires élevés contre la mort ; ceux au ventre gonflé dans un champ de sorgho que l'eau jaillie d'une canalisation crevée par un obus avait transformé en marécage hideux ; les quinze morts d'un hameau de sept maisons à l'intérieur desquelles ils avaient tenté d'échapper au pire ; la femme gisant devant un minaret décapité, le contenu de son modeste baluchon dispersé dans la poussière de la rue, ses dents plantées dans une citrouille ; les restes puants de corps déchiquetés dans l'épave calcinée d'un camion.

Après coup, Dorrigo Evans revit le joli motif de l'étoffe du baluchon, ses fleurs rouges et blanches un peu passées, et il eut vaguement honte de ne pas se souvenir de grand-chose d'autre. Il avait oublié le goût âcre de la poussière de grès en suspens autour des maisons démolies, les émanations des carcasses d'ânes efflanqués ou de celles des malheureuses chèvres, les senteurs des terrasses détruites et des oliveraies dévastées, la puanteur aigre des explosifs, les relents écœurants de l'huile d'olive répandue sur le sol, le tout se mêlant pour former une seule odeur qu'il associait désormais aux êtres humains en péril. Ils avaient fumé pour tenir les morts à distance de leurs narines, blagué pour les empêcher de leur ronger l'esprit, mangé pour se rappeler qu'eux-mêmes étaient en vie, et Darky Gardiner avait pris des paris sur ses risques de se faire tuer, convaincu que ses chances augmentaient sans cesse.

Traversant plusieurs champs de maïs à minuit, ils étaient tombés, dans la lumière verte des fusées éclairantes, sur un village en ruine que les Français avaient inexplicablement abandonné après l'avoir arraché aux Australiens au prix de combats acharnés. Les mortiers utilisés par les Français pendant leur assaut avaient transformé les Australiens en choses n'ayant plus figure humaine, de la viande séchée rouge sombre et des viscères avariés, des ossements striés, fracassés, et ces visages figés dans un rictus qui leur découvrait les dents, ces terribles dents de la mort que Dorrigo commençait à voir dans chaque sourire.

Finalement, ils atteignirent le village qu'ils avaient ordre de rallier, pour le trouver encore occupé par les Français et sous une pluie d'obus de la Royal Navy. Au large, les navires de guerre soufflaient comme des locomotives, leurs énormes canons s'employant à détruire méthodiquement le village, maison par maison, de la grange à la ferme en pierre qui la jouxtait, puis à la remise juste derrière. Dorrigo Evans, les muletiers et les mitrailleurs l'avaient regardé à bonne distance se réduire à un tas de gravats et de poussière.

Alors qu'on voyait mal comment quelque chose ici avait pu échapper à la mort, les obus pleuvaient toujours. En milieu de journée les Français battirent en retraite contre toute attente. Les Australiens progressaient sur la terre jaunâtre, grillée par les explosions, se frayant un chemin entre les murets des terrasses qui s'écroulaient, marchant sur les éclats de tuiles, contournant les racines intactes des arbres tombés, les fusils et les pièces d'artillerie au métal tordu ; ils laissaient derrière eux les cadavres déjà boursouflés et lacérés des artilleurs, dont certains auraient eu l'air de dormir au soleil de midi s'il n'y avait eu leurs yeux énucléés, d'où s'écoulait une gelée qui formait avec la crasse de leurs joues mal rasées une pâte repoussante. Personne n'éprouvait d'autre sensation que la faim et l'épuisement. Une chèvre avait surgi en silence devant eux, chancelante, les intestins sortant de son flanc, les côtes à nu, la tête bien droite, sans produire un son, comme si elle pouvait survivre par son seul courage. Peut-être avait-elle réussi jusque-là.

C'est ce fichu Beau Geste en personne, dit un mitrailleur roux et dégingandé. Ils l'abattirent malgré tout. Répondant au nom de Gallipoli von Kessler, le mitrailleur était un producteur de pommes de la Huon Valley, enclin à faire le salut nazi à chaque nouvelle rencontre. Son nom et son prénom lui venaient à la fois de la vanité de son père allemand qui, pour faire croire qu'il était quelqu'un sur le vieux continent, avait ajouté un *von* aristocratique au patronyme paysan Kessler, et de la terreur de ce même père à l'idée de tout perdre dans son nouveau monde quand sa grange avait été incendiée pendant les déchaînements anti-allemands liés à la Grande Guerre. Le village de montagne où ils vivaient dans l'arrière-pays de Hobart avec d'autres immigrants allemands s'était empressé de troquer son nom, Bismarck, contre celui de Collinsvale, et Karl von Kessler avait remplacé le prénom de son fils, choisi en mémoire de son propre père, par Gallipoli pour commémorer la participation australienne à l'invasion désastreuse de la Turquie l'année précédant la naissance de l'enfant. Un prénom trop prétentieux pour un visage qui ressemblait à un vieux trognon de pomme. Tout le monde l'appelait simplement Kes.

Dans le bourg, ils avaient dépassé un char français carbonisé dont l'acier rougeoyait encore, des camions retournés, des véhicules blindés désintégrés, des voitures criblées de balles, des amas de munitions, des rues jonchées de papiers, de vêtements, d'obus et de gravats. Au milieu du chaos et des ruines, les commerces étaient ouverts, les affaires continuaient, les gens déblayaient comme après une catastrophe naturelle et les Australiens en permission se promenaient, achetant ou chapardant des souvenirs.

Ils s'endormirent au son des aboiements de chacals venus dévorer les cadavres.

13

À l'aube, Dorrigo découvrit en se levant que Darky Gardiner avait fait un feu au centre de la rue principale du village. Assis devant dans un imposant fauteuil tendu de brocart bleu à motifs de poissons argentés, une jambe sur l'accoudoir, il jouait avec un paquet cabossé de cigarettes françaises. Dans l'océan du siège – son corps brun et maigre vêtu d'une tenue kaki souillée –, il rappelait à Dorrigo un pied de varech échoué sur une plage insolite.

Le paquetage de Darky Gardiner semblait moitié moins volumineux que les autres, mais produisait une quantité apparemment inépuisable de nourriture et de cigarettes – achetées au marché noir, récupérées ou volées –, autant de petits miracles qui valaient à son propriétaire son second surnom de Prince Noir. Alors qu'il lançait à Dorrigo Evans une boîte de sardines portugaises, les Français de Vichy commencèrent à pilonner le village avec leurs canons de soixante-quinze, leurs mitrailleuses et un unique avion qui venait larguer ses obus. Le théâtre des opérations étant ailleurs, ils buvaient du café français déniché par Jimmy Bigelow et bavardaient en attendant que les ordres ou la guerre les rattrapent.

Rabbit Hendricks – corps massif et dentier mal ajusté – terminait au dos d'une carte postale de Damas un croquis censé remplacer une photo en cours de désintégration de Maisie, l'épouse de Lizard Brancussi. Un réseau de fines craquelures lui recouvrait le visage, le reste du film brillant s'était recroquevillé comme de minuscules feuilles mortes, et on ne se la représentait qu'au prix d'un effort d'imagination. Le dessin au crayon de Rabbit Hendricks restituait le port de tête et le cou, mais les yeux avaient quelque chose de Mae West et le buste encore plus, suggérant un décolleté dont Maisie ne s'était jamais vantée et un regard plus aguicheur qu'en réalité, où se lisaient des choses qu'elle évoquait rarement.

Expliquez-moi, disait Jimmy Bigelow, pourquoi on mitraille des vagues successives d'Africains qui se battent pour les Français, eux-mêmes déterminés à nous tuer, nous autres Australiens qui nous battons pour les Anglais au Moyen-Orient ?

Le dessin – peut-être trompeur, et qui faisait donc l'effet d'une étrange trahison – troublait Lizard Brancussi. Mais puisque les autres trouvaient son épouse magnifique, il offrit sa montre en échange à Rabbit Hendricks, déclarant que c'était bien sa femme. Rabbit refusa ce présent, sortit un carnet de croquis et esquissa un portrait de groupe de ses camarades prenant leur café du matin.

Dire qu'on n'est même pas à l'est de l'Australie, putain, lâcha Jack Rainbow. Il avait le visage d'un anachorète et la grossièreté d'un docker, ce que, producteur de houblon, il n'était pas. On est au nord ! Pas étonnant qu'on ne puisse pas localiser le prochain village. On ne sait même pas où on est. C'est le Grand Nord, putain !

Tu as toujours été communiste, Jack, répondit Darky Gardiner. Douze contre un que je serai mort avant le petit-déjeuner. Difficile d'être plus arrangeant.

Jack Rainbow répliqua qu'il préférait l'abattre sur-le-champ.

Dorrigo Evans misa dix shillings à vingt contre trois que le sergent sortirait vivant de la guerre.

OK d'ac, dit Jimmy Bigelow. Moi aussi. Tu es un survivant, Darky.

C'est comme au *two-up*, reprit Darky Gardiner, sortant une bouteille de cognac d'un sac à ses pieds et versant une rasade dans chaque café. On joue à pile ou face avec deux pièces de monnaie, mais en fait, si elles tombent trois fois de suite sur face toutes les deux, statistiquement il y a de fortes chances pour qu'elles retombent sur face. Donc on parie à nouveau sur face. Le premier coup de dés est toujours le bon. Séduisant, non ?

Quelques instants plus tard la guerre finit par les rattraper. Debout près du fauteuil Dorrigo Evans se servait un café, et Yabby Burrows rapportait de la cuisine de campagne une cantine contenant leur petit-déjeuner quand ils entendirent arriver un obus de soixante-quinze. Darky Gardiner bondit hors de son siège, attrapant Dorrigo Evans par le bras et le plaquant au sol. L'explosion déferla sur eux comme une vague géante.

Lorsque Dorrigo rouvrit les yeux et regarda autour de lui, le fauteuil bleu aux petits poissons argentés avait disparu. Dans le nuage de poussière, un jeune Arabe se leva. Ils lui crièrent de rester à terre ; voyant qu'il ne réagissait pas Yabby Burrows s'accroupit pour lui faire signe de se coucher, et devant l'absence de résultat il courut vers lui. Au même instant un autre obus tomba. La force de l'explosion projeta l'adolescent sur eux, la gorge tranchée par un éclat. Il mourut avant que quiconque ait pu arriver jusqu'à lui.

Dorrigo Evans se tourna vers Darky Gardiner qui le tenait par le bras. Près d'eux, Rabbit Hendricks remettait son dentier poussiéreux dans sa bouche. De Yabby Burrows il ne restait rien.

On va fermer les paris, lança le Prince Noir.

Dorrigo allait répondre lorsque l'avion ennemi revint pour bombarder leur flanc opposé. Au-dessus d'eux, il se transforma brusquement en un panache de fumée noire. Un petit point sombre tombé de la carlingue s'épanouit pour devenir un parachute, preuve que le pilote avait sauté. Tandis que les vents l'amenaient vers eux, Rooster MacNeice empoigna le fusil d'un Chypriote et visa. Écartant brutalement le canon, Dorrigo Evans lui dit de ne pas déconner.

Et Yabby ? hurla MacNeice, les lèvres pleines de gravier, les yeux exorbités. C'était pas une connerie ? Et ce gosse non plus ?

Vu de près, comme l'avait fait observer Jack Rainbow, son beau visage semblait composé de pièces détachées. Une telle réputation de maladresse l'accompagnait que lorsqu'il visa de nouveau, remit en joue et tira, tout le monde fut stupéfait qu'il ait atteint sa cible. Le parachutiste tressauta comme sous l'effet d'une violente rafale de vent, puis s'affaissa subitement.

Plus tard dans la journée, quand ils finirent par manger leur porridge froid dans la cantine rapportée par Yabby Burrows, personne ne s'assit près de Rooster MacNeice.

14

Et tout continua : les blagues, les anecdotes, les malheureux qu'on ne reverrait plus, le palais de Tripoli réquisitionné pour servir de centre de loisirs à l'Australian Imperial Force, mi-pub mi-cercle de jeux, de la bière et de la compagnie, les secrétaires du bureau au fond du couloir qui descendaient tenter leur chance au *two-up*, le football australien dans les villages de montagne avec les gosses syriens. Et à Java, après la capitulation, les cueilleuses de thé en sarong mouillé qu'ils voyaient parfois en sortant à plusieurs pour la corvée de bois, ce qu'elles étaient belles quand elles se changeaient pour mettre un sarong sec et s'épouiller mutuellement – Seigneur, disait Gallipoli von Kessler en les croisant, passer si près, c'est ce que j'appelle un châtiment.

Or le châtiment ne faisait que commencer. Au bout de six mois on les avait emmenés en camion jusqu'à la côte vers un nouveau projet au Siam – un millier d'entre eux, serrés comme des sardines dans la coque graisseuse d'un vieux rafiot faisant route vers Singapour, puis conduits au pas à Changi Gaol. L'endroit était agréable : casernes blanches à un seul étage, accueillantes et aérées, pelouses impeccables, soldats australiens tirés à quatre épingles, sportifs et joviaux, officiers avec leur badine de jonc et des écussons sur leurs chaussettes, vue sur le détroit de Johor, jardins potagers. Émaciés, dans des uniformes australiens et néerlandais dépareillés, pieds nus pour la plupart, les hommes de Dorrigo Evans détonnaient. La racaille de Java, les avait baptisés le général de brigade Crowbar Callaghan, à la tête du camp de prisonniers de guerre australiens de Changi, tout en refusant malgré les suppliques de Dorrigo Evans de leur fournir des vêtements, des chaussures et des provisions. Au lieu de cela il tenta en vain de limoger Dorrigo Evans, leur commandant, à cause de l'insubordination dont il faisait preuve en demandant qu'on ouvre les réserves.

Le petit Wat Cooney vint trouver Chum Fahey avec un plan d'évasion. Il suffisait de se joindre à une équipe travaillant sur les quais de Singapour et de se faire enfermer dans les caisses qui seraient chargées à bord d'un bateau en partance pour Sydney.

C'est un bon plan, Wat, répondit Chum Fahey. Sauf que ça ne marchera jamais.

Ils jouèrent un match de football australien contre les officiers du camp de Changi et perdirent huit à zéro, mais pas avant d'avoir entendu aux trois quarts du temps réglementaire le discours de Sheephead Morton, qui commençait par ces paroles devenues ensuite immortelles pour eux :

Je n'ai qu'une seule chose à vous dire, les gars, et la première d'entre elles est que…

Deux semaines plus tard, la racaille de Java repartait, vêtue des mêmes haillons que ceux dans lesquels elle était arrivée, avec Wat Cooney toujours dans ses rangs. Officiellement devenus le régiment Evans, les hommes furent conduits à la gare et entassés dans les petits wagons d'acier servant au transport du riz : vingt-sept hommes par wagon, pas même la place de s'asseoir. Ils traversèrent dans une chaleur tropicale des tunnels d'hévéas et de jungle, aperçurent au-delà d'une profusion de corps ruisselants de sueur par la porte coulissante entrouverte une immensité verte et luxuriante au-dessus d'eux et, s'éloignant à toute vitesse, des Malaises en sarongs, des Indiennes, des coolies chinoises qui, toutes coiffées d'étoffes bigarrées, travaillaient au milieu des rizières pendant qu'ils cuisaient dans la pénombre de cette cruelle fournaise. Des jeunes gens comme les autres, des inconnus pour eux-mêmes. Avec tant de choses en eux vers la découverte desquelles ils roulaient.

Sous leurs pieds les rails battaient sans fin la mesure tandis que, la peau moite et glissante, ils tanguaient ensemble, bras et jambes entremêlés. Vers la fin du troisième jour ils commencèrent à voir défiler les rizières, les palmiers à sucre et les Thaïlandaises, peau brune et poitrine opulente, cheveux noirs de jais et sourires adorables. Ils devaient attendre leur tour pour s'asseoir et s'endormaient les jambes étendues sur leur voisin, enveloppés dans une puanteur âcre de vomi rance, de transpiration et d'excréments, et ainsi étaient-ils emportés, noirs de suie, le cœur plein de nostalgie : plus de mille cinq cents kilomètres, cinq jours sans manger, six arrêts et trois morts.

Le cinquième après-midi on les fit descendre du train à Ban Pong, à une soixantaine de kilomètres de Bangkok, et remonter dans des camions à ridelles comme du bétail, trente hommes par véhicule, cramponnés les uns aux autres à la manière des singes, pour traverser la jungle sur une route enfouie sous quinze centimètres de poussière. Un papillon bleu vif battait des ailes au-dessus d'eux. Un prisonnier de guerre originaire d'Australie-Occidentale l'écrasa lorsqu'il se posa sur son épaule.

La nuit tomba, mais la route n'en finissait pas, et tard dans la soirée ils atteignirent Tarsau, couverts d'une croûte de crasse et de poussière. Ils dormirent par terre et remontèrent dès l'aube dans les camions pour une heure d'ascension vers les montagnes, sur ce qui n'était guère plus qu'une piste empruntée par les buffles. Arrivés au bout, ils redescendirent des camions et marchèrent jusqu'en fin d'après-midi, où ils firent halte dans une petite clairière au bord d'une rivière.

Dans ces flots bénis ils plongèrent. Cinq jours dans une boîte d'acier, deux jours dans un camion : comment dire la beauté de l'eau ? Béatitude de la chair, bénédiction du monde dévoilé : une peau propre, une sensation d'apesanteur, un univers calme et fluide dans sa course vers la mer. Ils dormirent à poings fermés dans leurs hamacs, jusqu'à ce que les cris des singes les réveillent au lever du jour.

Les gardes leur firent couvrir à pied plus de cinq kilomètres de jungle. Un officier japonais monta sur une souche pour s'adresser à eux :

Merci d'avoir fait long chemin jusqu'ici pour aider l'Empereur avec le chemin de fer. Être prisonnier, grande honte. Très grande ! Sauver l'honneur en construisant chemin de fer pour l'Empereur. Grand honneur. Très grand !

Il désigna la ligne de jalons de géomètre indiquant la direction que devait prendre la voie ferrée. Les jalons disparaissaient rapidement dans la jungle.

Ils défrichèrent la forêt de tecks pour le premier tronçon de la voie, et seulement une fois cette tâche achevée trois jours plus tard, on leur apprit qu'ils devaient à présent construire leur camp eux-mêmes sur un site distant de plusieurs kilomètres. Les immenses bouquets de bambous d'une vingtaine de mètres de haut, les arbres imposants, les kapokiers aux branches horizontales, les hibiscus et les arbustes : tout cela ils le coupèrent, l'abattirent, le brûlèrent et nivelèrent la terre, des groupes de prisonniers presque nus apparaissant et disparaissant dans la fumée et les flammes, vingt d'entre eux tirant sur une corde comme un seul homme, tel un attelage de buffles, pour arracher des touffes de bambous aux tiges traîtresses, pleines de piquants.

Puis ils partirent chercher du bois et passèrent près d'un camp anglais à un kilomètre et demi de là ; il empestait, empli de malades, les officiers s'occupant plus d'eux-mêmes que de leurs hommes. Les sous-officiers surveillaient la rivière pour empêcher ces derniers de pêcher ; certains gradés anglais avaient gardé leurs cannes à pêche et refusaient que de simples soldats prennent des poissons qu'ils considéraient comme leur propriété.

Lorsque les Australiens regagnèrent la clairière de leur futur camp, un vieux garde japonais se présenta : Kenji Mogami. Il se frappa la poitrine.

Ça veut dire "Lion de la montagne", leur dit-il avec un sourire.

Il leur montra ce qu'il fallait faire : utiliser un couteau malais pour couper et tailler les bambous de la charpente ; déchirer l'écorce interne des hibiscus en longs rubans pour assembler les différentes pièces ; recouvrir le toit de palmes et le sol de tiges de bambou aplaties, le tout sans le moindre clou. Après les quelques heures de travail requises pour construire le premier abri du camp, le vieux garde japonais déclara : Très bien, hommes. *Yasumi !*

Ils s'assirent.

Ce n'est pas un mauvais bougre, dit Darky Gardiner.

C'est le moins pire du lot, répliqua Jack Rainbow. Mais vous savez quoi ? Si jamais l'occasion se présentait, je le trancherais en deux des yeux au trou de balle avec une lame de rasoir usagée.

Kenji Mogami se frappa de nouveau la poitrine et annonça : Lion de la montagne, aussi Bing Crosby !

Et d'une voix de crooner, il entonna :

You go-AAA-assenuate-a-positive
Eliminanay a negative
Lash on a affirmawive
Don't mess with a Misser In-Beween
*Nahhhh donna mess with Missa Inbeweeeen** !

* *Il faut retenir le po-o-sitif / Éliminer le né-é-gatif / Toujours répondre : "A-A-ffirmatif !" / Et pa-a-s touche aux filles entre-temps, / No-o-n, pas touche aux filles entre-temps !*

15

À leurs débuts sur la Ligne, quand ils étaient encore capables de ce genre de choses, ils avaient donné un concert nocturne sur une petite scène en bambou, éclairée de part et d'autre par un feu. Debout dans l'assistance avec Dorrigo Evans se tenait leur officier supérieur, le colonel Rexroth, somme de contrastes irréconciliables : une tête de bandit de grand chemin sur un corps de boucher, l'accent de la vieille Angleterre et tout ce qui allait avec chez ce fils d'un drapier ruiné de Ballarat, un Australien qui s'évertuait à se faire passer pour un Anglais, et s'était engagé dans l'armée en 1927 pour bénéficier d'opportunités qu'il avait ratées jusque-là. Même si Dorrigo Evans et lui avaient le même grade, au nom de son expérience et de son statut de militaire alors que l'autre n'était que médecin, Rexroth était le supérieur de Dorrigo.

Il se tourna vers Dorrigo pour lui dire qu'il croyait que les nombreux atouts de l'Empire britannique suffiraient, que l'esprit de corps britannique résisterait, que la force de caractère britannique ne plierait pas, que leur sang britannique les unirait dans l'épreuve et leur permettrait de s'en sortir.

Un peu de quinine ne ferait pas de mal non plus, répliqua Dorrigo Evans.

Quelques Anglais venus de leur camp interprétaient une courte pièce de théâtre sur un prisonnier allemand pendant la Grande Guerre. L'air nocturne grouillait tellement d'insectes que les acteurs paraissaient un peu flous.

Le colonel Rexroth reprocha à Dorrigo son attitude. Ne voir que le négatif. La situation réclamait des pensées positives. Une célébration du caractère national. Et ainsi de suite.

Je n'ai jamais dénigré le caractère national, dit Dorrigo Evans.

Les Australiens commençaient à encourager le prisonnier allemand.

Mais, poursuivit-il, je vois une quantité effroyable de maladies dues à la malnutrition.

La situation est ce qu'elle est, répondit le colonel Rexroth.

Sans parler du paludisme, de la dysenterie et des ulcères, insista Dorrigo.

La pièce se termina sous les acclamations. Dorrigo finit par retrouver ce que lui rappelait le colonel Rexroth : les poires beurré bosc que dégustait le père d'Ella. Il s'aperçut qu'il était affamé, qu'il n'avait jamais aimé ces poires à la peau comme tachée de rouille, mais aurait à cette minute donné n'importe quoi ou presque pour en manger une.

Des maladies causées par la malnutrition, répéta-t-il. Les médicaments aideraient. Mais la nourriture et le repos encore plus.

Bien que la construction de cette voie ferrée pour les Japonais ne soit pas encore devenue une folie qui les tuerait, elle commençait à leur coûter cher sur le plan physique. Les Wittle, qui avait perdu ses doigts à cause de la pellagre, jouait à présent d'un accordéon en décomposition – rapiécé avec de la peau de buffle – à l'aide de baguettes en bambou fixées à son poignet. Jack Rainbow, son chanteur, avait perdu la vue. Le regardant, Dorrigo Evans se demanda si c'était le résultat de l'avitaminose ou des effets combinés de plusieurs maladies – quoi qu'il en soit, il avait douloureusement conscience que la nourriture guérirait cela et presque tous les autres symptômes qu'il constatait. Le visage d'anachorète de Jack Rainbow était désormais aussi bouffi qu'une citrouille, et son corps décharné bizarrement gonflé par le béribéri donnait à un ulcère – qui lui avait rongé les chairs jusqu'à l'os du tibia – l'apparence de l'iris rosâtre d'un aveugle en train de fixer du fond de la plaie ce public de prisonniers de guerre, pour la plupart victimes des mêmes affections grotesques, comme dans l'espoir de voir enfin l'auditoire de ses rêves.

Les acteurs jouaient alors une scène tirée du film *La Valse dans l'ombre*, avec Les Wittle dans le rôle interprété par Robert Taylor et Jack Rainbow dans celui de Vivien Leigh. Ils s'avançaient l'un vers l'autre sur un pont en bambou.

Je croyais ne jamais te revoir, disait Robert Taylor sous les traits d'un Les Wittle sans doigts, à l'accent anglais caricatural. Cela fait une éternité.

Moi non plus, je ne croyais pas te revoir, répondait Vivien Leigh par la bouche d'un Jack Rainbow aveugle, boursouflé et affligé d'un ulcère.

Chérie, déclara Les Wittle. Tu n'as pas du tout changé.

Il y eut beaucoup de rires, après quoi ils interprétèrent *Auld Lang Syne*, la chanson de la bande originale du film.

Le colonel Rexroth revint à la charge : Vous voyez, voilà ce qu'on a en nous.

Quoi donc ?

Le stoïcisme britannique.

C'est un film américain.

Un détail, dit Rexroth.

Nos officiers sont payés par l'armée japonaise. Vingt-cinq cents par jour. Ils s'en servent pour leurs dépenses personnelles. Les Japonais ne leur demandent pas de travailler. Or ils le devraient.

Devraient quoi, Evans ?

Travailler ici, au camp. Creuser des latrines. Soigner les malades à l'hôpital. Les brancarder. Construire des équipements pour eux. Des béquilles. De nouveaux abris. Des salles d'opération.

Dorrigo prit une profonde inspiration.

Et ils devraient faire bourse commune afin qu'on puisse acheter de la nourriture et des médicaments pour les malades.

Là encore, Evans, dit le colonel Rexroth. C'est par l'exemple qu'on s'en sortira. Pas avec le bolchevisme.

Je suis d'accord. À condition de donner le bon exemple.

Mais le colonel montait déjà sur scène. Il remercia les participants, puis expliqua que la division arbitraire de l'Empire britannique en différentes nationalités était une fiction. D'Oxford à Oodnadatta ils formaient un seul peuple.

Son accent était fluet, ténu. Il n'avait aucun talent oratoire, mais la conviction erronée que son grade faisait de lui un orateur. Il jouait de la flûte avec son cul, comme dirait Gallipoli von Kessler.

Raison pour laquelle, continua-t-il, en tant que membres de l'Empire britannique, en tant qu'Anglais, nous devons respecter l'ordre et la discipline qui sont l'âme de l'Empire. Nous souffrirons comme des Anglais, nous triompherons comme des Anglais. Je vous remercie.

Ensuite, il demanda à Dorrigo Evans s'il voulait bien s'associer au projet de construction d'un cimetière au bord de la rivière, où ils pourraient enterrer leurs morts.

Je préfère envoyer le Prince Noir voler quelques boîtes de conserve supplémentaires dans les réserves japonaises pour empêcher les vivants de mourir, dit Dorrigo Evans.

Le Prince Noir est un voleur, répondit le colonel Rexroth. Alors que ce cimetière sera une magnifique dernière demeure, qu'il mérite les efforts de tous ceux qui ont à cœur le bien-être de nos hommes, et que cela vaut mieux qu'aller enterrer les morts n'importe où dans la forêt comme maintenant.

Le Prince Noir m'aide à sauver des vies.

Le colonel sortit un vaste plan approximatif de l'emplacement du cimetière et de la disposition des tombes, avec différents carrés en fonction du grade. Fièrement, il révéla à Dorrigo qu'il avait réservé pour les officiers un endroit particulièrement idyllique surplombant la rivière Kwaï. Il fit observer qu'il commençait à y avoir des décès, et que s'occuper du sort des cadavres devenait une priorité absolue.

Un argument irréfutable, ajouta-t-il. Il a fallu beaucoup de travail pour arriver à ce résultat. J'aimerais que vous participiez à ce projet.

Un singe poussa un cri perçant dans la bambouseraie la plus proche.

Je le fais uniquement pour nos hommes, dit le colonel.

16

Les arbres se couvraient de feuilles et les feuilles cachaient le ciel et le ciel noircissait et le noir dévorait une portion de plus en plus vaste du monde. La nourriture se raréfiait. La mousson arriva, et au début, avant de découvrir tout ce que la pluie leur réservait, ils s'en félicitèrent.

Puis la course contre la montre commença.

Cela signifiait qu'il n'y avait plus de jours de repos, que les objectifs à atteindre augmentaient toujours plus, que les journées de travail s'allongeaient sans cesse. Cette course contre la montre transforma la distinction déjà vague entre les valides et les malades en une distinction encore plus vague entre les malades et les mourants, et, à cause de ce compte à rebours, les prisonniers recevaient de plus en plus souvent l'ordre de doubler les relèves, de travailler jour et nuit.

Les pluies devenaient torrentielles, les tecks et les bambous encerclaient les hommes ; le colonel Rexroth mourut de la dysenterie et fut enterré avec les autres dans la jungle. Dorrigo Evans prit le commandement. Tandis qu'une énorme masse verte montant jusqu'aux cieux noirs les enfonçait dans la boue du même noir, il imposa aux officiers une contribution sur leur paye afin d'acheter nourriture et médicaments pour les malades. Il argumenta, supplia, puis insista pour qu'eux aussi travaillent, alors que l'horreur verte pesait toujours plus lourd sur leur corps couvert de croûtes par la gale et sur leur ventre groggy, sur leur tête enfiévrée et leurs jambes pleines d'ulcères nauséabonds, sur leur cul perpétuellement souillé par la chiasse.

Devant lui les hommes appelaient Dorrigo "mon colonel" et partout ailleurs "Big Fella", le Grand Chef. À certains moments Big

Fella se sentait beaucoup trop petit pour tout ce qu'on voulait désormais lui faire porter. Il y avait Dorrigo Evans et il y avait cet autre individu dont il partageait l'apparence, les habitudes et la façon de s'exprimer. Mais Big Fella était noble et généreux alors que Dorrigo ne l'était pas, prêt à se sacrifier alors que Dorrigo était égoïste.

C'était un rôle qu'il se sentait endosser à tâtons, et plus le temps passait plus les hommes autour de lui l'adoubaient. On aurait dit qu'ils le forçaient à exister par leur volonté, qu'il leur fallait un Grand Chef, et parce qu'ils en avaient désespérément besoin, leur respect croissant, leurs apartés à voix basse, l'idée qu'ils se faisaient de lui, tout cela le contraignait à se conduire comme celui qu'il savait ne pas être. On aurait dit qu'au lieu de les commander par l'exemple, c'étaient eux qui le commandaient par leur adulation.

Et avec lui en remorque, ensemble ils traversaient, titubants, ces journées qui s'écoulaient tel un cri sans fin, un hurlement vert et mouillé paradoxalement amplifié aux oreilles de Dorrigo Evans par la surdité due à la quinine, par les brumes de la malaria dans lesquelles une minute durait une éternité, effaçant parfois le souvenir d'une semaine de souffrances et d'horreur. Tout cela semblait appeler un dénouement qui ne venait jamais, un événement qui donnerait sens à tout ce que ses hommes et lui traversaient, une catharsis qui les libérerait tous de cet enfer.

Pourtant, il y avait de temps à autre un œuf de cane, un ou deux doigts de sucre de palme, une blague répétée à l'envi, polie avec amour et appréciée comme la chose rare et belle qu'elle était, rendant la survie possible. Pourtant il y avait l'espoir. Et sous leurs chapeaux qui s'agrandissaient à mesure qu'eux-mêmes diminuaient, les prisonniers continuaient leurs apartés et maudissaient leur sort alors qu'ils étaient projetés dans un univers où ils vivaient comme des fourmis, où rien d'autre ne comptait que la voie ferrée. Esclaves nus enchaînés à leur tronçon de la Ligne, sans rien d'autre que des cordes, des perches, des marteaux, des barres de fer, des paniers et des houes, avec leur dos, leurs jambes, leurs bras et leurs mains, ils avaient commencé à défricher la jungle pour la Ligne, à briser la roche pour la Ligne, à déblayer la terre pour la Ligne, à porter rails et traverses pour construire la Ligne. Esclaves nus, ils étaient affamés, battus, et travaillaient au-delà de leurs forces sur la Ligne. Esclaves nus, ils avaient commencé à mourir pour la Ligne.

Nul ne pouvait donner un chiffre, ni les faibles ni les forts. Les morts s'accumulaient. Trois la semaine précédente, huit cette semaine-là, et Dieu seul savait combien le jour même. La hutte abritant l'hôpital – moins un hôpital qu'un lieu où ceux qui allaient le plus mal avaient le droit de se coucher dans la crasse et la puanteur des chairs gangrenées sur de longues plateformes à claire-voie – était à présent emplie de mourants. Il n'y avait plus d'hommes valides. Seulement les malades, les très malades et les mourants. Fini le temps où Gallipoli von Kessler considérait comme un châtiment l'impossibilité de toucher une femme. Fini le simple fait de penser à une femme. Ils n'avaient plus en tête que la nourriture et le repos.

La famine poursuivait les Australiens. Elle se cachait dans chacun de leurs actes, chacune de leurs pensées. Ils n'avaient que leur sagesse australienne à lui opposer, rien de plus en réalité que des opinions aussi creuses que leur estomac. Ils essayaient de tenir grâce à leur causticité australienne, leurs jurons australiens, leurs souvenirs australiens et leur camaraderie australienne. Mais soudain cette Australie mythique ne suffisait plus face aux poux, à la faim et au béribéri, face aux vols, aux corrections et à toujours plus d'exploitation. L'Australie rétrécissait, se ratatinait, un grain de riz paraissait désormais beaucoup plus gros qu'un continent, et les seules choses qui grandissaient quotidiennement étaient leurs chapeaux cabossés, déformés, désormais aussi imposants que des sombreros sur leur visage émacié et leurs yeux sombres au regard vide, des yeux qui ressemblaient déjà à des orbites noirâtres attendant les vers.

Et les morts continuaient à s'accumuler.

17

Dorrigo Evans salivait tellement qu'il dut s'essuyer plusieurs fois les lèvres avec le dos de la main. Devant le steak mal découpé, tendineux et trop cuit qui gisait dans sa gamelle rectangulaire, la graisse brûlée tachant le métal rouillé, il ne voyait absolument rien au monde dont il pourrait avoir plus envie. Il leva les yeux vers le cuistot qui venait de le lui servir pour son dîner. L'homme lui avait raconté que la veille au soir, sous la conduite du Prince Noir, un petit groupe avait volé une vache à des négociants thaïs, l'avait abattue dans les broussailles et, après avoir acheté le silence du garde contre un faux-filet, l'avait apportée en secret aux cuisines. Un steak – oui, un steak ! – avait été découpé, grillé et servi à Dorrigo pour le dîner.

Le cuistot était malade, cela se voyait – pourquoi, sinon, serait-il affecté aux cuisines ? –, victime d'une ou plusieurs affections dues à la famine, et Dorrigo comprit que pour lui aussi, ce steak représentait à cet instant précis la chose la plus désirable et la plus extraordinaire au monde. D'un geste brusque, il lui ordonna d'emporter le steak à l'hôpital et de le partager entre les patients les plus mal en point. Le cuistot se demandait visiblement s'il était sérieux. Il ne bougea pas.

Les hommes tiennent à ce que vous le mangiez, mon colonel, insista-t-il.

Dorrigo s'interrogea. Pourquoi ? Pourquoi avoir dit que je ne voulais pas de ce steak ? Il en avait si cruellement envie, et ses hommes tenaient à ce qu'il l'accepte, une sorte d'hommage. Et pourtant, il avait beau savoir que personne ne lui en voudrait de manger cette viande, il comprenait également que ce steak était un test qu'il devait passer devant témoins, et réussir, un test qui deviendrait une anecdote incontournable pour chacun d'eux.

Emportez-le, répéta-t-il.

Il déglutit, s'efforçant d'avaler la salive qui lui inondait la bouche. Il eut peur de devenir fou, de craquer d'une manière horrible ou humiliante. Il sentit qu'il se maîtrisait mal, qu'il lui manquait tant de ces qualités que l'on attendait de lui à présent, celles qui vous rendent apte à la vie adulte. Et pourtant il se retrouvait à commander un millier d'hommes qui l'incitaient curieusement à être toutes ces choses qu'il n'était pas.

Il déglutit à nouveau ; il avait encore l'eau à la bouche. Il ne se voyait pas comme un homme fort conscient de sa force – du genre de Rexroth. À sa place, songea-t-il, Rexroth aurait mangé ce steak qui lui revenait de droit, et aurait ensuite curé avec satisfaction ses dents de bandit de grand chemin devant ses hommes affamés. Contrairement à lui, Dorrigo Evans se considérait comme un faible qui n'avait aucun droit, un faible que son millier d'affamés façonnaient à l'image de l'homme fort qu'il leur fallait. Cela défiait l'entendement. Ils étaient aux mains des Japonais, et lui-même était prisonnier de leurs attentes.

Immédiatement ! dit-il sèchement, s'énervant presque.

Le cuistot ne bougeait toujours pas, croyant peut-être à une plaisanterie, ou à un malentendu. Cependant que Dorrigo Evans redoutait de son côté, si ce steak restait devant lui une seconde de plus, de le prendre à deux mains, de n'en faire qu'une bouchée, de rater le test et d'apparaître sous son vrai jour. Fou de rage de se sentir manipulé par ses hommes, furieux de sa propre faiblesse, il se leva soudain et se mit à hurler :

Immédiatement ! Ce steak vous revient à vous, pas à moi ! Emportez-le ! Partagez-le ! Partagez-le !

Et le cuistot, soulagé à l'idée d'avoir peut-être une chance d'y goûter lui-même, et ravi de constater que Big Fella était conforme à ce que tout le monde racontait, fila porter le steak à l'hôpital, et avec lui une anecdote de plus sur l'homme extraordinaire qu'était leur chef.

18

Dorrigo Evans détestait la vertu, détestait l'admiration qu'inspirait la vertu, détestait ceux qui le prétendaient ou se prétendaient eux-mêmes vertueux. Et avec l'âge, plus on l'accusait d'être vertueux, plus il détestait cela. Il ne croyait pas en la vertu. Elle n'était que vanité déguisée, quêtant les compliments. Il en avait assez de la noblesse et de la générosité, et c'était dans ses travers qu'il trouvait Lynette Maison la plus admirablement humaine. C'était dans ses bras infidèles qu'il puisait sa foi en cette étrange vérité selon laquelle tout n'est qu'impermanence.

Privilégiée par l'existence, elle n'avait jamais passé une seule nuit habitée par le doute. À mesure que sa beauté s'estompait, tel le sillage d'un bateau à l'arrêt, elle avait plus besoin de lui que lui d'elle. Sans qu'ils s'en aperçoivent, elle avait fini par représenter un devoir de plus pour lui. Mais l'existence présente de Dorrigo se réduisait à des devoirs. Envers son épouse. Envers ses enfants. Envers son travail, les commissions et les associations caritatives qu'il présidait. Envers Lynette. Envers ses autres maîtresses. C'était épuisant. Il fallait de l'énergie. Parfois il se surprenait lui-même. Se disait qu'il devrait exister une forme de reconnaissance pour une telle réussite. Elle demandait un étrange courage. Elle lui répugnait. Il en venait à se détester, mais ne pouvait pas davantage nier sa nature qu'il n'avait pu le faire devant le colonel Rexroth. Et ce qui donnait curieusement un sens et une direction à sa vie et lui permettait de continuer, le devoir qui surpassait tous les autres, c'était la dette qu'il avait envers les prisonniers de ce camp.

Tu penses à elle, dit-elle.

Une fois encore il ne répondit pas. Comme face à tous ses autres devoirs il estimait se comporter en homme avec Lynette – c'est-à-dire en comblant par une tendresse croissante le fossé qui se creusait entre eux. Elle l'ennuyait de plus en plus ; si elle n'était pas restée pour lui une aventure, il aurait cessé de la voir des années auparavant. Leur vie amoureuse avait été décousue, et il avait dû concéder en son for intérieur, comme devant elle, que les choses n'étaient plus ce qu'elles avaient été, mais Lynette ne semblait pas s'en formaliser. Lui non plus, à vrai dire. Il lui suffisait qu'elle le laisse humer son dos, glisser la main entre ses cuisses si douces. Elle pouvait se montrer égoïste et jalouse, et malgré lui sa petitesse le satisfaisait.

Tandis qu'elle racontait les luttes d'influence et les potins au sein du magazine dont elle était rédactrice en chef adjointe, les humiliations mesquines infligées par ses supérieurs qu'elle considérait comme des inférieurs, ses triomphes professionnels, ses craintes, ses désirs secrets, il voyait à nouveau le ciel pendant la course contre la montre, toujours aussi sale, et s'étonnait de n'avoir pas pensé à Darky Gardiner depuis plusieurs années, jusqu'à la veille où il avait tenté d'écrire un récit du tabassage de Darky.

On lui avait demandé de rédiger la préface d'un livre de dessins et d'illustrations réalisés par Guy Hendricks, un prisonnier de guerre mort sur la Ligne, dont il avait conservé et caché le carnet de croquis jusqu'à la fin de la guerre. Le ciel était toujours sale et toujours changeant, les nuages fuyant, semblait-il, vers un lieu plus clément où les hommes ne mouraient pas pour rien, où la vie obéissait à autre chose qu'au hasard. Darky Gardiner avait raison : tout n'avait été qu'une partie de *two-up*. Et ce ciel meurtri, couvert de bleus et sanguinolent… Dorrigo aurait voulu se remémorer Darky Gardiner, son visage, ses chansons, son sourire malin. Or la seule chose qu'il revoyait, malgré tous ses efforts pour ressusciter le souvenir de Darky, c'était ce ciel sale aux nuages fuyant l'horreur.

Le premier coup de dés est toujours le bon, l'entendait-il encore dire. Séduisant, non ?

Tu penses à elle, répéta Lynette Maison, et tu ne veux pas l'admettre. C'est vrai, non ? Tu penses à elle ?

Je ne lui ai jamais payé ce que je lui devais, tu sais. Dix shillings.

Je vois.

Vingt contre trois. Je m'en souviens.

Je le vois, quand tu penses à elle.

Tu sais, murmura-t-il au creux de l'épaule charnue de Lynette, en travaillant à ma préface aujourd'hui j'ai calé sur cette course contre la montre, où ils nous ont fait trimer soixante-dix jours et soixante-dix nuits sans une seule journée de congé pendant toute la mousson. Et j'essayais de me rappeler quand ils avaient tabassé Darky Gardiner. C'était le jour où on a incinéré ce pauvre vieux Guy Hendricks. J'ai tenté d'écrire ce qui me restait de cette journée. Ça paraissait terrible et noble à la fois. Mais ce n'était ni l'un ni l'autre.

Je le vois, tu sais.

C'était pathétique et ridicule.

Viens près de moi.

Je crois qu'ils s'en sont lassés, de ce tabassage. Les Japs, je veux dire.

Viens. Il faut dormir.

Il y avait Nakamura, ce petit salopard de Goanna avec sa démarche saccadée de marionnette, plus deux ingénieurs japonais. Ou bien trois ? Je ne m'en souviens même plus. Quel témoin je fais ! Parce qu'enfin, ils voulaient peut-être vraiment qu'il en bave au début, mais après ils ont trouvé ça ennuyeux, aussi ennuyeux que les coups de marteau pour nos hommes. Tu te rends compte ? Le boulot, rien de plus, un boulot répétitif et sans intérêt par-dessus le marché.

Il faut dormir.

Un boulot pénible, où il fallait mouiller sa chemise. Comme creuser un fossé. L'un des quatre s'est arrêté un moment. Et je me suis dit : Bon, c'est fini. Dieu merci. Il a porté la main à son front en sueur, l'a essuyé d'un geste brusque, a reniflé. Comme si de rien n'était. Puis il s'est remis au travail, a recommencé à tabasser Darky. Cela n'avait aucun sens, pas plus hier qu'aujourd'hui, mais impossible d'écrire ça, non ?

Tu l'as pourtant écrit.

J'ai écrit. Quelque chose. Oui.

Avec sincérité.

Non.

Tu n'as pas été sincère ?

J'ai été précis.

Dans la nuit au-dehors, comme pour chercher quelque chose d'irrémédiablement perdu, un camion roulant en marche arrière laissa échapper un piaulement désespéré.

Je ne comprends pas pourquoi tu donnes une telle importance à cet épisode, reprit-elle.

Moi non plus.

Vraiment je ne comprends pas. Tout le monde ne souffrait pas plus ou moins ?

Si.

Alors pourquoi celui-là ?

Il ne répondit pas.

Pourquoi ?

Allongé sur ce lit d'hôtel à Parramatta, il sentit qu'il ferait mieux de penser au monde plein de bonnes choses à l'extérieur de leur chambre, à ce ciel bleu qui allait réapparaître dans quelques heures, cet immense ciel bleu pour toujours associé dans son esprit à la liberté perdue de son enfance. Pourtant il ne pouvait s'empêcher de revoir sans cesse le ciel strié de noir au-dessus du camp.

Réponds-moi.

À chaque fois il lui rappelait des chiffons sales imprégnés d'huile de vidange.

J'ai besoin de savoir, insista-t-elle.

Non. Il ne vaut mieux pas.

Elle est morte, pas vrai ? Je ne suis jalouse que des femmes vivantes.

Devant cette femme
sur la plage, le crépuscule inonde
les vagues du soir.

ISSA

1

Dorrigo Evans était à Adélaïde, il terminait au camp militaire de Warradale sa formation avec l'unité chargée des premiers soins aux blessés dans la chaleur écrasante de la fin de l'année 1940, avant d'embarquer pour on ne savait où. Il avait une demi-journée de permission devant lui – pas vraiment bonne à grand-chose. Tom lui avait envoyé un télégramme de Sydney pour lui dire que leur oncle Keith, qui tenait un hôtel avec bar sur la côte tout près d'Adélaïde, avait envie de le voir et *t'accueillera royalement*. Dorrigo n'avait jamais rencontré Keith Mulvaney. Il savait seulement de lui qu'il avait été marié à la plus jeune sœur de leur père, morte dans un accident de voiture quelques années plus tôt. Bien que Keith se soit remarié depuis, il gardait le contact avec la famille de sa première épouse en adressant des cartes de Noël à Tom, qui lui avait appris que Dorrigo était stationné à Adélaïde. Ce jour-là Dorrigo comptait rendre visite à son oncle, mais la voiture qu'il espérait emprunter était en panne. À défaut il devait retrouver le soir même d'autres médecins de son unité au bal de la Croix-Rouge dans le centre-ville.

C'était le jour de la Melbourne Cup, et l'animation retombait dans les rues après la course hippique. Pour tuer le temps avant le bal, il avait flâné en ville et atterri dans une vieille librairie près de Rundle Street. Des mondanités de début de soirée s'y déroulaient, le lancement d'une nouvelle publication, peut-être. Un jeune homme plein d'aplomb, cheveux en bataille et cravate desserrée, faisait une lecture, une revue à la main :

Pas de mithridatisation du désespoir
chez les ivrognes, ces pingouins agressifs de la nuit,

campés sur les pavés de la place,
rattachant leur lacet dans le halo d'un réverbère.

Pour Dorrigo Evans, c'était du chinois. Ses goûts se fossilisaient déjà en ces préjugés de ceux qui voyagent beaucoup dans les classiques à l'adolescence et s'aventurent rarement ailleurs ensuite. Il ne connaissait presque rien à la poésie contemporaine et préférait les modes littéraires du demi-siècle précédent – dans son cas, les poètes victoriens et les auteurs de l'Antiquité.

Le modeste auditoire l'empêchant de parcourir les rayons, il gravit les quelques marches d'un escalier de bois blanc pour se rendre au fond de la librairie, apparemment plus prometteur. L'étage se composait de deux bureaux exigus, inoccupés, et d'une pièce spacieuse, également déserte, dont le parquet à larges lames sommairement polies allait jusqu'aux fenêtres mansardées en façade. Partout, des livres qu'il pouvait feuilleter : des livres en piles branlantes, des livres dans des caisses, des livres d'occasion trop serrés ou penchés à la manière d'une milice indisciplinée sur des étagères occupant tout le mur du fond, du sol au plafond.

Il faisait trop chaud dans cette pièce, mais la chaleur était moins étouffante que la lecture de poèmes au rez-de-chaussée. Il sortait un livre çà et là, mais c'étaient les tunnels de soleil pénétrant à l'oblique par les fenêtres qui retenaient son attention. Tout autour de lui des grains de poussière s'élevaient et retombaient, scintillant dans ces rayons de lumière un peu trouble. Il trouva plusieurs étagères emplies d'éditions anciennes de classiques et parcourut les titres d'un œil distrait, dans l'espoir de dénicher une édition bon marché de l'*Énéide* de Virgile, lue dans un livre qu'il avait emprunté. Ce n'était pourtant pas du grand poème de l'Antiquité que Dorrigo avait envie, mais de l'aura qui entourait de tels ouvrages – une aura qui irradiait vers l'extérieur en même temps qu'elle l'entraînait à l'intérieur d'un autre monde où on lui disait qu'il n'était pas seul.

Et cette impression, ce sentiment de communion l'émerveillaient parfois. Il avait alors la sensation qu'il n'existait qu'un seul livre dans tout l'univers, que les autres étaient de simples portails permettant d'accéder à une immense œuvre en chantier : un monde inépuisable et magnifique, non pas imaginaire mais tel qu'il était réellement, un livre sans début ni fin.

Quelques cris s'élevèrent dans l'escalier, précédant un groupe d'hommes bruyants et deux femmes, la première rousse et robuste, coiffée d'un béret sombre, la seconde plus petite, blonde, une fleur pourpre à l'oreille. De temps à autre ils entonnaient un air, mi-chanson mi-mélopée, dont ils braillaient le refrain en chœur : *Allez, Old Rowley, allez !*

Les hommes, un mélange d'uniformes – Royal Australian Air Force, Royal Australian Navy, Australian Imperial Force –, semblaient un peu éméchés, et tous essayaient tant bien que mal d'attirer l'attention de la femme blonde. Pourtant ils ne l'intéressaient visiblement pas. Quelque chose la tenait à l'écart, et malgré leurs nombreuses tentatives d'approche, aucun bras en uniforme ne se posait sur son poignet, aucune jambe ne frôlait la sienne.

Dorrigo Evans vit tout cela d'un seul coup d'œil et les jugea ennuyeux, elle comme eux. Ils n'étaient rien de plus que ses faire-valoir, et il leur en voulait de s'abaisser devant ce qui ne serait manifestement jamais à eux. Ce pouvoir qu'elle avait de réduire peu ou prou les hommes à des chiens bavant devant elle lui déplaisait, et elle lui déplaisait donc plus ou moins elle aussi.

Il leur tourna le dos pour se concentrer à nouveau sur les rayonnages. Il pensait surtout à Ella, rencontrée à Melbourne alors qu'il terminait ses études de médecine. Le père d'Ella était un avocat en vue à Melbourne, sa mère issue d'une célèbre famille d'éleveurs ; son grand-père avait participé à la rédaction de la constitution fédérale. Elle-même était professeur. Si sa personnalité semblait parfois terne, son milieu et sa beauté éblouissaient encore Dorrigo. Si sa conversation était pleine de lieux communs que l'on aurait dits appris par cœur et répétés avec une telle détermination qu'il ne savait jamais trop ce qu'elle pensait, il la trouvait néanmoins gentille et dévouée. Et elle lui offrait un monde qui paraissait solide, intemporel, certain, immuable : un monde de salons et de clubs lambrissés de bois sombre, de carafes en cristal emplies de xérès ou de whisky pur malt, et où flottait une odeur écœurante, mi-grisante mi-oppressante, d'encaustique et de moisi. La famille d'Ella était suffisamment tolérante pour accueillir en son sein un jeune homme plein d'avenir issu des classes populaires, mais suffisamment conventionnelle pour laisser entendre que les termes de cet accueil seraient entièrement ceux de son monde à elle.

Le jeune Dorrigo Evans n'avait pas déçu. Il était désormais chirurgien et projetait d'épouser Ella, et savait sans qu'ils en aient jamais parlé qu'elle partageait ce projet. Il mettait son mariage avec elle sur le même plan que l'obtention de son diplôme ou son inscription au conseil de l'ordre : une étape supplémentaire, un progrès. Depuis la grotte de Tom, où il avait pris conscience des pouvoirs de la lecture, il s'était élevé ainsi, pas à pas.

Il saisit un livre sur une étagère et, l'amenant vers lui, le fit passer de l'ombre à la lumière. Il le maintint immobile, contempla la couverture, le soleil, la poussière. On aurait dit qu'il y avait deux mondes. Celui-ci, et un monde caché que seuls ces rayons de lumière de fin d'après-midi révélaient momentanément comme le monde réel : un monde de particules volantes qui tournoyaient follement sur elles-mêmes, miroitaient, se télescopaient et rebondissaient dans des directions totalement opposées. Debout dans ce soleil déclinant, impossible de ne pas croire que chaque nouvelle étape serait un pas en avant. Il ne se demanda pas vers où, vers quoi ni pourquoi, ni ce qui se produirait si, au lieu de progresser, il entrait en collision avec un obstacle tel un de ces grains de poussière ensoleillés.

Le petit groupe au fond de la pièce essaima de nouveau et se dirigea vers lui. À la manière d'un banc de poissons ou d'un vol d'oiseaux au crépuscule. Pour garder ses distances, Dorrigo longea les rayonnages jusqu'aux fenêtres donnant sur la rue. Mais comme des poissons ou des oiseaux, l'essaim s'immobilisa et se regroupa à quelques pas des étagères. Sentant plusieurs regards sur lui, Dorrigo scruta les livres avec une attention soutenue.

Lorsqu'il leva les yeux, il comprit pourquoi l'essaim s'était rapproché. La femme à la fleur pourpre avait rejoint l'endroit où il se trouvait et, striée d'ombre et de lumière, se tenait devant lui.

2

Ses yeux avaient le bleu incandescent de la flamme du gaz. Des yeux féroces. Durant quelques instants, il n'eut conscience de rien d'autre. Et c'était lui qu'ils regardaient. Mais ce n'était pas un vrai regard. On aurait dit qu'elle se repaissait de lui. Le jaugeait-elle ? Le jugeait-elle ? Il n'en savait rien. Sans doute était-ce cet aplomb qui le contrariait et le perturbait à la fois. Il redoutait que tout cela ne soit qu'une mauvaise plaisanterie, qu'au bout d'un moment elle éclate de rire, imitée par son cercle d'admirateurs. Il recula d'un pas et heurta les rayonnages, acculé. Il resta là, une main coincée entre son dos et l'étagère, le corps gauchement tourné vers cette femme.

Je vous ai vu entrer dans la librairie, dit-elle avec le sourire.

Après coup, si on lui avait demandé à quoi elle ressemblait, il n'aurait su que répondre. C'était cette fleur, songea-t-il, cette audace qu'il y avait à porter une énorme fleur rouge dans les cheveux, tige derrière l'oreille, qui la résumait le mieux. Mais cela, il le savait, ne la décrivait pas réellement.

Vos yeux, ajouta-t-elle soudain.

Il ne dit rien. En vérité il ne voyait pas que dire. N'avait jamais rien entendu d'aussi ridicule. Ses yeux, à lui ? Sans le vouloir il se retrouva à soutenir son regard, à la dévisager attentivement, à se repaître d'elle comme elle se repaissait de lui. Elle ne semblait pas s'en formaliser. Il y avait entre eux une intimité étrange et déstabilisante, une proximité inexplicable qui le troubla – le fait qu'il puisse détailler une femme du regard et qu'elle s'en fiche, du moment que c'était *lui* qui la regardait.

Grisant et déconcertant à la fois. Elle avait toute une série de petits défauts dont le meilleur exemple était le grain de beauté au-dessus de sa lèvre supérieure, à droite. Dorrigo comprit que la somme de ces imperfections faisait paradoxalement sa beauté, que cette beauté exerçait un pouvoir, et que ce pouvoir était à la fois conscient et inconscient. Peut-être croit-elle que sa beauté lui confère tous les droits, conclut-il. Eh bien elle n'aurait aucun droit sur lui.

Tellement noirs, reprit-elle, souriant à nouveau. Mais on doit souvent vous le dire.

Non, répondit-il.

Ce n'était pas tout à fait vrai, mais personne ne l'avait jamais dit exactement comme elle. Quelque chose l'empêcha de se détourner d'elle, de cette conversation incongrue, et de quitter la pièce. Il jeta un coup d'œil au cercle d'admirateurs à l'autre extrémité des rayonnages. Il eut la sensation troublante qu'elle était sincère, et que ses paroles ne s'adressaient qu'à lui.

Votre fleur, dit-il. C'est…

Il n'avait pas la moindre idée de ce que c'était.

Une fleur volée, lâcha-t-elle.

Elle semblait avoir l'éternité devant elle pour se faire une opinion de lui, et quand elle eut fini et l'eut trouvé à son goût, elle partit d'un rire qui lui donna le sentiment qu'elle avait vu chez lui les choses les plus séduisantes au monde. Comme si sa beauté à elle, ses yeux, tout ce qu'elle possédait de charmant et de merveilleux existait aussi chez lui.

Elle vous plaît ? demanda-t-elle.

Beaucoup.

Cueillie sur un camélia, dit-elle, et se remit à rire.

Puis ce rire – plutôt un petit gloussement, brusque et légèrement rauque, et curieusement impudique – s'arrêta net. Elle se pencha. Son parfum vint jusqu'à lui. Et l'odeur de l'alcool. Il eut toutefois conscience qu'elle était indifférente à sa gêne et ne tentait pas de le séduire. Ni de flirter. Et sans le chercher ni le vouloir, il sentit passer quelque chose entre eux, quelque chose d'indéniable.

Il laissa glisser sa main derrière son dos et se tourna pour être face à elle. Entre eux la poussière dansait dans un rayon de lumière tombant de la fenêtre, et il vit cette femme comme à travers les barreaux d'une cellule. Il sourit, dit quelque chose – il ne savait pas quoi. Il regarda le cercle des admirateurs de l'autre côté de la lumière, sa garde prétorienne qui attendait dans l'ombre, espérant que l'un d'eux s'avancerait et profiterait de sa gaucherie pour emmener l'inconnue avec lui.

Quel genre de soldat êtes-vous ? demanda-t-elle.

Pas un vrai.

De son livre, il tapota le triangle de feutre marron incrusté d'un cercle vert sur l'épaulette de sa veste.

Service de santé. Je suis médecin.

Soudain il se sentit à la fois vaguement contrarié et un peu tendu. Qu'avait-il à faire de la beauté ? D'autant qu'à son expression, à sa voix, à ses vêtements, à tout chez elle, il comprenait que cette femme avait une certaine classe, et même s'il était désormais médecin et officier, il restait assez proche de ses origines pour percevoir ce genre de choses avec acuité.

J'avais un peu peur de m'être invité à cette…

Au lancement de la revue ? Bien sûr que non. Je crois qu'ils accueillent volontiers n'importe qui d'un peu sensible à la poésie. Ou même sans cela. D'après Tippy là-bas – elle désigna l'autre femme –, d'après Tippy, ce poète qui lisait ses vers va révolutionner la littérature australienne.

Un homme courageux. Je me suis seulement engagé pour combattre Hitler.

Vous avez compris un mot de ce qu'il lisait ? dit-elle avec un regard à la fois direct et inquisiteur.

À propos des pingouins ?

Elle eut le même sourire radieux que s'ils venaient de franchir un pont dangereux.

Moi j'ai préféré le lacet.

Un de ses admirateurs chantait à la manière de Paul Robeson : *Ce bon vieux Rowley, il tient toujours la route.*

Tippy nous a tous entraînés ici, continua-t-elle avec une familiarité nouvelle, comme s'ils se connaissaient depuis des années. Mon frère, quelques amis à lui, et moi. Elle a été l'étudiante de ce poète. On suivait la Melbourne Cup à la radio dans un mess d'officiers, et elle a voulu qu'on vienne écouter Max.

Qui est Max ?

Le poète. Mais ce n'est pas l'important.

Qui est Rowley ?

Un cheval. Ce n'est pas important non plus.

Il était frappé de mutisme, ne savait que dire, ses paroles n'avaient aucun sens pour lui, aucun rapport avec tout ce qui se passait entre eux. Si le cheval et le poète n'étaient pas importants, qu'est-ce qui l'était ? Quelque chose chez elle – de l'ardeur ? de la franchise ? de la témérité ? – le perturbait profondément. Que voulait-elle ? Qu'est-ce que tout cela signifiait ? Il était impatient qu'elle s'en aille.

Entendant une voix masculine, il se retourna et vit que l'un des admirateurs – en uniforme bleu pâle d'officier de la Royal Australian Air Force – s'était approché pour expliquer avec un accent anglais caricatural qu'il fallait qu'elle les *aide à éclairer notre discussion sur le pari mutuel.* À son tour elle se retourna, et à la vue de l'uniforme bleu, son expression changea radicalement. Comme si elle était une autre femme. Et ses yeux tellement vivants face à Dorrigo semblèrent soudain, face à cet autre homme, morts.

L'uniforme bleu tenta d'ignorer ce regard en s'adressant à Dorrigo.

Vous savez que c'est elle qui l'a choisi.

Choisi qui ?

Old Rowley. Cent contre un. La cote la plus élevée de l'histoire des courses de chevaux. Et elle, elle savait. Elle ne s'est pas trompée de canasson, bon sang ! Harry là-bas n'a gagné que vingt dollars.

Sans laisser à Dorrigo le temps de répondre, l'inconnue parla à l'officier de la Royal Australian Air Force sur un ton aimable, mais sans chaleur.

J'ai encore une question à poser à mon ami, dit-elle, désignant Dorrigo. Ensuite, je retournerai discuter avec vous de la rentabilité des paris hippiques.

Sur ces mots, elle se tourna de nouveau vers Dorrigo et se désintéressa si complètement de l'homme en uniforme bleu qu'au bout d'un moment il alla retrouver les autres.

3

Quelle est la question ?

Aucune idée, répliqua-t-elle.

Il eut peur qu'elle se paie sa tête. Son instinct lui disait de partir, mais quelque chose le retenait. Elle pointa l'index vers ses mains.

De qui, ce livre ?

Catulle.

Ah bon ?

Nouveau sourire.

Dorrigo aurait voulu se débarrasser d'elle, or il était incapable de se libérer. Ces yeux, cette fleur rouge. Cette façon – mais il refusait d'y croire – dont elle semblait lui sourire, à lui seul. Il remit une main derrière son dos, pianota du bout des doigts sur les reliures derrière lui, sur Lucrèce, Hérodote et Ovide. Aucun ne répondit.

Un poète latin, précisa-t-il.

Lisez-moi un de ses poèmes.

Il ouvrit le livre, baissa les yeux, les releva.

Vous êtes sûre ?

Évidemment.

C'est très aride.

Adélaïde aussi.

Il baissa une fois encore les yeux et lut :

Je sentis un nouvel appétit
Naître entre
Ma tunique et ma toge.

Il ferma le livre.

Pour moi le latin c'est du chinois, dit-elle.
Pour moi aussi.
Dorrigo comptait l'offenser avec ce poème et vit que c'était raté. Elle souriait toujours. Curieusement elle accueillait même un affront venant de lui comme une tentative de flirt, au point qu'il finit par se demander s'il ne flirtait pas bel et bien.
Il jeta un coup d'œil vers la fenêtre, sorte d'appel à l'aide. Rien à espérer.
Lisez-m'en un autre.
Il tourna fébrilement quelques pages, s'interrompit, en tourna quelques autres, s'arrêta, et commença :

Vivons et aimons
Et soucions-nous comme d'une guigne des barbons
Qui sermonnent et désapprouvent.
Les soleils quand ils se couchent se lèvent à nouveau,
Mais nous…

Une étrange colère monta en lui. Pourquoi fallait-il qu'il lui lise ce poème entre tous ? Pourquoi pas un qui puisse réellement l'offenser ? À présent une autre émotion l'étreignait, le guidait, maintenait sa voix grave et forte tandis qu'il poursuivait sa lecture :

Mais nous, quand notre bref éclat se ternit,
Devons dormir à jamais dans la longue nuit.

Elle pinça le haut de son corsage entre le pouce et l'index, le remonta tout en fixant Dorrigo avec des yeux qui semblaient dire qu'elle préférerait tirer dans l'autre sens.
Il referma le livre. Ne voyait pas qu'ajouter. Quantité de choses lui traversaient l'esprit, des choses divertissantes, anodines, brutales, qui l'éloignaient des rayonnages, de cette femme et de son terrible regard, de ses yeux de flamme, bleus et féroces – mais il les garda pour lui. Au lieu de toutes les bêtises qu'il aurait pu sortir, de toutes ces choses qui paraissaient grossières et nécessaires, il s'entendit balbutier :
Vos yeux sont…

On parlait de l'absurdité de l'amour, intervint une voix masculine.

Se retournant, Dorrigo vit le plus infortuné des prétendants, l'ami proche qui avait quitté le cercle des admirateurs pour les rejoindre et, probablement, remmener les yeux bleus avec lui. Se sentant peut-être obligé de l'inclure dans la conversation, l'homme lui sourit dans l'espoir de jauger un rival et l'effet qu'avait sur lui la jeune femme. Dévastateur, aurait aimé lui avouer Dorrigo.

La plupart des gens vivent sans amour, reprit l'ami. Vous n'êtes pas d'accord ?

Je n'en sais rien.

L'homme souriait toujours, un sourire du bout des lèvres à l'adresse de Dorrigo, et qui s'épanouit lentement à l'intention de l'inconnue, une invitation complice à revenir vers lui, vers son monde à lui, vers l'essaim de faux bourdons. Elle ignora ce prétendant, lui tourna le dos en disant qu'elle en avait pour une minute – manière de lui intimer l'ordre de la laisser seule avec Dorrigo. Parce que leur échange était purement privé, au fond, même si Dorrigo, observant son mode de communication silencieux mais limpide, prit conscience qu'il ne le souhaitait pas plus qu'il n'y avait consenti.

Toutes ces discussions sur l'amour ne riment à rien, continua le prétendant. On n'a pas besoin d'amour. Les meilleurs mariages sont ceux entre gens compatibles. La science prouve qu'on génère tous des champs électromagnétiques. Quand on rencontre quelqu'un avec des ions de signe opposé alignés dans la bonne direction, on est attiré. Mais ce n'est pas de l'amour.

Alors c'est quoi ?

Du magnétisme, répondit le prétendant.

4

Le major Nakamura était un piètre joueur de cartes, et pourtant il venait de remporter la dernière partie, car aussi bien les officiers sous ses ordres que les prisonniers de guerre australiens qu'il prenait pour partenaires avaient compris qu'il valait mieux le laisser gagner. Par la voix du lieutenant Fukuhara, son interprète, Nakamura remercia le médecin colonel australien, commandant des prisonniers, pour cette soirée. Le major se leva, chancela, manqua tomber, puis retrouva l'équilibre. Il semblait étrangement exubérant pour quelqu'un qui avait failli s'étaler de tout son long.

Le whisky thaïlandais qu'il avait apporté produisait également son effet sur les deux officiers australiens, et Dorrigo Evans se leva à son tour avec précaution. Il savait qu'il devait endosser à présent son rôle de Big Fella. Il avait repoussé le moment toute la soirée, mais l'heure était venue d'agir. La course contre la montre durait depuis trente-sept jours sans interruption.

Major, commença Dorrigo Evans. Nakamura lui sourit. Dorrigo lui sourit en retour : Pour répondre aux souhaits de l'Empereur, il serait sage de ne pas gaspiller nos forces. Afin de construire au mieux cette voie ferrée, il nous faut ménager nos hommes plutôt que les détruire. Une journée de repos aiderait grandement à préserver l'énergie des prisonniers, mais aussi leur vie même.

Il s'attendait à ce que Nakamura explose, le frappe ou le menace, qu'au minimum il se mette à crier ou à hurler. Or celui-ci se contenta de rire pendant que le lieutenant Fukuhara traduisait. Après un rapide aparté, le commandant japonais partit en titubant et laissa Fukuhara traduire sa réponse pour Dorrigo.

Le major Nakamura dit prisonniers chanceux. Eux sauver l'honneur en mourant pour l'Empereur.

Nakamura s'immobilisa, se retourna et s'adressa à eux.

C'est vrai, cette guerre est cruelle, traduisit le lieutenant Fukuhara. Quelle guerre n'est pas cruelle ? Mais la guerre c'est des êtres humains. La guerre c'est nous. La guerre c'est ce que nous faisons. La voie ferrée tue peut-être des êtres humains, mais je ne fais pas les êtres humains. Je fais la voie ferrée. Le progrès ne demande pas la liberté. Le progrès n'a pas besoin de liberté. Le major Nakamura dit que le progrès peut advenir pour d'autres raisons. Vous, docteur, vous appelez ça privation de liberté. Nous, on appelle ça volonté, nation, Empereur. Pour vous, docteur, c'est de la cruauté. Pour nous c'est le destin. Avec ou sans nous. C'est l'avenir.

Dorrigo Evans s'inclina. Squizzy Taylor, médecin militaire et son commandant en second, l'imita.

Mais le major Nakamura n'en avait pas terminé. Il reprit la parole et lorsqu'il eut fini, Fukuhara déclara :

Votre Empire britannique… Comme dit le major Nakamura : vous croyez qu'il n'a pas eu besoin de privation de liberté, colonel ? Il a été construit traverse après traverse de privation de liberté, pont après pont de privation de liberté.

Le major Nakamura tourna les talons et s'éloigna. Dorrigo se dirigea d'un pas incertain vers la hutte réservée aux officiers prisonniers de guerre, vers son lit de camp trop court pour lui. C'était un privilège absurde qu'il aimait bien, parce qu'au fond, ce n'était pas vraiment un privilège. Il jeta un coup d'œil à sa montre. Minuit quarante. Il poussa un grognement. Pour pouvoir déplier ses longues jambes, il s'était bricolé un trépied en bambou, sur lequel un baril de pétrole aplati tenait lieu de plateau. Il le renversait souvent quand il avait le sommeil agité.

Il alluma à son chevet une bougie presque consumée et s'allongea. Ramassa un livre aux pages cornées – denrée rare dans le camp –, un roman d'amour qu'il lisait avant de s'endormir pour s'évader un peu et avait presque terminé. Mais à cause de l'ébriété, de l'épuisement et de la maladie, Dorrigo n'avait ni l'énergie de lire ni l'envie de bouger, et déjà le sommeil l'emportait. Il posa le livre par terre et souffla sa bougie.

5

Le vieil homme rêvait qu'il était un jeune homme endormi dans un camp de prisonniers de guerre. Dorrigo Evans ne connaissait désormais rien de plus réel que les rêves. Étoile déclinante, il avait poursuivi la connaissance au-delà des confins de la pensée humaine.

Il se redressa.

Quelle heure est-il ?

Presque trois heures.

Il faut que j'y aille.

Il n'osa pas prononcer le prénom "Ella". Ni le mot "épouse" ni le mot "maison".

Où est mon kilt ?

Tu pensais encore à elle, non ?

Où est passé ce kilt ?

Ça me fait de la peine, tu sais.

Bon sang de kilt !

Il était revenu en kilt du dîner annuel de la Parramatta Burns Society, dont il était membre depuis que sa profession l'avait amené à Sydney en 1974, et mécène sans autre raison à sa connaissance que ses deux vices : son goût avoué pour le whisky et son goût secret pour les femmes. Or le kilt avait disparu.

Pas Ella, dit-elle. Parce que ce n'est pas de l'amour.

Il pensa à son épouse. Il ne trouvait dans sa vie de couple qu'une profonde solitude. Il ne comprenait pas pourquoi il était marié, pourquoi on condamnait le fait de coucher avec d'autres femmes que la sienne, pourquoi tout cela avait de moins en moins de sens. Il n'aurait pas davantage pu dire quelle était cette étrange douleur de plus en plus intense au creux de son estomac, pourquoi il avait désespérément besoin de humer le dos de Lynette Maison, ni pourquoi ses rêves étaient la seule réalité de son existence.

Il ouvrit le minibar, sortit la dernière mignonnette de Glenfiddich, et nota avec un hochement de tête désapprobateur la présence du nouveau dispositif électronique capable d'enregistrer instantanément la bouteille qu'il venait de prendre. Il sentait advenir un monde nouveau, plus efficace, plus policé, un monde de limites et de surveillance où tout était connu et où il n'était plus nécessaire de faire des expériences. Il comprenait que son moi public – celui qui figurait sur les pièces de monnaie et les timbres – s'accommoderait bien de cette ère nouvelle, alors que l'autre partie de lui-même, son moi privé, deviendrait de plus en plus incompréhensible et déplaisante : tout le monde s'entendrait pour la cacher.

Elle ne cadrait pas avec cette nouvelle ère conformiste qui s'insinuait partout, même dans nos émotions, et il n'en revenait pas que les gens se touchent sans arrêt et racontent leurs problèmes, comme si parler de la vie suffisait en quelque sorte à en décrire le mystère ou à en nier le chaos. Il percevait un certain dessèchement, une surévaluation des risques et, autant que possible, leur élimination au profit d'un monde aseptisé où l'on serait plus ému par une émission de cuisine que par la lecture d'un poème ; où l'on s'enthousiasmerait pour une soupe aux herbes sauvages. Il avait mangé de la soupe aux herbes sauvages dans les camps de prisonniers : il préférait une nourriture digne de ce nom. L'Australie qui trouvait refuge dans sa tête était peuplée par l'histoire des morts ; l'Australie des vivants lui paraissait un pays d'une étrangeté croissante.

Dorrigo Evans avait grandi à une époque où une vie pouvait se concevoir et se vivre poétiquement, ou même, comme c'était de plus en plus souvent son cas, à l'ombre d'un seul poème. Si la télévision et avec elle la notion de célébrité – celle de gens que l'on n'aurait autrement pas souhaité connaître, se disait-il – avaient mis un terme à cette époque, elles s'en nourrissaient à l'occasion, trouvant dans la clarté de ceux qui organisaient leur existence autour de l'élégant mystère de la poésie le support d'une imagerie d'où toute réflexion était absente ou presque.

Le documentaire consacré à Dorrigo et à la construction de la Ligne, diffusé en 1972 le jour de la commémoration de l'Australian and New Zealand Army Corps, lui avait le premier fait une place dans la conscience nationale, place accrue par sa participation ultérieure à des *talk-shows* où il jouait les conservateurs humanistes – un masque de plus.

Conscient d'avoir fait son temps et taraudé par son éternel désir de vivre plus intensément, il dévissa le bouchon de la mignonnette de whisky. Alors qu'il en avalait une gorgée, il sentit sous ses orteils le kilt au pied du réfrigérateur. En l'enfilant, il jeta un coup d'œil vers le lit où, dans l'étrange halo émis par l'affichage digital du réveil et par la lumière verte du détecteur de fumée, Lynette semblait être sous l'eau. Elle avait son bras posé sur les yeux. Il le souleva. Elle pleurait. En silence, sans bouger.

Lynette ?

Rien de grave. Vas-y.

Il n'en avait pas envie mais devait poser la question.

Qu'y a-t-il ?

Rien.

Il se pencha pour effleurer des lèvres son front aux reflets vert mousse. Un goût de poudre de riz. Un parfum oppressant de jasmin qui lui donnait toujours envie de s'enfuir.

C'est difficile de vouloir quelque chose qu'on ne peut pas avoir, dit-elle.

Il prit ses clés de voiture. Conduire ivre sur les routes de campagne lui procurait un immense plaisir : la lumière des phares, le petit jeu du pas vu pas pris, la satisfaction de s'en tirer impunément une fois de plus. Il finit de s'habiller à la hâte, vida la mignonnette de whisky, passa cinq minutes agaçantes à chercher l'escarcelle qu'il portait sur le kilt, la trouva finalement sous son recueil de poèmes de mort japonais et quitta la pièce, oubliant le livre.

6

Dorrigo avait obtenu quarante-huit heures de permission pour la semaine suivante. Il se fit transporter gratuitement à bord d'un avion militaire qui rentrait à Melbourne, et dans le vide et le silence de ses deux journées plus une soirée avec Ella il s'efforça de mettre un maximum de bruit et de mouvement. Plus que jamais il avait désespérément besoin d'elle, de même qu'un homme sur le point d'être tué à coups de pied s'agrippe désespérément à la boue sous ses mains.

Plusieurs fois il faillit lui parler de la femme qui avait engagé la conversation avec lui dans cette librairie d'Adélaïde. Mais qu'y avait-il à raconter ? Il ne s'était rien passé. Il dansa avec Ella. Ils burent ensemble. Que s'était-il passé ? Il ne s'était rien passé.

Il se cramponnait à Ella comme à une bouée de sauvetage. Il avait envie de coucher avec elle pour qu'ils se retrouvent, mais lui fut reconnaissant de se refuser à ce qu'il voyait soudain, inexplicablement, comme une relation adultère. Ses cheveux noirs, ses yeux sombres, ses rondeurs : elle était belle, et pourtant il ne ressentait rien pour elle.

Que s'était-il passé ? Il n'arrivait pas à penser à ses yeux, ni à ses cheveux, il était en proie à un sentiment aussi déconcertant qu'un million de grains de poussière tourbillonnant sans but. Un étrange remords assombrissait son humeur. Or qu'avait-il fait ? Rien. Il avait conversé pendant quelques minutes au plus, avant de tourner les talons et de quitter la librairie. Il ne connaissait même pas le prénom de cette femme. Quelles questions lui avait-il posées ? Que lui avait-elle répondu ? Rien. Rien. Il ne connaissait même pas son prénom.

Le monde d'Ella – jusque-là si solide et rassurant à ses yeux qu'il souhaitait en faire partie – lui semblait subitement exsangue et insipide. Malgré ses efforts pour retrouver cette aisance indéfinissable, ce parfum indélébile du pouvoir et de ses privilèges qui l'attiraient tant auparavant, ce monde ne signifiait plus rien pour lui – pis, il lui inspirait de la répugnance.

Ella et les autres mettaient la récente irritabilité de Dorrigo sur le compte de la grande coupable de l'époque : la guerre. La guerre mettait sous pression, la guerre rendait fou, la guerre anéantissait, la guerre excusait tout. Pour sa part, Dorrigo l'attendait avec impatience, s'il n'y avait d'autre alternative.

Il finit par se confier à Ella comme s'il ne s'agissait que d'une rencontre insolite, or à la raconter elle lui fit l'effet d'une infidélité. Il éprouva une honte indicible. Pourquoi ne pouvait-il pas désirer Ella ? Et dépeignant l'inconnue comme une femme excessive, peu fréquentable, il sentit qu'il trahissait ce qui s'était passé, de même qu'il la trahissait, elle, et lui aussi en quelque sorte. Il conclut son récit avec un frisson.

Elle était jolie ? demanda Ella.

Il répondit qu'elle n'avait rien d'extraordinaire. Conscient qu'il devait en dire plus, il ajouta qu'elle avait de belles… – il chercha un trait dont il ne gardait aucun souvenir, un trait qui ne serait pas indécent – *dents*. Oui, elle avait de belles dents. C'était à peu près tout, en fait.

Dis plutôt des crocs, lança Ella d'une voix un peu stridente. Et un camélia rouge dans les cheveux ? Vraiment… Elle me fait l'effet d'un monstre.

Or elle n'avait rien d'un monstre. Elle était restée là et quelque chose s'était produit, quelque chose s'était passé entre eux, et ce qu'il pouvait le regretter ! Car Ella lui apparaissait désormais comme quelqu'un qu'il ne connaissait pas. Son bavardage qu'il avait toujours trouvé joyeux lui semblait à présent faussement naïf ; le parfum qu'elle ne portait que pour lui empestait, et il avait envie de la blesser afin qu'elle s'en aille.

Je dois être jalouse ? reprit-elle.

De quoi ? Bon sang, tu ne peux pas savoir à quel point j'étais content de quitter cette librairie.

Quelques instants plus tard, il embrassait Ella. Elle est gentille, se disait-il. Quelque part il la plaignait, conscient au fond de lui qu'ils souffriraient tous deux à cause de la gentillesse d'Ella et de la pitié qu'elle lui inspirait. Il détestait cette gentillesse, sa propre pitié lui faisait peur et il ne voulait qu'une chose : fuir tout cela pour de bon. Et plus la détestation, la peur et l'envie de fuir le gagnaient, plus il embrassait Ella, mais leurs étreintes devenant plus passionnées, un moment faisant place au suivant et cette journée au lendemain, la vie reprenant, ses idées noires s'estompèrent et il ne pensa presque plus à la jeune femme au camélia rouge.

Il retrouva sa bonne humeur, la permission parut passer trop vite dans un tourbillon ininterrompu de fêtes, de rencontres inopinées et de nouvelles connaissances. Tout le monde semblait vouloir faire la connaissance du chevalier servant d'Ella, ses amis à elle comme ceux de ses parents. Ainsi Dorrigo fut-il présenté à presque toute la bonne société de Melbourne et finit-il par se reconnaître dans l'image qu'on lui renvoyait : celle d'un jeune homme promis à un grand avenir après la guerre. Et dans cette vie parfaite tout s'accordait si bien : lui, Ella et sa famille, leur place dans le monde, qui bientôt serait aussi la sienne. Contre toute attente les difficultés avec Ella s'aplanissaient : plus de barrières entre eux, tout redevenait comme avant, en mieux peut-être, et il avait complètement oublié la librairie et ses propres doutes.

Dès son retour à Adélaïde, il s'absorba dans les problèmes de logistique qu'il avait normalement en horreur. Devant le baraquement de l'état-major du camp de Warradale – où quelques autres médecins et lui avaient leur bureau – des nuages de poussière tournoyaient sur le terrain de manœuvres pendant qu'à l'intérieur, dans une chaleur d'étuve, Dorrigo tentait de se concentrer sur les préparatifs pour l'embarquement : fournitures et matériel inexistants, ou bien auxquels personne n'avait pensé, source d'une quantité sidérante de paperasserie dont il voyait rarement l'utilité ou la fin. Certains soirs offraient la perspective d'une légère baisse des températures et de fêtes avec de la bière bien fraîche et du punch glacé, dans lesquelles il s'absorbait également tout entier, cherchant l'oubli qu'il trouvait parfois.

Une carte postale de Keith Mulvaney était arrivée, nouvelle invitation à lui rendre visite au King of Cornwall. Au recto une photo colorisée à la main représentait l'hôtel, imposant bâtiment de quatre étages en pierre – avec des loggias à chaque étage, orientées vers une longue plage déserte – et dont la construction datait de 1886 d'après la carte. À en juger par les canotiers et les moustaches des hommes devant l'hôtel, la carte elle-même n'était guère plus récente. Dorrigo l'avait glissée par erreur entre les dossiers.

Partout et chez tous se développait un sentiment de frustration à cause des reportages sur le Blitz à Londres, et de ceux sur l'offensive lancée par les Australiens contre les Italiens en Libye, alors qu'eux-mêmes restaient cantonnés à Adélaïde. Des rumeurs d'embarquement imminent et de destinations possibles – la Grèce, la Grande-Bretagne, l'Afrique du Nord, une invasion de la Norvège – circulaient.

Dorrigo s'immergeait dans sa vie, dans ce travail acharné et ces fêtes qui se succédaient à un rythme effréné, et laissait le reste refluer toujours plus loin. Un jour en fin d'après-midi, il retrouva sous une pile de formulaires de réquisition de brancards la carte postale de l'hôtel en bord de mer de Keith Mulvaney. Et le week-end suivant, avec douze heures de permission devant lui et rien de mieux à faire, Dorrigo prit la route côtière au volant d'un camion Studebaker qu'il avait emprunté au frère de son ordonnance.

Peu avant le crépuscule, il atteignit une localité servant de village de vacances aux habitants d'Adélaïde. Effet de la brise venant du large et du bruit des vagues, la chaleur devenait non seulement supportable, mais presque sensuelle et bienvenue. Si la plage semblait aussi impressionnante que sur la carte postale, le King of Cornwall, à la fois plus somptueux et plus délabré que ne le suggérait la photo, avait le charme envoûtant des vieilles choses sur le déclin.

À l'intérieur, un long bar sombre, typique du Sud de l'Australie : haut de plafond, plongé dans une pénombre agréable après le soleil brutal de l'été méridional. Les bruns tirant sur le gris du bois teinté apaisaient et reposaient les yeux après l'éclat du monde extérieur. Les ventilateurs de plafond couvraient à intervalles réguliers le brouhaha de la conversation des clients. Dorrigo s'approcha du bar, où une serveuse rangeait quelques bouteilles sur une étagère du fond. Elle lui tournait le dos, et il lui demanda si elle pourrait l'aider à trouver Keith Mulvaney.

Je suis le neveu de Keith, ajouta-t-il.

Vous devez être Dorrigo.

La serveuse se retourna. Ses cheveux blonds étaient relevés en un chignon. Je suis…

Dans le faisceau de lumière électrique qui éclairait le bar, ses yeux bleus luirent soudain. Durant quelques instants ils exprimèrent quelque chose, puis plus rien.

Je suis l'épouse de Keith, dit-elle.

7

Il regardait partout à la fois, de l'étagère la plus haute, celle des rhums et des whiskys, aux autres clients et au sous-verre en tissu au nom du KING OF CORNWALL. Posée dessus, une main de femme tenant un torchon humide. Des doigts élégants aux ongles d'un rouge orangé. Un désir fou de les sentir dans sa bouche l'étreignit. Il eut la sensation d'irradier devant elle, la tête lui tournait.

Dites à Keith que…

Oui ?

Que ma permission a été raccourcie. Que je ne peux pas m'attarder.

Et vous êtes…

Son neveu.

Dorry ?

Il ne se souvenait pas de son prénom, mais ça y ressemblait.

Vous êtes Dorry ? Dorrigo ? Ce n'est pas comme ça qu'on vous appelle ?

Eh bien si. En effet.

C'est… *original.*

Mon grand-père est né là-bas. Il paraît qu'il accompagnait Ben Hall dans ses chevauchées.

Ben Hall ?

Le bandit qui vivait dans le bush :

Car comme au temps
De Turpin et Duval
Les amis du peuple étaient des hors-la-loi
De la même trempe que le vaillant Ben Hall.

Jamais vous ne parlez avec vos mots à vous ? demanda-t-elle.

Dorrigo est mon second prénom, mais il…

Vous est resté ?

On dirait.

Keith n'est pas là. Il sera déçu de vous avoir raté.

La guerre.

Oui. Ce M. Hitler.

Je repasserai.

N'y manquez pas, Dorry. Il regrettera tellement que vous n'ayez pas pu attendre.

Il s'éloigna. Au fond de lui un affreux tumulte, excitation et trahison mêlées comme s'il appartenait à cette femme et qu'elle l'abandonnait, plus le sentiment qu'elle lui appartenait aussi et qu'il devait la reconquérir. À la porte il se retourna et fit deux pas vers le bar.

On ne se serait pas… ?

Elle pinça le haut de son corsage entre le pouce et l'index – aux ongles du même orangé qu'un scarabée de Noël déployant ses ailes – et tira l'étoffe vers le haut.

Dans la librairie ?

Si, répondit-elle.

Il revint au bar.

Je croyais qu'ils étaient…, commença-t-il.

Qui ça ?

Il le sentait, ce quelque chose entre eux, sans savoir ce que c'était. Il n'y pouvait rien, n'y comprenait rien, mais il le sentait.

Ces types. Je croyais qu'ils étaient…

Quoi donc ?

Avec vous. Que…

Oui ?

Que c'étaient… vos… vos admirateurs.

Ne soyez pas ridicule. Seulement les amis d'un ami du mess des officiers, que je n'avais pas vus depuis longtemps. Et quelques amis à eux. Donc vous êtes ce brillant jeune médecin ?

Jeune, oui. Mais vous aussi.

Plus tant que ça. Je dirai à Keith que vous êtes passé.

Elle se mit à essuyer le bar. Un client brandit dans sa direction un verre vide cerclé de mousse.

J'arrive, dit-elle.

Il partit, regagna la ville au volant du camion, trouva un bar et se soûla consciencieusement jusqu'à ce que, ivre mort, il ne se souvienne plus de l'endroit où il avait garé le Studebaker. Mais lorsqu'il reprit connaissance, le souvenir de cette femme était encore là. La douleur battante dans son crâne, la souffrance dans chacun de ses gestes, actes ou pensées semblaient n'avoir qu'elle pour cause et pour remède, elle, encore et toujours et seulement elle.

Pendant plusieurs semaines, il tenta de s'anesthésier en se joignant comme médecin militaire aux interminables marches d'une compagnie d'infanterie, couvrant jusqu'à une trentaine de kilomètres par jour – des vignobles de la vallée où ils emplissaient leurs gourdes de muscat et de vin rouge, aux plages de la côte où ils se baignaient avant de rentrer pour repartir le lendemain –, par une chaleur si intense qu'on aurait dit un ennemi. Il aidait à porter le paquetage des hommes qui s'écroulaient d'épuisement, se dépassait au-delà du raisonnable. Finalement, le commandant lui ordonna d'en faire un peu moins pour ne pas le ridiculiser aux yeux des autres.

Certains soirs il écrivait à Ella des lettres où il tentait de se perdre dans les formes d'expression et les métaphores de l'amour que la littérature lui avait apprises. Des lettres longues et ternes qui sonnaient faux. Son esprit était tourmenté par des pensées et des sentiments qu'il n'avait jamais lus nulle part. Donc il ne pouvait s'agir d'amour. Il sentait en lui un tourbillon de haine et de désir pour la femme de Keith. Il aurait voulu étreindre son corps. Il aurait voulu ne jamais la revoir. Il éprouvait du mépris et un étrange détachement, et se sentait complice – comme s'il savait quelque chose qu'il n'aurait pas dû savoir – tout en ayant la curieuse intuition qu'elle aussi savait. Il se raisonnait : dès que son unité s'embarquerait pour un autre continent, il ne penserait heureusement plus à elle. Mais il ne pouvait s'empêcher de penser à elle.

Il mangeait peu, perdait du poids et semblait si bizarrement préoccupé que le commandant de la compagnie, à la fois impressionné et vaguement inquiet devant le zèle extraordinaire déployé par Dorrigo, lui accorda une permission spéciale de vingt-quatre heures. Ella avait dit qu'elle viendrait à Adélaïde si la permission était trop courte pour qu'il ait le temps de se rendre à Melbourne. Et malgré son intention de passer la journée avec elle, ayant même choisi un restaurant où l'emmener, il réussit le prodige de ne mentionner cette future permission dans aucune de ses nombreuses lettres et cartes à Ella. À l'approche de la date prévue, il jugea cruel de lui en parler, puisqu'il serait trop tard pour qu'elle prenne ses dispositions, et qu'elle se retrouverait terriblement déçue. Après avoir décidé de garder le silence, et s'être solennellement juré de ne jamais retourner au King of Cornwall, il appela son oncle Keith qui l'invita à passer la nuit chez lui, assurant que "mon Amy", ainsi qu'il appelait son épouse, serait aussi heureuse que lui-même de le voir.

Mon Amy, s'était répété Dorrigo Evans en raccrochant. Mon Amy.

8

Après sa partie de cartes avec les officiers australiens, le major Nakamura avait sombré dans un profond sommeil induit par l'alcool. Au cours de ses rêves insolites, perdu dans une salle sombre, il frôlait une patte d'éléphant et tentait d'imaginer de quelle pièce une telle colonne pouvait soutenir le plafond. Un immense fouillis de jeunes lianes et de feuillages touffus entourait ses yeux comme d'un bandeau, l'aveuglant. Autour de lui il sentait grouiller la vie, mais nulle part la vie ne lui semblait intelligible. Tout dans cette salle était inattendu et barbare – la jungle à perte de vue ou bien les prisonniers australiens presque nus qui, il le savait, l'encerclaient telle une troupe de singes géants, velus, menaçants.

Quelle était cette salle ? Comment en sortir ? Le bandeau vert lui enserrait maintenant la gorge, l'étouffait. Son cœur cognait dans sa poitrine. Il reconnaissait le goût d'une cuiller de cuivre dans sa bouche sèche, une sueur rance et glaciale lui poissait le dos, ses côtes lui faisaient un mal de chien et il était lui-même incommodé par son odeur âcre.

Tremblant, grelottant, il prit conscience qu'on le secouait pour le réveiller. Il hurla :

Quoi encore ?

Il dormait mal, ces derniers temps, et ce réveil brutal en pleine nuit le laissa désorienté et furieux. Il sentit dans l'air la pluie de la mousson avant de l'entendre s'abattre sur le sol au-dehors, entrecoupée par la voix exaspérante du lieutenant Fukuhara qui l'appelait. Il hurla de nouveau :

Qu'y a-t-il ?

Il ouvrit les yeux, vit des ombres bondissantes, des lueurs vacillantes, et commença à se gratter. Une cape caoutchoutée toute mouillée formait un cône noir et brillant dont la pointe était surmontée par le visage soucieux de Fukuhara, comme toujours impeccable, même dans les pires situations, avec ses cheveux coupés à ras, ses lunettes à monture de corne et sa moustache où perlait la pluie. Derrière lui, une lampe-tempête à la main, se tenait le caporal Tomokawa, dont la casquette à rabats détrempée accentuait la ressemblance de sa tête avec un *daikon*.

Le caporal était en faction, mon commandant, quand un conducteur de camion et un colonel du 9e régiment du chemin de fer sont arrivés au camp à pied, expliqua Fukuhara.

Nakamura se frotta les yeux, puis se gratta si fort qu'il arracha une croûte et que son coude se mit à saigner. Sans les voir, il se savait couvert de tiques. Des tiques qui le piquaient. Sous les aisselles, dans le dos, sur le torse, à l'entrejambe, partout. Il avait beau se gratter, les tiques s'enfonçaient encore davantage. Elles étaient toutes petites. Assez pour s'insinuer sous la peau et piquer tout leur soûl.

Tomokawa ! Vous les voyez ? Vous les voyez, oui ou non ?

Il leva le bras.

Tomokawa lança un coup d'œil furtif à Fukuhara, s'avança, brandit sa lanterne et inspecta le bras de Nakamura. Il recula d'un pas.

Non, mon commandant.

Les *tiques* !

Non, mon commandant.

Elles étaient si petites que personne d'autre ne les voyait. Cela faisait partie de leur nature infernale. Il n'aurait pu dire comment elles s'insinuaient sous sa peau, mais il les soupçonnait de pondre leurs œufs dans ses pores où ils incubaient avant d'y éclore, d'y grandir, d'y mourir. Il fallait se gratter pour les extirper. Des tiques siamoises, inconnues de la science.

Il avait déjà ordonné au caporal Tomokawa d'inspecter tout son corps à l'aide d'une loupe, et même là, cet imbécile avait déclaré qu'il ne les voyait pas. Nakamura savait qu'il mentait. Fukuhara prétendait que les tiques n'existaient pas, que les démangeaisons étaient un effet secondaire du Philopon. Comment diable le savait-il ? Dans cette jungle, il y avait tant de choses que personne n'avait jamais vues ni vécues. Un jour, la science découvrirait ces tiques et leur donnerait un nom, mais dans l'intervalle il était condamné à les endurer, comme il devait endurer tant d'autres choses.

Le colonel Kota apporte de nouvelles consignes données par le groupe de commandement du chemin de fer, et qu'il doit vous transmettre avant de reprendre sa route vers le col des Trois Pagodes, poursuivit Fukuhara. Il se restaure au mess. Il a ordre de vous briefer dès que possible.

D'un geste mal assuré, Nakamura désigna une petite table près de son lit pliant.

Shabu, marmonna-t-il.

Tomokawa écarta la lampe-tempête du visage de son officier supérieur et fouilla parmi les ombres noirâtres qui passaient et repassaient sur les graphiques, les comptes rendus et les formulaires posés sur la table, tachés pour la plupart de moisissures sombres en forme de fleurs.

Fukuhara, le jeune et empressé Fukuhara au long cou, dont Nakamura trouvait le zèle de plus en plus oppressant, continuait à expliquer que c'était le premier camion en dix jours à emprunter cette route quasiment impraticable, et qu'avec la pluie, ce serait sûrement le dernier avant…

Oui, oui, répliqua Nakamura. *Shabu !*

Le camion est embourbé à trois kilomètres d'ici, et le colonel Kota a peur que les indigènes pillent sa cargaison, conclut le lieutenant Fukuhara.

Shabu ! siffla Nakamura entre ses dents. *Shabu !!!*

Tomokawa repéra le flacon de Philopon sur une chaise près de la table. Il le tendit à Nakamura, qui survivait ces derniers temps presque uniquement grâce à la méthamphétamine fournie par l'armée. Nakamura renversa le flacon et le secoua. Rien n'en sortit. Il s'assit sur son lit pliant, contempla le flacon vide dans sa main.

Pour avoir l'esprit combatif, lut-il d'un ton morne sur l'étiquette du flacon. Il savait qu'il avait surtout besoin de sommeil et ne pourrait pas dormir dans l'immédiat, qu'il devait passer le reste de la nuit debout à s'entretenir avec Kota et à organiser la récupération du camion, tout en se débrouillant pour terminer son tronçon de voie ferrée dans le délai impossible qu'exigeait à présent l'état-major. Il lui fallait du *shabu*.

Avec violence il jeta soudain le flacon de Philopon par l'ouverture de la tente où, comme tant d'autres choses, celui-ci disparut sans un bruit dans le néant de la boue, de la jungle et de la nuit infinie.

Caporal Tomokawa !

À vos ordres ! répondit le caporal et, sans une parole de plus de part et d'autre, il sortit dans l'obscurité où son corps trapu s'éloigna en boitant légèrement.

Nakamura se frotta le front. Il pensait à la volonté dont il devait faire preuve pour que la réalisation de la voie ferrée progresse à la vitesse requise. Au début – quand le haut commandement avait décrété la construction d'une voie reliant le Siam et la Birmanie – tout était différent. En tant qu'officier du 5ᵉ régiment du chemin de fer de l'armée impériale japonaise, Nakamura s'était enthousiasmé pour le projet. Avant la guerre, Anglais et Américains avaient envisagé une telle ligne ferroviaire et l'avaient déclarée irréalisable. Le haut commandement japonais avait ordonné sa construction dans les plus brefs délais. Le plaisir éprouvé par Nakamura à l'idée de jouer un rôle modeste, mais significatif, dans cette mission historique, et sa fierté d'associer son nom à un destin national et impérial étaient immenses.

Mais en mars 1943, quand il s'était rendu au cœur de ce pays mystérieux, il s'était pour la première fois retrouvé à l'écart de la foule et des villes qui l'avaient formé, loin de l'étrange conformisme qui règle la vie des hommes dans ces agglomérations. Ils étaient ingénieurs, soldats ou gardes, ils étaient le code militaire qu'ils avaient toujours avec eux, ils étaient l'incarnation des souhaits de l'Empereur et de l'esprit japonais, de ses projets, de ses rêves et sa volonté. Ils étaient le Japon. Mais ils n'étaient pas assez nombreux face aux coolies et aux prisonniers de guerre, et la jungle se refermait chaque jour un peu plus sur eux.

Né de et dans la foule, Nakamura constatait l'emprise croissante d'une solitude étrange et inattendue sur sa vie. Et cette solitude le perturbait de plus en plus. Pour faire taire ces sentiments troublants, il se jetait à corps perdu dans son travail, or plus il travaillait, plus sa mission se transformait en une équation démente. Depuis l'arrivée de la mousson la rivière était en crue et charriait des arbres, devenant trop dangereuse pour le transport de lourdes charges en amont, cependant que la route – comme le colonel Kota avait pu le constater – était presque impraticable et l'approvisionnement désormais réduit au minimum. Il n'y avait pas de machines, seulement des outils manuels, et de piètre qualité. Dès le début, les prisonniers n'étaient pas assez nombreux pour suffire à la tâche, et ceux qui n'étaient à présent ni morts ni mourants paraissaient mal en point. Par-dessus le marché, le choléra avait fait son apparition une semaine plus tôt, et même l'enterrement des cadavres devenait un problème, éloignant des hommes valides de la voie ferrée. La nourriture se raréfiait, on manquait de médicaments, et pourtant le haut commandement attendait de lui qu'il en fasse toujours plus.

Nakamura travaillait avec des cartes, des plans et des graphiques japonais pour imposer l'ordre japonais et la raison japonaise à une jungle sans ordre ni raison, à des prisonniers de guerre malades ou agonisants, dans un vortex apparemment sans cause ni effet, un maelstrom vert grandissant qui tournoyait de plus en plus vite. Ce maelstrom recevait et produisait des ordres, des flots interminables de *romusha* et de prisonniers de guerre qui apparaissaient et disparaissaient, aussi imprévisibles et inconnaissables que la rivière Kwaï ou le bacille du choléra. À l'occasion, un officier japonais en visite passait la soirée avec eux à boire, à échanger rumeurs et nouvelles, et les hommes se réconfortaient grâce aux récits évoquant le sens de l'honneur des Japonais, leur courage irréductible et leur victoire imminente. Puis ils disparaissaient à leur tour vers leur propre enfer ailleurs sur cette ligne de folie toujours plus longue.

Un vent moite traversa la tente, déplaça les feuilles de papier humides sur la table. Nakamura jeta un coup d'œil aux aiguilles lumineuses de sa montre. Trois heures du matin. Encore deux heures et demie jusqu'au réveil. Il se sentait angoissé, les tiques se déchaînaient, et il se gratta le torse avec une férocité croissante pendant que Fukuhara attendait ses ordres. Il ne dit pas un mot avant le retour du caporal Tomokawa qui, avec la même déférence servile que dans chaque action effectuée pour ses supérieurs, s'inclina et lui tendit un plein flacon de Philopon.

Se saisissant du flacon, Nakamura goba quatre cachets. Après sa deuxième crise de paludisme, alors qu'il était épuisé mais devait travailler quand même, il avait pris quelques comprimés de *shabu* pour tenir le coup. Désormais, le *shabu* lui était plus indispensable que la nourriture. La construction d'un tel chemin de fer – sans machines et à travers la jungle – représentait une tâche surhumaine. Dopé par le *shabu*, il avait pu s'y atteler jour après jour avec une ferveur redoublée malgré la maladie. Il posa le flacon et vit en levant la tête les deux hommes le dévisager.

Le Philopon m'aide à surmonter les accès de fièvre, dit-il avec une gêne soudaine. C'est très efficace. Et ça arrête les piqûres de ces satanées tiques.

Sentant déjà sa stupeur du petit matin faire place comme par magie à une agilité et à une vigueur renouvelées, il soutint le regard des deux hommes jusqu'à ce qu'ils baissent les yeux.

Le Philopon n'est qu'un opiacé, reprit Nakamura. Seules les races inférieures comme les Chinois, les Européens et les Indiens deviennent dépendantes des opiacés.

Fukuhara opina du chef. Ce qu'il pouvait être lassant !

C'est nous qui avons inventé le Philopon, déclara-t-il.

Oui, répondit Nakamura.

Le Philopon est l'expression de l'esprit japonais.

Oui.

Nakamura se leva et s'aperçut qu'il n'avait pas pris la peine de se déshabiller pour se coucher. Même ses bandes molletières boueuses lui enserraient encore les tibias, bien que l'une d'elles ait commencé à se dérouler.

L'armée impériale japonaise nous donne du *shabu* pour contribuer au travail de l'Empire, ajouta Fukuhara.

Oui, bien sûr, dit Nakamura. Il se tourna vers Fukuhara : Suivez la voie avec vingt prisonniers et ramenez ce camion.

Maintenant ?

Évidemment que oui ! Poussez-le jusqu'au camp s'il le faut.

Et ensuite ? demanda Fukuhara. On donne vingt-quatre heures de congé aux prisonniers ?

Ensuite ils feront leur journée de travail sur la voie ferrée. Vous êtes debout, moi aussi, on continue.

Les démangeaisons de Nakamura s'atténuaient. Il bandait. Une agréable sensation de force. Fukuhara avait tourné les talons quand Nakamura le rappela.

Vous êtes ingénieur, dit Nakamura. Comprenez que vous devez traiter tous ces hommes comme des machines au service de l'Empereur.

Il sentait le *shabu* lui affûter les sens, lui apporter de l'énergie là où il n'était que faiblesse, des certitudes là où le doute l'assaillait si souvent. Le *shabu* éliminait la peur. Il lui donnait la distance nécessaire par rapport à ses actes. Il le rendait lucide et sans pitié.

Et si ces machines tombent en panne, poursuivit-il, si elles ne peuvent fonctionner qu'avec un recours constant à la force – eh bien recourez à la force.

Les tiques, réalisa-t-il, avaient enfin cessé de le piquer.

9

L'homme qui marchait dans sa direction apparaissait comme une imposante forme vide, une silhouette, et à cette forme vide Dorrigo Evans tendit la main en guise de salut.

Tu dois être oncle Keith.

Au soleil intense de midi, son corps massif bloquant la lumière et sa tête cachée dans l'ombre noir bitume d'un chapeau de feutre, son oncle semblait avoir à peine plus de quarante ans et être vaguement menaçant. Il avait la même présence qu'un poteau télégraphique en équilibre instable. Mais les apparences étaient trompeuses, comme vues à travers une vitre ancienne : déformées, penchées, tremblant dans les mirages de chaleur qui scintillaient sur la chaussée et les bordures de trottoir en ciment, sur la poussière du terrain de manœuvres de Warradale, sur la tôle ondulée des baraquements devant lesquels Dorrigo Evans attendait.

Une fois dans la voiture de son oncle Keith, une Ford Cabriolet ancien modèle, il découvrit que celui-ci était une sorte de géant et son visage plutôt celui d'un homme de cinquante ans. Un tout petit chien l'accompagnait, un terrier Jack Russell qu'il appelait Miss Beatrice, et qui ne semblait là que pour souligner par contraste le gigantisme de Keith Mulvaney : la largeur de son dos, le volume de ses cuisses, la longueur de ses pieds derrière lesquels la chienne au souffle court était affalée telle une peau de chamois.

Il faisait trop chaud pour fumer, mais il tirait quand même sur sa pipe. La fumée s'enroulait autour d'un étrange sourire dont Dorrigo comprit plus tard qu'il était permanent, l'expression d'une volonté de voir le monde en rose malgré toutes les preuves du contraire que la vie se chargeait de fournir. Tout cela aurait pu être intimidant si la voix de Keith, légèrement haut perchée, n'avait rappelé celle d'un adolescent. Et cette voix ne laissait pas davantage de répit que l'intolérable chaleur d'Adélaïde. Il devint évident pour Dorrigo Evans que Keith Mulvaney vivait dans son monde à lui, un monde clos qui gravitait autour de trois soleils : son hôtel, son siège de conseiller municipal, et sa femme.

Tandis qu'ils rejoignaient la côte, il se plaignit de l'hôtellerie, de même que ceux qui adorent ce qu'ils font se plaignent de leur passion, songea Dorrigo. Ces automobilistes, disait-il avec des *s* sibilants, il leur devait tout, mais ils allaient le conduire à la ruine. Ah, ces automobilistes avec leurs récriminations sur les toilettes et les repas, qui débarquent à quatre-vingts en s'attendant à ce qu'on les nourrisse, alors que le dimanche suivant on peut s'estimer heureux de vendre pour quelques sous de sablés aux noix ; et toujours à gémir auprès de leurs bon sang de clubs automobiles sur l'état des sanitaires et la saleté des savonnettes. Jamais contents, les automobilistes. Pires qu'eux, il n'y a que les voyageurs de commerce. Tiens, aujourd'hui encore, un représentant voulait louer une chambre comme bureau pour proposer des spécialités à base de bromure et d'aspirine, mais je soupçonne qu'il y a du sexe là-dessous.

Du sexe ?

Tu sais bien, des choses en rapport avec la tuyauterie des femmes, leurs accouchements et leur difficulté à faire des bébés, les capotes anglaises et les pamphlets des libres-penseurs britanniques : tu connais la chanson.

Oui, répondit son neveu, d'un ton suffisamment vague pour que l'oncle Keith se sente obligé d'affirmer qu'on pouvait penser ce qu'on voulait du King of Cornwall, au moins ce n'était pas un lieu de perdition.

Bon, je suis un homme aux idées larges, Dorrigo, continua Keith Mulvaney, mais je ne veux pas que dans les journaux à sensation de Melbourne et les tribunaux d'Adélaïde on présente le King of Cornwall comme un lieu de rendez-vous galants. Et je ne suis pas bégueule ; je n'ai rien à voir avec ces hôtels américains où le client doit laisser la porte ouverte si une femme autre que son épouse est dans la chambre. Tu sais, ajouta-t-il soudain, entraîné par le thème de l'adultère dans les hôtels, aux États-Unis tu risques de voir un jour dans ta ville un panneau publicitaire où on peut lire : *À toutes fins utiles, sachez que M. X a dû quitter l'hôtel Wisteria de Wastoria pour avoir reçu dans sa chambre une femme qui n'était pas son épouse.* Tu te rends compte ? Parce qu'enfin, ils laissent les gens se rencontrer dans les chambres de leur établissement, puis ils les font chanter en les menaçant de ce genre de publicité. Là-bas, on tient un hôtel comme Staline tient cette satanée URSS.

Il passa ensuite à la famille de Dorrigo, mais ses informations – glanées à partir du peu que Tom écrivait sur ses cartes de Noël – dataient pour la plupart, et seule Miss Beatrice sur le point de tomber par la fenêtre en voulant avaler un souffle d'air leur épargna un moment gênant lorsqu'il découvrit que la mère de Dorrigo était morte. Dans la voiture, il était penché en avant tel un arbre abattu par la tempête, ses mains énormes montant et descendant sans cesse sur le volant comme s'il s'agissait de la boule de cristal d'une voyante extralucide, et qu'il cherchait inlassablement quelque chose dans les longues rues droites et planes d'Adélaïde, une illusion qui pourrait l'aider à vivre.

Mais il y avait peu de circulation, et rien d'autre que ces lignes droites, ces surfaces planes, et les mirages de chaleur qui déformaient tout. Keith Mulvaney parlait continuellement, comme s'il avait peur de ce que pouvait receler le silence ou de ce que pouvait lui demander Dorrigo, posant à son neveu des questions auxquelles il répondait lui-même aussitôt. Il revenait fréquemment à la bataille qu'il livrait en tant que conseiller municipal contre le système d'évacuation des eaux usées proposé par le maire. Dorrigo se retrouva à regarder par la fenêtre, laissant flotter au vent sa main moite pendant que Keith discourait, indifférent à son peu d'intérêt, faisant les questions et les réponses, concluant ces dernières par un sourire qui semblait interdire tout désaccord. Périodiquement, tel un solo de clarinette, revenait une allusion à Amy.

Une femme moderne. Très moderne. Elle s'occupe. Elle fait un travail formidable. Mais avec la guerre… Tout a changé. Rien n'y résiste, à cette guerre. On ne voyait jamais des choses pareilles, avant-guerre. Hein ?

Eh bien…

Non, je ne crois pas. Et il n'y a pas que le bombardement de Londres. Non. Des choses qui faisaient scandale il y a un an, plus personne ne s'en soucie. Je suis un homme moderne. Mais je me félicite d'avoir quelqu'un de la famille pour tenir compagnie à Amy en tout bien tout honneur.

Malgré son sourire immuable, il paraissait profondément malheureux.

L'autre soir, elle était avec une rouquine qui s'appelle Tippy. Elle m'insupporte.

Tippy ?

Oui, Tippy… Tu la connais ?

Eh bien…

Je te demande un peu. Un prénom bon pour une perruche. Et j'ai ce maudit congrès des élus municipaux qui m'oblige à m'absenter toute la soirée. À Gawler, à des heures de route. Justement ce soir. Je regrette tellement de ne pas pouvoir rester avec vous. Un imprévu : le maire veut que je représente notre ville. Pourquoi donc ?

Sans doute que…

Je n'en ai aucune idée. En tout cas, Amy s'occupera de toi. Et en toute franchise, je me réjouis que tu sois là pour t'occuper d'elle. Ça ne t'ennuie pas ?

Il était inutile de répondre et Dorrigo n'essaya même pas.

Bon, tu pourras au moins te reposer, dit Keith Mulvaney. Et dans un meilleur lit que ceux de l'armée.

Au King of Cornwall, Keith conduisit Dorrigo jusqu'à une chambre du quatrième étage. En gravissant l'escalier monumental au tapis élimé, ils croisèrent Amy qui descendait, un sac de linge sale à la main. Dorrigo éprouva une étrange euphorie, aussi déplacée qu'indéniable. Amy lança un regard à son mari, regard dans lequel Dorrigo entrevit un mélange complexe de détails intimes normalement invisibles pour le reste du monde – le sommeil, les odeurs et les bruits partagés, les habitudes aussi touchantes qu'agaçantes, les joies et les peines, grandes et petites –, le ciment ordinaire grâce auquel deux individus finissent par ne plus faire qu'un.

Les cheveux d'Amy, attachés en queue de cheval, avaient des reflets cuivrés à la lumière de la cage d'escalier. Pendant que Keith faisait les présentations, la complicité s'installa avant qu'ait eu lieu quoi que ce fût de compromettant. Au premier coup d'œil, Dorrigo remarqua l'étrange éclat du visage d'Amy, la mèche de cheveux recourbée comme un hameçon devant son oreille droite, et comprit qu'ils venaient de passer un accord tacite pour ne rien révéler de ce moment dans la librairie.

Amy, dit Keith, j'espère que tu as prévu quelques distractions pour notre invité.

Elle haussa les épaules, et Dorrigo eut conscience du léger flottement de ses seins sous l'étoffe de son chemisier bleu centaurée.

Tu aimes Vivien Leigh ? demanda-t-elle. Il y a un nouveau film d'elle qui passe en ville, *La Valse dans l'ombre*. Ça te plairait de…

Je l'ai vu, coupa Dorrigo, alors qu'il n'en était rien et que, l'esprit en effervescence, il eut l'impression soudaine de se montrer désagréable. La peur d'être seul avec elle ? L'envie de tester son pouvoir sur elle ?

Dommage, dit Keith. Mais il y a sûrement d'autres films.

Dorrigo ne se comprenait plus lui-même, ne comprenait pas pourquoi il avait menti. Or il l'avait fait, et de manière tout aussi inattendue, il s'entendit ajouter :

Mais j'adorerais le revoir.

Un pas en arrière, un pas en avant : à l'image de tant d'hésitations à venir.

Amy haussa une nouvelle fois les épaules, et Dorrigo Evans se força à regarder ailleurs, vers l'escalier, jusqu'à ce qu'elle réapparaisse dans son champ de vision un étage plus bas, les doigts de sa main tendue effleurant la rampe vernie. Il suivit des yeux le balancement de sa queue de cheval tandis qu'elle continuait sa descente dans le vide.

10

Parmi les nombreuses choses auxquelles Dorrigo Evans s'attendait ce soir-là, il n'avait pas prévu de se retrouver dans un night-club à deux pas de Hindley Street. Amy déclara que s'il avait déjà vu le film, il saurait tout ce qui allait se passer et ça lui gâcherait le plaisir. Il était en uniforme, elle dans une tunique orientale de couleur abricot et un pantalon ample en soie noire. L'ensemble avait quelque chose de liquide. Il trouvait son corps si ferme et puissant ; dès qu'elle se déplaçait, elle glissait.

L'intérêt, c'est de ne rien savoir, dit-elle. Tu ne crois pas ?

Il ne croyait pas. N'en savait rien. Le night-club était une grande salle à l'éclairage tamisé derrière les rideaux du black-out, pleine d'ombres et d'uniformes. Dorrigo perçut une odeur de levure, le parfum légèrement grisant de l'herbe au printemps. Ils burent des martinis pendant qu'un orchestre de swing jouait. Une étrange excitation flottait dans l'air. Peu après on éteignit les lampes, chaque membre de l'orchestre alluma une bougie sur son pupitre, les serveurs en allumèrent d'autres sur les tables.

Pourquoi ces bougies ? demanda Dorrigo.

Tu verras, dit Amy.

Elle lui parla d'elle. Elle avait vingt-quatre ans, trois ans de moins que lui. Quelques années plus tôt elle avait quitté Sydney où elle travaillait dans les grands magasins, et avait rencontré Keith grâce à son emploi de serveuse au King of Cornwall. Dorrigo lui révéla l'existence d'Ella, et chacune de ses paroles lui fit l'effet à la fois d'une défense contre ce qu'il ressentait vraiment et d'une trahison de tout ce qu'il était. Il chassa ces sentiments.

Il se dit que tout le séparait d'Amy. Leur amitié était encadrée d'un côté par son oncle, le mari d'Amy, de l'autre par ses prochaines fiançailles avec Ella. Et cela le rassurait tellement qu'il se détendait peut-être plus avec Amy qu'il ne l'aurait fait sinon.

Il se surprenait à être inexplicablement heureux avec elle, un bonheur qu'il n'avait pas connu depuis très longtemps. Il regardait l'ombre des bougies danser sur ce visage qui éveillait de plus en plus sa curiosité. Lors de leur première rencontre dans la librairie, curieusement, ce n'était pas l'apparence d'Amy qui l'avait impressionné. Or il ne pouvait à présent imaginer une plus grande beauté. Il savourait leur proximité, et même les regards d'envie et de convoitise des autres hommes pour cette femme qu'ils prenaient à tort pour la sienne. Bien sûr qu'elle n'était pas à lui, se répétait-il, mais la sensation n'avait rien de désagréable. Il était flatté.

Ils discutèrent avec des officiers de marine qui partirent ensuite vers l'autre extrémité de la salle et d'autres conversations, les laissant en tête-à-tête. Amy se pencha vers lui et posa la main sur la sienne. Il baissa les yeux, s'interrogea sur la signification de ce geste. Se sentit extrêmement mal à l'aise. Mais ne retira pas sa main.

Que se passe-t-il ? demanda-t-il.

Il s'aperçut qu'elle aussi contemplait leurs mains.

Rien, répondit-elle.

Le contact de la peau d'Amy l'électrisait, le paralysait, et au milieu du bruit, de la fumée et de l'animation, seul ce contact existait pour lui. L'univers et le monde, sa vie et son corps, tout se résumait à cette étincelle électrique. Il fixa lui aussi leurs mains. Pourtant tout cela n'avait sans doute aucune signification. Car il fallait que ça n'en ait aucune. La main d'Amy sur la sienne. Sa main dans celle d'Amy. Y voir autre chose serait une erreur. Dès le lendemain il redeviendrait le neveu de cette femme, bientôt fiancé, et elle l'épouse de son oncle Keith. Mais cela doit sûrement signifier quelque chose, tentait-il de se convaincre…

Rien ? s'entendit-il répéter.

Il essaya de se détendre, sans pouvoir ignorer l'excitation qu'il ressentait au contact de la peau d'Amy. Elle promenait son index sur le dos de sa main.

Je suis à Keith, dit-elle.

Elle continuait à fixer la main de Dorrigo d'un air absent.

En effet.

Mais elle ne l'écoutait pas vraiment. Elle observait son index, son ombre tout en longueur, et Dorrigo l'observait elle, conscient qu'elle ne l'écoutait pas.

En effet, insista-t-il.

Il sentait qu'elle le touchait, cette sensation lui traversait le corps et il ne pouvait penser à rien d'autre.

Et toi, tu es à moi.

Il leva les yeux, stupéfait. Pour la deuxième fois elle le prenait totalement de court. Et pour la deuxième fois il éprouva une appréhension bizarre, comprenant très lentement que loin de se moquer de lui, elle était sincère dans son étrange franchise. Et la signification de tout cela le terrifiait. Mais elle fixait toujours des yeux son index, leurs mains entre les deux verres à moitié vides, les cercles qu'elle décrivait du bout du doigt.

Quoi ?

Alors seulement elle leva les yeux.

Je veux dire, enfin… que tu es à Ella. Mais ce soir… Ce soir tu es à moi.

Elle eut un petit rire, comme si tout cela ne signifiait rien.

Pour me tenir compagnie.

D'un geste hautain, elle se passa la main derrière l'oreille.

Tu sais très bien ce que je veux dire.

Or il n'en savait rien. Il n'en avait pas la moindre idée. Et se sentait à la fois excité et effrayé à la pensée que les paroles d'Amy ne signifient rien, qu'elles signifient tout. Elle était insaisissable. Il était perdu.

Tandis que les serveurs éteignaient les bougies sur les tables, l'orchestre se mit à jouer *Auld Lang Syne* comme une valse swinguée. La naissance d'un souvenir où l'on ne se rencontrait que pour se séparer, où les cercles ne se formaient que pour se disperser. Toutes les quelques mesures, un musicien tendait le bras pour éteindre la bougie devant lui.

Dorrigo se retrouva à danser avec Amy et, tandis que la piste plongeait lentement dans l'obscurité, elle finit par poser la tête au creux de son épaule. Le corps d'Amy semblait entraîner le sien dans un souple balancement partagé. Plus son corps à lui épousait prudemment celui d'Amy, plus il se répétait que ce n'était rien, ça ne signifiait rien, ça ne pouvait pas aller plus loin.

Qu'est-ce que tu marmonnes ? demanda-t-elle.

Rien, murmura-t-il.

Pendant qu'ils tournoyaient sur la piste, leurs corps trouvèrent en se reposant l'un sur l'autre un étrange apaisement qui recelait aussi une terrible appréhension, une terrible tension. Il sentait le souffle d'Amy sur sa nuque, la plus légère des brises.

La dernière bougie éteinte, dans une obscurité compacte les rideaux s'ouvrirent soudain et – saluée par des soupirs émerveillés – la pleine lune inonda la salle. La valse tourbillonnait vers son finale, et Dorrigo comprit toute cette mise en scène comme une étrange nostalgie pour un avenir que chacun redoutait de ne jamais connaître, le sentiment que le lendemain était déjà écrit et que seul le cours de cette soirée pouvait encore changer.

Dans la lumière couleur vif-argent et les ombres d'un bleu-noir, les couples se séparèrent lentement et applaudirent. Pendant quelques instants Amy et lui se regardèrent et il sut qu'il pouvait l'embrasser, qu'il lui suffisait de se pencher légèrement dans son ombre pour y tomber à jamais. Puis il se rappela qui ils étaient et lui demanda à la place si elle voulait boire autre chose.

Ramène-moi à la maison, dit-elle.

11

À l'hôtel, elle l'emmena dans l'appartement qu'elle partageait avec Keith. Il s'installa dans un fauteuil brun-roux. Reconnut l'odeur de la brillantine de Keith sur la têtière, celle de son tabac à pipe sur le brocart des coussins. Amy remonta le gramophone, mit un disque qu'elle voulait lui faire écouter, dit-elle, posa l'aiguille avec soin et s'assit sur l'accoudoir du fauteuil où se trouvait Dorrigo. Le piano jouait en sourdine, le saxo s'insinuait et refluait au même rythme que le vent du large qui soulevait les rideaux de dentelle, et une voix se mit à chanter :

A tinkling piano in the next apartment
Those stumbling words that told you
What my heart meant
À fairground's painted swings
These foolish things
*Remind me of you**.

C'est Leslie Hutchinson, dit Amy. Apparemment il est au mieux avec ces dames de la famille royale, tu sais.

"Au mieux" ?

Elle sourit.

Oui, répondit-elle tout doucement, le regardant droit dans les yeux. "Au mieux".

* *Un piano tintait dans l'appartement d'à-côté / Ces balbutiements pour te dire / Ce que pensait mon cœur en secret / Les balançoires colorées du champ de foire / Tant de choses dérisoires / Te rappellent à mon souvenir.*

Elle éclata de rire, un rire de gorge, et il se rendit compte à quel point il en aimait le caractère et la générosité.

La chanson touchait à sa fin. Il se leva pour partir. Amy remit le disque. Il lui dit au revoir. À la porte il se pencha, l'embrassa poliment sur la joue, et quand il voulut s'éloigner elle enfouit son visage dans son cou. Il attendit qu'elle se redresse.

Il faut que tu y ailles, l'entendit-il chuchoter.

Mais elle laissa son visage contre le sien.

L'aiguille du gramophone chuintait sur les derniers sillons du disque.

Oui.

Il attendit encore, mais rien ne se produisit.

L'aiguille crissait dans la nuit en décrivant des cercles.

Oui, répéta-t-il.

Il attendait toujours, mais Amy ne bougeait pas. Au bout d'un moment, il la prit délicatement par l'épaule. Elle ne s'écarta pas.

J'y vais, dit-il.

Il retint son souffle jusqu'à ce qu'il sente le corps d'Amy exercer contre le sien une pression imperceptible. Il resta immobile.

Amy ?

Oui ?

Il n'osa pas répondre. Soupira. Piétina sur place pour rester en équilibre. Il ne voyait pas que dire, redoutant que la moindre parole supplémentaire ne complique encore l'équation. Il laissa sa main glisser jusqu'à la taille d'Amy, s'attendant à ce qu'elle la repousse. Au lieu de quoi elle murmura l'homonyme de son prénom en français :

Amie.

Il posa son autre main sur la courbe merveilleuse de ses fesses.

Ma mère, ajouta-t-elle, m'a appris ce mot quand j'étais petite.

Elle ne repoussa pas non plus cette autre main.

Amy, *amie*, *amour*, elle m'appelait.

Tiercé gagnant, plaisanta Dorrigo.

Elle lui déposa un baiser dans le cou. Il sentait son souffle sur sa peau. Il sentait son corps contre le sien, il bandait et fut gêné de penser qu'elle en avait sûrement conscience. Il n'osait pas se déplacer d'un centimètre de peur de rompre le charme. Il ne comprenait pas ce que cela signifiait ni ce qu'il devait faire. Il n'osa pas l'embrasser.

12

Une main tiède remontait le long des jambes de Dorrigo et le réveilla en sursaut. Il lui fallut quelques instants pour s'apercevoir que c'était le soleil matinal qui traversait sa chambre. Il trouva un mot d'Amy glissé sous la porte, disant qu'elle serait retenue jusqu'en milieu d'après-midi à l'hôtel – où se tiendrait un repas de noces – et ne pourrait pas lui dire au revoir.

Une serviette-éponge autour de la taille, il sortit sur le balcon de la loggia, alluma une cigarette, s'assit et regarda sous l'arrondi des arcades victoriennes en direction de l'océan Austral qui ondulait devant lui, inlassable et sans limites.

Il ne s'est rien passé, avait-elle dit quand il avait quitté l'appartement. Mot pour mot. Ils s'étaient étreints, mais elle avait dit que ce n'était rien. Comment cela pouvait-il représenter quelque chose pour lui ? Au-delà d'une étreinte, il ne s'était rien passé. Force était de le reconnaître. Il ne s'était rien passé non plus à la librairie. Une étreinte ? Les gens en faisaient davantage lors d'obsèques.

Amy, *amie*, *amour*, répéta-t-il tout bas.

Il ne s'était rien passé, et pourtant tout avait changé.

Il tombait.

Il écoutait les vagues se briser sur le sable étincelant et il tombait. Un souffle d'air frais montait des longues ombres du petit jour et il tombait toujours. Une chute sans fin qui lui donnait une folle sensation de liberté. Quoi qu'il en soit, c'était aussi inconnaissable et déroutant que pouvait l'être Amy. Il comprenait au moins ça. Il ne savait pas où cette chute s'arrêterait.

Il se leva, agité, troublé, déterminé. Il jeta sa cigarette et rentra s'habiller. Il ne s'était rien passé, et pourtant il savait que quelque chose commençait.

13

Dorrigo retourna au camp militaire et à une vie d'ordre et de discipline. Mais pour lui, cette vie avait perdu sa substance. Elle semblait à peine réelle. Des gens venaient, ils parlaient, disaient beaucoup de choses, et aucune ne présentait le moindre intérêt. Ils parlaient de Hitler, de Staline, de l'Afrique du Nord, du Blitz. Personne ne parlait d'Amy. Ils parlaient de logistique, de stratégie, de cartes d'état-major, d'horaires, du moral des troupes, de Mussolini, de Churchill, de Himmler. Il mourait d'envie de crier : Amy ! *Amie ! Amour !* Il les aurait bien attrapés par la peau du cou pour leur raconter ce qui s'était passé, combien elle lui manquait, ce qu'il ressentait pour elle.

Or il avait beau vouloir que tout le monde soit au courant, il ne pouvait pas se permettre qu'un seul d'entre eux sache. Leurs conversations sans intérêt, leur ignorance de l'existence d'Amy, de sa passion pour lui et de la sienne pour elle, constituaient la meilleure assurance contre la tentation de tout révéler. Le jour où ils parleraient de lui et d'Amy serait aussi celui où cette passion privée deviendrait une tragédie publique.

Il lisait. Aucun livre ne lui plaisait. Il cherchait Amy à chaque page. Elle n'était jamais là. Il allait à des soirées. S'y ennuyait. Il marchait dans les rues, scrutant des visages inconnus. Amy n'était pas là non plus. Le monde, source d'émerveillement infinie, l'ennuyait tout autant. Il cherchait Amy dans chaque pièce de sa vie. Mais Amy restait introuvable. Il prit conscience qu'elle avait épousé l'oncle Keith, que cette passion pour elle était une folie, une folie sans avenir. Quoi qu'il en soit il fallait y mettre un terme, et c'était à lui de le faire. Il conclut que, faute de pouvoir faire taire ses sentiments, il devait éviter de les ranimer. S'il ne voyait plus Amy, il ne risquait pas de mal agir. Aussi décida-t-il de ne plus jamais lui rendre visite.

Lors de sa permission suivante – un congé de six jours – il ne retourna pas à l'hôtel de son oncle, mais prit le train de nuit pour Melbourne où il dépensa son argent en sorties et en cadeaux pour Ella, essayant de ne penser qu'à elle, cherchant à exorciser tout souvenir de sa rencontre insolite avec Amy. De son côté, Ella le dévorait des yeux, et – en proie à une inquiétude croissante qui confinait parfois à la terreur – il la voyait s'acharner à découvrir sur son visage et dans son regard la même faim dévorante. Or ce visage auquel Dorrigo Evans trouvait auparavant une beauté exotique lui semblait à présent d'un ennui dépassant l'imagination. Les yeux sombres d'Ella – qui l'avaient charmé au début – lui paraissaient crédules, voire bovins dans leur confiance naïve, même s'il s'efforçait de ne pas avoir de telles pensées et se haïssait d'autant plus de ne pouvoir s'en empêcher. Aussi se jetait-il avec une détermination redoublée dans ses bras, se concentrant sur leurs conversations, sur les craintes d'Ella, ses plaisanteries et ses anecdotes, dans l'espoir que cette intimité finisse par étouffer le souvenir d'Amy Mulvaney.

Le dernier soir, ils allèrent dîner au club du père d'Ella. Un commandant de la Royal Australian Air Force rencontré sur place fit rire Ella toute la soirée par ses blagues et ses récits. Quand il annonça qu'il les quittait pour se rendre dans un night-club voisin, Ella supplia Dorrigo d'accepter de l'accompagner, parce qu'*il était tellement drôle*. Dorrigo éprouva une étrange émotion, ni de la jalousie ni de la gratitude, mais un curieux mélange des deux.

J'adore voir du monde, déclara Ella.

Moi, se dit Dorrigo, plus je vois de monde, plus je me sens seul.

14

Cette fois la journée commençait avant le réveil des prisonniers, avant le lever du gros des gardes et des ingénieurs, quelques heures même avant l'aube ; marchant dans la boue, humant l'air moite de la nuit tandis que ses cauchemars s'évanouissaient, que la méthamphétamine lui dopait le cœur et l'esprit, Nakamura éprouva un agréable sentiment d'impatience. Cette journée, ce camp, ce monde, il avait le pouvoir d'y imprimer sa marque. Comme Fukuhara le lui avait dit, il trouva le colonel Kota dans le mess désert, assis à une longue table où il mangeait du poisson en conserve.

Le colonel était bien bâti, presque aussi grand qu'un Australien, une stature contrastant avec son visage qui semblait, aux yeux de Nakamura, s'affaisser de part et d'autre d'un nez en aileron de requin pour former des plis au bas de ses joues ridées.

Kota ne s'embarrassa pas de politesses et alla droit au but, annonçant qu'il repartirait le matin même, dès qu'on lui aurait fourni un moyen de transport. D'une sacoche de cuir trempée il sortit une pochette en toile huilée d'où il tira une feuille couverte d'ordres dactylographiés et plusieurs pages de graphiques, si humides qu'elles s'enroulèrent autour des doigts de Nakamura pendant qu'il les lisait. Les ordres étaient aussi simples que malvenus.

Le premier était purement technique : alors que la tranchée destinée à accueillir la voie ferrée était déjà presque achevée, le groupe de commandement du chemin de fer avait modifié les plans initiaux de Nakamura. Il fallait élargir la tranchée d'un tiers pour aider à résoudre un problème de déclivité sur le tronçon suivant. Cet élargissement nécessiterait que l'on extraie et déplace trois mille mètres cubes supplémentaires de roche.

Tandis que Tomokawa servait aux deux hommes du thé aigre, Nakamura se pencha pour resserrer ses bandes molletières. On manquait de scies et de haches pour défricher la jungle. Les prisonniers attaquaient la roche à la main avec un marteau et un burin. Nakamura ne pouvait même pas leur fournir les burins adéquats, et quand les leurs s'émoussaient, on manquait aussi de charbon pour alimenter la forge et les aiguiser. Il se redressa.

Il faudrait des marteaux-piqueurs et des compresseurs, dit-il.

Le colonel Kota caressa sa joue flasque.

Des machines… ?

Il laissa la question en suspens et à Nakamura le soin d'y répondre : il n'y avait plus de machines, il était honteux d'en réclamer, et le colonel se moquait visiblement de lui. Nakamura baissa la tête. Kota reprit la parole.

Plus de machines disponibles. On n'y peut rien.

Conscient d'avoir eu tort d'aborder le sujet, Nakamura se félicita que le colonel Kota paraisse compréhensif. Il lut le deuxième ordre. Le délai pour l'achèvement de la voie ferrée avait été ramené de décembre à octobre. Nakamura fut gagné par le désespoir. Sa tâche devenait impossible.

Je sais que vous pouvez y arriver, dit le colonel Kota.

On n'est plus en avril, répondit Nakamura, dans l'espoir que son interlocuteur saisirait l'allusion à la période où l'état-major avait approuvé les plans définitifs. On est en août.

Le colonel Kota le regarda droit dans les yeux.

On va redoubler d'efforts, finit par lâcher Nakamura, l'air contrit.

Je ne vais pas vous mentir, déclara le colonel. Je doute fort d'une augmentation conséquente de la quantité de machines ou d'outils. Peut-être davantage de coolies. Mais je ne peux même pas l'assurer. Nous avons affecté plus de deux cent cinquante mille coolies et soixante mille prisonniers à la construction de cette voie ferrée. Je connais la paresse des Anglais et des Australiens. Je sais qu'ils se plaignent d'être trop fatigués ou trop affamés pour travailler. Qu'ils donnent un petit coup de pioche et s'arrêtent pour se reposer. Un coup de marteau, et ils font une pause. Qu'ils se plaignent de choses insignifiantes, comme d'être giflés. Si un soldat japonais néglige sa tâche, il s'attend à être battu. De quel droit un fainéant ne serait-il pas giflé ? Les coolies birmans et chinois envoyés ici s'évadent ou meurent les uns après les autres. Les Tamouls, Dieu merci, sont trop loin de la Malaisie pour s'enfuir, mais voilà que partout ils meurent du choléra, et malgré les milliers d'autres qui arrivent, on manque encore de main-d'œuvre. Ça me dépasse. On ne peut rien y faire.

Nakamura reprit la lecture de la lettre dactylographiée. Le troisième ordre portait sur le transfert de cent prisonniers de son camp vers un autre camp près du col des Trois Pagodes à la frontière birmane, à environ cent cinquante kilomètres plus au nord.

Je ne peux pas me séparer de cent prisonniers, se dit Nakamura. Il m'en faut mille de plus pour achever ce tronçon dans le délai imparti, au lieu d'en perdre encore. Il leva les yeux vers le colonel Kota.

Ces cent hommes doivent se rendre là-bas à pied ?

C'est le seul moyen pendant la mousson. Ça non plus on n'y peut rien.

Nakamura savait que beaucoup d'entre eux mourraient durant le trajet. Peut-être même la plupart. Mais la voie ferrée l'exigeait : l'Empereur en avait ordonné la construction et on avait décidé qu'elle se ferait à ce prix. Il voyait bien qu'en réalité – cette réalité de rêves et de cauchemars mêlés dans laquelle il vivait au quotidien –, la voie ferrée ne pouvait être construite autrement. Pourtant il insista :

Comprenez-moi. J'ai un problème pratique. Sans outils et avec des hommes en moins chaque jour, je la construis comment, cette voie ferrée ?

Même si la plupart meurent d'épuisement, vous devez terminer le travail, dit le colonel Kota avec un haussement d'épaules. Même si tout le monde meurt.

Nakamura se rendait compte que, malgré le sacrifice demandé, il n'existait pas d'autre moyen d'exaucer les souhaits de l'Empereur. Que représentait un prisonnier de guerre, au fond ? Moins qu'un homme, juste de quoi construire ce chemin de fer, au même titre que les traverses en teck, les rails d'acier et les éclisses. Si lui, un officier japonais, se laissait capturer, il serait de toute façon exécuté à son retour sur son archipel natal.

Il y a encore deux mois, j'étais en Nouvelle-Guinée, poursuivit le colonel Kota. À Bougainville. Il paraît que le paradis se trouve à Java et l'enfer en Birmanie, mais que personne ne revient jamais de Nouvelle-Guinée.

Il sourit et les plis de son visage remontèrent puis s'affaissèrent à nouveau, rappelant à Nakamura des terrasses à flanc de colline.

Je suis la preuve vivante que les dictons des vieux soldats ne se vérifient pas toujours. Mais c'est très dur, là-bas. La puissance aérienne des Américains est incroyable. Leurs Lockheed nous bombardaient quotidiennement. Jour et nuit, bombardés et mitraillés. On nous distribuait des rations pour une semaine, et on attendait de nous qu'on se batte pendant un mois. Si seulement on avait eu du sel et des allumettes dans la zone des combats, on aurait pu tout affronter. Mais que pèsent les Américains et les Australiens, je vous le demande ? Ils ne peuvent s'enorgueillir que de leur logistique, de leurs engins, de leur technologie. Attendez un peu ! On va mener une guerre d'extermination. Là-bas, chaque officier et chaque soldat brûlent d'envie de massacrer tous les Américains et les Australiens. Et on va gagner, parce que notre force de caractère résistera alors que la leur s'écroulera.

Tandis que le colonel parlait, son visage en terrasses semblait receler aux yeux de Nakamura tant de l'ancienne sagesse du Japon, de tout ce qu'il y avait selon lui de bon et de meilleur dans son pays, dans sa propre vie. Il comprit que le colonel, de sa voix douce, lui racontait quelque chose de plus que ce récit : il lui disait que malgré toute l'adversité, malgré le manque d'outils et de main-d'œuvre auquel lui, Nakamura, devrait sans doute faire face, il résisterait, la voie ferrée serait construite, la guerre serait gagnée, et tout cela grâce à la force de caractère japonaise.

Mais ce qu'était cette force de caractère, ce qu'elle signifiait précisément, Nakamura aurait été bien en peine de le dire. Elle était bonne, elle était pure, et pour lui elle avait plus de réalité que le bambou épineux et le teck, la pluie, la boue, la roche, les traverses ou les rails avec lesquels ils travaillaient chaque jour. Elle faisait en quelque sorte partie intégrante de lui-même à présent, et c'était pourtant quelque chose d'indicible. Pour expliquer ce qu'il ressentait, il se surprit à raconter une anecdote.

Hier soir, je discutais avec un médecin australien, commença-t-il. Ce médecin voulait savoir pourquoi le Japon était entré en guerre. Et je lui ai expliqué la noblesse de la fraternité universelle qui est notre ligne de conduite. J'ai cité notre devise : *Le monde entier sous le même toit*. Mais il n'a sans doute pas compris le message. Alors j'ai ajouté qu'en bref, c'était désormais l'Asie aux Asiatiques, avec le Japon à la tête du bloc asiatique. Je lui ai rappelé que nous libérions l'Asie de la colonisation européenne. Ç'a été très difficile. Il revenait sans arrêt à la notion de liberté.

À vrai dire, Nakamura n'avait rien compris aux discours de cet Australien. Les mots, oui, mais les idées n'avaient aucun sens pour lui.

La liberté ? dit le colonel Kota.

Ils s'esclaffèrent.

La liberté, répéta Nakamura, et ils pouffèrent à nouveau.

Les propres pensées de Nakamura étaient pour lui une jungle inconnue et peut-être inconnaissable. D'ailleurs, il ne leur accordait aucune importance. Ce qui lui importait, c'était d'avoir des certitudes, de l'assurance. Les paroles de Kota agissaient comme le *shabu* sur son esprit malade. Nakamura ne se préoccupait que de la voie ferrée, de l'Empereur, du Japon, et il se considérait comme un bon officier, digne de ce nom. Il tentait néanmoins d'analyser le trouble qu'il éprouvait.

Je me souviens de l'époque, au début, où les prisonniers donnaient encore des concerts : un soir, j'étais là. La jungle, le feu, les hommes qui chantaient *Waltzing Mathilda*. Ça m'a touché. Et même inspiré de la compassion. C'était difficile de ne pas être ému.

Mais cette voie ferrée est un champ de bataille au même titre que la ligne de front en Birmanie, répondit le colonel Kota.

Exactement. Impossible de distinguer entre des actes humains et inhumains. Impossible de désigner quelqu'un, de dire : celui-ci est un homme, celui-là un démon.

C'est vrai, concéda le colonel Kota. On est en guerre, et la guerre transcende ces catégories. La voie ferrée reliant le Siam à la Birmanie sert des objectifs militaires, mais l'essentiel n'est pas là. L'essentiel, c'est que sa construction fera date dans notre siècle. Sans la technologie européenne, et dans des délais extraordinairement courts, nous allons construire ce que les Européens ont cru irréalisable pendant des années. Cette voie ferrée symbolise le moment où nous et notre vision devenons les nouveaux moteurs du progrès mondial.

Ils burent encore un peu de thé aigre, et le colonel Kota se prit à regretter de ne pas être au front, de ne pouvoir mourir pour l'Empereur. Ils maudirent la jungle, la pluie, le Siam. Nakamura évoqua la difficulté à faire travailler les Australiens, le fait que si seulement ils acceptaient un peu mieux le grand rôle que le destin leur avait réservé, il n'aurait pas à les traiter de manière aussi impitoyable. Ce n'était pas dans sa nature de se montrer si cruel. Mais devant l'intransigeance de ces Australiens, il le fallait.

Ils n'ont aucune force morale, déclara le colonel Kota. Je l'ai constaté en Nouvelle-Guinée. On charge, et ils détalent comme des cafards.

S'ils en avaient, dit Nakamura, ils auraient choisi la mort plutôt que la honte d'être prisonnier.

Je me souviens de la première fois où je suis allé à Manchukuo, frais émoulu de l'école d'officiers, confia le colonel, serrant le poing comme autour d'un pommeau ou d'une poignée. J'étais sous-lieutenant, très inexpérimenté. Il y a cinq ans. Comme ça paraît loin ! On devait participer à des manœuvres sur le terrain pour se préparer au combat. Un jour, on nous a conduits dans une prison pour mettre notre courage à l'épreuve. Les prisonniers chinois n'avaient pas été nourris depuis des jours. Ils n'avaient que la peau sur les os. On les a ligotés, on leur a mis un bandeau sur les yeux et on les a forcés à s'agenouiller au bord d'une grande fosse. Le lieutenant de service a tiré son sabre du fourreau. Il a puisé au creux de sa main un peu d'eau dans un seau et l'a versée sur les deux faces de la lame. Jamais je n'ai oublié cette eau qui s'écoulait goutte à goutte de son sabre.

Regardez bien, a-t-il dit. Voilà comment on coupe les têtes.

15

Le dimanche après-midi suivant, la chaleur était devenue insupportable. Une fois qu'elle en eut terminé avec le repas de noces et se fut assurée que tout était prêt pour le dîner, Amy Mulvaney décida de se changer et d'aller se baigner. Il y avait du monde sur toute la longueur de la plage de l'autre côté de la route, en face du King of Cornwall, et tandis qu'elle marchait dans le sable en écoutant le bruit des vagues et les cris des baigneurs, en short bleu et corsage de lin blanc, coiffée d'un chapeau de paille, elle sentait sur elle aussi bien le regard des hommes que celui des femmes.

Les longues journées d'été d'une chaleur incroyable, les nuits sensuelles, la chambre étouffante, les sons et les odeurs de Keith emplissaient Amy Mulvaney d'une agitation bizarre. Elle n'avait qu'une envie : partir, devenir quelqu'un d'autre, ailleurs, se mettre en mouvement et ne jamais s'arrêter. Et pourtant plus cette part secrète d'elle lui hurlait de s'en aller, plus elle se rendait compte qu'elle était prisonnière d'un seul lieu, d'une seule vie. Or Amy Mulvaney aurait voulu mille vies, et surtout qu'aucune d'elles ne ressemble à la sienne.

Il lui était arrivé de profiter de la guerre et de la nature indulgente de Keith pour s'échapper à droite ou à gauche le temps d'une soirée. Il y avait eu quelques petites aventures : un officier de la RAAF l'avait plaquée contre un mur après une nuit passée à danser, mais à son grand soulagement teinté d'une certaine déception, il s'était contenté de l'embrasser et de la caresser vaguement. Elle avait couché avec un voyageur de commerce qui apparaissait parfois au bar de l'hôtel et qu'elle avait rencontré un soir à la sortie d'un cinéma. Une expérience épouvantable, dont elle avait senti qu'une fois commencée, elle ne pourrait y mettre un terme qu'en allant jusqu'au bout. Comparé à Keith, il avait un corps jeune et musclé, et s'était montré viril et attentionné – un peu trop. Car dès qu'elle s'était retrouvée nue au lit avec lui, elle avait été horrifiée : elle ne supportait pas le contact de sa peau, son odeur, sa chair. Elle aurait voulu s'en aller.

Ensuite, elle avait vomi et ressenti un tel vide intérieur qu'elle avait pris la ferme résolution de ne plus jamais recommencer – une résolution qui l'avait aidée à faire taire ses remords. Elle se disait que paradoxalement, cette infidélité avait peut-être garanti sa fidélité à Keith depuis. Et puisqu'elle n'aimait pas vraiment ce voyageur de commerce, avait-elle conclu, ce n'était pas une véritable infidélité. Son amour pour Keith – si imparfait soit-il – était quand même de l'amour : elle éprouvait encore de la tendresse pour lui, il l'amusait, elle appréciait sa gentillesse et toutes ses petites attentions. Les mois qui avaient suivi cette nuit désastreuse s'étaient révélés à certains égards les plus heureux qu'elle ait connus. Et pourtant, même quand elle dormait d'un long et profond sommeil et se réveillait sereine, avec Keith qui lui apportait une tasse de thé au lit, Amy Mulvaney avait envie d'autre chose, mais de quoi, elle n'aurait pu le dire. En buvant son thé et en regardant le dos massif de Keith disparaître dans l'encadrement de la porte, elle ne pouvait s'empêcher de se demander ce que c'était que ce manque – un manque qui lui rongeait l'estomac et la faisait parfois frissonner involontairement, un manque invisible, sans nom, si horrible qu'elle redoutait que ce soit l'essence même de la vie.

Les choses en étaient là depuis un an, plus ou moins. Elle flirtait, mais avec prudence ; elle sympathisait peut-être avec des hommes qui n'étaient pas pour elle, mais d'une manière qui semblait, à ses yeux et à ceux d'autrui, sinon totalement appropriée, du moins pas inappropriée. Raison pour laquelle, parce qu'elle se sentait étrangement libre – et même rassurée – d'avoir décidé de ne nouer aucune relation pouvant conduire à une issue fâcheuse, elle s'autorisait parfois à se comporter avec les hommes comme elle l'avait fait dans la librairie avec ce médecin à la silhouette élancée. Mais elle se disait aussi qu'en fin de compte, elle n'avait sans doute rien à se reprocher, car au fond elle n'aimait aucun de ces hommes, et elle aimait encore Keith. Elle croyait avoir trouvé un équilibre qui renforcerait cet amour, et ignorait pourquoi, en se dirigeant vers la haute silhouette de ce médecin dans la librairie, elle avait retiré son alliance.

Si elle y réfléchissait, elle lui avait dit ce qu'elle n'avait encore jamais dit à personne. Elle ne comprenait pas pourquoi, de même qu'elle ne comprenait pas pourquoi elle avait posé sa main sur la sienne dans le night-club, ni pourquoi elle l'avait retenu alors qu'il s'apprêtait à quitter son appartement. Elle était simplement déterminée à ne plus jamais se conduire de façon aussi ridicule. Elle tentait de se convaincre que ce qui s'était passé avec lui était déjà fini. Mais en son for intérieur, elle avait peur d'autre chose et s'efforçait de ne pas mettre un nom sur cette peur ni même de lui accorder une pensée.

Jetant son drap de bain sur le sable aveuglant, son chapeau de paille par-dessus, et se déshabillant prestement, elle sentit le pouvoir de sa jeunesse et de son corps. Malgré son insignifiance, son peu d'importance, Amy comprit que même brièvement, elle avait en quelque sorte été précieuse et importante. Elle entra dans l'océan en courant. Contrairement à la plupart des autres femmes qui hésitaient, de l'eau jusqu'aux genoux, Amy Mulvaney plongea sous une vague au moment exact où celle-ci allait déferler sur elle. Et quand elle resurgit à l'air libre, un goût de sel dans la bouche, sous le ciel d'une brillance insoutenable, toutes ses interrogations avaient disparu, remplacées par la sensation qu'elle venait de refaire surface en un nouveau point de son existence. Durant quelques instants tout fut en équilibre, en suspens.

Amy faisait la planche. Loin vers le large, un petit yacht était immobile sur une mer d'huile. Lorsqu'elle se tourna vers la plage, elle vit qu'un homme entre deux âges dans un maillot de bain en laine à l'ancienne l'observait. Sa peau imberbe ressemblait à celle d'une volaille prête à être mise au four. Il détourna brusquement les yeux.

Une fois encore, elle éprouva cette curieuse émotion qui la hantait sans relâche, mais ce qu'Amy Mulvaney voulait, elle était incapable de le dire. Elle fit quelques brasses de plus vers le large, avec l'impression que l'océan, le soleil, la brise, tous l'incitaient à faire quelque chose, n'importe quoi mais *quelque chose*. Parcourant les vagues du regard, elle vit d'autres baigneurs à sa hauteur, tant de gens qui attendaient la vague suivante avec la même impatience, dans l'espoir de se laisser emporter par elle vers la plage. Tandis qu'un nouveau rouleau se formait derrière elle, elle remarqua le long de sa crête une longue ligne de poissons argentés aux yeux jaunes.

À perte de vue, ces poissons nageaient dans la même direction et tentaient de toutes leurs forces d'échapper à la puissance de la vague sur le point de se briser. Mais celle-ci maintenait son emprise sur eux et les entraînerait où bon lui semblerait, et rien de ce que pouvait faire cette chaîne de poissons étincelants ne changerait leur destin. Amy se sentit happée par la vague, tendit ses muscles sous l'effet de l'impatience et de l'excitation, sans savoir si elle réussirait à faire corps avec elle, et, si oui, où elle-même et les poissons atterriraient.

16

Le colonel Kota desserra le poing et continua :

Il s'est campé sur ses jambes écartées, a élevé son sabre et l'a abattu avec force. La tête a semblé faire un bond. Le sang jaillissait encore comme deux jets d'eau quand il a fallu prendre la suite. J'avais du mal à respirer. Je redoutais de me ridiculiser. D'autres se cachaient la tête dans leurs mains, l'un d'eux a tellement raté son coup qu'une moitié de poumon est sortie. La tête était encore là et le lieutenant a dû finir le travail. Pendant tout ce temps j'observais : ce qui distinguait un bon coup de sabre d'un mauvais, comment se placer à côté du prisonnier, comment le calmer et l'immobiliser. Maintenant que j'y réfléchis, je me rends compte qu'en observant, j'apprenais. Et pas seulement à décapiter quelqu'un.

Lorsque mon tour est venu, je n'en revenais pas de tout faire avec autant de calme, parce qu'intérieurement j'étais horrifié. Pourtant j'ai tiré sans trembler de son fourreau le sabre que mon père m'avait donné, j'ai versé de l'eau dessus sans le lâcher, comme nous l'avait montré l'instructeur, et durant quelques secondes j'ai regardé les gouttes d'eau rouler sur la lame puis tomber lentement. Vous n'imaginez pas à quel point le fait de regarder cette eau m'a aidé.

Debout derrière le prisonnier, bien calé sur mes deux jambes, j'ai examiné sa nuque : osseuse et ridée, avec de la crasse dans les plis de la peau. Je n'ai jamais oublié cette nuque. Avant d'avoir commencé, c'était fini, et je ne comprenais pas pourquoi il restait sur mon sabre des globules de graisse impossibles à enlever avec le papier qu'on m'avait donné. C'était tout ce qui me souciait : d'où venait cette graisse chez un homme squelettique au cou squelettique ? Un cou crasseux, grisâtre, comme la terre sur laquelle on pisse. Mais après le lui avoir tranché, les couleurs étaient si vives, si éclatantes : le rouge du sang, le blanc de l'os, le rose de la chair, le jaune de cette graisse. La vie ! Ces couleurs étaient la vie même !

Je m'étonnais de la facilité de la tâche, de l'éclat et de la beauté des couleurs, et j'étais sidéré que tout soit déjà terminé. C'est seulement lorsque l'élève officier suivant a pris place que j'ai vu les deux jets de sang qui jaillissaient encore du cou de mon prisonnier, exactement comme de celui de la victime du lieutenant, mais moins fort, donc un certain temps avait dû s'écouler depuis que je l'avais tué.

Je n'éprouvais plus rien pour cet homme. Honnêtement, je le méprisais d'avoir accepté si servilement son sort et je me demandais pourquoi il ne s'était pas débattu. Mais qui aurait réagi autrement ? Je lui en voulais pourtant de m'avoir laissé le décapiter.

Nakamura remarqua qu'en racontant cette histoire, Kota serrait et desserrait encore la main qui avait tenu le sabre, comme pour répéter le geste ou s'exercer.

Et ce que j'ai ressenti, major Nakamura, poursuivit le colonel, ç'a été quelque chose de si énorme dans mon ventre que j'ai eu l'impression d'être devenu un autre homme. J'avais gagné quelque chose, voilà ce que je ressentais. Une sensation à la fois extraordinaire et horrible. Comme si j'étais mort moi aussi et que j'aie ressuscité.

Avant, je m'inquiétais de la façon dont mes hommes me jugeaient quand j'étais devant eux. Après, je me bornais à les regarder. Ça suffisait. Je ne m'inquiétais plus, je n'avais plus peur. Je les dévisageais et je lisais en eux – leurs craintes, leurs péchés, leurs mensonges –, je voyais tout, je savais tout. Vous avez des yeux diaboliques, m'a dit une femme une nuit. Je lançais un regard à quelqu'un et c'était assez pour l'effrayer.

Mais cette sensation a fini par disparaître. J'ai commencé à me sentir troublé. Perdu. Mes hommes redevenaient insolents, ils parlaient tout bas, derrière mon dos. J'ai compris. Je ne faisais plus peur à personne. C'est comme avec le Philopon : une fois qu'on y touche, même avec les effets indésirables, on ne pense qu'à en reprendre.

Je peux vous confier quelque chose ? Il y avait toujours des prisonniers. Après quelques semaines sans avoir décapité personne, j'allais en chercher un dont les jours étaient comptés et avec un cou qui me convenait. Je lui faisais creuser sa tombe…

En écoutant l'atroce récit du colonel, Nakamura voyait bien que malgré l'horreur de tels actes, il n'existait aucun autre moyen d'exaucer les souhaits de l'Empereur.

Le cou, reprit le colonel Kota, se tournant vers une porte qui ouvrait sur la nuit balayée par la pluie. Maintenant je ne vois que ça chez les gens. Leur cou. C'est mal d'avoir ce genre de pensée, non ? Je n'en sais rien. Je suis comme ça, maintenant. Je rencontre quelqu'un pour la première fois et je regarde son cou, je l'évalue : facile ou difficile à trancher. C'est tout ce qui m'intéresse chez les gens : leur nuque, le coup de sabre, cette vie, ces couleurs, ce rouge, ce blanc, ce jaune.

Votre cou, voyez-vous, dit le colonel Kota, c'est lui que j'ai remarqué en premier. Une si belle nuque : je vois exactement où devrait s'abattre la lame du sabre. Un cou merveilleux. Votre tête volerait à un mètre. Comme il se doit. Car il arrive que le cou soit trop maigre ou trop gras, que le prisonnier gigote ou crie de terreur – je vous laisse imaginer –, qu'on salope le travail et que, de rage, on finisse par hacher menu la victime. Mais votre caporal, voyez-vous, avec son cou de taureau, son attitude… Il faudrait que je me concentre sur mon sabre et sur ma posture pour le tuer rapidement.

Tout en parlant, le colonel continuait à serrer et à desserrer les doigts, levant le poing et l'abaissant comme s'il préparait son sabre pour une nouvelle décapitation.

L'enjeu, dit-il, ce n'est pas seulement la voie ferrée, bien qu'il faille la construire. Ni même la guerre, bien qu'il faille la gagner.

L'enjeu, c'est d'apprendre aux Européens qu'ils ne sont pas la race supérieure, compléta Nakamura.

Et de nous convaincre que c'est nous, ajouta le colonel.

Pendant quelque temps les deux hommes se turent, puis le colonel Kota récita :

Même à Kyoto
Quand j'entends le coucou
Je rêve encore de Kyoto.

Bashō, dit Nakamura.

Plus avant dans la conversation, il fut enchanté de découvrir que le colonel Kota partageait avec lui une passion pour la littérature japonaise traditionnelle. La larme à l'œil, ils évoquèrent la sagesse truculente des haïkus d'Issa, la grandeur de Buson, le merveilleux *haibun* de Bashō, *La Route étroite vers le Nord lointain*, qui, selon le colonel, résumait en un livre tout le génie de l'âme japonaise.

Ils se turent à nouveau. Sans raison, Nakamura sentit soudain son moral remonter à l'idée que leur voie ferrée permettrait l'invasion victorieuse de l'Inde, au souvenir du monde entier sous le même toit, de la beauté des vers de Bashō. Et toutes ces choses qui paraissaient tellement confuses et sans substance quand il avait voulu les expliquer à ce colonel australien, elles lui semblaient si limpides, si évidentes et cohérentes, si bonnes et généreuses à présent qu'il en parlait avec un homme aussi bon et généreux que le colonel Kota.

À la voie ferrée ! dit le colonel en levant sa tasse.

Au Japon ! dit Nakamura, levant sa tasse à son tour.

À l'Empereur ! dit le colonel.

À Bashō ! dit Nakamura.

À Issa !

À Buson !

Ils vidèrent ce qui restait du thé aigre de Tomokawa, puis reposèrent leurs tasses. Et parce qu'ils étaient deux inconnus ne sachant qu'ajouter, le silence revenu donna à Nakamura le sentiment d'une profonde compréhension mutuelle. Le colonel ouvrit un étui à cigarettes bleu nuit orné du soleil blanc du Kuomintang, et le fit passer à son collègue officier. Ils allumèrent une cigarette et se détendirent.

Ils se récitèrent plusieurs de leurs haïkus préférés et furent profondément émus, moins par la poésie que par leur sensibilité à la poésie ; moins par le génie de tel ou tel poème que par leur capacité à le comprendre ; moins par sa connaissance que par la conscience qu'il exprimait la part la plus noble d'eux-mêmes et de l'âme japonaise – cette âme japonaise qui bientôt voyagerait quotidiennement sur leur voie ferrée jusqu'en Birmanie, puis de la Birmanie vers l'Inde, et qui, de là, pourrait conquérir le monde.

Ainsi, se dit Nakamura, l'âme japonaise est désormais partie intégrante de la voie ferrée, et la voie ferrée est partie intégrante de l'âme japonaise, notre route étroite vers le Nord lointain qui aide à répandre la beauté et la sagesse de Bashō dans le vaste monde.

En parlant de *renga*, de *waka* et de haïkus, de la Birmanie, de l'Inde et de la voie ferrée, les deux hommes éprouvaient un sentiment puissant de communion, même si ensuite aucun n'aurait pu dire au juste ce en quoi ils avaient communié. Le colonel Kota récita un haïku de Kato, et ils s'accordèrent à dire que c'était ce don suprême des Japonais – l'art de peindre la vie de manière si concise, si exquise – qu'ils contribuaient, par leur travail sur la voie ferrée, à apporter au monde. Et cette conversation, en réalité une série d'approbations mutuelles, les aida tous deux considérablement à accepter leurs propres privations et le combat acharné qu'était devenu leur travail.

Puis Nakamura jeta un coup d'œil à sa montre.

Excusez-moi, mon colonel. Il est déjà quatre heures moins dix. Avant leur réveil, je dois modifier les horaires des différentes équipes pour atteindre les nouveaux objectifs.

Prêt à partir, le colonel posa la main sur l'épaule de Nakamura.

J'aurais pu parler poésie avec vous toute la nuit, déclara-t-il du haut de sa taille imposante.

Dans l'obscurité du mess désert, Nakamura perçut l'émotion intense du colonel qui lui passait le bras autour du cou et approchait de lui son visage au nez en aileron de requin. Son haleine sentait les anchois rances. Ses lèvres étaient entrouvertes.

Dans un autre monde, commença le colonel Kota. Les hommes… les hommes *aiment*.

Il ne put poursuivre. Nakamura s'écarta. Le colonel se redressa en espérant avoir été mal compris. En Nouvelle-Guinée, ils avaient massacré et mangé aussi bien les prisonniers américains que leurs propres soldats. Pour ne pas mourir de faim. Il revoyait encore les cadavres aux fémurs saillant sous la peau, pareils à des pilons de poulet rongés jusqu'à l'os. Et ces couleurs. Brun, vert, noir. Il avait encore ce goût douceâtre dans la bouche. Il aurait voulu qu'un autre être humain sache. Qu'ils mouraient de faim et n'avaient pas eu le choix. Que cet être humain lui dise que ce n'était pas grave. Qu'il l'étreigne. Qu'il…

Nous n'y pouvons rien, répondit Nakamura.
Non. Le colonel Kota recula d'un pas et rouvrit son étui aux couleurs du Kuomintang pour offrir une dernière cigarette à Nakamura. Bien sûr que non.
Pendant que le major allumait sa cigarette, le colonel récita :

Même au Manchukuo
quand je vois un cou
je rêve encore du Manchukuo.

Il referma d'un geste sec son étui à cigarettes, sourit et, le poing serré, il tourna les talons et partit, son étrange rire s'éloignant avec lui dans la nuit et le bruit de la mousson.

17

Amy Mulvaney n'en revenait pas de la facilité qu'elle avait désormais à mentir, un nouveau talent dont elle se félicitait tout autant qu'il lui faisait honte. Au dîner, alors que Keith recommençait à fulminer contre la politique du conseil municipal, elle l'avait interrompu pour lui annoncer qu'elle passerait la journée du lendemain avec une vieille amie : elles iraient en voiture jusqu'à une plage lointaine et isolée pour pique-niquer et se baigner, et elle emprunterait donc la Ford Cabriolet.

Bien sûr, avait dit Keith, avant de reprendre sa tirade contre le nouvel adjoint au maire et sa conception dépassée de l'évacuation des eaux usées.

Dis ce que tu penses, avait failli crier Amy. Mais ce qu'il pensait, en quels termes il l'exprimerait, Amy n'en avait plus la moindre idée, et d'ailleurs, elle préférait que Keith ne s'occupe pas trop d'elle. Plus il discourait sur le besoin urgent d'un système de tout-à-l'égout, sur les nouvelles normes, un WC par foyer, les mécanismes gouvernementaux, la réglementation, la science et l'administration, plus les doigts de Dorrigo Evans effleurant sa peau dans la pénombre lui manquaient.

Cette nuit-là, elle dormit mal. Keith se réveilla deux fois et lui demanda si elle était souffrante, mais avant qu'elle ait pu lui répondre, il s'était rendormi en ronflant, un minuscule marais salant de bave séchée sous la lèvre inférieure.

Le lendemain matin elle commença par se maquiller deux fois avant d'être satisfaite et par se changer plusieurs fois avant de se décider sur une première tenue : short sombre et chemisier de fin coton, coupé comme un châle et qui mettrait ses formes en valeur. Puis elle enleva le chemisier de coton pour enfiler un corsage rouge très décolleté qui lui rappelait celui d'Olivia de Havilland dans *Capitaine Blood*. Mais elle n'avait pas de jupe assortie. Et quand, peu après dix heures, elle passa prendre Dorrigo Evans devant le poste de garde de la caserne – Dorrigo Evans dont le sourire, le nez et les cheveux un peu plus longs que la normale n'étaient pas si éloignés de ceux d'Errol Flynn, songea-t-elle –, elle portait une jupe bleu pâle à fleurs, peu pratique, mais qu'elle trouvait seyante, et un débardeur couleur crème.

Avec Dorrigo à côté d'elle, tout ce qui lui avait paru ennuyeux et stupide devenait formidable et intéressant ; tout ce qui, la veille, lui faisait l'effet d'une prison étouffante dont elle souhaitait s'évader, lui semblait à présent le décor idéal pour son existence. Mais elle avait tellement le trac qu'elle ne cessait de caler et que Dorrigo finit par prendre le volant.

Dieu que j'ai envie de lui, se répétait-elle, et ce que mes désirs sont inconvenants et inqualifiables. Elle se faisait honte, se dit qu'elle avait un cœur dépravé, et que la société la punirait. Pensée presque aussitôt remplacée par une autre. Ce cœur dépravé qui me fait honte est plus courageux que la société, décida-t-elle. L'espace d'un instant, il lui sembla que rien au monde ne pouvait lui résister. Et même si elle avait conscience du ridicule de cette idée, son excitation et son audace s'en trouvaient redoublées.

La Ford était dans un triste état. Le moteur vrombissait, la boîte de vitesses produisait d'affreux craquements dès que Dorrigo s'en servait. Dans tout ce vacarme, Amy se sentait libre de parler, les mots n'étaient rien, seul comptait leur flot ininterrompu.

C'est quelqu'un de bien, disait-elle. Tellement gentil. Tu n'as pas idée. Car enfin je l'aime, Keith. Beaucoup. Qui ne l'aimerait pas ? Quelqu'un de vraiment bien.

Le meilleur d'entre nous, renchérit Dorrigo Evans, avec une sincérité qui n'était pas entièrement feinte.

Oui, reprit Amy. Quelqu'un de bien. Pas comme cet adjoint au maire ! Il ne connaît rien aux égouts.

Elle savait qu'elle jacassait, qu'elle aurait surtout voulu dire à Dorrigo son dépit que Keith ne prononce jamais une parole sincère. Chacune était un masque. Elle aurait voulu confier à Dorrigo son désir que Keith dise la vérité. Même une seule fois.

Mais ce que pouvait être cette vérité, au fond Amy Mulvaney l'ignorait. Ce qu'elle souhaitait entendre n'avait simplement rien à voir avec les WC privés, les cités-jardins et la nécessité du tout-à-l'égout. Elle savait qu'elle voulait des choses contradictoires. En fait, elle aurait préféré que son mari ne dise rien du tout ; et, alors qu'elle aurait aimé que Dorrigo lui dise tant de choses, elle préférait que lui aussi ne dise rien, de peur qu'il rompe le charme – qu'il lui fasse comprendre que c'était une simple excursion, qu'avec elle il s'acquittait de son devoir en tant que membre de ce qui représentait, si loin de chez lui, sa seule famille. Elle exprima cet étrange tumulte intérieur, cet océan de sentiments pour un homme qui n'était pas son mari, en déclarant au sujet de l'homme qui l'était :

Keith, c'est Keith.

Lorsqu'ils atteignirent l'entrée du chemin conduisant à la plage, Dorrigo alluma une cigarette, mais il l'avait encore à la bouche quand Amy, dans un effort maladroit pour protéger à la fois sa jupe et sa dignité en enjambant une clôture de fil de fer barbelé, s'écorcha la cuisse et cria de douleur. Elle fit pivoter sa jambe. Quelques minuscules gouttes de sang perlaient à l'intérieur de sa cuisse, trois petites billes d'un rouge étincelant.

Dorrigo Evans jeta sa cigarette et s'accroupit.

Pardon, dit-il poliment, et du bout du doigt il remonta légèrement l'ourlet de la jupe bleu pâle sur la cuisse d'Amy. Il tamponna la plaie avec un mouchoir, s'interrompit pour jeter un coup d'œil. Trois gouttes de sang perlaient à nouveau.

Il se pencha. Se retint d'une main à l'autre mollet d'Amy pour ne pas tomber. L'odeur de la mer lui parvenait. Il leva les yeux vers Amy. Elle le dévisageait avec une expression qu'il n'arrivait pas à interpréter. Il avait le visage tout près de sa cuisse. Une mouette poussa un cri strident. Il se concentra sur la jambe d'Amy.

Effleura des lèvres la goutte de sang du bas.

La main d'Amy vint se poser sur sa nuque.

Que fais-tu ? demanda-t-elle d'une voix directe, dure.

En même temps elle glissait les doigts dans les cheveux de Dorrigo d'un geste curieusement contradictoire. Il perçut la tension dans la voix d'Amy, la caresse de ses doigts, le parfum entêtant de son corps. Très doucement, ses lèvres touchant à peine la peau, il embrassa la goutte de sang, laissant une tache écarlate sur la cuisse d'Amy.

Elle avait encore la main sur son crâne, les doigts dans ses cheveux. Il se rapprocha d'elle et, remontant sa main, enserra délicatement l'arrière de la cuisse d'Amy.

Dorrigo ?

Les autres gouttes de sang grandissaient, la première réapparaissait. S'attendant à ce qu'Amy proteste, secoue la jambe, qu'elle le repousse ou lui donne même un coup de pied, il n'osait pas lever les yeux. Il regardait ces sphères de sang parfaites, trois camélias de désir, continuer à grossir. Le corps d'Amy était un poème impossible à mémoriser. Dorrigo embrassa la deuxième goutte de sang.

Les doigts d'Amy se raidirent dans ses cheveux. Il enleva la troisième goutte de sang d'un coup de langue, au ras de l'ourlet de la jupe, là où la cuisse d'Amy devenait plus charnue. Amy referma les doigts sur son cuir chevelu. Il lui embrassa la jambe à nouveau, sentit cette fois son goût salé, ferma les yeux et prolongea ce baiser, humant la peau d'Amy, conscient de la chaleur de son corps.

Lentement, à regret, il lâcha sa jambe et se releva.

18

Durant le quart d'heure suivant, dans la tourmente d'un silence gêné, ils suivirent jusqu'à la plage le chemin envahi par la végétation. La journée devenait caniculaire, ils transpiraient, et accueillirent avec gratitude le soulagement apporté par cette plage déserte et par l'océan, ses bruits, sa permanence, sa solitude. Après s'être changés dans les dunes à bonne distance l'un de l'autre par pudeur, ils s'élancèrent ensemble vers la mer.

Dans l'eau, Amy retrouva son intégrité et sa force. Des choses qui la veille encore semblaient occuper la première place devinrent dérisoires et furent emportées vers le large : les menus du restaurant pour la semaine suivante ; la difficulté à se procurer de nouvelles couvertures de laine pour les chambres de l'hôtel ; l'odeur de transpiration du barman ; le bruit de succion répugnant émis par Keith lorsqu'il allumait sa pipe le soir.

Après avoir franchi les rouleaux, ils se retournèrent, le visage ruisselant et les yeux brillants comme des diamants. Sur le plateau infini de l'océan, seules leurs têtes dépassaient, ils nageaient sur place sans se quitter du regard. Elle le sentit remonter à la surface et frôler son corps au passage. Comme un phoque, comme un homme.

Ensuite ils se reposèrent au creux d'une dune, où le rugissement des vagues était assourdi et le vent détourné de sa course. À mesure que leurs corps séchaient, la chaleur les assommait de nouveau. Amy s'étira et Dorrigo l'imita. Elle laissa son dos absorber la chaleur et posa la joue dans le cercle d'ombre projeté par sa tête. Un peu plus tard, elle se tourna pour nicher sa tête contre le ventre de Dorrigo. Il alluma une cigarette.

Il leva le bras vers le ciel strié de blanc et se dit qu'il n'avait jamais rien vu de si parfait. Un œil fermé, de l'autre il regarda son index toucher la beauté d'un nuage.

Pourquoi on ne se souvient jamais des nuages ? demanda-t-il.

Parce qu'ils ne veulent rien dire.

Et pourtant ils veulent tout dire, songea-t-il, mais cette idée était trop vaste ou absurde pour s'y attarder ou même s'en soucier, et il la laissa s'éloigner avec le nuage.

Le temps s'écoulait trop lentement ou trop vite. Difficile à dire. Ils se blottirent l'un contre l'autre.

Dorry ?

Il répondit par un murmure.

Tu sais, dit-elle, c'est quand je suis seule avec Keith qu'il m'insupporte et que je me déteste. Pourquoi ?

Dorrigo Evans n'avait pas la réponse. Il jeta sa cigarette dans le sable.

Parce que j'ai envie d'être avec toi, reprit-elle.

Le temps ne passait plus, tout était à l'arrêt.

Voilà pourquoi.

Ce qui avait maintenu une distance entre eux, ce qui les avait retenus jusque-là s'était dissipé. Si la terre tournait, elle s'interrompit, si le vent soufflait, il attendit. Les mains rencontrèrent la chair – tant de chair. Dorrigo sentit le poids improbable des cils d'Amy sur les siens ; il embrassa la minuscule tranchée rose laissée par l'élastique de sa culotte, faisant le tour de son ventre comme le cercle de l'équateur celui du globe. Tandis qu'ils se perdaient dans l'exploration du corps de l'autre, des cris aigus s'élevèrent près d'eux, suivis d'une plainte plus grave.

Dorrigo leva les yeux. Un grand chien se tenait au sommet de la dune. Dans sa gueule dégoulinant de bave sanguinolente, il serrait un macareux encore parcouru de soubresauts. Dorrigo eut l'étrange sensation de voir soudain Amy de très loin, de flotter au-dessus de son corps nu. Ses sentiments évoluèrent brutalement. Amy, dont le corps le grisait une minute plus tôt par son parfum, sa douceur et ses courbes, la pellicule de sel qui le recouvrait ; Amy qui, un moment auparavant, lui avait semblé devenir une autre facette de lui-même, était à présent distante et séparée de lui. Leur compréhension mutuelle avait surpassé celle de Dieu. Et quelques instants plus tard, elle s'était évanouie.

Le chien pencha la tête sur le côté ; le corps désormais sans vie du macareux oscilla, et le chien fit demi-tour et disparut. Mais la plainte de l'oiseau – sinistre et prolongée, avec sa fin abrupte –, Dorrigo l'avait encore présente à l'esprit.

Regarde-moi, entendit-il Amy chuchoter. *Moi seulement.*

Lorsqu'il baissa les yeux, ceux d'Amy avaient changé. Ses pupilles dilatées semblaient perdues – et perdues en lui, comprit-il. Il sentit la terrible force de gravité du désir d'Amy l'attirer à nouveau vers elle, vers une histoire qui n'était pas la sienne, et à présent qu'il possédait tout ce dont il avait rêvé ces derniers jours, il voulait s'en échapper au plus vite. Il redoutait de se perdre lui aussi, de perdre sa liberté, son avenir. Ce qui l'excitait si fort quelques minutes plus tôt semblait sans charme, ordinaire, et il aurait voulu s'enfuir. Au lieu de quoi il ferma les yeux, et lorsqu'il la pénétra un grognement monta des lèvres d'Amy, d'une voix qu'il ne reconnut pas.

Une intensité furieuse, presque violente, s'empara de leurs ébats et transforma leurs corps jusque-là étrangers l'un à l'autre en une seule entité. Il oublia ces petits cris aigus, cette horrible solitude sans fin, sa peur d'un avenir sans nom. Le corps d'Amy se métamorphosa une fois encore pour lui. Il n'était plus source de désir ou de répulsion, mais une autre partie de lui-même, sans laquelle il se sentait incomplet. En elle, il vivait le plus puissant et le plus nécessaire des retours. Sans elle, sa vie paraissait ne plus mériter d'être vécue.

Déjà, pourtant, sa mémoire s'appropriait leur vérité. Par la suite, il ne se souvint que de leurs corps se soulevant et retombant au rythme des vagues, balayés par les vents du large qui écrêtaient les dunes et entraînaient les braises rongeant sa cigarette abandonnée.

19

Un air vicié sommeillait dans les couloirs du King of Cornwall. Il y avait de la lassitude dans la lumière voilée. Les cuisines de l'hôtel sentaient le gaz, même si l'on n'avait jamais détecté de fuite. Dans les étages et les cages d'escalier sophistiquées aux tapis poussiéreux flottaient des odeurs qu'Amy reconnaissait comme celles de la déception, des odeurs de poussière accumulée et de sécheresse qui se mêlaient à la graisse figée de repas médiocres, aux aventures sans lendemain des voyageurs de commerce avec des femmes en proie à l'ennui ou au désespoir ou aux deux. Suis-je l'une de ces femmes ? se demanda-t-elle en montant au dernier étage. Suis-je comme elles moi aussi ?

Mais une fois dans la chambre au fond du couloir qu'ils considéraient tous deux comme la leur – où les portes-fenêtres aux charnières usées et à la serrure rouillée ouvraient en grinçant sur l'océan et sur son éclat permanent de l'autre côté de la route, cette chambre où tout sentait la mer, où l'air semblait danser et où tout semblait possible –, elle sut que non. Elle avait laissé des glaçons et deux canettes de bière pour Dorrigo, mais malgré la chaleur accablante, ces dernières n'étaient pas ouvertes à son arrivée.

Dorrigo désigna la pendule en bakélite verte sur le manteau de la cheminée. Bien que la grande aiguille ait un jour disparu du cadran, la petite prouvait qu'il patientait depuis trois heures.

J'ai dû attendre le départ du personnel de jour, expliqua Amy. Pour pouvoir venir ici sans risquer d'attirer l'attention.

Qui est encore là ?

Deux barmaids, le barman, le cuisinier. Milly, la serveuse du restaurant. Aucun d'eux ne monte jamais jusqu'ici.

On dirait qu'il n'y a personne à cet étage.

Ce soir, non. J'ai logé toutes les réservations au premier et au second, donc il n'y a que nous.

Ils sortirent dans la loggia, s'assirent sur les chaises en métal rouillé et partagèrent une canette de bière.

D'après Keith, tu es une parieuse hors pair, dit Dorrigo.

Ah ! Regarde ces oiseaux.

Elle indiquait l'endroit où des oiseaux de mer se laissaient subitement tomber dans l'océan comme des poids morts. Elle s'approcha de la balustrade en fer forgé ; la peinture s'était écaillée depuis longtemps, ne laissant qu'une poussière ocre. Amy passa la main sur le métal oxydé, rugueux et rouge comme un vieux rocher.

D'après Keith, tu vas encore gagner, reprit Dorrigo.

Les oiseaux remontaient vers le ciel, un merlan dans le bec. Amy saisit une pincée de rouille entre le pouce et l'index. Elle se tourna vers la plage qui s'étendait sur plusieurs kilomètres jusqu'à une presqu'île où l'érosion avait mis la roche à nu, à l'exception de quelques arbustes particulièrement résistants. Amy semblait ailleurs. Il voulut la prendre par la main, mais elle se dégagea.

Keith a dit ça ?

Et aussi que tu connaissais toujours l'état de la piste, la qualité du terrain, le poids des jockeys et les meilleurs tuyaux.

Ah, répéta-t-elle avant de se perdre à nouveau dans ses pensées. De la route en contrebas s'éleva un aboiement qui la fit sursauter. Elle regarda autour d'elle avec inquiétude.

C'est lui, dit-elle, et Dorrigo entendit la panique dans sa voix. Il est revenu un jour plus tôt. Il faut que j'y aille, il...

C'est l'aboiement d'un gros chien. Écoute. Un gros chien. Pas un terrier comme Miss Beatrice.

Ils se turent. Les aboiements cessèrent, une voix d'homme – pas celle de Keith – s'adressant au chien leur parvint, puis plus rien. Au bout de quelque temps, Amy reprit la parole.

Je déteste cette chienne. Pourtant, j'aime bien les chiens. Mais il la laisse grimper sur la table quand on a fini de manger. Avec sa langue obscène qui sort comme un horrible serpent.

Dorrigo éclata de rire.

En plus elle bave, elle souffle comme un bœuf, continua Amy. Un chien sur une table. Tu te rends compte ?

À chaque repas ?

Je peux te raconter quelque chose ? Rien qu'à toi ?

Bien sûr.

Il ne s'agit pas de Miss Beatrice – et il ne faudra jamais en parler à personne.

Évidemment.

Promis ?

Bien entendu.

Promets !

Je te le promets.

Amy revint dans la grotte d'ombre de la loggia et se rassit. Elle but une petite gorgée de bière, puis une longue rasade, posa le verre, leva les yeux vers Dorrigo, puis regarda le verre embué.

J'ai été enceinte.

Elle contemplait ses doigts, frottait entre le pouce et l'index la poussière de rouille désormais humide.

Enceinte de Keith.

Tu es sa femme.

C'était avant. Avant notre mariage.

Elle marqua une pause et se tordit le cou, comme pour vérifier qu'il n'y avait personne dans les profondeurs ombragées de la loggia. Rassurée, elle se tourna vers Dorrigo.

Raison pour laquelle on s'est mariés. Il trouvait – ça paraît tellement affreux – que c'était mal d'avoir un bébé hors mariage. Tu comprends ?

Pas trop. Vous pouviez vous marier. D'ailleurs vous l'avez fait.

C'est quelqu'un de bien. Vraiment. Mais – quand je suis tombée enceinte – il ne voulait pas se marier. Alors que moi, si. Pour protéger le bébé. Je ne...

Elle s'interrompit à nouveau.

Je n'aimais pas Keith. Non. Je ne l'aimais pas. D'ailleurs...

D'ailleurs quoi ?

Tu ne me prendras pas pour une femme de mauvaise vie ?

Pourquoi ?

Pour une femme dépravée ? Je ne suis pas dépravée.

Pourquoi... Pourquoi je penserais une chose pareille ?

Parce que j'ai prétendu que j'allais à Melbourne voir les courses. La Melbourne Cup. J'ai raconté à tout le monde que j'y allais chaque année. Bon, je venais d'arriver ici, qu'est-ce qu'ils en savaient ? Mais...

Mais tu n'y es pas allée.

Non. Ce n'est pas ça. J'y suis bel et bien allée. Mais j'ai aussi…

Elle frottait son pouce et son index très vite l'un contre l'autre pour se débarrasser de la poussière de rouille. D'un geste brusque, elle s'essuya les doigts sur le côté de sa robe, laissant une tache rougeâtre.

Je suis allée voir un homme – un médecin – à Melbourne, Keith m'avait pris rendez-vous. Il disait que c'était la meilleure façon de régler le problème. On était en novembre. Bon. Il a réglé le problème.

Un silence si profond s'installa que même les vagues en se brisant ne parvenaient pas à le combler.

Je ne m'étais jamais intéressée le moins du monde aux chevaux, dit Amy.

Mais tu as parié qu'Old Rowley gagnerait la Melbourne Cup. À cent contre un. Tu dois bien y connaître quelque chose.

J'ai parié sur lui justement parce qu'il était à cent contre un. J'ai parié pour perdre. Je m'attendais plus ou moins à ce qu'on doive l'abattre dans les starting-gates. Je l'ai choisi parce que j'ai cette fichue Melbourne Cup en horreur. Et tout ce qui va avec.

Elle se releva.

Je n'ai pas envie d'en parler ici.

Ils rentrèrent s'allonger sur le lit. Elle posa la tête sur la poitrine de Dorrigo, mais il faisait trop chaud, un peu plus tard elle s'écarta et ils restèrent couchés côte à côte en laissant seulement le bout de leurs doigts se toucher.

Il était assis là – enfin, Keith. Il était assis là avec Miss Beatrice sur les genoux, et il m'a annoncé qu'il avait trouvé quelqu'un à Melbourne pour s'occuper de moi. Un homme. Qu'est-ce que ça veut dire ? Un homme ?

Durant quelques instants, cette question parut l'absorber, puis elle continua :

Et il caressait sa chienne. Jamais je n'ai détesté quelque chose autant que je déteste cette bête. Il n'avait pas un geste pour moi, mais il restait là à caresser cette chienne.

Que s'est-il passé ?

Rien. Je suis allée voir cet homme à Melbourne. Et Keith a continué à caresser sa foutue chienne en lui roucoulant des niaiseries.

20

Les bruits occasionnels montant de la route et de la plage en contrebas étaient aspirés dans un lent tourbillon par les pales du ventilateur de plafond qui égrenaient le temps. Il se surprit à écouter la respiration d'Amy, le ressac, la pendule sur le manteau de la cheminée. Soudain il s'aperçut qu'Amy avait remis la tête sur sa poitrine et s'était endormie ; puis qu'il s'était endormi à son tour. Le rideau se gonflait sous l'effet du vent marin qui se levait en cette fin d'après-midi, et avec lui la chaleur se dissipait, la lumière brumeuse du crépuscule arrivait par vagues. Lorsqu'il se redressa, il vit qu'il faisait nuit, que la lampe était allumée et qu'Amy, éveillée, le regardait.

Et après ça, murmura-t-il.

Après quoi ?

Après cet homme à Melbourne.

Ah. Oui. Elle leva les yeux vers le plafond, peut-être au-delà. Avec une expression à la fois de perplexité et de résignation, comme si elle s'attendait à ce que le monde en revienne toujours à ce point mystérieux au plafond ou parmi les étoiles. Oui, répéta-t-elle plusieurs fois, les yeux encore levés.

Enfin, elle se tourna vers Dorrigo.

J'avais été obligée de prétendre que j'allais en ville pour la Melbourne Cup. Je me suis renseignée sur les courses de chevaux, les paris, ce genre de choses. Peut-être même que je m'y suis un peu intéressée. Ça m'a sans doute occupé l'esprit. Et après, je n'ai plus pensé à rien. Comme pour les chevaux. J'ai fait semblant. Je ne sais pas trop. En tout cas, c'est pour ça que je parie une petite somme de temps en temps.

Et Keith ?

À mon retour, il a été gentil. Tellement gentil. Il devait avoir des remords. Et j'étais si bouleversée. Il a voulu m'épouser, même s'il n'y avait plus de bébé – peut-être pour se faire pardonner. Peut-être avait-il encore plus honte que moi. Je n'en sais rien.

Et tu es tombée amoureuse ?

Seulement tombée. Comme une chute de neige. Dans ma tête. Tu as déjà ressenti ça ? Tu as ton monde intérieur, et soudain toutes tes pensées ressemblent à des flocons de neige. Keith était adorable et en moi tout était blanc. Peut-être que j'avais honte. Je me disais que j'étais une salope. Je l'ai vraiment cru. Je sais que je ne voulais pas finir vieille fille. Je pensais sans doute que ça pourrait marcher entre nous. Que je retomberais enceinte. Et que cette fois-là tout irait bien. Mais je me trompais. J'en voulais à Keith de sa gentillesse. Je lui en voulais tellement qu'à son tour il m'en a voulu. Il m'a accusée de l'avoir forcé à m'épouser. Et d'une certaine façon, ça paraissait vrai. Il m'a accusée de l'avoir séduit, de m'être affreusement mal conduite, d'où cette grossesse. Il ne le pense peut-être plus vraiment. Mais on dit parfois certaines choses et ce ne sont pas que des mots. C'est tout ce qu'on pense de quelqu'un résumé en une phrase. En une seule phrase. Tu m'as séduit, a-t-il déclaré, et voilà pourquoi ce mariage. Il y a des mots qui en entraînent d'autres et qui ne veulent rien dire. Et puis il y a une phrase qui veut tout dire.

Couchée sur le côté, Amy regardait vers le large. Couché sur le dos, Dorrigo était jaloux de son oreiller. Ils restèrent un long moment immobiles. De l'index, il glissait derrière l'oreille d'Amy les cheveux qui lui tombaient en travers du visage. Cette oreille en forme de coquillage l'émouvait toujours autant. Il fut pris d'une horrible sensation de vertige, comme s'il était entraîné à l'infini dans un gigantesque maelstrom. La pendule de bakélite verte se réduisait à sa petite aiguille et à ses chiffres phosphorescents, un cercle fantomatique qui semblait flotter au-dessus d'eux au rythme du tic-tac. Amy vint se blottir contre lui et son souffle lui effleura la poitrine. Il vit ses yeux s'ouvrir, scruter l'obscurité au-dessus de son corps comme si elle observait quelque chose au loin, puis se refermer.

Beaucoup plus tard, il se réveilla au son de sa voix.

Tu entends ça ?

Par la porte-fenêtre ouverte, il n'entendait que les vagues, quelques hommes qui sortaient du bar trois étages plus bas, en parlant football. Des bruits de pas, de temps à autre une voiture sur l'esplanade paisible et presque déserte, une femme s'adressant à un enfant, un groupe de gens heureux d'être ensemble, qui avaient le droit d'être ensemble.

Les vagues, la pendule, reprit-elle. Les vagues, la pendule.

Il tendit l'oreille. Au bout d'un certain temps, son ouïe gagna en acuité, le silence se fit dans la rue en contrebas, et il entendit le lent déferlement des rouleaux sur la plage, le tic-tac velouté de la pendule.

L'heure de l'océan, dit-elle alors qu'une vague se brisait. L'heure des hommes, dit-elle alors que la pendule continuait son tic-tac. Elle éclata de rire. On vit à l'heure de l'océan. Voilà ce que je pense.

Si Keith est tellement horrible, pourquoi tu restes ?

Il n'est pas horrible, c'est ça le problème. Peut-être même que je l'aime à ma façon. Rien à voir avec nous.

Mais aimer, c'est de l'amour.

Ah bon ? Parfois je me dis que c'est une malédiction. Ou une punition. Et quand je suis avec lui, je me sens seule. Quand je suis assise en face de lui, je me sens seule. Quand je me réveille à côté de lui en pleine nuit, je me sens si seule. Et je n'ai pas envie de me sentir seule. Il m'aime et je ne peux pas lui dire que… Ce serait trop cruel. Il a sans doute pitié de moi, mais ça ne suffit pas. Peut-être que moi aussi j'ai pitié de lui. Tu comprends ?

Il ne comprenait pas, ne pouvait pas comprendre. Il ne comprenait pas davantage pourquoi, s'il avait envie d'Amy, et de plus en plus, il liait son sort à celui d'Ella. Il ne comprenait pas comment le lien unissant Amy à Keith pouvait être de l'*amour* alors qu'il semblait surtout la rendre malheureuse et lui donner un sentiment de solitude, or ce lien était paradoxalement plus fort que leur amour à eux, qui la rendait heureuse. Et tandis qu'elle lui parlait, il eut la sensation qu'ils ne pourraient jamais décider de rien de ce qui leur arrivait, qu'ils vivaient dans un monde fait d'une multitude de gens et d'une multitude de liens, qui ne leur laissait pas la possibilité d'être ensemble.

Il n'y a pas que nous deux, dit-il.

Bien sûr que si, ou alors on n'est rien, répliqua Amy. Comment ça, il n'y a pas que nous deux ?

Il n'avait pas la réponse. À cet instant précis, il eut l'impression de n'exister que dans les pensées, les sentiments et les paroles d'autrui. Qui il était, il n'en savait rien. Il ne trouvait ni les mots ni les idées pour exprimer ce qu'ils étaient ou ce qui les attendait. Il lui semblait que le monde acceptait tout bonnement certaines choses et en punissait d'autres, qu'il n'y avait ni cause ni explication, ni justice ni espoir. Il n'y avait que le moment présent, et mieux valait s'en contenter.

Pourtant Amy continuait à parler, s'efforçant de déchiffrer un monde indéchiffrable ; elle le questionnait sur ses intentions, ses idées, ses désirs ; et il y voyait une tentative pour le forcer à prendre envers elle un engagement qu'elle rejetterait aussitôt en le déclarant impossible. Comme si elle voulait lui faire nommer ce qu'il y avait entre eux, et que ce faisant il tue cette chose.

Dans la pénombre, il l'entendit faire un serment :

Un jour je partirai. Un jour je partirai et il ne me retrouvera jamais.

Difficile de la croire. Il garda le silence. Elle aussi. Il se sentit obligé de lui répondre.

Pourquoi me le dire à moi ?

Parce que je n'aime pas Keith. Tu ne le vois donc pas ?

Ces paroles leur firent à tous deux l'effet d'une révélation stupéfiante et déstabilisante.

Ils gardèrent quelque temps le silence. À l'exception du cercle phosphorescent des heures immobile face à eux, ils étaient plongés dans une obscurité totale où leurs corps se dissolvaient. Ils ne s'y retrouvaient pas l'un l'autre, seulement en tant que fragments qui devenaient un tout différent. Il eut le sentiment que sans les bras et le corps d'Amy refermés sur lui, il risquait de voler en éclats.

Écoute, dit-elle. On est à l'heure de l'océan.

Mais l'océan s'était tu et seul restait le tic-tac de la pendule de bakélite à une seule aiguille. Il savait que rien de tout cela n'avait de réalité, que lorsqu'il embrassa son oreille en forme de coquillage, elle dormait déjà, et que la seule chose réelle dans l'univers à ce moment-là, c'étaient eux ensemble dans ce lit. Il ne se sentit pas en paix pour autant.

21

L'air matinal avait déjà la chaleur d'une fournaise avant le lever du soleil. Elle aida Dorrigo à refaire le lit afin de rendre leurs turpitudes invisibles aux yeux de la femme de chambre. Elle le regarda se laver : ses mains pareilles à un bol à pudding, son visage luisant émergeant tel le pudding bouillant. C'étaient ses bras qui retenaient le plus son attention, leur peau brune, sa façon de prendre et de tenir les objets, le broc d'eau fraîche, le blaireau, le rasoir à main. Avec force, mais en douceur, sans brutalité. Son corps nerveux. Tout ce qui le rendait différent.

À présent il se penchait pour tremper la tête dans la cuvette d'eau, en appui sur ses bras écartés comme les pattes d'un agneau nouveau-né. Mais il ne ressemblait en rien à un agneau – plutôt à un loup, songea-t-elle, un loup calme, maître de lui-même, à l'affût, un loup noir, sous les aisselles ces magnifiques poils sombres, poissés par le savon. Son torse. Ses épaules lorsqu'il leva un bras comme pour arrêter quelque chose – des voitures, des trains, son cœur à elle –, puis le laissa retomber comme si de rien n'était.

Elle aurait voulu enfouir son visage dans ces aisselles, les lécher, les mordre, s'y nicher. Elle aurait voulu ne rien dire et se contenter de promener son visage sur tout son corps. Elle regrettait d'avoir mis cette robe imprimée – à dominante verte, une couleur si maléfique, une robe si bon marché, qui la mettait si peu en valeur, ses seins elle les aurait voulus bien en évidence, et non pas dissimulés sous l'étoffe. Elle le regardait, ses muscles courant tels de petits animaux sous la peau de son dos, elle le regardait bouger, aurait voulu embrasser ce dos, ces bras, ces épaules, il leva les yeux et surprit son regard.

Ces yeux, ces yeux noirs. Qui ne voyaient rien et voyaient tout.

Elle dit quelque chose pour échapper à ce regard, mais resta là. Ce qu'il pensait, elle ne le savait jamais. Elle lui avait un jour posé la question ; il avait répondu qu'il n'en avait aucune idée. Plus tard, elle se dit qu'il avait peur. Il était bel homme. Cela aussi lui déplaisait chez lui. Trop sûr de lui, trop savant – encore une chose sur laquelle elle s'était trompée, s'apercevrait-elle plus tard. Ceux qui savent et ceux qui ne savent pas.

Lui. Tellement lui.

Voyant qu'elle l'observait encore, il baissa les yeux, le rouge aux joues.

Elle aurait voulu tout savoir de lui, tout lui révéler d'elle. Mais qui était-elle ? Venue de Sydney pour séjourner chez une amie qui avait de la famille à Adélaïde, elle était restée, avait trouvé un emploi de barmaid au King of Cornwall. Là, elle avait fait la connaissance de Keith Mulvaney. Un type rasoir, mais gentil à sa manière, et il s'était passé des choses entre eux. Qui était-elle ? La fille d'un peintre d'enseignes à Balmain, mort quand elle avait treize ans, la laissant avec six frères et sœurs qui avaient fait leur chemin de leur mieux. Jamais elle n'avait rencontré un homme comme Dorrigo.

Le sol est plus intéressant que moi ? demanda-t-elle.

Pourquoi diable avoir dit ça ? Elle était une femme dépravée, une femme de mauvaise vie ; elle le savait, et parfois se fichait bien que le reste du monde le sache aussi, elle n'aurait aucun regret si elle était sur son lit de mort à présent. Elle ne regretterait rien. Elle lui tendit sa chemise.

Non, répondit-il.

Il sourit. Ce sourire, son biceps qui allait et venait sous la peau tandis qu'il lui prenait la serviette-éponge des mains et y enfouissait son sourire. Émouvant et sans émotions.

Mais il lui paraissait hésitant. Tous les hommes étaient des menteurs, et il ne faisait sans doute pas exception – une seule langue, mille boniments. Elle avait tout vu, tout vécu. Elle aurait voulu avoir sa belle bite dans la bouche à cette minute, devant les convives du restaurant, de quoi pimenter leur dîner.

Soudain elle souhaita qu'il disparaisse. Eut envie de le pousser dehors, et l'aurait fait sans sa terreur à l'idée de ce qui pouvait se passer si elle le touchait.

Dorry ?

La demande et le manque.

Cela ne pouvait pas être et c'était, et elle se demanda s'ils disparaîtraient jamais, ce sentiment, cette certitude, ce *nous*.

Dorry ?

Oui.

Tu aurais peur, Dorry ?

Peur de quoi ?

Si je te disais que je t'aime.

Sans répondre, Dorrigo se détourna, pendant qu'Amy cherchait des fils de coton dépassant du couvre-lit bleu et tirait dessus.

Oui, elle était bien une femme dépravée, elle s'était menti, avait menti à Keith, et ne regrettait rien si tout cela avait conduit à cet instant. Elle ne voulait pas l'amour. Elle les voulait, *eux*.

Même le matin venu, ils se recouchèrent ensemble sur leur lit tout juste refait. L'avant-bras de Dorrigo était posé sur les seins d'Amy et sa main formait un nid pour son menton. Du bout du nez, il lui effleura le cou de haut en bas. Elle se tortilla d'aise. Ses lèvres à lui, entrouvertes ; son cou à elle, offert.

Non, répondit-il.

Quand il se fut rendormi, elle se leva, trébucha, se rétablit, s'étira et sortit dans l'ombre de la loggia. Un peu plus loin sur la plage, quelques enfants criaient dans les vagues. La chaleur, telle une force maternelle, l'obligea à s'asseoir. Elle resta là un long moment, à écouter le fracas des rouleaux. Lorsque l'ombre raccourcit sur ses jambes étendues, elle finit par descendre les trois étages jusqu'à l'appartement où elle vivait avec son mari.

Elle sentait partout l'odeur de Dorrigo, même après avoir pris un bain. Il avait parfumé son univers. Elle s'allongea sur le lit conjugal, dormit jusque tard après le crépuscule, et à son réveil elle ne sentait toujours rien d'autre que l'odeur de Dorrigo.

22

Des demi-journées, des journées entières, des nuits de liberté, tous les congés que Dorrigo Evans pouvait obtenir, il les passait désormais avec Amy. Il avait trouvé une nouvelle mobilité sous la forme d'une camionnette Austin Baby de boulanger. Un collègue officier l'avait gagnée aux cartes et, déjà propriétaire d'une voiture, la lui prêtait volontiers en cas de besoin. Keith se réjouissait des visites de Dorrigo et se félicitait que son neveu veille sur Amy quand lui-même s'absentait pour divers engagements, lesquels semblaient de plus en plus fréquents à mesure que l'été avançait.

La vie de Dorrigo au King of Cornwall, qui se mesurait en heures et n'aurait pas représenté au total plus de quelques semaines, lui semblait être la seule qu'il ait vécue. Amy employait des expressions telles que : *Quand on retournera à la vie réelle... Quand le rêve sera fini...*, mais seule cette vie, ces moments avec elle avaient une réalité pour lui. Tout le reste était une illusion qu'il survolait comme une ombre, détaché, indifférent, ne se mettant en colère que lorsque cette autre vie, cet autre monde le réclamaient, exigeant qu'il réagisse ou pense à autre chose qu'à Amy.

Sa vie militaire, après l'avoir un temps dévoré, ne l'intéressait même plus, à défaut de l'enthousiasmer. Les patients qu'il examinait n'étaient que des fenêtres par lesquelles il voyait Amy, et elle seule. Chaque incision, chaque intervention et chaque point de suture qu'il effectuait lui paraissaient malhabiles, laborieux, inutiles. Même quand il était loin d'Amy, il la voyait, sentait le parfum musqué de son cou, scrutait ses yeux brillants, entendait son rire rauque, remontait du bout de l'index sa cuisse un peu lourde, contemplait sa coiffure imparfaite, ses bras aux rondeurs mystérieusement féminines, ni fermes ni flasques, mais pour lui admirables. Les imperfections d'Amy se multipliaient chaque fois qu'il l'observait et l'enchantaient toujours davantage ; il était comme un explorateur dans une nouvelle contrée où tout serait sens dessus dessous et d'autant plus merveilleux.

Il manquait à Amy cette conformité aux canons de la beauté qui valait à Ella d'être si souvent admirée et comparée à diverses stars de Hollywood ; Amy était trop bien en chair pour cela. Quand il était loin d'elle, il essayait de se souvenir de toutes ses imperfections parfaites, de leur capacité à l'exciter et à le ravir, et plus il s'attardait sur elles, plus leur effet s'intensifiait. Ce grain de beauté au-dessus de sa lèvre supérieure, son irrésistible sourire aux dents saillantes, sa démarche vaguement maladroite : un mouvement des hanches calculé, presque aguicheur, comme si elle tentait de contrôler l'incontrôlable, de jouer les saintes nitouches sans trahir quelque chose de féminin et d'animal à la fois. Elle tirait machinalement sur le haut de son corsage, le remontait sur son décolleté comme pour empêcher ses seins d'apparaître à un moment inopportun.

Il se rappelait que plus elle s'efforçait d'échapper à sa nature et de la dissimuler, plus celle-ci se déchaînait dans son regard. Elle était un paradoxe ambulant, à la fois gênée et excitée par cela même qui suintait d'elle. Quand elle riait, elle gloussait, quand elle bougeait, elle se balançait, et pour lui elle était indissociable de son parfum musqué, des rafales erratiques du vent marin qui traversaient la loggia de l'hôtel et faisaient doucement battre les portes-fenêtres ouvertes. Au lit, elle effleurait de la main certaines parties de son corps et inspectait ses hanches ou ses cuisses avec une étrange perplexité ; son corps représentait un mystère aussi insoluble pour elle que pour lui. Elle parlait d'elle-même en des termes s'appliquant à une construction défectueuse : la forme de ses jambes, son tour de taille, le dessin de ses yeux.

Au début il avait refusé de croire à son amour pour lui. Plus tard il l'avait réduit à un désir charnel, et enfin, quand il lui était devenu impossible de le nier, il avait été déstabilisé par son animalité, sa puissance, sa voracité à peine croyable. Et si cette force vitale semblait parfois trop intense et inexplicable à un homme aussi dépourvu d'estime de soi que Dorrigo Evans, elle était également, avait-il fini par admettre, inexorable, incontournable et irrésistible, alors il s'y était abandonné.

Le désir les habitait désormais sans relâche. Perdant toute prudence, ils saisissaient la moindre occasion de faire l'amour, profitaient de recoins d'ombres et d'instants où ils couraient le risque d'être surpris, mettaient le reste du monde au défi de les voir et de les reconnaître pour ce qu'ils étaient – ils en avaient en partie envie, en partie besoin, cherchaient en partie à y échapper et à le cacher, mais toujours ils en jouissaient. Des rouleaux de l'océan qui se brisaient de l'autre côté des épais murs de basalte du King of Cornwall ; de leurs ébats à l'intérieur, de leurs corps moites, emperlés de sueur, qui se pénétraient lentement, s'étreignaient pour ne plus faire qu'un. Ils s'aimaient sur les plages, dans l'océan et, moins facilement, dans la Ford Cabriolet, dans les rues derrière le King of Cornwall, sur une barrique de bière Coopers Red dans la fraîcheur de la cave, et même, très tard un soir, dans les cuisines. Il ne résistait pas à ce courant qui le ramenait vers elle.

Après l'amour, le visage d'Amy le hantait, dépourvu d'expression, si proche, si lointain ; les yeux levés vers lui, lisant en lui, à travers lui et même au-delà. Dans ces moments-là, elle était comme en transe. Les sourcils si nets, si fournis ; ses yeux d'un bleu incandescent, argenté dans la lumière nocturne, qui semblaient ne rien voir mais le fixaient quand même ; ses lèvres entrouvertes qui ne souriaient pas, d'où s'échappait seulement une respiration apaisée vers laquelle il se penchait et tournait sa joue pour en sentir le souffle léger sur sa peau, afin d'avoir la certitude qu'il ne s'agissait pas d'une hallucination, mais bien d'Amy, au lit avec lui. Et ce n'était ni de la joie ni de la fierté qu'il éprouvait, mais de l'émerveillement. Dans la pénombre de cette chambre d'hôtel, il se disait qu'il n'avait jamais rien vu d'aussi beau.

Un jour que Keith était parti tôt en ville pour une réunion, Amy monta dans la matinée jusqu'à la chambre de Dorrigo. Ils bavardèrent, et alors qu'elle allait partir ils s'étreignirent, s'embrassèrent, se laissèrent tomber sur le lit, elle les jambes ouvertes. À genoux, il la pénétra. Et quand il contempla son visage, elle paraissait ailleurs, voire inconsciente de sa présence.

Ses yeux brillaient de plus en plus, mais regardaient étrangement dans le vague. Sa bouche ne s'entrouvrait que pour exhaler de petits soupirs en cascade, dus en partie à lui, en partie à une extase solitaire. Il s'effraya de cet air égaré. Comme si elle n'attendait en réalité de lui que cette abolition, cet état d'inconscience, comme si leur passion ne pouvait conduire qu'à effacer Amy du monde. Comme s'il n'était qu'un véhicule pour la transporter vers un ailleurs si éloigné, si inconnu de lui qu'une rancœur sourde le gagna momentanément. Et tandis qu'elle l'agrippait violemment pour l'attirer en elle, il comprit que son propre corps faisait plus ou moins le même voyage. Le croyait-elle l'auteur de tout cela ? Non, il ne l'était pas. Pour lui aussi c'était un mystère.

Ainsi se poursuivit cet été apparemment interminable, mais qui se termina avec la brutalité d'un accident lors d'un rodéo automobile, le dimanche soir où Keith apprit à Amy qu'il savait, qu'il avait toujours su.

23

Keith Mulvaney commença par le commencement, et de toute évidence rien ne lui avait échappé. Il conduisait encore plus lentement que d'habitude, car avec le black-out il n'y avait ni lampadaires ni lumières visibles dans les maisons, et tous les phares des voitures étaient partiellement masqués.

Je sais tout, déclara-t-il. J'ai toujours su.

Le châssis de la voiture trembla sous les pieds d'Amy. Elle essaya de se concentrer sur ces vibrations, mais chacune d'elles semblait lui dire : DORRY – DORRY – DORRY. N'osant pas regarder son mari, elle scrutait l'obscurité devant elle.

Depuis le début, reprit-il. Depuis le jour où il est venu au bar demander où j'étais.

Des kilomètres semblaient défiler entre chaque phrase. La voiture était comme perdue dans une nuit bruyante et sans fin. Même si elle faisait tout pour l'ignorer, Amy ne percevait que la tristesse qui émanait de Keith, une tristesse qui paraissait vider le monde de sa substance. Malgré les vibrations et vrombissements de la Ford, elle ne se sentait entourée que de silence, de solitude et d'une terrible immobilité. Elle n'avait vu Keith dans cet état qu'à la mort de sa sœur emportée par la tuberculose l'été précédent.

Sans doute est-ce une forme de chagrin, pensa-t-elle. Il n'y a plus ni joie ni émerveillement, ni rires ni énergie, ni lumière ni avenir. L'espoir et les rêves sont réduits en cendres. Plus de conversations ni de disputes. Car que dire, en vérité ? C'est la mort. La mort de l'amour, conclut-elle. Keith était assis là, penché en avant, l'image même du désespoir dépassant d'un sac de vêtements mal taillés : pantalon marron en oxford, chemise de twill vert, cravate de laine d'un gris terreux.

J'ai trouvé ça culotté, ajouta-t-il.

Amy Mulvaney objecta de son mieux sans se trahir qu'à vrai dire il n'y avait rien entre eux à ce moment-là. Qu'ils étaient alors des inconnus l'un pour l'autre, à l'exception d'une rencontre fortuite – dans cette librairie dont elle lui avait parlé, lui rappela-t-elle, ce qu'elle avait fait, plus ou moins –, rencontre au cours de laquelle il ne s'était rien passé.

Rien, vraiment ? demanda Keith Mulvaney. Il souriait comme toujours, sourire qui horrifiait Amy et lui faisait honte à parts égales. Tu n'as pas eu l'estomac chaviré ? dit-il. Tu n'étais pas un peu émue ou excitée en lui parlant ?

Pour ne pas mentir, elle se tut, consciente que son silence l'accusait, mais que d'une certaine façon les mots seraient pires.

Car je te connais, vois-tu, Amy. Et je sais que si.

Comment le savait-il ? Comment pouvait-il le savoir alors qu'eux-mêmes ne le savaient pas ? Et pourtant il le savait.

Si ç'avait été un autre homme, elle aurait pu croire qu'il bluffait. Mais Keith Mulvaney était sans malice. Il avait un malheureux penchant à dire la vérité dont elle-même s'était débarrassée depuis sa rencontre avec Dorrigo. Jamais elle ne disait la première chose qui lui venait aux lèvres, plutôt la troisième ou la quatrième, et seulement après l'avoir testée pour trouver la faille. Mais quand Keith parlait, il disait exactement ce qu'il pensait. Il savait, il avait toujours su, et il avait enduré cette terrible certitude comme tant d'autres choses, en silence, patiemment, sans se plaindre, jusqu'à ce soir-là, où alors qu'ils rentraient de chez les Robertson, quelque chose s'était ouvert dans les ténèbres devant lui et il lui avait été impossible d'endurer plus longtemps.

Leur vie de couple était restée confortable durant l'été – voire plus qu'avant, à bien y réfléchir. Comme ces sièges edwardiens rembourrés de crin de cheval qu'il avait refusé de remplacer après leur mariage malgré les requêtes d'Amy : confortables eux aussi, à condition de se nicher dans les parties molles et d'éviter les dures. Il était généreux, gentil. Mais il n'était pas Dorrigo. Et elle avait de plus en plus de mal à se convaincre qu'ils s'aimaient. Elle sentait leur couple s'étioler. Elle revenait vers lui, vers leur lit au couvre-pied de velours jaune tout râpé qu'elle repliait chaque soir dans la chaleur torride, aimablement, calmement, mais en cachant sa vie intérieure, ses émois qui l'entraînaient ailleurs.

Parfois elle éprouvait le besoin irrésistible de s'agenouiller et de tout avouer. Elle pouvait vivre avec le remords dans la journée. Mais la nuit, juste avant l'aube, il lui emplissait l'estomac et l'oppressait au point qu'elle devait respirer plus lentement pour en supporter le poids écrasant. Elle ne voulait pas d'absolution, seulement la pureté d'une réconciliation entre la vérité et sa vie, et, cela fait, pouvoir se lever, tourner les talons et partir pour toujours.

24

Si Amy avait apprécié les attentions, les cadeaux et flatteries de l'hôtelier vieillissant et bourru durant les premiers mois où elle travaillait au King of Cornwall – les encourageant peut-être même inconsciemment –, ceux-ci avaient fini par la perturber. Un soir après la fermeture du bar, elle était restée seule avec Keith. Elle croyait avoir saisi l'occasion de lui dire gentiment de mettre fin à ses attentions ridicules, qu'elles ne mèneraient et ne pouvaient mener nulle part. Au lieu de quoi elle s'était retrouvée dans un labyrinthe de caresses et d'effleurements. Ne sachant ni quand ni comment échapper à Keith, il lui avait paru plus simple et avisé de se prêter au jeu et d'attendre un autre moment pour lui parler.

Une chose n'en avait pas appelé une autre, contrairement à ce qui arrive parfois, mais avait fait voler son monde en éclats.

Après l'avortement, quand Keith pris de remords avait opté pour le mariage, elle était trop bouleversée et perdue pour décider quoi que ce soit, et Keith s'employait si assidûment à l'impliquer dans son monde et celui de l'hôtel qu'elle n'avait pas le temps de s'occuper de grand-chose d'autre. Paradoxalement, cette proposition de mariage – promesse de stabilité et de respectabilité – lui semblait le seul moyen de sortir du pétrin. Elle se disait que leurs différences, apparemment si marquées, ne l'étaient sans doute ni plus ni moins que chez n'importe quel autre couple.

Sans doute que non, en effet. Elle découvrait un homme doux, généreux, attentif. Pour la première fois de son existence, elle connaissait la sécurité et l'aisance matérielle. Et compte tenu de leur différence d'âge – quelque vingt-sept ans –, Keith lui accordait une certaine liberté de mouvement, ce dont elle lui était reconnaissante. Non, ce n'était pas l'enfer.

Elle savait qu'elle avait toutes les raisons de l'aimer. Il était de bonne compagnie. Il entretenait bien l'hôtel, veillait à ce qu'elle-même ne manque de rien, à ce qu'il y ait du bois dans la chaudière en hiver, de la glace aux cuisines en été. Il s'occupait d'elle. Elle avait la sensation d'être pour lui comme l'hôtel, une partie de sa vie avec des besoins auxquels il fallait subvenir, qui l'intéressait sans le passionner fondamentalement. Pour oublier le vide de leur existence, il redoublait d'activité, travaillait dur à l'hôtel, et consacrait le peu de loisirs qui lui restaient à son rôle de conseiller municipal et de secrétaire de plusieurs clubs sportifs.

Mais Amy voulait plus que de l'entretien, du confort, du bois de chauffage et du lait glacé ; plus qu'un couvre-lit au velours d'un jaune passé, usé par endroits après avoir été plié à l'identique des années durant. Elle voulait du délabrement, de l'aventure, de l'incertitude. Pas le confort, mais l'enfer.

Certaines nuits, allongé derrière elle, il lui caressait les hanches, les cuisses. La main de Keith sur son sein lui faisait l'effet d'une araignée géante. Puis ces mêmes doigts étaient entre ses jambes, s'efforçant de lui donner du plaisir. Elle ne réagissait jamais. Elle trouvait que le meilleur moyen de répondre aux attentions de Keith était la passivité. Elle ne résistait ni n'acceptait. Qu'il place une jambe ici, qu'il la pénètre là, elle se laissait simplement faire, sans rien dire. Mais toujours elle refusait ses baisers. Sa bouche n'était qu'à elle.

Parfois cela le mettait dans une rage folle, il lui empoignait le menton, amenait son visage vers le sien et écrasait ses lèvres sur les siennes, sa langue passant et repassant tel un serpent sur les dents serrées d'Amy – il devait avoir l'impression d'embrasser une serrure, imaginait-elle –, puis il lâchait son visage avec un gémissement, une étrange et terrible plainte animale.

Au fil du temps, il avait fini par se conformer aux désirs d'Amy. Après l'amour, elle jetait la literie à terre et, sans lui adresser une parole, sans un geste, se dirigeait en trombe vers la salle de bains, l'air renfrogné.

Elle avait mal de lui faire mal, mais cela lui paraissait en quelque sorte honnête et nécessaire. Et si Keith en tirait le sentiment d'être le dernier des derniers, un homme ignoble, une créature vile et dégoûtante, il y avait une raison, bizarre et contradictoire. Elle aurait voulu qu'il sache et qu'il sache tout, mais faisait également tout ce qui était en son pouvoir pour garder secrète sa liaison avec Dorrigo et ne pas infliger à Keith pareille blessure. Elle aurait voulu une crise pour mettre un terme à tout cela, mais elle aurait voulu que rien ne change ; elle éprouvait le besoin de le provoquer, mais souhaitait désespérément lui épargner toute provocation.

Quand elle rentrait, jamais elle ne le touchait ni ne lui parlait, et se couchait en lui tournant le dos. Il se penchait sur elle pour tenter frénétiquement de lui embrasser le front, cédant peut-être à la panique, cherchant peut-être un signe, la confirmation qu'il ne se trompait pas, qu'elle l'aimait bel et bien, autant que lui l'aimait. Or ce signe ne venait pas.

Amy sentait derrière elle son corps haletant, et savait que l'amour n'est pas la bonté, ni le bonheur. Elle n'était pas toujours, ni nécessairement, malheureuse avec Keith, de même qu'avec Dorrigo elle n'éprouvait pas toujours, ni exactement, un sentiment de bonheur. L'amour, pour Amy, c'était l'univers explosant à l'intérieur d'un être humain, et cet individu explosant dans l'univers. L'amour annihilait, il détruisait des mondes.

Au lit, avec Keith qui sanglotait en silence contre son dos, elle avait compris que l'amour cesse seulement lorsque tout son pouvoir a été exorcisé par la souffrance, la cruauté et l'effacement autant que par la bonté et la joie. Et chaque soir où elle restait couchée là, elle sentait rouler dans son estomac des éclats de verre – qui coupaient, coupaient, coupaient.

25

Amy n'avait personne à qui parler de ces choses. L'amour est public, sinon ce n'est pas de l'amour, avait dit l'une de ses amies durant la soirée passée à jouer au cinq cents, dont elle rentrait avec Keith à présent. L'amour se partage avec les autres, sinon il meurt.

Keith et Amy jouaient aux cartes avec les Robertson le premier dimanche de chaque mois, et il avait été question du scandale récent autour d'un avocat qui avait quitté sa femme pour la fille d'un médecin. Avaient suivi plusieurs récits d'abandons retentissants et d'adultères méprisables. Invariablement, les sympathies autour de la table allaient au partenaire que l'on quittait. Le conjoint qui trouvait quelqu'un d'autre était objet de mépris, de moqueries et de malédictions. Surtout de malédictions. D'ostracisme.

Amy aspirait à cela, à cause du caractère théâtral et définitif. Au lieu de quoi la plaie continuait à saigner. Elle saignait, saignait, sans jamais s'arrêter. Il n'y aurait pas de dénouement dramatique, avait compris Amy, rien qu'un lent étiolement, comme la fin épouvantable de la sœur tuberculeuse de Keith. La plaie n'en finirait pas de saigner.

Il y avait tant de questions qu'elle aurait voulu poser, tant de choses qu'elle aurait voulu savoir. C'est vraiment ce que tu penses ? aurait-elle aimé demander. Un amour caché n'est donc pas de l'amour ? Est-il vraiment condamné à ne jamais exister ? À saigner sans arrêt jusqu'à ce qu'il meure ?

Elle aurait voulu renverser la table de jeu et envoyer promener les cartes, se lever et exiger qu'ils donnent sincèrement leur avis. Répondez-moi, aurait-elle voulu dire. Un amour qui n'a pas de nom, n'est-ce pas aussi de l'amour ? Et même un grand amour ?

J'aime un autre homme, aurait-elle voulu leur dire à tous. Alors que les cartes volaient, que le jeu de chacun se révélait sans valeur, que chaque point gagné apparaissait comme un leurre, elle leur aurait expliqué que cet homme-là était merveilleux, que si elle ne le voyait plus pendant trente ans, elle l'aimerait encore, que même s'il mourait elle l'aimerait jusqu'à sa propre mort.

Au lieu de quoi elle avait regardé Harry Robertson réussir une levée, et Keith et lui, qui jouaient toujours ensemble, gagner la partie.

C'est tellement facile de tricher, avait déclaré Elsie Robertson, ramassant les cartes et les battant pour la partie suivante. C'est pathétique. Il suffit de mentir et de tromper la confiance d'autrui.

Amy croyait qu'ils parlaient d'amour. Non, ce n'est pas facile de tricher, avait-elle pensé. C'est difficile, très, très difficile. Rien à voir avec un trouble de la personnalité. Cela arrive, voilà tout. Il ne s'agit même pas d'une tricherie. Car si on le fait par fidélité à soi-même, la véritable tricherie n'est-elle pas la comédie qu'on joue à son conjoint ? Et n'est-ce pas cette véritable tricherie que le reste du monde et les Robertson veulent et approuvent ?

Elle attendait un signe, un témoignage, quelques paroles d'une autre femme prouvant qu'elle n'était pas seule. Mais rien ne venait. L'après-midi même, Dorrigo lui avait appris que son unité embarquait le mercredi suivant. Peut-être allait-il mourir, ou bien il s'en sortirait, mais ne reviendrait jamais vers elle. Elle repensait à ce qu'il avait dit sur les Grecs et les Troyens : les Grecs allaient-ils encore gagner ?

Et elle s'interrogeait : son amour était-il un grand amour qui n'était pas de l'amour ? Pourquoi, alors qu'elle avait l'impression de n'exister désormais qu'à travers quelqu'un d'autre, se sentait-elle si terriblement seule ?

Car elle savait au moins cela : elle était seule.

En quittant la soirée cartes, elle avait trouvé Keith inhabituellement silencieux. Lui d'ordinaire si bavard parlait de moins en moins ces derniers temps, et pendant les parties successives de cinq cents il n'avait presque rien dit. À cause de la tristesse qui émanait de lui, le monde semblait désert. Amy tentait de se perdre dans les vibrations des vitres latérales de la Ford Cabriolet, le bruit de la route, le léger cliquetis du moteur. Mais elle n'avait conscience que du profond repli de Keith sur lui-même, et les vibrations, les bruits de roulement et le cliquetis lui restaient extérieurs.

La magie s'est envolée, dit-il.

Le conseil municipal verra que c'est une question de bon sens, répondit Amy, reprenant le fil d'une conversation qu'ils avaient eue en début de soirée.

Le conseil municipal ? Keith la contempla avec l'expression d'un épicier devant une cliente entrée dans son magasin pour commander inexplicablement un sac de bon sens. Le conseil municipal n'a rien à voir là-dedans, ajouta-t-il, les yeux à nouveau fixés sur la route.

Tout en sachant qu'elle ne devrait pas, elle lança joyeusement : Qui le verra, alors ?

Une forme de mensonge. Désormais, tout était plus ou moins un mensonge.

Keith se tourna vers elle un instant. Dans l'obscurité elle ne distinguait pas grand-chose, mais il ne la dévisageait ni avec indignation, ce qui aurait été compréhensible, ni pour l'accuser, ce qui aurait été utile, mais comme s'il portait un jugement terrible auquel elle ne pouvait échapper tant qu'il la regardait : avec pitié, avec horreur, avec cet air blessé que même la nuit n'obscurcissait pas et dont elle redouta qu'il la poursuive à jamais. Elle se sentit soudain totalement effrayée.

Je ne savais pas, tu sais, lâcha-t-il. Pas vraiment.

Je ne peux pas l'aimer, se dit-elle. Elle ne pouvait pas, ne devait pas, ne pourrait jamais, plus jamais l'aimer.

Sans élever la voix, il continua : J'espérais que je me trompais. Que tu me prouverais quel horrible vieux jaloux j'étais pour penser des choses pareilles. Que tu ferais en sorte que j'aie honte de les avoir pensées. Mais maintenant… Eh bien maintenant je les pense. Tout est… *clair*.

Durant quelques minutes il parut perdu dans ses pensées, ses calculs, une sorte d'arithmétique de la trahison. Puis il déclara lentement, sans conviction :

Et quand tu me dis quelque chose, c'est comme… *comme*…

Il se concentra de nouveau sur la route.

C'est comme entendre le retour du percuteur de la carabine.

Elle aurait voulu l'étreindre. Mais elle ne le fit pas et ne le ferait pas.

J'aurais peut-être dû tenter quelque chose, dire quelque chose, poursuivit-il. Mais j'ai pensé : bon, qu'est-ce que je peux dire ? Il a le même âge qu'elle, plus ou moins ; moi je suis vieux, gros, ridicule. J'ai eu…

Il s'interrompit. Avait-il la larme à l'œil ? Elle savait qu'il ne pleurerait pas. Il est plus courageux que moi, songea-t-elle. Et meilleur que moi. Mais ce n'était pas de la vertu qu'elle voulait, c'était Dorrigo.

… des soupçons. Oui, reprit-il du même ton que s'il parlait à Miss Beatrice assise sur ses genoux. Et je me suis dit : Keith, mon vieux, ne te montre pas trop quand il vient. Ils pourront être ensemble, ce sera un feu de paille et elle reviendra vers toi. Ce n'était pourtant pas la première fois que je me trompais.

Un camion militaire les doubla et, dans le bref rai de lumière blême qu'il projeta sur la Ford Cabriolet, elle jeta un coup d'œil furtif à Keith. Mais son visage plongé dans l'ombre, tendu, regardant loin devant dans cette longue rue d'Adélaïde toute droite, ne lui apprit rien.

J'aurais dû te laisser garder ce bébé, dit-il.

Il changea de vitesse et le châssis de la voiture trembla de nouveau sous les pieds d'Amy. Les vibrations semblèrent crier : DORRY ! DORRY ! DORRY !

Je me suis sans doute fait des idées. Je croyais que toi, moi… La langue de Keith trébucha. Chaque mot était un univers à lui seul, infini et inconnaissable. *Nous…*

Elle mesura la profondeur de ses sentiments pour lui. Mais malgré tout ce qu'elle ressentait, ce n'était pas de l'amour.

Il n'y a rien, Keith.

Non, non, dit-il. Bien sûr. Bien sûr que non.

Tu veux que je fasse quoi ?

Faire ? Faire ? Qu'est-ce qu'on y peut ? La magie s'est envolée.

Elle mentit une deuxième fois : Il ne s'est rien passé.

Nous, répéta-t-il avant de se tourner vers elle. Nous ? Il semblait hésitant, perdu, aussi défait que la France au début de la guerre. On aurait pu. Ce "nous" aurait pu représenter quelque chose. Oui, dit-il.

Oui, dit-elle.

La preuve qu'on en était capables. Mais on ne l'a pas été. N'est-ce pas, Amy ? J'ai tué ce bébé et ça nous a tués.

26

Le lundi matin, Dorrigo Evans s'apprêtait à prendre la tête d'une marche dans les collines autour d'Adélaïde quand il fut convoqué à l'état-major du régiment pour un appel téléphonique urgent venant de sa famille. Les services administratifs se trouvaient dans un baraquement de tôle ondulée où les officiers travaillaient par des températures inconnues en dehors des boulangeries et des fours de potiers. La chaleur infernale était enfermée et augmentée par la division du bâtiment en bureaux inutilisables, délimités par des cloisons en Isorel d'un jaune moutarde poussiéreux. De rage, chacun semblait fumer deux fois plus, et dans l'air flottait une brume dont la densité n'avait d'égal que son odeur – un mélange de fumée de cigarettes, de transpiration et de relents rances et ammoniaqués d'animaux parqués en trop grand nombre – qui faisait tousser tout le monde sans arrêt.

Le téléphone sur lequel avait appelé le correspondant de Dorrigo était fixé à un mur juste en face du bureau de l'officier de garde, devant qui défilaient tous ceux cherchant à sortir de la caserne sous un prétexte quelconque. Pour compenser ce manque d'intimité insoutenable, il n'y avait que la cacophonie démente du martèlement des touches de machines à écrire, du retour de leur chariot, des sonneries de téléphone, des cris et quintes de toux des soldats, du ronronnement des ventilateurs électriques qui dispersaient çà et là l'insupportable chaleur en intolérables bouffées d'air brûlant.

Dorrigo prit l'écouteur en bakélite et, se penchant vers le micro en forme de cône, toussota pour annoncer son arrivée. Il n'y eut aucun bruit pendant quelques secondes, puis il entendit la voix reconnaissable d'Amy prononcer deux mots.

Il sait.

Il se sentit emporté à travers le cosmos, sans rien pour le retenir. Loin en contrebas, son corps était relié à un écouteur lui-même relié à un fil téléphonique qui rejoignait grâce à d'autres fils l'endroit du King of Cornwall où se tenait Amy Mulvaney. Dorrigo se vit tourner le dos aux autres hommes. Il toussota de nouveau, cette fois par inadvertance.

Quoi ? dit-il. Il entoura l'écouteur de la main pour mieux entendre Amy, lui et personne d'autre.

Pour nous, dit-elle.

Dorrigo glissa l'index entre son col humide et son cou. Il faisait une chaleur impossible. Il prenait de longues inspirations pour avoir suffisamment d'air.

Comment ?

Aucune idée, répondit-elle. Comment il sait, ce qu'il sait, je l'ignore. Mais il sait.

Dorrigo comprit qu'elle allait quitter Keith, voire que Keith l'avait jetée dehors. En tout cas, Amy et lui allaient refaire leur vie ensemble. Il comprit tout cela, et sut qu'il dirait oui – oui, il romprait avec Ella Lansbury ; oui, il commencerait aussitôt à prendre des dispositions pour qu'Amy et lui deviennent un vrai couple. Tout cela lui paraissait inévitable et dans l'ordre des choses.

Amy, murmura-t-il.

Retourne vers elle.

Quoi ?

Retourne vers elle.

Il revint brutalement dans la fournaise des bureaux. Il aurait préféré lui parler n'importe où plutôt que là : dans une librairie couverte de poussière, à la plage, dans la chambre au fond du couloir qu'il considérait comme la leur, avec ses portes-fenêtres à la peinture écaillée, ses rafales venant de l'océan, son balcon en fer forgé rouillé.

Retourne vers Ella, insista Amy.

Il répondit d'une voix aussi neutre et maîtrisée que possible, hachant ses phrases de façon à ce que l'officier de garde ne comprenne rien.

Qu'est-ce que. Tu veux dire. Retourner ?

Vers elle. Voilà ce que je veux dire. Il le faut, Dorry.

Ce n'est pas ce qu'elle veut, pensa-t-il. Elle ne pouvait pas vouloir ça. Alors pourquoi le répéter ? Il n'en avait pas la moindre idée. Le rouge lui était monté aux joues. Son corps lui semblait trop brûlant et trop immense pour son uniforme. Il était en colère. Il avait tant de choses à dire et ne pouvait pas en dire une seule. Il sentait les cloisons jaune moutarde se refermer sur lui, le poids autour de lui des uniformes kaki, de la discipline, du règlement et de l'autorité. Il eut l'impression d'étouffer.

Retourne vers Ella, ordonna Amy.

Le corps de Dorrigo ne voulait qu'une chose : fuir cet horrible baraquement surchauffé, s'échapper, se…

Amy, dit-il.

Va-t'en, dit-elle.

Je…

Je quoi ? demanda-t-elle.

Je croyais… que…

Que quoi ?

Les rôles s'étaient inversés. Plus il voulait qu'elle reste, plus elle le repoussait. Puis elle chuchota qu'elle entendait Keith arriver, elle était désolée, elle devait y aller. Tu seras heureux, ajouta-t-elle.

Et même s'il n'était pas heureux, Dorrigo Evans éprouva le plus inattendu et le plus énorme des soulagements. Dans un instant il serait hors de cette fournaise et débarrassé du désordre envahissant, presque paralysant, qu'Amy Mulvaney avait introduit dans son existence ; désormais, il pourrait vivre sa vie à son idée, suivre le droit chemin avec Ella Lansbury. Il se rendit compte qu'il serait libre, n'aurait plus à nager dans un maelstrom de mensonges et de tromperies, pourrait s'appliquer à trouver l'amour auprès d'Ella. Raison pour laquelle, ensuite, jamais il ne comprendrait ce qui l'avait poussé à prononcer les mots qu'il prononça, même si chacun d'eux était sincère. Ni pourquoi il avait d'une phrase abdiqué sa liberté et, avec elle, l'espoir raisonnable de construire un amour.

Je reviendrai, déclara Dorrigo Evans. Quand tout sera terminé. Pour toi, Amy. Et on se mariera.

Il eut conscience que c'était un chemin ne conduisant qu'au malheur, voire à la damnation. Ce qu'un moment plus tôt il n'aurait même pas envisagé lui paraissait à présent inévitable, comme si les choses n'auraient jamais pu prendre un autre tour : leur première rencontre dans cette librairie où dansaient les grains de poussière, cette chambre à la peinture écaillée, aux rideaux paresseux où bruissait le vent du large, ce baraquement où il faisait aussi chaud que dans un fumoir. L'écouteur en bakélite était si luisant de sueur qu'il glissa de son oreille, et il lui fallut un moment pour s'apercevoir qu'Amy venait de raccrocher et n'avait sans doute pas entendu une seule des paroles qu'il venait de prononcer.

Il fallait qu'il la voie : ce fut l'unique pensée qui lui vint. Il le fallait. Au cours d'une des deux nuits qui lui restaient, il allait devoir s'éclipser de la caserne d'une manière ou d'une autre et se débrouiller pour qu'ils puissent se parler.

Vous êtes sur le départ, Evans, lança une voix derrière lui. Se retournant, il vit un officier d'état-major muni d'un bloc-notes.

Dans la tête de Dorrigo se bousculaient différents stratagèmes pour sortir sans permission de Warradale, trouver un véhicule, un lieu où Amy et lui pourraient se rencontrer en secret.

Le 7e escadron de cavalerie prend le train pour Sydney ce soir. À votre arrivée, on vous indiquera sur quel bateau vous embarquez. Votre destination finale vous sera notifiée quelque part au milieu de ce bon sang de Pacifique. Vous avez ordre d'annuler toutes les activités prévues et d'être prêt à partir à dix-sept heures précises.

L'esprit de Dorrigo vacillait. La portée de ce qu'on lui disait commençait à faire son effet.

Mais… je croyais que c'était pour mercredi ?

L'officier d'état-major haussa les épaules.

Un foutu soulagement de se mettre en route, à mon avis, dit-il. Vous avez cinq heures devant vous. L'officier leva le poignet et jeta un coup d'œil à sa montre. À peine, ajouta-t-il.

Dorrigo se rendit compte qu'il ne reverrait peut-être jamais Amy. Conscient de cette éventualité, il sut qu'il lui faudrait travailler, rester opérationnel, se coucher, se lever le matin, continuer à vivre, et aller désormais là où la guerre le conduirait, sans que quiconque se doute de ce qu'il emportait au plus profond de son cœur.

27

Certains soirs, la chaleur semblait sans fin. Mais ce n'était pas comme cet autre été deux ans plus tôt. La guerre s'éternisait, la plupart des familles sur la plage étaient sans père, les clients en uniforme plutôt qu'en costume ou en maillot de corps, et leurs conversations pleines de mots nouveaux, de noms de lieux inconnus jusqu'alors au comptoir ou dans la salle du bar du King of Cornwall : El Alamein, Stalingrad, Guadalcanal. C'était le onzième jour de canicule, le bar était aussi animé qu'un jour de Melbourne Cup avant-guerre. Un homme qui avait tué sa femme à coups de tisonnier mettait ce meurtre sur le compte de la chaleur, et Amy venait de rentrer chez elle plus tôt que d'habitude après s'être entaillé le pied sur un éclat de bouteille de bière pendant sa promenade du soir sur la plage. Elle se rinça le pied dans la baignoire, se fit un pansement et, entrant dans la pièce de l'hôtel qui leur servait de salon, trouva Keith Mulvaney penché sur le poste de radio qu'il venait d'éteindre.

C'était un bon épisode, dit-il alors que le grésillement se taisait lentement. Il t'aurait plu.

À une époque il aurait en effet plu à Amy, mais elle ne supportait plus les rituels de son mari, surtout celui-ci, l'écoute de l'épisode hebdomadaire de son feuilleton préféré dans un silence religieux – seulement rompu par le craquement d'une allumette, ses bruits de succion de fumeur de pipe, ou par la chienne qui bavait bruyamment –, et désormais elle tâchait d'y échapper le plus possible. Elle détestait ce feuilleton, la pipe de Keith, ses gestes de vieillard ; elle détestait jusqu'à l'air qu'elle devait partager avec lui, cet air étouffant, irrespirable, malodorant dans lequel elle se noyait un peu plus chaque jour.

Keith s'assit dans un fauteuil, Miss Beatrice s'installa d'un bond sur ses genoux, soupirant et bavant tandis qu'il bourrait sa pipe. Toutes les fenêtres étaient ouvertes, mais Amy étouffait quand même après la fraîcheur de la brise marine sur la plage. Elle s'assit à son tour. Son pied lui faisait mal. Le vent du soir pénétra dans la pièce, mais ne fit qu'accentuer le parfum de la brillantine imprégnant la têtière, souligner les relents de tabac froid des fauteuils brun-roux, lui rappeler cette odeur de vieux chien qui lui donnait toujours envie de ressortir aussitôt et de s'en aller pour de bon.

Après la réunion du conseil municipal, commença Keith Mulvaney, et Amy s'absorba dans la contemplation des poils de chien sur le tapis, redoutant un nouveau récit de délibérations laborieuses.

Ron, l'adjoint au maire, continua Keith Mulvaney. Tu te souviens de Ron ?

Non, dit Amy.

Bien sûr que si. Ron Jarvis. Tu te souviens forcément de lui.

Non.

Ron Jarvis racontait que d'après la rumeur, les nouvelles de nos hommes à Java seraient très mauvaises.

Amy leva les yeux. Le sourire mécanique de Keith ne trahissait rien – une expression rêveuse, celle d'un demi-fou, pensa-t-elle. À ce moment-là, pourtant, elle comprit qu'il avait toujours vu plus clair qu'elle ne le croyait.

Jamais entendu parler de Ron Jarvis, insista-t-elle, même si elle mettait à présent un visage aigu de lévrier sur ce nom. Keith cherchait-il à lui annoncer le pire en douceur ? Il alluma sa pipe, tira dessus jusqu'à ce que le tabac rougeoie comme du charbon, puis, sans se départir une seule fois de son sourire, se pencha en avant dans son fauteuil. Prise en sandwich sur ses genoux, Miss Beatrice laissa échapper un piaillement en s'adaptant aux ondulations du ventre de Keith.

J'ai posé la question, reprit-il. Enfin, plus que ça. J'ai dit à Ron : J'ai un neveu, Dorrigo Evans – tu pourrais te renseigner sur lui ou sur son unité ? Je lui ai donné les détails. Eh bien il est revenu hier. Le problème, Amy, c'est que les nouvelles ne sont pas brillantes.

Elle se leva avec une grimace et se dirigea en boitillant vers la fenêtre à guillotine.

Non, poursuivit-il, vraiment pas brillantes. Sinistres, en fait. Voilà pourquoi on les garde secrètes. Archi-secrètes.

Elle resta immobile près de la fenêtre, et bien que la température de l'air nocturne ait été inférieure à celle de la pièce, la chaleur extérieure lui sembla brutale, menaçante. On entendait les petits bruits inquiétants de choses qui se desséchaient, grillaient, craquaient : l'herbe, le bois, Dieu savait quoi d'autre. De beaucoup plus haut lui parvint la plainte sonore que produisait le toit de tôle ondulée en se contractant après son exposition excessive au soleil. Elle prit appui sur son pied blessé pour sentir en elle le coup de poignard de la douleur.

Sinistres ? Qu'est-ce qu'il y a de sinistre ? Ils sont prisonniers, on le sait. Et les Japs sont des brutes. Mais ils sont en sécurité.

Avec les prisonniers australiens en Allemagne, on peut correspondre. Ils pourraient aussi bien être en vacances. Mais pour les prisonniers de guerre en Asie, la vie n'est pas aussi rose. Aucune nouvelle, aucun témoignage fiable. On n'a rien reçu d'eux depuis la chute de Singapour. Son unité n'a pas donné signe de vie depuis neuf mois. Il paraît que des milliers de prisonniers ont péri là-bas.

Peut-être. Mais on n'a aucune preuve que Dorrigo soit mort.

On raconte que…

Qui raconte ? Qui l'a dit ? Qui ça, Keith ?

Je… Les services de renseignement, j'imagine. Parce qu'enfin…

Qui ça, Keith ?

Je ne peux pas le dire. Mais Ron… lui, il sait. Il a des relations.

Des relations ?

Des gens haut placés. Au ministère de la Défense.

Keith Mulvaney s'interrompit ; son sourire pareil à un masque sembla exprimer autre chose – de la pitié ? une hésitation ? de la fureur ? –, puis il continua avec une force implacable.

Et ils s'attendent à ce qu'il y ait très peu de survivants pour raconter ce qui s'est passé.

Amy releva qu'il avait renoncé à son habitude de poser une question pour y répondre aussitôt. Il ne cherchait pas à avoir le dernier mot. Il essayait de lui dire quelque chose. Comme s'il lui avait déjà damé le pion.

Il nous a écrit, objecta Amy, mais elle entendit combien sa voix était suraiguë.

Cette carte ?

Oui, cette carte. Et son frère Tom t'a écrit que sa famille en Tasmanie en avait reçu une après nous.

Sa voix manquait de conviction, elle le savait, même à ses propres oreilles.

La carte qu'il nous a envoyée datait de mai 1942, Amy, et on l'a reçue en novembre. C'était il y a trois mois. Voilà près d'un an qu'on n'a aucune nouvelle de lui. Pas un mot…

Oui. Oui, en effet, répondit-elle rapidement, catégoriquement, comme si cela lui donnait raison plutôt que tort.

Pas un mot depuis.

Oui, dit Amy Mulvaney.

Même lorsqu'elle exerçait une pression encore plus forte sur la coupure, son pied n'était vraiment pas si douloureux. Les habitudes et le statut social, la sécurité morale et matérielle du mariage ne lui suffisaient plus. Elle allait quitter Keith. Mais aussitôt après avoir eu cette pensée amère, elle se sentit troublée. Comment ? Pour aller où ? Et de quoi vivrait-elle ?

La carte reçue par sa famille en décembre datait du mois d'avril.

Oui, Keith, répéta Amy Mulvaney. Oui, en effet.

Son corps tanguait et roulait, elle cherchait des mots pouvant l'aider à garder l'équilibre. Elle n'avoua pas qu'elle avait écrit plus de cent lettres à Dorrigo depuis qu'ils le savaient prisonnier. À coup sûr, pensait-elle, l'une d'elles serait arrivée à destination.

Ron Jarvis a également parlé d'informations provenant d'autres sources. Rien de bon. Il paraît que les hommes n'ont plus que la peau sur les os et qu'on les laisse mourir de faim.

Il n'y a rien eu dans les journaux.

Si. Des atrocités. Des massacres.

C'est de la propagande, Keith, répliqua Amy Mulvaney. Pour qu'on haïsse l'ennemi.

Même en pesant de tout son poids sur son pied blessé, il lui faisait juste un peu mal.

Si c'est de la propagande, dit Keith Mulvaney, c'est de la très mauvaise propagande.

Mais il n'y a rien d'autre, aucune suite.

C'est la guerre, Amy. Pas de nouvelles, mauvaises nouvelles. Tout sombre dans l'oubli. Presque un cinquième de l'armée australienne est porté disparu, on a retrouvé la trace de quelques hommes seulement.

Cela ne signifie pas qu'il est mort, Keith. On dirait que tu voudrais qu'il le soit. Il n'est pas mort. Je le sais. Je le sais.

Elle s'aperçut que le vent du large était tombé. Même le monde avait du mal à respirer. Elle crut entendre le craquement d'une feuille morte au-dehors. Keith toussota. Il n'avait pas terminé.

Ron Jarvis a fait quelques recherches supplémentaires pour moi, dit-il, s'essuyant les lèvres avec un mouchoir. Il y a un prisonnier de guerre qui a réussi à s'évader. On n'a pas encore prévenu les familles. Pour le moral de la nation, sans doute. Et je suppose qu'ils attendent d'avoir confirmation par d'autres voies. La Croix-Rouge, par exemple.

Prévenu les familles de quoi, Keith ?

Je savais que tu voudrais connaître la vérité, Amy. Mais je ne me résous pas à la révéler à sa famille – ce n'est pas mon rôle, de toute façon. Je trahirais une confidence. Sans parler de la sécurité nationale. Tout cela doit rester strictement entre nous.

Il n'y a rien à révéler, Keith. Qu'est-ce que tu racontes ?

Le prisonnier évadé a confirmé que Dorrigo Evans était mort dans l'un des camps.

Les pensées d'Amy étaient lointaines, bizarres. Il lui vint à l'esprit que Keith l'aimait, ce qui ne lui était pas arrivé depuis très longtemps.

Crois-moi, Amy, Dorrigo est mort. Il y a six mois.

Les paroles de Keith Mulvaney, sa voix d'adolescent se répercutèrent sur le carrelage du couloir, un damier noir et blanc.

Je savais que tu voudrais connaître la vérité, répéta-t-il.

L'écho de cette phrase résonna dans le hall désert au tapis élimé en fibre de coco, poursuivant Amy. Mais elle avait déjà quitté la pièce.

Keith Mulvaney se sentit comme un homme qui a tué pour manger. Il aurait voulu dire autre chose, une vérité qui justifie le terrible mensonge qu'il venait de proférer. Il aurait voulu dire : Je t'aime. Au lieu de quoi il siffla Miss Beatrice pour qu'elle remonte sur ses genoux.

Je crois que ça ira, déclara-t-il à la chienne en la chatouillant sous l'oreille. Oui, ça devrait lui faire un choc.

Il se consola à l'idée qu'il ne s'agissait pas vraiment d'un mensonge. Certes, le décès n'avait pas été confirmé, mais Ron Jarvis avait été catégorique : dans la liste de noms remise aux autorités figurait un colonel D. Evans. Il pensa qu'Amy et lui pourraient être heureux ensemble. C'était une question de volonté et de temps.

Sûrement, dit-il à Miss Beatrice. Sûrement.

En fin de soirée, il trouva Amy toute seule, occupée à nettoyer les cuisines. L'odeur perpétuelle de la pièce semblait encore plus marquée que d'habitude, mais son carrelage humide blanc écru et ses chromes étincelaient à la lumière électrique. Sans la moindre émotion, Amy lui expliqua qu'elle avait encore beaucoup à faire et se remit à astiquer tandis qu'il la regardait, debout dans l'encadrement de la porte.

Après son départ seulement, elle lâcha le chiffon dont elle s'était servie et s'écroula. Elle s'accroupit comme une enfant. De son pied blessé elle martela violemment le carrelage. Aucune douleur. Elle aurait voulu prier toute divinité pouvant exister. Mais elle savait qu'il était mort, que le monde ne prévoit pas de miracles, que les gens meurent, qu'elle ne pouvait pas les empêcher de mourir ; qu'ils vous quittent, qu'on les aime encore plus, et pourtant elle ne pouvait pas les empêcher de mourir.

Assis au salon dans son fauteuil brun-roux, bourrant sa pipe pour la fumer une dernière fois avant d'aller se coucher, la tête reposant sur la têtière, Keith Mulvaney sentit la sueur ruisseler le long de sa tempe gauche. Il n'entendit jamais l'explosion qui, alliée à l'incendie qu'elle provoqua, réduisit l'élégant hôtel de pierre et ses quatre étages à des gravats fumants, des poutres calcinées et un mur de façade.

Un monde de rosée
et dans chaque goutte de rosée
un monde en lutte.

ISSA

1

Une goutte d'eau tomba.

Tiny, chuchota Darky Gardiner.

À cause du bruit de la pluie qui cinglait la toile de la longue tente – montée sur une armature de bambou en forme de A et ouverte aux quatre vents –, il entendait à peine sa propre voix. Le vacarme de la mousson rendait ces nuits encore plus désolantes, pires, en un sens, que les journées où il essayait simplement de survivre, mais avait au moins de la compagnie. La jungle ébranlée par des nappes de sons, le tambourinement incessant de la pluie qui s'abattait sur la boue, les étranges clapotis et coups de boutoir de cataractes invisibles : il trouvait tout cela désespérant.

Une autre goutte tomba.

Allez, mon pote, souffla Darky Gardiner. Pousse-toi.

Il ignorait depuis combien de temps il avait regagné sa tente après avoir aidé à ramener un camion japonais abandonné ; il avait cherché son emplacement parmi les vingt prisonniers de guerre endormis sur deux plateformes en bambou infestées de poux et occupant toute la longueur de la tente, pour finir par découvrir que Tiny Middleton, son voisin de droite, s'était retourné dans son sommeil et prenait presque toute la place. Darky se retrouvait coincé contre lui, juste sous un montant en bambou le long duquel des gouttes d'eau dégoulinaient pour atterrir sur son visage. Tiny lui faisait l'effet d'un mur de brique prêt à s'écrouler sur lui, et pourtant, songea-t-il, il ne pesait pas plus de quarante kilos. Depuis que Tiny avait la teigne, il préférait ne pas le toucher. Il chuchota à nouveau :

Putain de merde, Tiny !

De toute évidence Tiny Middleton n'entendait pas. Darky Gardiner approcha son poignet de son visage pour regarder l'heure. Il n'y avait rien à voir : il avait vendu sa montre à cadran lumineux quelques mois plus tôt pour s'acheter une boîte de sardines portugaises. Il laissa retomber son bras. Le point positif, se dit-il, c'est qu'il fait encore nuit. Il était trempé et fatigué, mais pouvait se reposer quelques heures de plus. Darky cherchait toujours le point positif, aussi infime fût-il, et par conséquent le trouvait souvent. Même s'il était réveillé à présent, le point positif était de ne pas avoir à se lever pour aller travailler sur la voie ferrée, mais de pouvoir dormir encore un peu. C'était une bonne chose, et il apprécierait ce sommeil, à condition de réussir à écarter Tiny. Surmontant sa peur de la teigne, il poussa le corps allongé contre le sien.

Bouge-toi, gros con.

Au bout d'un moment il capitula et resta couché sur le côté, tournant le dos à Tiny, la tête rentrée dans les épaules de façon à éviter les gouttes d'eau. Il croyait – idée stupide, il le savait – qu'il risquait moins d'attraper la teigne en exposant son dos que son ventre. Recroquevillé dans ses propres ténèbres, certain que personne n'en saurait rien, il tendit les bras pour attraper son paquetage au-dessus de lui et l'amener jusqu'à sa poitrine. Après des recherches laborieuses dans le noir, il en sortit ce qu'il considérait comme deux petits miracles : un œuf dur de cane et une boîte de lait concentré. Il s'interrogea :

Le lait ou l'œuf ? Lequel des deux ?

Finalement, il décida que le lait – qu'il avait volé dans le camion japonais – se conservait sans tourner pendant une période indéterminée et qu'il valait mieux le garder, même pour quelques jours. Rabbit Hendricks lui avait échangé l'œuf de cane contre un pinceau, dérobé par Darky dans la sacoche d'un officier japonais qui faisait étape au camp sur sa route vers les champs de bataille birmans. Vitesse et discrétion, telle était sa devise : il ne volait jamais quelque chose d'assez précieux pour justifier une enquête, juste de quoi "tenir le coup".

Rabbit Hendricks avait reçu deux œufs de cane du commandant japonais du camp dont il avait réalisé le portrait, ainsi que celui de certains de ses acolytes, au format carte postale – sans doute destiné à une maîtresse ou à de la famille au Japon. Les Japonais avaient beau faire appel à ses talents artistiques, ils le tueraient sûrement s'ils découvraient ses esquisses et ses aquarelles reproduisant la vie quotidienne au camp – les conditions de travail abominables, les châtiments corporels, les tortures –, raison pour laquelle Rabbit les cachait soigneusement. Mais son œuvre touchait à son terme. La veille au soir, à la fin de leur journée sur la voie ferrée, il avait été pris d'atroces coliques et d'un besoin urgent. Avant même qu'il se soit remis debout, Chum Fahey, qui travaillait avec lui, regardait fixement quelque chose. Rabbit s'était retourné. Ses intestins venaient de signer son arrêt de mort sous la forme d'une flaque d'excréments couleur d'eau de riz. Depuis l'apparition du choléra neuf jours plus tôt, les prisonniers avaient encore plus peur de ce genre de symptôme que des Japonais.

Chum Fahey et deux autres prisonniers avaient aidé Darky à ramener Rabbit au camp sur un brancard de fortune par la Dolly – une piste en pleine jungle qui reliait la Ligne à leur camp distant de cinq kilomètres –, tâche laborieuse encore ralentie par la recherche dans l'obscurité du dentier de Rabbit, perdu au cours d'une violente crise de vomissements. Avec difficulté, ils avaient traversé la jungle de nuit – seulement guidés par les ornières boueuses et les gémissements au loin d'autres prisonniers malades qui les précédaient – pour finir par rallier le camp peu avant minuit, couverts de boue et de vomi. Rabbit Hendricks, avec ses aquarelles, son carnet de croquis et ses dessins secrets, avait alors disparu dans l'enceinte réservée aux victimes du choléra, où de plus en plus d'hommes étaient envoyés et d'où seule une poignée d'entre eux revenait. Tout ce qui restait de lui, c'était cet œuf de cane noirci que Darky Gardiner écalait avec adresse, cassant la coquille en trois morceaux seulement.

La pluie s'abattit une fois encore avec violence, apportant durant quelques instants un vent humide et frais sous l'abri pitoyable qui leur servait de caserne, effaçant les relents d'excréments et de décomposition de tous ces hommes endormis sur deux longues plateformes en bambou. Darky accueillit ce vent comme un rayon d'espoir et tenta d'y voir un nouveau point positif. Mais l'eau recommençait à goutter sur son visage, et quand il tenta de se retourner Tiny était toujours là, et quand il lui donna une nouvelle bourrade Tiny continua de ronfler, immobile, coupé du monde.

Bon sang, Tiny, tu vas te pousser ?

Putain, Darky, ferme-la, cria quelqu'un à l'autre extrémité de la plateforme.

Darky ne pouvait rien faire de plus. Et Tiny empestait. La pluie redoubla d'intensité, et entre sa tête enfiévrée et ce fracas, il distinguait parfois mal ce qui venait de l'intérieur de son crâne et ce qui venait de l'extérieur. Il revit sa première rencontre avec Tiny, fort comme un taureau, qui s'était déshabillé pour faire admirer sa musculature, contractant ses biceps, se rengorgeant, fanfaronnant. Comme un coq dans sa basse-cour un dimanche matin, avait dit Chum Fahey.

Malgré les rations de misère qu'on leur distribuait, la perte de poids de Tiny semblait ne faire que souligner la magnificence de son corps. Affûter celui-ci plutôt que le détériorer. Il triomphait de tout : du paludisme, de la dysenterie, de la pellagre et du béribéri. Aucune des épidémies qui invalidaient les autres prisonniers et commençaient à les tuer ne paraissait l'affecter, comme si sa musculature était en soi une forme d'immunité. Par miracle, les camps n'avaient pas plus diminué Tiny que les Japonais ne l'avaient brisé.

Il était chargé de creuser des trous dans la roche en y enfonçant lentement une barre de fer à coups de masse, jusqu'à ce que chaque trou soit de la profondeur requise. Quand il y avait suffisamment de trous, un ingénieur japonais les remplissait d'explosifs et faisait sauter le rocher. Darky assistait Tiny, tenant la barre de fer, lui faisant effectuer une rotation d'un quart de tour après chaque coup de masse pour qu'elle s'enfonce plus facilement. Tiny travaillait avec une énergie atypique chez les prisonniers et s'enorgueillissait d'atteindre avant tout le monde les objectifs fixés. C'était sa victoire sur ses geôliers japonais.

Ça montrera à ces petits salauds de Jaunes ce qu'un homme blanc a dans le ventre, disait-il.

Il n'avait pas l'air de remarquer que les Japonais demandaient ensuite à tout le monde le même zèle.

Ce foutu Tarzan aura notre peau à tous, répétait Sheephead Morton.

Dès que Tiny battait un nouveau record – comme il semblait régulièrement s'y employer –, les ingénieurs japonais en faisaient le nouvel objectif quotidien, que les prisonniers les plus faibles peinaient à atteindre.

Il faut lui dire, putain de merde, se plaignit Sheephead Morton à Darky.

Lui dire quoi ?

Ça su-ffit. La coupe est pleine !

De quoi ?

Va te faire foutre.

Mon pote, déclara un peu plus tard Darky à Tiny, tu vas sans doute devoir lever le pied.

Tiny sourit.

Juste un peu. Tous les prisonniers ne peuvent pas travailler à ton rythme, ajouta Darky.

Tiny était un lecteur assidu des Évangiles. Avec un sourire inquiétant, il répondit : Le Seigneur nous a donné ce corps pour travailler dans la joie.

Tiens, encore un salaud dont on n'a pas beaucoup de nouvelles. Mais on Le verra tous bientôt si tu ne te calmes pas. Dans ce cas, tu auras la mort de tout le monde sur la conscience, Tiny.

Le Seigneur nous tirera de là. C'est ma vision des choses.

Et Tiny le chrétien de choc, tel un sprinter à la fin d'un cent mètres, les mains sur les hanches après l'effort, le corps à mi-chemin entre l'épuisement et la détente, musclé, parfait, avait regardé Darky Gardiner droit dans les yeux avec son petit sourire exaspérant.

Lentement, Darky en était venu à le détester. Chaque nouvel objectif fixé par les ingénieurs nippons dans leur étrange système métrique – d'abord un mètre par jour, puis deux, puis trois –, Tiny l'atteignait en moins de temps qu'ils ne le demandaient, après quoi tous les autres prisonniers – brûlants de fièvre, affamés ou mourants – devaient égaler la capacité de travail de ce cinglé. Tous essayaient de ralentir le rythme, d'en faire moins, d'économiser leur peu d'énergie pour les nécessaires efforts de survie. Mais pas Tiny avec ses abdominaux, ses pectoraux, ses biceps de brute. Il se comportait comme dans les enclos où il tondait naguère des moutons, comme s'il s'agissait d'une compétition ridicule et que le soir venu il dût rester le champion. Or sa vanité ne profitait qu'à leurs geôliers et tuait les prisonniers les uns après les autres.

Puis vint la course contre la montre. Il n'y eut alors que les Japonais, multipliant les châtiments corporels et réduisant encore la nourriture, pour les pousser à travailler toujours plus dur et plus longtemps. Plus les prisonniers prenaient du retard sur le calendrier du commandement nippon, plus le rythme s'accélérait frénétiquement. Un soir où ils s'écroulaient de fatigue sur leurs plateformes en bambou, arriva l'ordre de retourner dans la tranchée. Ce fut le début du travail de nuit.

Percée dans la roche, la tranchée faisait six mètres de large, sept mètres de profondeur et un demi-kilomètre de long. À la lumière des feux de bambou et des torches improvisées – des chiffons imprégnés de pétrole dans des tiges de bambou – les esclaves nus et crasseux travaillaient désormais dans un étrange monde infernal de flammes dansantes et d'ombres furtives. Les hommes qui maniaient les masses ou les marteaux devaient plus que jamais se concentrer, la barre de fer disparaissant dans l'ombre au moment du coup de masse.

Dès la première nuit et pour la première fois, Tiny fut à la peine. En proie à une crise de paludisme, il grelottait, et ses coups de masse ne s'abattaient plus avec leur belle régularité, mais au prix d'un douloureux effort de volonté. Plusieurs fois Darky Gardiner dut s'écarter d'un bond parce que Tiny ne contrôlait plus la masse. Moins d'une heure après – ou quelques heures, ensuite Darky ne s'en souvenait plus trop –, Tiny leva la masse à mi-hauteur et la laissa tomber à terre. Darky le regarda avec stupeur décrire un demi-cercle en titubant, un pas en avant un pas en arrière comme s'il dansait une sorte de gigue, et s'écrouler.

Un garde trapu et musclé à la peau marbrée s'approcha : le Goanna. Certains le prétendaient atteint de vitiligo, ce qui expliquait qu'il soit fou, d'autres disaient seulement qu'il était fou et que la meilleure chose à faire était de l'éviter. Quelques-uns affirmaient que c'était le diable en personne : imprévisible, inévitable, impitoyable, mais d'une gentillesse déconcertante en de rares occasions, comme pour mieux vous tourmenter. Plus personne sur la Ligne ne croyant véritablement en Dieu, il était toutefois difficile de croire au diable. Le Goanna était simplement là, même si beaucoup auraient souhaité le voir mort.

Il les regarda travailler un moment et détourna lentement les yeux comme pour réfléchir, puis se retourna tout aussi lentement vers eux. Ces étranges mouvements guindés étaient le signe avant-coureur d'un accès de violence. Il frappa Tiny avec une longue tige de bambou pendant une minute ou deux et lui donna, presque sans conviction, quelques coups de pied à la tête et dans le ventre. De la part du Goanna, Darky attendait pire. Le changement, c'était Tiny Middleton.

Lui qui jusque-là se raidissait, encaissait coups de poing et coups de pied avec une impassibilité confinant à l'insolence, comme si son corps était plus fort que n'importe quelle correction, voilà qu'il roulait sur les éclats de roche de la tranchée comme un sac de paille ou de chiffons. Il n'offrait pas plus de résistance. Et à la fin il fit quelque chose d'extraordinaire. Il se mit à sangloter.

Le Goanna était abasourdi. Avec Darky, il contemplait la scène avec stupéfaction. Personne ne pleurait jamais sur la Ligne. Impossible que ce soit la douleur ni l'humiliation, se dit Darky, ni le désespoir ou l'effroi, parce que tout le monde y était confronté.

Secouant la tête, l'ombre des flammes étreignant son corps crasseux et luisant de sueur, Tiny se giflait et se griffait le torse en alternance comme pour tenter en vain de chasser ces ombres. Aux yeux de Darky il accusait son corps, ce corps puissant qui avait toujours triomphé, porté si longtemps son petit esprit et son cœur minuscule, de l'avoir cruellement trahi sans préavis dans cet étrange demi-tunnel de flammes, d'ombres et de douleur. Or si son corps vacillait, Tiny était perdu.

Moi ! criait-il en se frappant et en se lacérant. Moi ! Moi !

Mais ce qu'il voulait dire, personne ne le savait trop.

Moi ! Moi ! Moi !

Darky l'aida à se relever. Surveillant le Goanna d'un œil, il prit la masse et tendit à Tiny la barre de fer. Tiny s'accroupit, maintint la barre dans le trou qu'ils creusaient, la fixant de ses yeux brillants de larmes, et Darky donna un coup de masse. Avant le deuxième, il dut demander à Tiny de faire effectuer à la barre la rotation d'un quart de tour. Pendant le coup de masse, Tiny resta immobile, cramponné à la barre de fer comme à un ancrage nécessaire, et Darky dut lui rappeler d'opérer une nouvelle rotation d'un quart de tour. Il lui parla aussi doucement que s'il demandait à un enfant de lui donner la main, et toute la nuit il répéta de la même voix à Tiny : Tourne la barre… tourne-la, mon vieux… tourne. Ainsi poursuivirent-ils leur tâche, comme si de rien n'était. Tourne la barre… tourne-la, répétait-il telle une incantation. Tourne.

Mais quelque chose avait changé.

Darky le savait. Au cours des semaines suivantes il vit dépérir le corps magnifique de Tiny. Les Japs aussi le savaient et semblaient désormais frapper Tiny régulièrement, avec plus de méchanceté. Tiny ne semblait pas s'en soucier. Les poux aussi le savaient. Tout le monde avait des poux, mais Darky remarqua qu'ils grouillaient sur Tiny depuis cette fameuse nuit. Tiny, lui, ne semblait pas se soucier que son corps en soit envahi, il ne prenait plus la peine de se laver ni de se cacher pour faire ses besoins. Puis vint la teigne. Comme si même les parasites le savaient, percevant le moment où un homme cesse de croire en lui-même, où il est déjà presque un cadavre en train de pourrir sous terre. Tiny lui-même le savait : il ne lui restait rien dans les tripes pour empêcher ce qui l'attendait.

Darky ne l'abandonna pas, mais quelque chose en lui se révoltait à la vue de ce géant, de cet homme fier devenu un squelette déféquant. Quelque chose en lui ne pouvait s'empêcher de penser que Tiny avait baissé les bras, que c'était un faible. Mais ce genre de pensées, il en avait conscience, ne servait qu'à lui remonter le moral, à le convaincre qu'il allait vivre et non pas mourir, parce qu'il pouvait encore choisir entre les deux. En son for intérieur, pourtant, il savait qu'il n'en avait pas le pouvoir. Car il sentait la vérité dans l'haleine rance de Tiny. Peu importait l'origine de cette puanteur, il redoutait qu'elle soit contagieuse et voulait simplement lui échapper. Mais il devait aider Tiny. Personne ne lui demandait pourquoi il le faisait ; tout le monde le savait. Il était solidaire. Darky Gardiner avait Tiny en horreur, le tenait pour un imbécile, mais il ferait tout pour le maintenir en vie. Parce que le courage, la survie, l'amour, toutes ces choses n'étaient pas l'affaire d'un seul homme. Elles étaient l'affaire de tous, sinon elles mouraient et chaque homme avec elle ; ils avaient acquis la conviction qu'abandonner un homme, c'était s'abandonner eux-mêmes.

2

Quand l'œuf fut prêt – moite et cireux entre ses doigts – Darky Gardiner sentit son irrésistible promesse, légèrement écœurante dans sa richesse. Le portant à ses lèvres, il s'interrompit, réfléchit et soupira. Il secoua la forme endormie de Tiny sans brutalité, mais avec insistance.

Lorsque Tiny s'éveilla enfin, Darky lui mit l'œuf sous le nez et lui fit signe de se taire. Tiny poussa un grognement, et Darky partagea l'œuf en deux moitiés avec sa cuiller. Tiny tendit ses mains jointes comme s'il recevait un sacrement, pour être sûr de ne pas perdre une miette de jaune. Dans les mains tendues de Tiny, Darky ajouta la moitié d'une petite boule de riz frit qu'il conservait sous sa couverture depuis un précédent repas.

Dans ces ténèbres humides où nul ne pouvait les voir ni les entendre, dans cette solitude noire où nul ne leur demanderait comment ils avaient obtenu un supplément de nourriture, ils commencèrent à manger furtivement. Darky mastiquait chaque bouchée, la savourait, salivant tellement qu'il s'inquiétait des chuintements sonores qu'il produisait. Mais ceux-ci se perdaient dans les bruits mouillés de la nuit.

Il lécha ses doigts enduits de graisse noirâtre. L'œuf et le riz formaient à présent une boule rance au creux de son estomac, lui laissaient dans la gorge une flamme acide et grasse. Il n'allait pas mourir. Il n'en voulait plus à Tiny d'avoir pris presque toute la place. Il sentait encore les grains de riz sur ses lèvres, la somptuosité de la graisse et la richesse du jaune d'œuf dans sa bouche, elles lui montaient à la tête, puis la torpeur le gagna. Il ne savait pas trop s'il se noyait ou se trouvait dans un lit qui était également une table recouverte d'écrevisses, de pommes, de crumbles à l'abricot et de gigots d'agneau, un lit bien sec avec des couvertures propres et du feu dans la cheminée, pendant que des flocons de neige fondue cinglaient la fenêtre au fond de la petite chambre. Il avait mangé, il aurait bien mangé davantage, il sombrait de plus en plus, il était à table et endormi à la fois.

Il se réveilla l'estomac noué. Il faisait encore nuit. Il avait un goût de savon dans la bouche et son ventre ratatiné se contractait au rythme de crampes terriblement douloureuses. Il se redressa en gémissant, le souffle presque coupé par l'effort, saisit un vieux bidon d'essence qu'il gardait rempli d'eau au pied de son emplacement sur la plateforme, et partit pieds nus affronter l'obscurité, la boue et la pluie jusqu'au *benjo* – comme les Japonais tenaient à appeler les latrines du camp.

À bonne distance des tentes, le *benjo* était un fossé de vingt mètres de longueur et de deux mètres et demi de profondeur, au-dessus duquel les prisonniers s'accroupissaient à leurs risques et périls sur un assemblage de lattes de bambou glissantes pour se soulager. Les excréments qui flottaient en contrebas grouillaient de vers – comme de la noix de coco râpée sur du gâteau au chocolat, disait Chum Fahey. C'était une horreur sans nom. Quand les prisonniers faisaient assaut de suggestions pour se débarrasser du garde qu'ils détestaient le plus, ils avaient un jour envisagé en plaisantant de noyer le Goanna dans le *benjo*. Difficile, même pour eux, de concevoir une mort plus horrible.

La pluie incessante avait depuis longtemps éteint les feux que les Japonais ordonnaient de faire brûler toute la nuit pour éloigner les tigres. Le monde était dans le noir, les nuages de la mousson masquant presque entièrement la lumière des étoiles et de la lune ; la jungle engloutissait le peu qui restait. Darky Gardiner progressait tant bien que mal par petits bonds, se tenant le ventre de sa main libre, essayant d'éviter qu'une enjambée trop grande ou trop brusque n'amène ses intestins à se vider prématurément. Plié en deux, il traversa le campement entre les formes sombres des tentes branlantes à armature de bambou. À l'intérieur s'élevaient les plaintes, les ronflements et les râles d'autres prisonniers, peut-être sous l'effet de la souffrance, du chagrin, de la mémoire ou de l'agonie. Ou bien des quatre à la fois. Et noyant dans la boue chaque soupir d'épuisement, d'angoisse ou d'espoir, toujours cette implacable mélopée de la pluie torrentielle.

Totalement réveillé par la douleur qui lui étreignait l'abdomen, et le souffle court à cause de ses efforts pour marcher sans faire sur lui, Darky était encore loin du *benjo* lorsqu'il dérapa sur la terre grasse du bord de l'allée et se retrouva au centre, dans une boue répugnante jusqu'aux chevilles. Il céda momentanément à la panique. Sa tentative fébrile pour regagner un sol plus ferme réveilla ses boyaux. Il perçut un brusque relâchement après une tension extrême et, brutalement soulagé malgré lui, s'aperçut qu'il déféquait au milieu de l'allée principale du camp.

Une terrible lassitude l'envahit, son cul le brûlait, tout tournait autour de lui et il n'avait envie que d'une chose : se coucher dans la boue, chier et dormir à jamais. Il chassa cette pensée car son ventre se nouait une fois encore comme un garrot, et il sentit une sauce puante sortir en force. Il resta pantelant ; à peine ses intestins s'étaient-ils vidés qu'ils semblaient déjà se remplir.

Il laissa son corps prendre le dessus, se vida de nouveau et se le reprocha, s'en voulut de n'avoir même pas réussi à atteindre le *benjo*, d'avoir répandu ses excréments là où d'autres prisonniers marcheraient dès le matin. Il entendait encore le Big Fella les enjoindre d'observer des règles d'hygiène strictes, de considérer désormais la propreté – dans toute la mesure du possible – comme essentielle à leur survie. Et même s'il ne pouvait rien à ce qui lui était arrivé, il éprouva un sentiment de honte et de défaite.

Impossible de séparer la rigole de merde qu'il avait produite de la boue en profondeur, de cette étendue infinie de boue et de merde qu'était l'univers. Déjà labourée par la pluie elle se transformait en autre chose, une pourriture inexorable et mortelle qui contaminait tout et tout le monde et les ramenait à la jungle primitive. La prochaine fois, se dit-il, quoi qu'il arrive j'atteindrai cette saloperie de *benjo*. Ses entrailles recommencèrent à se contracter désagréablement, mais il savait qu'elles ne produiraient rien de plus qu'un peu de mucus strié de sang huileux.

Après avoir fini, sonné par l'effort, il se remit lentement debout, fit quelques pas chancelants pour s'éloigner de l'allée et, avec l'eau contenue dans son bidon, se lava de son mieux. Ses fesses étaient rêches comme des cordages. Il prit le temps de se nettoyer l'anus qui, étrangement proéminent entre ses fessiers décharnés, l'emplit d'un profond dégoût. Il eut soudain très froid, ses cuisses et ses mollets grelottaient lorsqu'il les rinça. Il étouffa un cri dans un étrange bruit de gorge quand il éclaboussa l'ulcère de la taille d'une tasse qu'il avait à la jambe, et se consola à l'idée que maintenir la plaie propre était un point positif. Il fallait qu'elle reste propre. Son esprit semblait déréglé – le paludisme, sans doute –, ses perceptions à la fois trop nettes et trop floues. Mais au moins gardait-il cette intime conviction, cette certitude : il était facile de capituler. Ce qui, à ses yeux et malgré la fièvre, serait non seulement un point négatif, mais la pire chose qui soit. Pour survivre, il ne fallait jamais lâcher prise sur les détails. La capitulation, c'était de ne pas aller jusqu'au *benjo*. La prochaine fois, jura-t-il, j'y arriverai, coûte que coûte.

Ses pieds couverts de terre étaient condamnés à vivre dans la crasse, aussi, sa toilette faite au mieux, regagna-t-il dans la boue et la merde sa tente et sa place sur la plateforme en bambou. Il se glissa sous sa couverture répugnante et malodorante, ramena ses pieds sales contre lui. Son ultime pensée avant que son corps éreinté et souillé ne sombre dans le sommeil fut qu'il avait encore faim.

3

Tandis que les dernières notes jouées au clairon par Jimmy Bigelow pour sonner le réveil se perdaient l'une après l'autre dans l'aube froide et humide, Rooster MacNeice ouvrit les yeux. Une lumière grise se répandait, peignant aux couleurs ternes de l'acier et de la suie la tente sans parois où il dormait, la boue fétide, la crasse et, au-delà, l'univers désespérant de ce camp de prisonniers dans la jungle. Plus loin la forêt tropicale de tecks était un mur noir.

Avant même d'être complètement réveillé, Rooster entama sa journée comme chaque matin par le premier de plusieurs exercices de maîtrise de soi dont il savait qu'ils assureraient sa survie, mentalement, physiquement et moralement. Il commença par réciter tout bas la page de *Mein Kampf* qu'il avait apprise par cœur la veille au soir. Il trouvait que les parties où l'on parlait des juifs – c'est-à-dire presque tout le livre – étaient les plus faciles. Leur rythme galopant aidait la mémorisation, avec le mot "juif" qui revenait utilement comme un refrain. Mais là, Rooster MacNeice était perdu dans l'histoire des débuts du parti nazi en Bavière et il peinait. Où sont passés les juifs, juste au moment où on a besoin d'eux, se demanda-t-il.

Une bombe est tombée sur Buckingham Palace, annonça une voix près de lui. On a évacué le roi et Gracie Fields.

Rooster MacNeice s'assit au bord de la plateforme en bambou pour se gratter la cuisse, et plus vigoureusement le bas du ventre, tout en continuant de se chuchoter les hauts faits des premières sections d'assaut. Il sentit au pli de l'aine une sorte de minuscule coquillage et l'écrasa, puis un autre, et encore un autre, et reconnut alors seulement les démangeaisons causées par la morsure des poux qui vivaient dans les lattes de bambou.

Je reconnais au moins un mérite aux Japs, lança un vieil homme en le voyant se gratter. Ils te bousillent tellement que tu peux même dormir pendant que les poux te bouffent les couilles pour le petit-déjeuner.

Rooster s'aperçut que c'était Sheephead Morton qui parlait. Il ressemblait à un septuagénaire hagard alors qu'il ne pouvait pas avoir plus de vingt-trois ou vingt-quatre ans.

Je croyais avoir entendu dire que Gracie Fields vivait avec un Italien, déclara Jimmy Bigelow en revenant dans la tente, son clairon cabossé à la main. Ils se sont rendus à Mussolini ?

Simple rumeur, répondit Chum Fahey. Cette fois j'ai eu la version officielle par des soi-disant Hollandais qui ont fait étape au camp l'autre jour. Pas plus hollandais que moi. Des sang-mêlé pour la plupart. Ils m'ont dit que les Russkofs avaient perdu à Stalingrad, que les Yankees avaient envahi la Sicile, que Mussolini avait été renversé et que les Italiens voulaient faire la paix.

Rooster MacNeice avait une barbe rousse clairsemée et l'habitude, lorsqu'il se concentrait, de mordiller ses moustaches. Ce faisant, il se souvint que la semaine précédente, la rumeur était que les Russes avaient gagné à Stalingrad. Encore de la propagande bolchevique, pensa-t-il. Diffusée par Darky Gardiner selon toute vraisemblance. Il était bien du genre à raconter ce genre de choses. Rooster MacNeice détestait les bolcheviks, mais à tout prendre il détestait encore plus Darky Gardiner. C'était un homme du peuple, sale de surcroît, et comme la plupart des gens de basse extraction, on ne pouvait pas lui faire confiance. Rooster ne supportait pas non plus l'habitude de Gardiner – jusqu'à ce que la course contre la montre mette fin à tout ce qui n'était pas le travail ni le sommeil – de grimper certains soirs sur une souche de teck en lisière du camp pour chanter *Without a Song* à l'heure où les prisonniers rentraient de la Ligne en boitant. Les autres semblaient apprécier ; Rooster MacNeice, lui, détestait.

La haine était un moteur puissant. Comme s'il s'en nourrissait. Il haïssait les nègres, les métèques, les romanos et les macaronis. Il haïssait les Chinetoques, les Japs et les pédés, et pour qu'il n'y ait pas de jaloux, il haïssait aussi les Angliches et les Yankees. Ses compatriotes australiens trouvaient si peu grâce à ses yeux que parfois il affirmait qu'ils mériteraient d'être conquis. Il se remit à réciter *Mein Kampf* à voix basse.

Qu'est-ce que tu marmonnes, Rooster ? dit Jimmy Bigelow.

Rooster se tourna vers le joueur de clairon que l'on venait de transférer dans leur tente et qui ignorait tout de son rituel matinal. Il croyait Jimmy Bigelow originaire de l'État de Victoria et lui expliqua donc en toute franchise que pour empêcher ses facultés intellectuelles de stagner parmi ces Tasmaniens descendants de bagnards, joueurs de cartes, fanatiques de football et de courses de chevaux – dans la tente desquels ils se retrouvaient tous deux, et qui n'avaient d'australien que le nom –, il s'était fixé pour objectif d'apprendre par cœur un livre entier, à raison d'une page par jour.

OK d'ac, répondit Jimmy Bigelow, n'osant révéler à Rooster MacNeice qu'il venait de la Huon Valley et s'était engagé en même temps que Gallipoli von Kessler. Mais pour tuer le temps pendant une guerre, ajouta-t-il, on a vu pire qu'une partie de *cribbage*.

Et l'esprit ! s'exclama Rooster MacNeice. L'esprit, James !

Gallipoli lui demanda s'il avait envisagé de jouer au cinq cents, précisant que si certains y voyaient un jeu plus intelligent que le *cribbage*, il n'était pas forcément d'accord, mais que ça conviendrait peut-être mieux à Rooster. En fait c'était comme le bridge, mais en meilleure compagnie.

Évidemment, ça m'étonnerait qu'un livre puisse les aider, poursuivit Rooster MacNeice, promenant le regard sur les autres occupants de la tente en prenant soin d'éviter celui de Gallipoli von Kessler. Ils sont irrécupérables.

OK d'ac, répéta Jimmy Bigelow sans avoir la moindre idée de ce que voulait dire Rooster, et celui-ci continua sur sa lancée, racontant qu'il détestait *Mein Kampf*, détestait Hitler, détestait devoir mémoriser une page par jour de ce délire de mangeur de saucisses. Mais dans le camp de prisonniers de Java où il se trouvait à l'époque où il avait commencé ses exercices de maîtrise de soi, c'était le seul bouquin sur lequel il avait pu mettre la main ; par ailleurs, conclut-il, la barbe luisante de salive, autant connaître les arguments de l'ennemi, et de toute façon le contenu n'entrait pas en ligne de compte pour la réussite de l'exercice. Il n'avoua pas qu'il était surpris du nombre de passages du manifeste de Hitler auxquels il adhérait.

Un de ces sang-mêlé hollandais était bien informé, moi je vous le dis, reprit Chum Fahey. J'aurais tendance à lui faire confiance. Je lui ai vendu mon manteau.

Rooster MacNeice voulut savoir combien il en avait tiré.

Trois dollars et un peu de sucre de palme. Et un livre.

Un manteau vaut au moins dix dollars, répliqua Rooster qui haïssait également les Hollandais de toutes origines. Et le livre, c'est quoi ?

Un bon roman western.

Tu te contentes peut-être de *Meurtre à Red Ranch* ou de *Crépuscule sur le corral*, explosa Rooster, mais que Dieu vienne en aide à l'Australie si c'est ça l'esprit australien.

Chum Fahey demanda si Rooster ne voulait pas échanger son *Mein Kampf* : il brandit un exemplaire écorné et maculé de taches de *Les Sioux se lèvent au couchant*.

Non, répondit Rooster MacNeice. Non, sûrement pas.

La lumière de l'aube, malgré son manque d'éclat, donnait lentement à leur tente des reflets indigo. Le brouhaha croissant des conversations au réveil se tut subitement, et tous se tournèrent dans la même direction, regardant par-dessus l'épaule de Rooster MacNeice. Un rire muet se propagea sur les plateformes, et l'un après l'autre, les prisonniers se frottèrent les yeux pour s'assurer qu'ils n'avaient pas la berlue. Rooster détourna les yeux. C'était la chose la plus étrange, la plus inattendue qu'ils aient vue. Il se remit à mordiller ses moustaches.

Ils étaient nombreux à redouter qu'après-guerre, leurs performances ne soient définitivement compromises par la perte totale de désir que la famine et la maladie provoquaient chez la plupart d'entre eux. Les médecins les rassuraient en disant que c'était uniquement un problème de régime alimentaire ; celui-ci revenu à la normale, ils iraient très bien. Les prisonniers se demandaient pourtant s'ils seraient encore des hommes dignes de ce nom à la fin de leur calvaire. Aucun d'eux ne pouvait se souvenir à quand remontait sa dernière érection. Certains se demandaient s'ils seraient encore capables de satisfaire leur femme à leur retour. Gallipoli von Kessler affirmait qu'à sa connaissance aucun homme autour de lui n'avait bandé ces derniers mois, et Sheephead Morton prétendait que ça ne lui était pas arrivé depuis plus d'un an.

Ils assistaient donc à un spectacle absolument miraculeux – aussi remarquable qu'impossible à ignorer.

Ce vieux Tiny, dit Gallipoli von Kessler. Il est à l'article de la mort, et le voilà avec une trique aussi raide qu'un foutu bambou.

Car sur le corps squelettique et encore ensommeillé de Tiny Middleton – l'ancien chrétien de choc en personne, endormi sur le dos, inconscient de l'attention dont il était l'objet, rêvant avec bonheur à quelque péché de chair, sa dépravation intacte malgré la famine et la maladie – se dressait son phallus en érection, droit comme le mât du régiment.

Tous s'accordèrent à trouver cela réconfortant, d'autant que l'état de Tiny Middleton s'était beaucoup détérioré ces dernières semaines. Le spectacle était si extraordinaire que tous chuchotaient, réveillant ceux qui dormaient encore pour le leur montrer. Entre les rires étouffés, les plaisanteries grivoises et l'amusement général, seul un prisonnier protesta.

On n'a rien de mieux à faire que de se moquer d'un homme au plus bas ? demanda Rooster MacNeice.

Chum Fahey fit observer qu'à ses yeux, Tiny paraissait plutôt bien monté pour un homme au plus bas.

Vous n'avez aucune pudeur, marmonna Rooster. Aucun respect. Pas comme les Australiens d'antan.

Je vais couvrir l'objet du délit, Rooster, déclara Darky Gardiner. Ramassant un gros morceau de coquille d'œuf de cane près de sa cuisse, il se pencha pour le poser délicatement sur le pénis de Tiny Middleton.

Tiny dormait toujours. Sous ce couvre-chef, son phallus présentait l'apparence d'un champignon sauvage poussé durant la nuit et frémissant dans la brise de l'aube.

C'est mal de se moquer, insista Rooster MacNeice. On ne vaut pas mieux que ces sales Japs, si on fait ça.

Darky Gardiner désigna le morceau de coquille d'œuf, qui ressemblait à une sorte de mitre.

Tiny a été promu pape, Rooster, dit-il.

Va au diable, Gardiner. Fiche la paix à ce malheureux, qu'il lui reste au moins un peu de dignité.

Et Rooster MacNeice se leva pour rejoindre l'endroit où Tiny Middleton était endormi. S'inclinant au-dessus des jambes écartées de Tiny, il tendit le bras pour retirer ce qu'il considérait comme une blague de mauvais goût.

Au moment où ses doigts se refermaient sur la coquille, Tiny Middleton se réveilla. Lorsque leurs regards se croisèrent, la main de Rooster MacNeice se figea sur le morceau de coquille, l'écrasa peut-être même un peu. Tiny se redressa, mû par une fureur et une énergie démesurées pour son corps décharné.

Rooster, espèce de sale pédé !

Quand Rooster MacNeice – humilié par les moqueries de tous, et par les rires de Darky Gardiner en particulier – regagna sa place sur la plateforme de bambou, il fit une découverte affligeante. Fouillant dans son paquetage pour trouver *Mein Kampf* et vérifier l'efficacité de sa mémoire, il s'aperçut que son œuf de cane – acheté trois jours plus tôt et caché au fond de son paquetage – avait disparu. Il s'interrogea sur cet œuf manquant, sur le morceau de coquille dont Darky Gardiner avait orné l'anatomie de Tiny Middleton, et en déduisit que c'était le Prince Noir le voleur.

Bien sûr il n'y pouvait plus rien : Gardiner nierait, les autres riraient encore plus fort, se réjouiraient peut-être même de ce larcin. Mais à cet instant précis il se mit à haïr Gardiner – un homme qui l'avait volé, puis s'était servi du produit de ce vol pour l'humilier –, à le haïr avec une intensité et une sauvagerie dépassant de loin le ressentiment qu'il éprouvait envers les Japonais. Or la haine, pour Rooster MacNeice, c'était tout.

4

Darky Gardiner s'habilla, et parce qu'il n'avait comme tout le monde d'autres vêtements que le chapeau militaire sur sa tête et le pagne qu'il portait nuit et jour – sorte de cache-sexe crasseux qui ne dissimulait pas grand-chose de son anatomie –, cette opération prit peu de temps. Il fit son lit, et parce que ce n'était pas un vrai lit, cela ne lui prit guère plus de temps. Il plia sa couverture avec la rigueur requise par le règlement de l'armée impériale japonaise, puis la posa à l'endroit prescrit par ce même règlement : au pied de son emplacement sur la plateforme en bambou. La pluie cessa. Le vacarme des arbres dégoulinants fit place aux oiseaux de la jungle qui se répondaient en mille gouttelettes sonores.

Il prit l'un des huit biens encore en sa possession, ses couverts de campagne – deux écuelles d'aluminium cabossées emboîtées l'une dans l'autre, qui servaient à la fois d'assiette, de tasse et de gamelle –, et alors qu'il en fixait la poignée en fil de fer à son pagne comme une barrette de femme, un cri s'éleva. Des gardes se dirigeaient vers leur tente pour une inspection surprise. Dans un tourbillon d'activité fébrile les couvertures furent pliées, les paquetages redressés, et divers produits de contrebande dissimulés tant bien mal.

Deux gardes précédés par le Goanna s'avancèrent dans l'allée centrale de la tente tandis que les prisonniers se mettaient au garde-à-vous devant les plateformes de chaque côté. Le Goanna renversa le contenu d'un paquetage dans la boue au-dehors, gifla un prisonnier sans raison apparente, puis s'immobilisa devant Darky Gardiner.

Il prit le fusil qu'il portait en bandoulière et, d'un geste lent et ample, souleva la couverture de Darky Gardiner avec l'extrémité du canon et la lâcha sur le sol bourbeux. Durant quelques instants il contempla la couverture souillée, puis releva les yeux. Il poussa un hurlement, et ramena de toutes ses forces le canon du fusil dans la tempe de Darky Gardiner.

Darky s'écroula, levant le bras trop lentement pour se protéger du coup de pied au visage envoyé par un autre garde. Il réussit en se tortillant à se mettre à l'abri sous la plateforme de bambou, mais pas avant que le Goanna ne lui ait à son tour donné un coup de pied en pleine tête. Puis aussi brusquement que cela avait commencé, tout fut terminé.

Le Goanna longea de son étrange démarche guindée l'allée centrale, lança une gifle à Chum Fahey sans justification évidente, puis disparut avec ses deux acolytes. Darky Gardiner se remit debout, vacillant, les idées encore en désordre, le goût salé du sang dans la bouche, le corps enduit de la boue infecte qui recouvrait le sol sous la plateforme.

Le pli de la couverture, dit Jimmy.

Ce n'était pas si épouvantable, répondit Darky.

Il parlait de la raclée. Il cracha un mollard sanguinolent. Trop gras et salé pour un corps aussi délabré que le sien. Il eut un vertige. Plongea le majeur dans sa bouche et palpa la molaire qui avait encaissé les coups de pied. Branlante, mais avec un peu de chance elle tiendrait bon. Sa tête lui faisait mal.

Tu as oublié le pli, insista Sheephead Morton.

Je l'avais pourtant pliée, cette putain de couverture, répliqua Darky Gardiner.

Avec un mégot rougeoyant qu'il venait d'allumer et tenait entre le pouce et l'index, Jimmy Bigelow désigna sa propre couverture.

Tu vois, dit-il.

Le pli était tourné vers l'extérieur.

Le pli de la tienne était dans l'autre sens, renchérit Sheephead Morton. C'est contraire au règlement jap. Tu le sais bien.

Le Goanna a cru que tu te fichais de lui, reprit Jimmy Bigelow, tirant une bouffée. Tiens... Il tendit son mégot détrempé à Darky.

Jimmy Bigelow avait la main couverte de croûtes craquelées, et elle s'était infectée, allant du jaune au rouge. La maladie terrifiait Darky Gardiner. Elle s'emparait de vous et ne vous lâchait plus.

Tiens, répéta Jimmy Bigelow. Prends.

Darky Gardiner ne bougea pas.

Ici, il n'y a que la mort qui soit contagieuse, dit Jimmy Bigelow, or je ne suis pas mort. OK d'ac ?

Darky prit le mégot et – veillant à ce qu'il n'entre pas en contact avec ses lèvres – l'approcha de sa bouche entrouverte.

Enfin, pas encore, précisa Jimmy Bigelow.

Darky tira lui aussi une bouffée. Il regarda quatre hommes transporter d'un pas chancelant un brancard en bambou vers l'hôpital.

Ça doit être Gyppo Nolan, dit Chum Fahey.

La fumée s'enroula contre le palais de Darky. C'était aigre, âcre et bon.

Notre tournoi de *cribbage* à quatre est à l'eau, déclara Sheephead Morton. Il se tourna vers Rooster MacNeice : Ça te dirait de prendre sa place ?

Quoi ? Rooster n'avait toujours pas digéré l'humiliation causée par la coquille d'œuf.

Gyppo. Il est… Enfin il n'est… plus là. Et il adorait jouer au *cribbage*. Il détesterait l'idée que, enfin…

Que le jeu meure ?

Oui. En quelque sorte. Bon, il pouvait se comporter comme un idiot. Mais il adorait vraiment jouer aux cartes. Voilà le souvenir que je garde de lui. Et je sais qu'il voudrait qu'on continue.

À jouer au *cribbage* ?

Pourquoi pas ? Le bridge n'a jamais été sa tasse de thé.

Darky Gardiner tira sur le mégot une lente et longue deuxième bouffée, aspirant profondément la fumée et la retenant à l'intérieur. Pendant un moment le monde fut immobile et silencieux. Cette fumée dense et grasse l'apaisait, et il eut le sentiment que le monde s'était arrêté, qu'il resterait à l'arrêt aussi longtemps que la fumée demeurerait dans sa bouche et dans sa poitrine. Il ferma les yeux et, rendant le mégot à Jimmy Bigelow, s'abandonna au néant qui avait envahi son corps en même temps que l'épaisse fumée. Mais sa tête lui faisait encore mal.

J'ai horreur de jouer aux cartes, dit Rooster MacNeice.

La pluie reprit. Son bruit n'apportait aucun réconfort. Elle ne balayait pas doucement les tecks et les bambous, ne soupirait pas, ne créait pas un calme paisible. Au contraire, elle s'abattait en faisant craquer les tiges épineuses des bambous, et ce déluge résonnait aux oreilles de Darky Gardiner comme le fracas de choses brisées en grand nombre. C'était si assourdissant que toute conversation devenait impossible.

Darky sortit et resta debout dans la tempête pour qu'elle rince la boue dont il était enduit. De petits ruisseaux de crasse apparurent autour de ses pieds tandis que la pluie formait des torrents et des ravines à travers le camp. Il suivit des yeux une gamelle qui flottait près de leur tente, et vit quelques instants plus tard un unijambiste originaire d'Australie-Occidentale la poursuivre en boitillant sur des béquilles en bambou.

Mais sa tête lui faisait toujours mal.

5

Chaque matin Dorrigo Evans se rase par devoir, pour sauver les apparences dans l'intérêt des prisonniers, parce que s'il donne l'impression de s'en ficher, pourquoi eux feraient-ils des efforts ? Quand il se regarde dans le petit miroir de son paquetage, il voit le reflet flou du visage d'un homme qui n'est plus lui : plus vieux, plus maigre, plus osseux, sévère comme il ne l'a jamais été, plus distant, et toujours plus dépendant de quelques accessoires dérisoires : sa casquette d'officier, de travers comme celle d'un fêtard ; un foulard rouge, noué autour du cou à la manière d'un bandana – petite touche bohème, plus pour lui-même peut-être que pour les prisonniers.

Trois mois auparavant, parti à pied chercher des médicaments dans un camp en aval, il avait croisé un *romusha* tamoul vêtu d'un sarong rouge en haillons, assis près d'un ruisseau et attendant la mort. L'aide que Dorrigo pouvait lui offrir n'intéressait pas le vieil homme. Il attendait la mort comme un voyageur attend le bus. Sur le même chemin le mois dernier, Dorrigo est retombé sur le vieillard à l'état de squelette récuré par les animaux et les insectes. Il a retiré le sarong rouge, l'a lavé, l'a déchiré en deux, et a enroulé autour de son cou le morceau le plus solide. Quand la mort viendra, il espère l'affronter de la même façon que ce *romusha* tamoul, même s'il doute d'en être capable. Il refuse de se soumettre dans la vie et, pense-t-il, s'y refusera tout autant dans la mort.

Il remarque que ses hommes paraissent eux aussi bien plus vieux qu'ils le seront jamais s'ils survivent jusqu'à un âge avancé. Au plus profond d'eux-mêmes, savent-ils qu'ils sont obligés de souffrir, mais pas de faire souffrir autrui ? Il comprend le culte voué par le Christ aux vertus de la souffrance. Il avait eu une grande discussion avec le père Bob à ce sujet. Il espère que le Christ a raison. Mais lui-même n'est pas d'accord. Non, pas du tout d'accord. Il est médecin. La souffrance est la souffrance. Ce n'est pas une vertu, pas plus qu'elle ne rend vertueux, ni qu'elle engendre nécessairement la vertu. Le père Bob est mort en hurlant, dans la terreur, la douleur, le désespoir ; il était veillé par quelqu'un dont Dorrigo savait par ouï-dire qu'il avait été l'homme de main brutal d'un gang de Darlinghurst avant-guerre. La vertu est la vertu, et comme la souffrance, elle est inexplicable, irréductible, inintelligible. La nuit où le père Bob est mort, Dorrigo Evans a rêvé qu'il se trouvait au fond d'une fosse avec Dieu, qu'ils étaient chauves tous les deux, et qu'ils se disputaient une perruque.

Dorrigo ne s'aveugle pas sur les travers des prisonniers. Ils mentent, trichent et volent, et ils le font avec délectation. Les pires d'entre eux feignent la maladie, les plus fiers font mine d'être en forme. Ils passent souvent à côté de la grandeur. La veille il était tombé sur un homme si malade qu'il gisait face contre terre, le nez sortant à peine de la boue au pied du rocher qui marque la fin de la Dolly, incapable de parcourir les quelques centaines de mètres le séparant encore du camp. Deux prisonniers le dépassaient sans s'arrêter, trop exténués pour le secourir, s'efforçant de préserver le peu d'énergie qui leur restait pour assurer leur propre survie. Il a dû leur ordonner d'aider l'homme nu à rejoindre l'hôpital.

Pourtant chaque jour il les porte, les soigne, les tient dans ses bras, les opère et les recoud, joue aux cartes dans leur intérêt et défie la mort pour sauver une vie de plus. Lui aussi ment, triche et vole, mais pour eux, toujours pour eux. Car il a fini par les aimer, et chaque jour il comprend qu'il échoue dans cet amour, car chaque jour ils sont de plus en plus nombreux à mourir.

Il y a longtemps qu'il ne pense plus aux femmes. Mais il pense encore à elle. Son monde au-delà de ce camp se résume désormais à elle. Pas à Ella. À elle. À sa voix, à son sourire, à son rire rauque, à l'odeur de son corps endormi. Il engage la conversation avec elle dans sa tête. Aime-t-il ses hommes faute de pouvoir être avec elle ? Il ne peut pas être avec elle. Il ne peut pas répondre à cette question. Non, il ne peut pas.

Dorrigo Evans n'est pas un Australien typique et ses hommes non plus, ces engagés issus des marges, des taudis et des territoires fantomatiques de leur immense pays : conducteurs de troupeaux, trappeurs, dockers, chasseurs de kangourous, ronds-de-cuir, braconniers, tondeurs de moutons. Il y a des employés de banque et des professeurs, des barmans, des tire-au-flanc et des vendeurs à la sauvette, des survivants de la campagne d'Afrique, des filous, des fêtards, des loubards, des petits employés, des criminels, des imbéciles et des gros bras propulsés hors de la Dépression qui les a fait grandir dans des baraques et des abris de fortune sans électricité, avec des pères revenus morts, infirmes ou fous de la Première Guerre mondiale, et des mères qui vivaient d'aspirine et d'espoir dans les villes de garnison, les camps de toile et les logements insalubres d'un monde du XIXe siècle surgi au milieu du XXe.

Même si chaque mort réduit leur nombre d'autant, les mille prisonniers de guerre qui ont quitté Changi sous le commandement de Dorrigo Evans – un assortiment de Tasmaniens et d'Australiens de l'Ouest après la capitulation de Java, d'Australiens du Sud après celle de Singapour, de rescapés du destroyer *HMAS Newcastle*, de quelques hommes originaires de l'État de Victoria et de la Nouvelle-Galles-du-Sud victimes d'autres mésaventures militaires, et de quelques pilotes de la Royal Australian Air Force – restent le régiment Evans. C'est ce qu'ils étaient à leur arrivée, et ce qu'ils seront à leur départ : le régiment Evans, fort de mille âmes, et qu'importe si à la fin il ne reste qu'un seul homme pour quitter le camp debout. Ils sont les survivants de décennies de crise économique et de pénurie qui leur ont légué le minimum vital : une foi réciproque les uns en les autres, à laquelle ils se cramponnent encore plus fort quand vient la mort. Car si les vivants désertent les morts, leur propre existence ne compte plus. Le fait d'avoir survécu leur impose de rester unis, maintenant et pour toujours.

6

Un sac de lettres d'Australie était arrivé avec le camion embourbé. Un plaisir rare et inattendu. Les prisonniers avaient conscience que les Japonais confisquaient presque tout le courrier, et l'impatience était telle qu'avant la fin du petit-déjeuner le sac avait déjà été ouvert et son contenu distribué. Dorrigo eut la joie de recevoir sa première lettre en près d'un an. Avant même d'avoir regardé l'écriture, il sut à la rigidité de l'enveloppe cartonnée qu'elle venait d'Ella. Il décida de ne pas l'ouvrir avant le soir, pour faire durer le plaisir de savoir qu'ailleurs continuait d'exister un autre monde, un monde meilleur où il avait sa place et où il retournerait un jour. Mais presque aussitôt son esprit se rebella et il ouvrit l'enveloppe, dépliant les deux feuilles si fébrilement qu'il les déchira en partie. Il se mit à lire avec avidité.

Aux deux tiers de la première page, il s'interrompit. Il se sentait incapable de continuer. Comme s'il avait sauté dans une voiture en marche et accéléré pour s'écraser dans un mur. Les lettres de l'écriture ronde et élégante d'Ella ne cessaient de se disperser et de s'élever au-dessus de la page, tels des grains de poussière toujours plus nombreux qui rebondissaient les uns contre les autres, et il avait du mal à se remémorer son visage. Il lui semblait à la fois trop réel et entièrement irréel.

Il ignorait si c'était un effet de la crise de paludisme dont il se remettait encore, de l'épuisement, ou du choc de recevoir enfin une lettre après un an ou presque. Il la relut, mais il était perdu dans un souvenir à la fois précis et imprécis, les grains de poussière de plus en plus brillants et frénétiques, le soleil de fin d'après-midi plus aveuglant que jamais, et pourtant il ne revoyait pas clairement son visage. Il pensa : Le monde est ainsi. Il est ainsi, voilà tout.

Il se revoyait lui, assis au volant de cette camionnette Austin Baby de boulanger et roulant vers la côte, sentait encore l'odeur âcre des sièges de cuir rembourrés avec du crin de cheval et celle de farine rance, sentait leur brûlure dans la chaleur d'Adélaïde lorsqu'il avait commencé à fréquenter régulièrement l'hôtel de son oncle, l'estomac sens dessus dessous à cause du trac, la bouche sèche, sa chemise trop serrée, conscient de chaque battement de son cœur. L'hôtel lui revenait en mémoire comme s'il y était : ses loggias sombres et profondes ; les écailles de rouille du fer forgé ; l'océan balayé par le vent et semé de topazes ; la voix lointaine, grésillante de Leslie Hutchinson chantant *These Foolish Things*, qu'il entendait comme de l'intérieur d'une déferlante. Mais du visage d'Amy, il ne revoyait rien.

Quel était donc ce désir d'être avec elle et elle seule, se demandait-il, ce désir d'être avec elle jour et nuit, d'écouter toutes ses anecdotes, même les plus ennuyeuses, tous ses lieux communs, même les plus prévisibles, de lui effleurer du bout du nez le dos de bas en haut, de sentir ses jambes se refermer sur lui, de l'entendre murmurer son prénom dans un soupir – ce désir qui annihilait le reste de son existence ? Comment nommer cette douleur qu'elle faisait naître au creux de son estomac, ce poids sur la poitrine, ce vertige irrésistible ? Et comment dire, en d'autres mots que les plus évidents, qu'il était obsédé par une seule pensée qui ressemblait plutôt à un besoin : celui d'être près d'elle, avec elle et elle seule ?

Elle était avide de marques de tendresse. Le cadeau le plus banal la touchait toujours, lui assurait que les sentiments de Dorrigo pour elle ne s'étaient pas évanouis. Cadeaux et déclarations d'amour lui étaient nécessaires. Que possédait-elle d'autre pour témoigner de la réalité de leur couple ? Privée de la possibilité de vivre avec lui, c'étaient les seules choses pouvant lui prouver, à présent et plus tard, qu'elle avait connu un tel bonheur. Sans doute Amy était-elle en son for intérieur, et contrairement à Dorrigo, quelqu'un de réaliste. Du moins le pensait-il. Aussi, un jour où ils étaient ensemble en ville, avait-il retiré la quasi-totalité de ses économies pour lui acheter un collier. Une unique perle, fixée de manière exquise sur une chaîne en argent. Elle lui rappelait ces moments où, portant les yeux au-delà du corps d'Amy, il contemplait la route dessinée par le reflet de la lune sur l'océan. Amy lui avait reproché cette folie, lui avait demandé par deux fois de rendre le collier, mais elle était indéniablement ravie. Car même si elle ne pouvait le porter en public, elle avait eu ce qu'elle souhaitait : une preuve de leur amour. Il voyait encore ce collier. Mais du visage d'Amy, rien.

La première fois que tu m'as aperçu à la librairie, avait-il dit, attachant le fermoir triangulaire du collier et déposant un baiser sur la nuque d'Amy. Tu t'en souviens ?

Évidemment, avait-elle répondu, l'index posé sur la perle.

Je me demande maintenant si, d'une certaine façon, ce n'est pas là que tu nous as unis.

Comment ça ?

Il n'en savait rien et le tour pris par ses pensées l'effrayait. Si tel était le cas, maîtrisait-il aussi peu le cours de son existence ? Il se revit se baigner à la plage un matin, en attendant qu'elle rentre du centre-ville. Un courant côtier l'avait entraîné plusieurs centaines de mètres vers le large avant qu'il puisse lui échapper.

Comme un courant sous-marin, dit-il. Notre courant.

Elle s'était mise à rire. Ce collier est magnifique, avait-elle déclaré.

Il voyait encore les reflets chatoyants de la perle, cette lune en miniature, à la lumière électrique du magasin ; il voyait le fermoir triangulaire sur la nuque d'Amy, enchâssant cette crête duveteuse si douce, si attirante. Mais les grains de poussière étaient soudain partout, le bruit de la pluie s'intensifiait, et il ne voyait plus le visage d'Amy, n'entendait plus sa voix, Bonox Baker venait le chercher pour le *tenko*, et Amy n'était pas là.

Si on n'y va pas maintenant, disait Bonox Baker, on sera en retard, et Dieu seul sait quel malheureux ils enverront travailler.

Pendant quelques instants, Dorrigo ne sut pas trop où il se trouvait. Encore un peu désorienté, il posa la lettre à la tête de son lit et sortit sous la pluie.

Il pensa : Le monde est ainsi. Il est ainsi, voilà tout.

7

Rooster MacNeice rejoignit tardivement la foule d'hommes exténués qui se rendaient, sous la pluie et dans la boue, de leur village de damnés aux cuisines. Presque tous ne portaient rien d'autre que leurs pagnes et leurs chapeaux de l'Australian Imperial Force, et moins ils avaient de vêtements, plus leurs corps paraissaient décharnés et délabrés, plus ils semblaient enfoncer leurs chapeaux jusqu'aux yeux comme des militaires en goguette partant une fois de plus passer la nuit dans les bars et les bordels de Palestine. Mais ils avaient perdu de leur superbe.

L'odeur des feux de bois, ce sanctuaire de chaleur sèche et poussiéreuse autour des foyers rudimentaires en argile, la détente des hommes sur le point d'être nourris, le brouhaha des conversations, tout cela donnait la plupart du temps aux cuisines un aspect familier et accueillant dans un univers étranger et hostile. Or ce matin-là il pleuvait dans les cuisines. Plusieurs petits torrents se déversaient du toit de palmes, produisant un nuage de vapeur au contact des foyers, garnissant le riz dans les vastes marmites en fonte de la suie des poutres noircies qu'ils entraînaient. Le sol était noyé sous cinq bons centimètres d'eau.

Rooster MacNeice traversa la pièce en pataugeant, détacha ses gamelles de son pagne et, quand vint son tour, les tendit toutes les deux. L'équivalent d'une tasse de porridge de riz aqueux qui tenait lieu de petit-déjeuner fut versé dans la première, une boule de riz sale qui tiendrait lieu de déjeuner posée dans l'autre.

Tu avances, oui ? dit une voix derrière lui.

Il se redressa. Après avoir laborieusement retraversé la pièce dans l'eau, il sortit sous la pluie de la mousson. L'alternative était la suivante : tenter de descendre la pente glissante avec sa bouillie de riz jusqu'à la protection relative offerte par leur tente et, une fois là, s'asseoir pour prendre son petit-déjeuner, ou bien, comme le faisaient beaucoup de prisonniers, rester debout sous la pluie et l'avaler au plus vite. Après tout, ce n'était pas un repas, mais de la survie.

Darky Gardiner le dépassa pour aller manger sous leur tente. Il était l'un des rares prisonniers à maintenir un certain cérémonial, comme s'il se préparait non pas à absorber quelques cuillerées de riz rance, mais à déguster le rôti dominical. Rooster MacNeice, au contraire, s'efforçait en vain de ne pas engloutir sa pitance. Il comprenait le plaisir que l'on pouvait prendre à garder sa nourriture une ou deux minutes – à se réjouir d'avoir de quoi manger, à apprécier l'attente presque autant que le repas lui-même, à mastiquer longuement, à savourer ces trois ou quatre bouchées, voire à les multiplier, à les fractionner sur la cuiller en plusieurs tas minuscules. Mais lui-même n'y arrivait jamais.

Et il détestait le moment où, levant les yeux après avoir avalé son riz, il voyait quelqu'un comme Darky Gardiner encore en train de manger, lentement et sereinement, la nourriture qui restait devant lui. En pareil cas, Rooster essayait de ne pas regarder, d'ignorer la jalousie qui gonflait douloureusement ses entrailles, de chasser la colère qui assaillait son esprit dérangé. Il se promettait que la fois suivante lui aussi mangerait avec sagesse, lenteur et application ; la fois suivante, lui, Rooster MacNeice, serait l'un de ceux vers qui tous ces sinistres visages squelettiques, tous ces nez osseux et ces immenses yeux rêveurs se tourneraient avec envie, prêts à tout pour avoir un peu de sa pitance. Alors, ce serait lui qui afficherait l'étrange dignité capable de transformer l'absorption de cette bouillie en un acte de courage, voire de défiance.

Jamais il n'y parvenait.

Sa faim ressemblait à une bête fauve. Pressante, démente, elle lui ordonnait de dévorer toute nourriture qui se présentait, aussi vite qu'il lui plaisait. Mange, hurlait-elle – mange ! Mange ! Alors que c'était elle qui le dévorait, il le savait.

Il entendit un cri. Levant la tête, il vit Darky Gardiner déraper dans la boue et son porridge de riz se répandre à terre. Il croisa le regard désespéré de Darky quelques instants de plus qu'il ne l'aurait souhaité, puis, baissant les yeux, aperçut l'endroit où la pluie battante dissolvait déjà dans la boue brunâtre le porridge dont ne subsistait qu'une tache luisante et grise.

Rooster MacNeice tourna le dos à Darky pour engloutir le reste du sien. Tout disparut en quelques secondes. C'est trois fois rien, se lamenta-t-il. Il en faudrait dix fois plus à un homme pour le petit-déjeuner.

Ces sales porcs de Jaunes vont tous nous faire mourir de faim, dit-il, à personne en particulier.

Il se retourna et vit Tiny Middleton – silhouette grotesque, si maigre que les os de ses hanches ressortaient comme les oreilles d'un éléphant – aider tant bien que mal Darky Gardiner à se remettre debout. Léchant sa gamelle pour la nettoyer, Rooster MacNeice regarda ce squelette ramasser celle de Darky, y verser la moitié de son propre porridge et la lui rendre.

Rooster referma la sienne avec la boule de riz de son déjeuner à l'intérieur, et la fixa à son pagne. Un homme humilié n'avait aucune raison, selon lui, de sacrifier la moitié de sa nourriture pour aider son persécuteur. C'était le genre d'individu sans scrupule ni amour-propre, il le voyait bien. Curieusement soulagé, presque triomphant à la pensée de n'avoir pas eu à partager son petit-déjeuner, il s'approcha des deux hommes et posa la main sur l'épaule boueuse de Darky Gardiner.

Besoin d'aide, Gardiner ?

Tout va bien, Rooster.

S'apercevant que d'autres prisonniers s'éloignaient pour prendre part au rassemblement du matin, Rooster MacNeice s'empressa de rejoindre la procession dépenaillée qui se dirigeait vers la lisière occidentale du camp. Devant un abri sur pilotis – deux pièces aux murs en bambou et au toit de palmes – qui servait de bureau aux ingénieurs japonais, une étendue marécageuse tenait lieu de cour d'honneur. Là se déroulait le *tenko* du matin, où les prisonniers étaient recomptés et répartis en équipes pour la journée de travail.

À son arrivée, Rooster MacNeice vit les autres surgir des quatre coins du camp, certains boitant, d'autres soutenus par leurs camarades, d'autres encore sur les épaules de quelqu'un ou rampant sur le sol. Il se retrouva près de Jimmy Bigelow, qui maudit Dieu et cette journée.

Il fait beau, objecta Rooster MacNeice, pour qui seules les pensées moralement supérieures méritaient d'être exprimées. Elles avaient en outre le mérite de lui épargner la compagnie d'hommes comme ceux à ses côtés. Les prisonniers tendaient à se regrouper entre occupants de la même tente. Dans les meilleurs moments – ce qui n'était pas le cas, loin s'en fallait – une telle camaraderie ne signifiait pas grand-chose pour lui, surtout après l'humiliation subie en début de journée. Quand il ne pouvait y échapper, il essayait d'y mettre un terme.

Une cathédrale naturelle, ajouta-t-il, désignant une haute bambouseraie.

Jimmy Bigelow, levant ses yeux enfoncés dans leurs orbites, ne vit que le ciel encore sombre du petit matin et la jungle noire en dents de scie juste en dessous.

OK d'ac, dit-il.

Regarde de quelle façon ces bambous se penchent les uns vers les autres pour former de superbes voûtes gothiques, poursuivit Rooster MacNeice. Et derrière, les tecks dessinent des lignes en filigrane comme sur des vitraux.

Jimmy Bigelow fixa leur ligne de faîte lugubre. Comme dans *King Kong*, tu veux dire ? demanda-t-il d'un ton hésitant.

Il doit y avoir des vitamines dans la beauté, répliqua Rooster MacNeice.

Jimmy Bigelow déclara qu'à son avis les vitamines étaient dans les vitamines.

Dans la beauté, j'ai dit, insista Rooster MacNeice.

Lui-même n'en croyait rien, mais il avait entendu Rabbit Hendricks tenir ce genre de propos délirants. Des idées si élevées lui semblaient, même empruntées à autrui, prouver par leur élévation le raffinement de son propre esprit, qui le distinguait des êtres inférieurs et assurerait sa survie.

Un nuage noir recouvrit le ciel à une vitesse folle. La lumière filtrant à travers les bambous diminua brusquement, les branches des tecks se fondirent à nouveau dans la grisaille, de grosses gouttes de pluie s'abattirent çà et là, et se transformèrent quelques secondes plus tard en un déluge rugissant. La jungle redevint une entité oppressante. Des cataractes d'eau dévalèrent les arbres et rebondirent sur le sol le long du terrain, comme si même la terre en avait assez de la pluie et voulait s'en débarrasser. Mais la pluie ne l'entendait pas ainsi. On aurait dit qu'elle voulait asseoir sa domination. Elle tomba deux fois plus fort, deux fois plus dru, si assourdissante que les hommes renoncèrent même à crier jusqu'à ce que le gros de l'averse soit passé.

Les prisonniers continuaient d'arriver. Plus malades que jamais. Ceux qui ne tenaient pas debout restaient assis ou couchés le long du tronc d'un immense teck en lisière du terrain, surnommé le Mur des Lamentations. Entre deux rideaux de pluie, Rooster MacNeice regarda un terrassier ramper dans la boue en direction du rassemblement. Un autre prisonnier marchait près de lui pour lui tenir compagnie, comme s'ils s'en allaient tous deux aux courses. L'homme qui rampait ne semblait pas avoir besoin d'aide, et celui qui l'accompagnait ne semblait pas lui offrir la sienne. Pourtant, quand leurs silhouettes floues dans ce déluge parurent ne plus en faire qu'une, Rooster MacNeice eut l'impression que quelque chose les unissait.

Lorsqu'ils se rapprochèrent enfin, il s'aperçut que c'était Tiny Middleton qui rampait et Darky Gardiner qui marchait près de lui, comme s'il s'agissait de la chose la plus naturelle du monde. Deux fois il vit Gardiner proposer de soutenir son compagnon, mais Middleton avait l'air déterminé à se débrouiller seul jusqu'au bout.

La vue de ces hommes qu'il méprisait de tout son cœur, cet invalide et son ami capable de se payer sa tête sans l'abandonner pour autant, la vue de ce que même les êtres les plus vils semblaient posséder et dont lui-même se savait dépourvu, n'avait aucun sens à ses yeux et une terrible haine l'envahit momentanément. Il se tourna vers les bambous et tenta une nouvelle fois de les voir comme des voûtes gothiques, sa prison comme une cathédrale, et d'emplir son cœur de beauté.

8

Tandis que les prisonniers se rassemblaient sous des trombes d'eau, Dorrigo Evans à leur tête, les Japonais attendirent dans l'abri de l'administration du camp que le pire soit passé pour sortir. À la surprise de Dorrigo Evans, le major Nakamura les accompagnait. Normalement, le lieutenant Fukuhara supervisait la sélection. Contrairement à Fukuhara, qui se débrouillait toujours pour avoir l'air impeccable en cette occasion, l'uniforme d'officier de Nakamura était débraillé et sa chemise tachée de moisissure. Le major s'arrêta pour rattacher une bande molletière qui traînait dans la boue.

Dorrigo Evans patientait en contractant ses muscles comme il le faisait autrefois sur le terrain de football. Il se préparait pour l'appel des prisonniers, un processus fastidieux durant lequel chacun devait crier son numéro en japonais. En tant que commandant des prisonniers et médecin militaire, Dorrigo Evans informa le major Nakamura que quatre hommes étaient morts la veille, deux pendant la nuit, et qu'il restait donc huit cent trente-huit prisonniers. Sur ces huit cent trente-huit, soixante-sept avaient le choléra et étaient soignés dans l'enceinte réservée aux victimes de l'épidémie, et cent soixante-dix-neuf se trouvaient à l'hôpital à cause d'affections graves. Cent soixante-sept autres étaient trop souffrants pour effectuer des tâches pénibles. Il désigna les prisonniers adossés au tronc du teck et précisa qu'il fallait ajouter les soixante-deux tombés malades ce matin-là.

Ce qui nous laisse trois cent soixante-trois hommes pour travailler sur la voie ferrée, résuma-t-il.

Fukuhara traduisit.

Go hyaku, dit Nakamura.

Le major Nakamura dit qu'il faut cinq cents prisonniers, traduisit Fukuhara.

Nous n'avons pas cinq cents hommes valides, répondit Dorrigo Evans. Le choléra nous décime. Il…

Australiens se laver comme les soldats japonais. Bain chaud tous les jours, expliqua Fukuhara. Rester propres. Alors, plus de choléra.

Ils n'avaient pas de baignoires. Et même s'ils en avaient eu, ils n'auraient pas eu le temps de faire chauffer l'eau. Evans reçut le commentaire de Fukuhara comme la plus amère des moqueries.

Nakamura explosa : *Go hyaku !*

Dorrigo Evans ne s'attendait pas à cela. Durant toute la semaine écoulée on leur avait demandé quatre cents hommes, et après les gesticulations d'usage tout le monde s'entendait généralement pour revenir à trois cent quatre-vingts environ. Mais chaque jour le nombre des morts et des blessés augmentait, et celui des prisonniers capables de travailler diminuait. Et à présent il y avait le choléra. Mais Dorrigo Evans continua comme il avait commencé et répéta qu'il restait seulement trois cent soixante-trois hommes en état de travailler.

Le major dit de trouver plus de main-d'œuvre à l'hôpital, traduisit Fukuhara.

Ces hommes sont malades, répliqua Dorrigo Evans. Si on les fait travailler, ils mourront.

Go hyaku, répéta Nakamura sans attendre la traduction.

Trois cent soixante-trois hommes, répéta Dorrigo Evans à son tour.

Go hyaku !

Trois cent quatre-vingts, dit Dorrigo Evans, dans l'espoir d'arriver à un accord.

San hachi, traduisit Fukuhara.

Yon hyaku kyū jū go, dit Nakamura.

Quatre cent quatre-vingt-quinze, traduisit Fukuhara.

Pas d'accord en vue.

Le marchandage se poursuivit. Après dix bonnes minutes de discussion, Dorrigo Evans décida que s'il fallait opérer une sélection des malades aptes à travailler, elle devrait reposer sur ses connaissances médicales et non sur les exigences démentes de Nakamura. Il proposa quatre cents hommes, rappelant le nombre des malades, détaillant leurs multiples maux. Mais il savait en son for intérieur que ses connaissances médicales n'étaient ni un argument ni un bouclier. En proie à un terrible sentiment d'impuissance et à la faim qui le rongeait de l'intérieur, il essaya de ne pas penser au steak qu'il avait si imprudemment refusé.

Au-delà de quatre cents, conclut-il, nous ne rendons pas service à l'Empereur. Des hommes vont mourir alors qu'ils nous seraient très utiles une fois rétablis. Quatre cents est un maximum.

Avant que Fukuhara ait pu traduire, Nakamura aboya un ordre à l'intention d'un caporal. L'homme rapporta en toute hâte une chaise en bois blanc d'un des bureaux. Grimpant dessus, Nakamura s'adressa aux prisonniers en japonais. Son discours fut bref, et dès qu'il eut terminé il descendit de la chaise et Fukuhara lui succéda.

Major Nakamura avoir plaisir à vous commander pour construire la voie ferrée, dit Fukuhara. Il regrette de découvrir graves problèmes de santé. À son avis, la cause est l'absence de foi japonaise : la santé dépend de la volonté ! Dans l'armée japonaise, on fait honte à ceux qui n'atteignent pas les objectifs à cause d'une mauvaise santé. Dévouement jusqu'à la mort !

Fukuhara descendit de la chaise et le major Nakamura y remonta pour reprendre la parole. Cette fois-là il resta sur la chaise quand il eut fini, à inspecter les rangées de prisonniers.

Comprendre esprit japonais, cria Fukuhara au pied de la chaise, tendant son long cou comme s'il régurgitait. Nippons prêts à travailler, Australiens aussi, a dit le major Nakamura. Si Nippons mangent moins, Australiens aussi. Nippons désolés, a dit le major Nakamura. Beaucoup d'hommes doivent mourir.

Nakamura descendit de la chaise.

Imbécile heureux, chuchota Sheephead Morton à Jimmy Bigelow.

Quelque chose tomba. Personne ne bougea. Personne ne parla.

Un prisonnier s'était écroulé au premier rang. Nakamura s'approcha aussitôt, longeant la rangée jusqu'à l'homme à terre.

Kurra ! hurla-t-il.

En l'absence de réaction à ce cri ainsi qu'au suivant, le major japonais donna un coup de pied dans le ventre de l'homme. Celui-ci se mit debout en titubant avant de retomber. Nakamura lui redonna un violent coup de pied. À nouveau l'homme se releva, à nouveau il retomba. Ses yeux globuleux et jaunâtres saillaient comme deux balles de golf sales – objets d'un autre monde étrangement égarés là –, et ni les coups de pied ni les cris de Nakamura ne le firent bouger. Sa mâchoire paraissait trop grande pour son visage émacié et ses joues ridées. On aurait dit le groin d'un sanglier.

La malnutrition, pensa Dorrigo Evans, qui avait suivi Nakamura et s'agenouillait entre le major et le prisonnier. Celui-ci gisait dans la boue, inerte. Son corps était un sac d'os couvert de plaies, d'ulcères et de dartres. La pellagre, le béribéri et Dieu sait quoi d'autre, se dit Dorrigo. Entre les fesses de l'homme aussi noueuses que des câbles saillait son anus tel un nœud de carrick crasseux. Il secrétait une substance verdâtre qui suintait sur le pagne. Dysenterie amibienne. Dorrigo Evans souleva ce corps souillé, se releva et s'adressa à Nakamura, le malade dans ses bras comme un paquet boueux de baguettes cassées.

Trois cent quatre-vingt-dix-neuf hommes, dit-il.

Nakamura était grand pour un militaire japonais, un mètre soixante-quinze environ, et bien bâti. Fukuhara se mit à traduire, mais Nakamura l'interrompit d'un geste. Il se tourna vers Dorrigo Evans et le gifla d'un revers de main.

Cet homme est trop malade pour travailler pour les Nippons, major.

Nakamura le gifla de nouveau. Plus les gifles tombaient, plus Evans se concentrait pour ne pas lâcher le malade. À près d'un mètre quatre-vingt-dix, il était grand pour un Australien. Cette différence de taille l'aida dans un premier temps à encaisser, mais les gifles l'ébranlaient lentement. Il s'appliquait à répartir son poids également sur ses deux pieds, à anticiper la gifle suivante, à garder l'équilibre et à nier la douleur, comme s'il s'agissait d'un jeu. Mais ce n'était pas un jeu, c'était même tout sauf un jeu, il le savait. Et en un sens, il trouvait juste d'être châtié.

Parce qu'il avait menti.

Parce que trois cent soixante-trois n'était pas le nombre exact. Pas plus que trois cent quatre-vingt-dix-neuf. Parce que le nombre exact est zéro, se dit Dorrigo Evans. Aucun prisonnier n'était en état de répondre aux attentes des Japonais. Tous souffraient à des degrés divers de la famine et de la maladie. Il jouait le jeu dans leur intérêt comme il l'avait toujours joué, il jouait le jeu car c'était tout ce qu'il pouvait faire. Et il savait qu'il y avait un autre nombre exact que zéro, le nombre qu'il devait à présent calculer en ajoutant les hommes qui risquaient le moins de mourir aux désormais trois cent soixante-deux qui étaient le moins malades. Chaque jour cette terrible arithmétique lui incombait.

Il s'essoufflait. Sous la pluie de gifles de Nakamura, il s'efforçait de passer en revue les prisonniers admis à l'hôpital, ceux qui se rétablissaient, ceux qui effectuaient les travaux les moins pénibles ; pendant que Nakamura le giflait alternativement sur la joue droite et sur la joue gauche, il recomptait le nombre de malades hospitalisés – une quarantaine – qui, avec les précautions nécessaires, pourraient se voir confier certaines tâches – à condition qu'elles soient peu fatigantes – et le nombre équivalent d'hommes chargés de ces tâches que l'on pourrait intégrer dans les équipes de travail. Au total, il arrivait à quatre cent six. Oui, se répéta-t-il, c'est vraiment le maximum : quatre cent six prisonniers. Mais là, alors que Nakamura le giflait sans relâche, il savait déjà que cela ne suffirait pas. Il serait obligé d'abandonner encore plus d'hommes à Nakamura.

Aussi soudainement qu'il avait commencé, le major cessa de le gifler et s'écarta. Il gratta son crâne rasé et leva la tête vers l'Australien. Il le regarda longuement droit dans les yeux, l'Australien soutint son regard, et cet échange de regards exprima tout ce qui n'était pas dans la traduction de Fukuhara. Nakamura disait qu'il aurait le dernier mot, quoi qu'il arrive ; Dorrigo Evans lui répondait qu'il était son égal et qu'il ne céderait pas. Ce fut seulement lorsque cette conversation silencieuse fut terminée que le marchandage reprit dans cet étrange bazar de la vie et de la mort.

Nakamura annonça le nombre de quatre cent trente hommes et ne bougea plus. Evans protesta, résista, protesta encore. Mais Nakamura commençait à se gratter frénétiquement le coude et parla avec véhémence.

C'est la volonté de l'Empereur, traduisit Fukuhara.

Je sais, dit Dorrigo Evans.

Fukuhara se tut.

Quatre cent vingt-neuf, déclara Dorrigo Evans, et il s'inclina pour saluer.

Ainsi le marché du jour fut-il conclu et le travail du jour commença. Dorrigo se demanda un moment s'il avait gagné ou perdu. Il avait joué le jeu de son mieux, mais chaque jour il perdait un peu plus, et ses pertes se comptaient en vies humaines.

Il se rendit au Mur des Lamentations, allongea son malade près du tronc avec les autres, et lorsqu'il s'apprêta à rejoindre l'hôpital pour entamer la sélection, il eut le sentiment d'avoir perdu ou mal placé quelque chose.

Il se retourna.

De même qu'elle recouvrait les troncs d'arbres, les traverses, les bambous abattus, les rails et quantité d'autres objets inanimés, la pluie ruisselait à présent sur le cadavre de Tiny Middleton. La pluie ne cessait jamais.

9

C'est la tienne, non ? demanda Sheephead Morton, tendant une masse à Darky Gardiner dans le dépôt où les prisonniers allaient chercher leurs outils. Il avait des mains aussi énormes que les mâchoires d'un étau et une tête qu'il décrivait lui-même comme aussi raboteuse que la route pour sortir de Rosebury. Il ne tenait pourtant pas son surnom Tête de Mouton de son apparence, mais de son enfance à Queenstown – une petite ville reculée de mineurs de cuivre sur la côte ouest de la Tasmanie, terre de forêts luxuriantes et de légendes – où sa famille était trop pauvre pour s'acheter d'autre nourriture que des têtes de mouton. Sa douceur à jeun n'avait d'égale que sa violence sous l'empire de l'alcool. Il adorait la bagarre et avait mis naguère au défi, un jour où il était ivre, un car entier d'Australiens rentrant d'une permission au Caire de se battre avec lui. Quand on lui avait dit de se taire et de se rasseoir, il s'était tourné vers Jimmy Bigelow et, hochant la tête avec écœurement, avait résumé toute l'étendue de son mépris en neuf mots : On ne fait pas des rats avec des souris, Jimmy.

Non, celle de Tiny, répondit Darky Gardiner.

Tiny avait gravé l'initiale T en haut du manche de la meilleure masse du camp pour que Darky ou lui la reconnaissent chaque matin.

C'est la meilleure, déclara Sheephead Morton, qui attachait de l'importance à ce genre de choses. Le manche est légèrement fendu, mais la tête pèse une bonne livre de plus que celle des autres.

Du temps où Tiny avait encore des forces et où ils travaillaient aux pièces, c'était bien la meilleure. Son poids redoublait l'efficacité de chaque coup et la barre de fer s'enfonçait toujours plus profond, permettant à Tiny et Darky d'atteindre avant tout le monde les objectifs fixés. Il suffisait d'être en bonne condition physique comme Tiny l'avait été pour en donner des coups réguliers et précis.

Tiny pensait que c'était un atout, continua Sheephead Morton, attendant que Darky Gardiner prenne la masse.

Pour tous à présent, l'enjeu n'était cependant pas d'effectuer le travail demandé, mais de terminer la journée en vie. Darky Gardiner se sentait trop faible pour soulever cette lourde masse des heures durant, veillant chaque fois à ce qu'elle frappe la barre de fer au bon endroit. Il préférait de modestes marteaux sans grande utilité et tapait tant bien que mal, s'efforçant de ne blesser ni lui-même ni celui qui tenait la barre de fer, d'économiser ses forces pour le coup suivant, de survivre un jour de plus.

Elle l'a surtout aidé à creuser sa tombe, rétorqua-t-il, saisissant un marteau à la tête branlante.

Tous choisissaient désormais les outils les plus légers à porter et à soulever, ceux qui les aideraient le mieux à survivre. Je calerai la tête avec des fibres de bambou, se dit Darky. Le soir venu, ce serait autant de fatigue en moins. Il plaça le manche au creux de son épaule, là où ce serait le plus confortable, où le marteau pèserait le moins. La sensation de légèreté qu'il éprouva l'aurait presque réjoui s'il n'avait eu la tête toujours plus lourde.

Un murmure courut parmi les prisonniers comme un vent léger, puis se tut. Car au fond, qu'y avait-il à dire ? D'un pas traînant, ils partirent le long de la Dolly vers la Ligne. Avec deux gardes japonais à leur tête et plusieurs autres à leur suite, ils se mirent en file indienne. Les hommes les plus valides marchaient devant, suivis de ceux qui portaient les sept brancards avec les prisonniers malades, mais décrétés aptes au travail par les Japonais – statut qui, sur la Ligne, leur donnait le droit de recevoir de l'aide à condition de ne ralentir personne. Derrière eux venaient des hommes à divers stades de délabrement, ceux avec des béquilles de fortune fermant la marche.

Foutu défilé de Noël, dit quelqu'un derrière Darky Gardiner.

Il se concentra sur les jambes de ceux qui étaient devant lui. Noires de crasse et squelettiques, les muscles des mollets et des cuisses réduits à des tendons qui disparaissaient là où auraient dû se trouver les fessiers.

Avant même que cette caravane grotesque n'ait atteint la petite falaise à la lisière septentrionale du camp, où les prisonniers devaient grimper à une échelle en bambou fixée avec du fil de fer – dispositif bancal dont il fallait tester la solidité à chaque barreau sans jamais la tenir pour acquise –, Darky Gardiner n'avait qu'une envie : se coucher et s'endormir pour ne plus se réveiller. Au-dessus de l'échelle se trouvaient quelques encoches pour poser les pieds, glissantes de pluie et de boue puante mêlée d'excréments, les efforts matinaux engendrant au fil de l'ascension une réaction inévitable chez ces hommes à demi nus.

Ensemble, ils formèrent une chaîne humaine pour se passer les outils, hissant par miracle les plus faibles et les brancards sans accident. Cette force collective insuffla un peu d'énergie à Darky Gardiner, le laissa un peu moins las à son arrivée en haut de la falaise. Or il avait besoin de toutes ses forces, car il était ce jour-là le sergent responsable d'une équipe de soixante hommes.

La lumière du jour manquait encore d'éclat, et une fois qu'ils eurent quitté la falaise pour pénétrer dans la jungle, le monde devint tout noir, la piste plus sombre et indistincte que dans les souvenirs de Darky Gardiner. Il s'efforçait toujours de se montrer un bon chef d'équipe, de tromper la surveillance des gardes, de trouver le moyen de tricher sur les objectifs, de saisir chaque occasion de voler quelque chose de précieux – du moment que le vol passait inaperçu –, d'éviter les châtiments corporels, d'amener son équipe à tenir une journée de plus. Mais ce jour-là il n'était pas lui-même. Victime d'une mauvaise fièvre – dengue, typhus ou paludisme –, difficile de savoir laquelle et de toute façon cela ne changeait rien, il faisait de son mieux pour aider ses hommes. Il déchargea d'un lourd rouleau de corde de chanvre trempée le jeune Chum Fahey, dont une jambe était couverte d'ulcères. Chum avait emprunté l'acte de naissance de son cousin pour s'engager, était soldat depuis trois ans et n'avait pas encore dix-huit ans. Darky avait vu des gosses comme lui craquer face à l'adversité. Il passa le rouleau de corde à son épaule gauche pour contrebalancer le poids du marteau sur la droite.

Le long de la piste, il s'appliqua à inspecter le sol devant lui et à discipliner son corps exténué, à mettre un pied devant l'autre là où il le fallait pour ne pas se blesser. Il avait toujours été agile.

Même quand il se sentait sur le point de tomber, il gardait malgré son affaiblissement la capacité de se rétablir. Il avait encore assez de force dans les cuisses et les mollets pour contourner un obstacle ou l'éviter d'un bond, ou bien se servir d'un autre – rocher, tronc d'arbre – pour ne pas s'épuiser à traverser une flaque ou un amas de bambous abattus aux tiges pleines d'épines.

Une fois de plus, il tenta de se convaincre que c'était une bonne journée, de s'estimer heureux que sa force se nourrisse d'elle-même ; car Darky Gardiner avait compris que la faiblesse n'engendre que davantage de faiblesse, que le moindre faux pas en entraîne mille autres, que chaque fois que ses orteils se cramponnaient à un bloc de calcaire anguleux, il importait de se concentrer pour prendre appui correctement sur le prochain rocher ou le prochain tronc d'arbre moussu, afin de ne pas déraper et se blesser, et de pouvoir revenir le lendemain et les jours suivants. Mais contrairement à Tiny Middleton, il ne croyait pas que son corps le sauverait. Il ne voulait pas se retrouver à lacérer son torse en criant : *Moi !* Darky Gardiner croyait en peu de choses. Il ne se sentait ni unique ni promis à un destin quelconque. En son for intérieur, il trouvait ce genre d'idées totalement absurdes, conscient que la mort pouvait le faucher à tout moment, comme elle fauchait tant d'hommes actuellement. La vie ne se résumait pas à des idées. La vie était un peu une question de chance. Pour l'essentiel, on ignorait ce qu'elle réservait. La vie, c'était faire un pas à la fois sans tomber.

Les prisonniers entendirent un juron et toute la file s'immobilisa. Quand ils regardèrent autour d'eux, ils virent que Darky Gardiner avait coincé sa chaussure dans la crevasse d'un rocher. Exerçant un mouvement d'avant en arrière, il finit par libérer son pied. Un rire s'éleva. Darky avait encore le haut de sa chaussure au pied, mais la couture de fortune ayant lâché, la semelle s'était détachée et restait coincée dans la crevasse.

Il se baissa pour tirer dessus et elle se sépara en deux. Il jeta les morceaux, se voûta brusquement ; peut-être lâcha-t-il un autre juron, peut-être pas. Ses hommes étaient trop absorbés par leurs propres combats pour y prêter attention, il fallait qu'ils repartent. Lui aussi se remit en route d'un pas incertain, dans un frisson, le reste de sa chaussure lui battant la cheville. Soudain il hurla de douleur, sa jambe partit en arrière et il tomba sans pouvoir se relever.

Il est foutu, dit Chum Fahey.

C'est sa chaussure qui est foutue, rectifia Sheephead Morton.

Ça revient au même, répliqua Chum Fahey.

Sans bottes ou chaussures, la plupart des prisonniers ne tenaient pas longtemps. Quelques jours seulement, voire quelques heures, s'écoulaient avant qu'ils ne s'écorchent ou ne s'entaillent un pied sur des épines de bambou, des pierres, les innombrables éclats de roche recouvrant le fond de la tranchée. Parfois, en deux ou trois heures seulement, la plaie s'infectait pour se transformer une semaine plus tard en l'un de ces ulcères qui causaient la mort de tant d'hommes. Ceux qui avaient passé leur vie dans le bush semblaient peu affectés et survivaient plutôt bien, certains préférant même marcher pieds nus. Mais Darky Gardiner n'était pas un éleveur d'Australie-Occidentale comme Bull Herbert ni un Aborigène comme Ronnie Owen. C'était un docker de Hobart, aux pieds vulnérables.

La colonne s'arrêta, attendit, soulagée de marquer une pause. Darky Gardiner pensait à une tourte qu'il avait mangée un jour, pâte brisée et farce à base de rognons et de morceaux de steak – n'importe quoi lui permettant de s'évader de cette jungle. Il en avait l'eau à la bouche : chutney à l'abricot et sauce au poivre. Mais impossible de reprendre son souffle.

Camarade ? dit Sheephead Morton.

Oui, camarade ?

Ça va mieux, camarade ?

Bien sûr, camarade.

Il le faut, camarade.

Oui, camarade, répéta Darky Gardiner.

Cherchant son souffle pendant près d'une minute, il observa un singe accroupi sur une branche basse quelques mètres plus loin, grelottant, le pelage trempé.

Bon sang, finit-il par dire, regarde-moi ce malheureux animal.

Il est libre, lui, espèce d'idiot, répliqua Sheephead Morton, recoiffant avec ses doigts en forme de saucisses ses cheveux trempés, eux aussi, avant de remettre son chapeau. Dès que je retrouve ma liberté, je rentre chez moi à Queenstown, je commande une bière et j'enchaîne jusqu'à la centième.

Oui, camarade.

Déjà allé à Queenie, camarade ?

La pluie tombait sans désemparer. Les deux hommes se turent quelque temps. Darky Gardiner avait la respiration sifflante.

Non, camarade.

Là-bas il y a une grande colline, dit Sheephead Morton. Plutôt une montagne, avec Queenie d'un côté, Gormanston de l'autre. Un coin paumé. Deux villes minières. À une époque il n'y avait que la forêt tropicale. Les mines ont tout tué. Il ne reste même pas une fougère pour se torcher. Aucun endroit comme ça ailleurs au monde. On se croirait sur la Lune, putain ! Le samedi soir tu peux te soûler la gueule, escalader la colline pour aller te bagarrer à Gormy, et rentrer à Queenie. Dans quel autre endroit au monde tu peux faire ça ?

10

Malgré l'attente, ils parlèrent peu, car il y avait peu de sujets de conversation. Chacun d'eux essayait de se reposer, d'accorder à son corps le plus de répit possible avant une avalanche de travail pour laquelle il n'avait plus les réserves de courage et d'énergie qui permettraient de faire face. Sheephead Morton alluma une cigarette roulée avec du tabac local et une page d'un manuel militaire japonais, tira une longue bouffée et fit passer.

On fume quoi ?

Le *Kama Sutra*.

C'est du chinois.

Et alors ?

Comment va son pied ? demanda quelqu'un derrière eux.

Pas bien, répondit Sheephead Morton, soulevant le pied de Darky et enlevant la boue d'un geste sec.

Il le déplaça devant son visage comme s'il s'agissait d'un instrument de navigation dont il se servait pour calculer sa position.

La peau est déchirée entre le gros orteil et celui d'à-côté. Rien de bon.

Quelqu'un suggéra de fabriquer une nouvelle semelle une fois de retour au camp dans la soirée.

C'est un point positif, dit Darky Gardiner. J'ai encore ma chaussure, non ?

Personne ne réagit.

Et il me suffit de bricoler une nouvelle semelle en vitesse pour redevenir opérationnel.

Sans doute que oui, Darky, dit Chum Fahey.

Tout le monde savait qu'au camp il n'y avait ni cuir ni caoutchouc dignes de ce nom, avec lesquels fabriquer une semelle capable de résister au trajet jusqu'à la Ligne, et à une journée de travail à plus forte raison.

Il y a toujours un point positif, si on y réfléchit, reprit Darky Gardiner.

Bien dit, Darky.

Sheephead Morton ouvrit sa gamelle, partagea sa boule de riz en deux et en fourra une moitié dans sa bouche.

Ils en restèrent là. Personne ne pouvait rien faire, et il faudrait bientôt se remettre en route. Couché là, sa gamelle lui rentrant dans la hanche, Darky se rappela qu'il mourait de faim et que dans cette petite boîte d'aluminium se trouvait une boule de riz de la taille d'une balle de golf, qu'il pouvait manger sur-le-champ. Elle avait reçu de la boue lors de sa chute précédente, mais c'était quand même de la nourriture. Et au camp l'attendait son lait concentré, qu'il décida de consommer le soir même. Encore un point positif.

Il se força à s'asseoir. Tant de points positifs, somme toute, se dit Darky Gardiner. Si seulement il n'avait pas eu cette douleur au pied, ces maux de tête, et le fait que plus il pensait à une nourriture éventuelle, plus il avait faim, la situation n'aurait pu être meilleure, tout bien considéré.

Près de lui, il entendit Sheephead Morton avaler son riz. D'autres l'imitèrent. Certains ne prirent que deux ou trois grains de riz, d'autres engloutirent la boule entière d'un coup.

Quelle heure est-il ? demanda Darky à Lizard Brancussi, qui avait miraculeusement réussi à sauver sa montre.

Sept heures cinquante, répondit Brancussi.

Si je mange ma boule de riz maintenant, pensa Darky, je n'aurai plus rien à me mettre sous la dent pendant douze heures. Si je la garde, il me restera cinq heures jusqu'à la courte pause du déjeuner – cinq heures durant lesquelles je pourrai au moins me réjouir à l'idée d'avoir encore de quoi me nourrir. Mais si je la mange maintenant, je n'aurai plus ni nourriture ni espoir.

C'était comme s'il y avait deux personnes en lui, la première invoquant le bon sens, la prudence, l'espoir – que serait le rationnement de rien, sinon l'acte de quelqu'un qui espère survivre ? –, la seconde optant pour le désir et le désespoir. Car s'il attendait jusqu'au déjeuner, ne lui resterait-il pas encore sept heures sans nourriture ? Quelle différence entre se passer de nourriture pendant douze heures ou pendant sept heures ? Quelle différence, après tout, entre mourir de faim et mourir de faim ? Et s'il mangeait à présent, n'améliorerait-il pas ses chances de survivre à cette journée, d'échapper aux gifles des gardes, d'avoir l'énergie suffisante pour ne pas faire de faux pas ni donner un coup de marteau malencontreux pouvant causer une blessure mortelle ?

Le démon du désir se réveillait chez Darky Gardiner, et sa main se posait sur sa gamelle pour la détacher de son pagne quand Sheephead Morton le remit debout. Les autres se relevèrent à leur tour et Lizard Brancussi prit le marteau que Darky portait sur son épaule, non par compassion, mais parce qu'ils formaient en cette occasion, comme si souvent, un étrange animal, un organisme dont toutes les cellules survivaient ensemble. Darky Gardiner se sentait à la fois furieux d'être ainsi privé de nourriture, et soulagé à la perspective d'avoir encore sa boule de riz au déjeuner. En proie à cet étrange mélange de fureur et de soulagement, il se remit en route d'un pas lourd.

Puis il tomba une deuxième fois.

Accordez-moi quelques minutes, les gars, dit-il quand ses camarades vinrent le remettre debout.

Ils s'arrêtèrent à nouveau. Certains posèrent leurs outils, d'autres s'accroupirent, d'autres encore s'assirent.

Vous savez, reprit Darky, allongé par terre dans l'obscurité humide de la jungle, je n'arrête pas de penser à ces malheureux poissons.

De quoi tu parles ? demanda Sheephead Morton.

Il parlait du restaurant de poissons Nikitaris. À Hobart. Où il invitait son Edie à dîner certains samedis après une séance de cinéma.

Barracuda et frites, raconta-t-il. Moins bon que l'émissole, mais le barracuda a un goût moins fort. Il y avait un grand aquarium, plein de poissons nageant en rond. Pas des poissons rouges, des vrais : des mulets, des saumons et des poissons-chats – comme ceux qu'on mangeait. On les regardait, et Edie pensait qu'ils devaient être tristes, après avoir connu l'océan, de se retrouver dans ce fichu aquarium en attendant de finir en friture.

Il parle tout le temps de ce restaurant de poissons, dit Lizard Brancussi.

Je n'avais jamais imaginé que pour eux c'était une prison, poursuivit Darky Gardiner. Leur camp à eux. Maintenant, j'ai le cafard quand je repense à ces malheureux poissons dans ce bon sang d'aquarium.

Sheephead Morton lui dit qu'il avait le cœur trop tendre.

Darky leur conseilla de repartir, sinon le Goanna se déchaînerait contre eux. Il ajouta qu'il les rejoindrait plus tard.

Personne ne bougea.

Allez-y, les gars.

Personne ne bougea.

Il expliqua qu'il allait rester quelques minutes allongé pour penser aux seins d'Edie, qu'ils étaient magnifiques et qu'il avait besoin d'être un peu seul avec eux.

Ils refusèrent de le laisser.

Il leur rappela qu'il était leur supérieur et leur ordonna de se mettre en route.

En route ! hurla-t-il soudain. C'est un ordre ! En route, bordel !

En route pour où ? demanda Sheephead Morton.

Très drôle, dit Darky Gardiner. Aussi drôle que Rooster MacNeice récitant *Mein Kampf*. Allez. Dégagez.

Ceux qui étaient assis se mirent debout, ceux qui étaient debout se redressèrent, et ils reprirent lentement la piste. Darky disparut presque aussitôt de leur vue et de leur esprit. La piste devint boueuse et périlleuse, avec des blocs de calcaire crevassés et glissants sur lesquels on pouvait s'ouvrir les pieds, ce qui était fréquent. Ils s'espacèrent rapidement, la place d'un prisonnier dans la file étant plus ou moins déterminée par sa maladie. Un petit groupe – une douzaine d'hommes au plus, encore miraculeusement valides et en bonne santé – devant ; à l'autre bout ceux qui tombaient et trébuchaient sans cesse, rampant parfois ; et au milieu les volontaires qui se relayaient pour porter les brancards des malades. Il y avait également ceux qui, bien que valides, restaient auprès de leurs camarades, les aidant et les soutenant sans relâche.

Leur colonne infortunée continua donc sa route dans l'étroit couloir qu'ils avaient eux-mêmes défriché, entre les tecks immenses et les bambous épineux de la jungle trop dense pour offrir un autre passage. Ils continuèrent leur progression laborieuse, continuèrent à tomber, à trébucher, à déraper, à jurer en pensant à de la nourriture, ou en ne pensant à rien ; ils continuèrent à ramper, à déféquer et à espérer, encore et toujours, alors que la journée n'avait pas même commencé.

11

C'est le premier cercle de l'Enfer de Dante, se dit Dorrigo Evans, sortant de la tente où l'on soignait les ulcères pour traverser le ruisseau et descendre poursuivre sa tournée dans l'enceinte réservée aux malades du choléra : quelques abris sans murs à l'écart du camp, recouverts de bâches moisies en guise de toits. Là, tous ceux frappés par l'épidémie étaient mis en quarantaine. Là, presque tous mouraient. Dorrigo avait donné un nom inspiré des classiques à la plupart de leurs afflictions : la piste conduisant à la Ligne était la Via Dolorosa, devenue pour les prisonniers "la Dolly Rose", puis simplement "la Dolly". En chemin, il laboura comme un enfant la boue de ses pieds nus, tête baissée comme un enfant, ne s'intéressant comme un enfant ni à l'endroit où il se rendait ni à ce qui pouvait l'y attendre, mais seulement au sillon que ses pieds ouvraient, refermé l'instant d'après.

Or il n'était pas un enfant. Il releva la tête, se redressa. Il fallait afficher de la détermination et des certitudes, même s'il n'en avait aucune. Oui, on sauvait quelques malades, concéda-t-il, peut-être pour se convaincre lui-même qu'il était plus qu'un mauvais acteur. Oui, on en sauve quelques-uns. Oui. Et si on les maintient en quarantaine, ils sauvent les autres. Oui, trois fois oui ! Certains d'entre eux, du moins. Tout était relatif. Il pouvait s'en féliciter – mais n'avait envie ni de se féliciter ni de réfléchir, car il se trouvait au nord nord-ouest d'un sud inexistant, voilà tout ce qui lui venait, ces mots absurdes, même ses pensées n'étaient pas les siennes, il n'y voyait plus clair. À vrai dire, plus personne ne savait que penser, il vivait dans un asile de fous où les métaphores n'avaient pas cours, la logique et la réflexion encore moins. Restait l'action.

À l'entrée de l'enceinte réservée, que seuls les victimes de ce mal terrible et leurs soignants pouvaient franchir, il fut accueilli par Bonox Baker, qui s'était porté volontaire pour faire office d'infirmier et lui apprit que le choléra avait frappé deux infirmiers bénévoles. Devenir infirmier bénévole représentait en soi une sorte de condamnation à mort. Si Dorrigo acceptait celle-ci comme faisant partie des risques de sa vocation de médecin, il ne comprenait pas pourquoi ceux qui pouvaient échapper à un tel sort choisissaient de s'y exposer.

Vous êtes là depuis combien de temps, caporal ?

Trois semaines, mon colonel.

Le corps adolescent de Bonox Baker semblait avoir poussé dans ses godillots dix fois trop grands pour lui et désormais informes. Il les avait acquis en travaillant avec une équipe de Japonais sur les quais de Singapour, en même temps qu'une caisse de boîtes de Bonox, du bouillon de bœuf en poudre, qui avait disparu dans la journée, mais lui avait laissé un surnom qu'il garderait toute sa vie. Alors que tout le monde paraissait avoir vieilli de plusieurs décennies, des gosses de seize ans ayant l'air de septuagénaires, Bonox Baker connaissait l'évolution inverse. Âgé de vingt-sept ans, il en paraissait dix-neuf.

Il attribuait ce rajeunissement à l'échec de la guerre menée par le Japon. Même si personne n'y croyait dans ce camp de prisonniers de la jungle siamoise, pour Bonox Baker cet échec était évident. Il considérait la guerre comme une immense campagne dirigée par l'Allemagne et le Japon contre lui personnellement, à seule fin de le tuer, et le fait d'être encore en vie représentait pour lui une victoire. Ce camp ne constituait qu'un incident de parcours bizarre et sans intérêt. Bonox Baker éveillait toujours une certaine curiosité chez Dorrigo Evans.

Depuis le début de l'épidémie de choléra, Bonox ?

Oui, mon colonel.

Ils se rendirent dans la première tente, celle des cas les plus récents. Rares étaient ceux qui accédaient à la deuxième, où les survivants récupéraient de leur mieux. La plupart des occupants de la première mouraient en quelques heures. Pour Evans c'était la plus désespérante, mais aussi celle où sa présence avait le plus d'utilité. Il se tourna vers Bonox Baker.

Vous pouvez rentrer, Bonox.
Pas de réponse.
Au camp principal. Vous avez fait votre part. Largement.
Je crois que je préfère rester.
Bonox Baker était planté devant l'entrée de la tente, et Dorrigo Evans avec lui.
Mon colonel…
Dorrigo remarqua que Bonox avait relevé la tête et soutenait pour la première fois son regard.
Je préfère.
Pourquoi, Bonox ?
Il faut bien que quelqu'un reste.
Il souleva un rabat en lambeaux et Dorrigo Evans le suivit, pénétrant par cet orifice dans une odeur pestilentielle d'excréments et de pâte d'anchois, si agressive qu'ils avaient la bouche en feu. À la lumière de la flamme rougeâtre d'une lampe à pétrole, l'obscurité semblait bondir et onduler en une étrange danse vaporeuse, comme si le bacille du choléra était une créature dans les intestins de laquelle ils vivaient et évoluaient. À l'autre extrémité de la tente, un squelette particulièrement affaibli s'assit et leur sourit.
Je retourne dans mon Mallee natal, les gars.
Son large sourire bienveillant rendait encore plus grotesque son visage simiesque.
Il est temps de revoir ces bons vieux parents, dit-il, agitant ses bras aussi frêles que des tiges de fleurs, sa bouche couverte de lésions jaunâtres s'épanouissant comme une corolle. Merde alors ! Il y en aura, des rires et des pleurs, quand ils reverront leur Lenny !
C'était un gosse au moment où il s'est engagé, et il n'aura pas le temps de vieillir, souffla Bonox Baker à Dorrigo Evans.
Hein qu'il y en aura ? Hein ?
Personne ne répondit à l'adolescent au visage simiesque et au sourire lunaire, ou alors par des plaintes sourdes et des cris inaudibles.
Dans l'État de Victoria ils acceptaient n'importe qui, poursuivit Bonox Baker. Par quelle entourloupe il a réussi à se faire recruter, je l'ignore.
L'adolescent se recoucha, l'air aussi heureux que si sa mère était là pour le border.

Il aura seize ans le mois prochain, dit Bonox Baker.

Au milieu de la boue et des excréments se trouvait une plateforme de bambou sur laquelle gisaient quarante-huit hommes plus ou moins à l'agonie. Du moins était-ce l'impression qu'ils donnaient. L'une après l'autre, Dorrigo Evans examina ces enveloppes humaines étrangement vieillies et ratatinées, à la peau parcheminée d'un gris bourbeux et aux cernes noirs, qui étreignaient leurs os noueux. Des corps pareils aux racines d'une mangrove, songea-t-il. Et pendant quelques secondes, toute la tente vacilla en même temps que la flamme de la lampe à pétrole devant lui. Il ne vit plus qu'une mangrove nauséabonde, pleine de racines grouillantes et gémissantes fouissant éternellement la boue pour survivre. Il cligna des yeux une fois, deux fois, redoutant qu'il ne s'agisse d'une hallucination provoquée par les premiers stades de la dengue. Du dos de la main, il essuya son nez qui coulait et se ressaisit.

Le premier malade semblait aller mieux ; le deuxième était mort. Ils l'enroulèrent dans sa couverture infecte et laissèrent à l'équipe chargée d'évacuer les cadavres le soin de l'emporter pour l'incinérer. Ray Hale, le troisième, s'était rétabli si vite que Dorrigo lui dit qu'il pourrait sortir le soir même et travailler à des tâches peu pénibles le lendemain. Le quatrième et le cinquième furent déclarés morts par Dorrigo, et avec Bonox il les enroula à leur tour dans leurs couvertures malodorantes. En ce lieu, la mort n'était rien. Elle apportait une sorte de soulagement, pensait Dorrigo – même s'il luttait contre ce sentiment dans lequel il voyait une forme de complaisance dangereuse. Vivre, c'était se battre dans la terreur et la douleur, se disait-il, mais il le fallait.

Pour vérifier si le pouls du squelette recroquevillé à côté s'était arrêté lui aussi, il se pencha pour prendre le poignet de l'homme immobile et couvert de plaies purulentes, mais celui-ci fut traversé par un frisson et sa tête cadavérique se tourna vers eux. D'étranges yeux globuleux et vitreux, presque aveugles, semblèrent se poser sur Dorrigo Evans. La voix était légèrement aiguë, celle d'un tout jeune homme, égarée dans le corps d'un vieillard mourant.

Navré, doc. Pas ce matin. Désolé de vous décevoir.

Dorrigo reposa délicatement le poignet sur la peau sale qui pendait entre les côtes saillantes comme si on l'avait mise à sécher.

Eh bien voilà, caporal, dit-il doucement.

Mais il avait brièvement levé la tête et Bonox Baker avait surpris son regard. Dans les yeux de son supérieur si vaillant, l'infirmier crut lire une curieuse impuissance proche de la peur. Aussitôt, Evans baissa les yeux.

Ne capitulez pas, dit-il au mourant.

Le squelette roula lentement la tête sur le côté et revint à son immobilité troublante. Ces quelques paroles l'avaient vidé de ses forces. Du bout des doigts, Dorrigo Evans effleura les cheveux raides et moites sur le front ridé du malade, les écartant de ses yeux.

Ni devant moi ni devant le premier con venu.

Et les deux hommes décharnés poursuivirent leur tournée, le grand médecin et son jeune infirmier, tous deux à demi nus – l'infirmier avec ses godillots d'une taille insensée et son chapeau militaire au rebord d'une largeur spectaculaire rabattu sur son visage aux traits tirés ; le médecin avec son bandana d'un rouge graisseux et sa casquette d'officier de travers, comme s'il s'apprêtait à partir en ville draguer les filles. Tout, dans leur procession, faisait au médecin l'effet d'une immense comédie, avec lui dans le rôle le plus cruel : celui du personnage qui redonnait espoir alors qu'il n'y en avait plus, dans un hôpital qui n'en était pas un, plutôt un abri prenant l'eau, un assemblage de guenilles tendues sur des bambous, avec des lattes de bambou infestées de vermine en guise de lits, un sol immonde, et lui, le médecin, sans rien ou presque de ce qu'il fallait à un médecin pour guérir ses patients. Il n'avait pour les soigner qu'un bandana graisseux, une casquette de travers et une autorité douteuse.

Et pourtant il savait que ne pas continuer, ne pas faire sa tournée quotidienne, ne plus chercher désespérément comment porter secours serait pire. Sans raison, l'image de Jack Rainbow amoindri dans le rôle de Vivien Leigh retrouvant son amant sur un pont après en avoir été séparée une vie entière lui revint à l'esprit. Il se dit que les spectacles montés par les prisonniers – pour lesquels ceux-ci avaient ingénieusement réalisé avec des bambous et de vieux sacs de riz des décors et des costumes ressemblant à ceux des films et des comédies musicales – n'offraient pas une représentation du réel tellement plus absurde que son hôpital et les soins qu'il prodiguait. Et pourtant, comme le théâtre, ces derniers avaient une réalité. Comme le théâtre, ils apportaient une aide. Et parfois les patients ne mouraient pas. Il refusait de ne plus essayer de les aider à vivre. Il n'était pas un bon chirurgien, il n'était pas un bon médecin ; il n'était pas, il le croyait sincèrement, quelqu'un de bien. Mais il refusait de ne plus essayer.

Un autre infirmier bénévole avait du mal à poser une nouvelle perfusion – un simple cathéter taillé dans une pousse de bambou et relié à un tuyau de caoutchouc volé la veille au soir par Darky Gardiner dans le camion japonais – alimentée grâce à une vieille bouteille emplie d'une solution saline à base d'eau stérilisée dans des alambics faits de bidons d'essence et de bambous. Cet infirmier, le major John Menadue, était en théorie le troisième dans la hiérarchie du commandement des prisonniers. Il avait l'apparence d'une star de cinéma, mais la conversation d'un moine trappiste, bafouillant souvent lorsqu'il devait prendre la parole. C'était comme infirmier, sous les ordres d'autrui, qu'il se sentait le plus heureux.

Respectueux de la hiérarchie, les Japonais faisaient travailler les simples soldats, mais ils n'avaient pas les mêmes exigences envers les officiers, qui restaient au camp et recevaient même un salaire minuscule de l'armée impériale japonaise. Evans, lui, n'avait aucun respect pour la hiérarchie, sauf quand son décorum lui facilitait la tâche. Non seulement il prélevait un impôt sur la paye des officiers, mais il les obligeait à se rendre utiles dans le camp, à donner des soins aux malades, à participer aux travaux d'assainissement – construction de nouvelles toilettes, de canalisations pour l'eau courante et l'évacuation des eaux usées – ainsi qu'à l'entretien des installations du camp.

John Menadue tentait de trouver une veine dans la cheville d'un malade pour y insérer le cathéter en bambou. Un canif bien aiguisé lui tenait lieu de scalpel. La cheville se réduisait presque à ses os, et l'infirmier traçait une ligne d'avant en arrière sur la peau tendue.

N'ayez pas peur de lui faire mal, dit Dorrigo Evans. Regardez.

Il prit le canif, simula une incision nette et précise, puis répéta le geste avec agilité, tranchant la chair juste au-dessus de la saillie de la cheville et ouvrant la veine. Il inséra aussitôt le cathéter improvisé. Le malade tressaillit, mais grâce à la vitesse et à la sûreté du geste, l'opération avait à peine commencé qu'elle était déjà terminée.

Maintenant il va s'en sortir, conclut Dorrigo Evans.

Avec son insistance sur l'importance de l'hygiène, la réhydratation constituait sa principale réussite. Elle avait déjà sauvé plusieurs vies au cours des dernières quarante-huit heures, et quelques prisonniers ressortaient vivants de l'enceinte réservée aux malades du choléra, plutôt que pour être transportés sur les bûchers funéraires. Un espoir pour tous, selon lui.

Ici, soit on est mort, soit on s'en sort, murmura un autre patient.

Moi je ne suis pas mort, putain, dit d'une voix rauque l'homme à qui on venait de poser la perfusion.

Les malades semblaient se détourner à leur approche tandis qu'ils continuaient à longer la plateforme de bambou, examinant chacun, vérifiant le niveau des solutions salines, posant des perfusions, transférant parfois d'heureux élus dans la tente plus petite qui abritait les convalescents. Tous avaient à peine figure humaine quand Dorrigo Evans s'approchait d'eux, la terrible épidémie les ayant presque vidés de leur substance durant les quelques heures qui lui suffisaient pour frapper, et souvent pour tuer. Certains gémissaient de douleur à cause des crampes qui détruisaient leur corps et dévoraient leur vie, d'autres suppliaient d'une voix sourde et monocorde pour qu'on leur donne de l'eau, d'autres encore, les yeux cernés et enfoncés dans leurs orbites, regardaient avec la fixité des pierres. Lorsqu'ils atteignirent le jeune homme du Mallee au visage simiesque qui pensait aller retrouver sa mère et son père, il était mort.

Parfois ils ont ce genre de sursaut, déclara Bonox Baker. Ils deviennent euphoriques. Veulent prendre le bus pour rentrer chez eux, ou aller voir papa et maman. Là, on sait que la fin est proche.

Je vais vous donner un coup de main, proposa Dorrigo Evans, quand un infirmier diplômé que tout le monde appelait Shugs – célèbre pour avoir apporté au cœur de la jungle siamoise un vieil exemplaire, désormais maculé de taches d'humidité, du livre de cuisine de Mme Beeton – arriva avec un brancard de fortune. Quelques sacs de riz tendus entre deux bambous.

Sa tournée d'inspection étant terminée, Dorrigo aida Shugs et Bonox Baker à déplacer le cadavre desséché de Lenny. Il ne semble pas peser plus qu'un oiseau mort, pensa-t-il. Trois fois rien. Pourtant il eut le sentiment d'aider, de faire quelque chose. Il n'y avait pas assez de sacs de riz pour couvrir le brancard sur toute sa longueur – y avait-il assez de quoi que ce soit ? – et les jambes de Lenny traînaient par terre.

Lorsqu'ils sortirent de cet antre des damnés, le cadavre de Lenny ne cessait de glisser à terre. Pour l'empêcher de tomber du brancard, ils durent le mettre à plat ventre et écarter ses jambes maigres pour qu'elles dépassent des bambous. Ses fesses étaient tellement décharnées que son anus offrait un spectacle obscène.

Espérons que Lenny ne va pas nous faire une dernière giclée, dit Shugs en soulevant l'arrière du brancard.

12

Depuis le début de l'épidémie de choléra, Jimmy Bigelow avait été affecté dans l'équipe travaillant au camp pour qu'il puisse jouer du clairon aux enterrements désormais quotidiens. Il avait été convoqué et attendait devant l'enceinte quand les soignants sortirent avec les brancards. Le dernier était porté à l'avant par Dorrigo Evans avec sa casquette de travers et son bandana rouge, et par Bonox Baker dans ses chaussures ridicules qui rappelaient toujours à Jimmy Bigelow celles de Mickey Mouse, à l'arrière par Shugs qui marchait la tête bizarrement redressée.

Jimmy suivit ce pitoyable cortège funéraire à travers la jungle sombre et dégoulinante, clairon en bandoulière, un lambeau de tissu remplaçant la lanière de cuir qui avait pourri. Il se répétait combien il aimait son clairon, car de toutes les choses qu'il y avait dans cette jungle – bambous, vêtements, cuir, nourriture, chair –, c'était la seule qui paraissait résister à la décomposition et au pourrissement. Plutôt prosaïque, il trouvait néanmoins quelque chose d'immortel à ce modeste clairon, qui avait déjà accompagné tant de morts vers l'au-delà.

Les prisonniers chargés de la construction des bûchers funéraires qui les attendaient dans une clairière humide et froide avaient appris qu'il fallait beaucoup de bois pour brûler un homme. Leur bûcher, un énorme parallélépipède de bambous, montait jusqu'à leur poitrine. Un cadavre était déjà installé au sommet, avec ses maigres biens et sa couverture. Comme toujours il fut surpris de ressentir si peu d'émotion.

Personne n'avait le droit de toucher à ce qu'un malade du choléra avait touché – sauf ceux qui construisaient les bûchers – et tous ses biens devaient être brûlés pour limiter la contagion. Pendant que ses camarades hissaient les trois nouveaux cadavres et leurs possessions sur le bûcher, un membre de l'équipe s'approcha de Dorrigo Evans avec le carnet de croquis de Rabbit Hendricks.

Brûlez-moi ça, dit Dorrigo, écartant le carnet d'un geste.

L'homme toussota.

On se posait la question, mon colonel.

Pourquoi ?

C'est un témoignage, dit Bonox Baker. Le témoignage de Rabbit. Pour qu'à l'avenir les gens… enfin, pour qu'ils sachent. Qu'ils n'oublient pas. C'est ce que voulait Rabbit. Que surtout les gens n'oublient jamais ce qui est arrivé ici. À nous tous.

N'oublient jamais ?

Non, mon colonel.

Tout finit par s'oublier, Bonox. Mieux vaut vivre au présent.

Bonox Baker ne semblait pas convaincu.

"Afin que nul n'oublie", comme on dit, récita-t-il. C'est bien la citation correcte ?

En effet, Bonox. À moins que ce ne soit une incantation. Pas exactement la même chose.

Voilà pourquoi il faut conserver ce carnet. Pour qu'il échappe à l'oubli.

Vous le connaissez, ce poème, Bonox ? Il est de Kipling. Ce n'est pas un poème sur le souvenir, mais sur l'oubli – sur le fait que tout finit par s'oublier.

Appelées au large, nos flottes s'estompent ;
Sur dunes et promontoires sombre la flamme :
Voyez, tous nos fastes d'hier
S'éteignent à l'égal de Ninive et de Tyr !
Juge des Nations, épargne nos vies,
Afin que nul n'oublie – que nul n'oublie !

D'un signe de tête, Dorrigo Evans ordonna qu'on mette le feu aux bambous.

Ninive, Tyr, une voie ferrée aux confins du Siam, murmura-t-il, le visage zébré par les ombres des flammes. Si on ne se souvient pas que le poème de Kipling dit que tout finit par s'oublier, comment peut-on se souvenir de quoi que ce soit ?

Un poème n'est pas une loi. Ni une fatalité, mon colonel.

Non, concéda Dorrigo Evans, bien que c'en soit plus ou moins une pour lui, s'aperçut-il brutalement.

Mais ces dessins, insista Bonox Baker, ces dessins, mon colonel.

Quoi, ces dessins, Bonox ?

Rabbit était convaincu que quoi qu'il lui arrive, ses dessins survivraient. Et que le reste du monde saurait.

Vraiment ?

La vraie justice, c'est le souvenir, mon colonel.

Quand il ne crée pas de nouvelles horreurs. Le souvenir ne ressemble que de loin à la justice, Bonox, ce n'est jamais qu'une idée fausse qui donne bonne conscience.

Bonox Baker fit ouvrir le carnet par un prisonnier chargé des bûchers, à la page d'un dessin à l'encre de Chine : une rangée de pieux sur lesquels étaient emmanchées les têtes de Chinois décapités à Singapour après l'occupation japonaise.

Il montre même les atrocités, vous voyez ?

Dorrigo se retourna et regarda Bonox Baker. Mais il ne vit que de la fumée, des flammes. Il ne voyait pas son visage à elle. Il y avait des têtes décapitées qui paraissaient vivantes à travers la fumée, mais elles étaient mortes et disparues. Le feu s'élevait derrière eux, ses flammes la seule chose vivante, et il revit sa tête à elle, son corps, le camélia rouge dans ses cheveux, mais il avait beau essayer, il ne revoyait pas son visage.

Rien ne dure, Bonox, comprenez-vous ? C'était le message de Kipling. Ni les empires ni les souvenirs. On ne se souviendra de rien. Peut-être pendant un an ou deux. Peut-être presque toute notre vie, si on survit. Peut-être. Mais après on mourra, et qui comprendra jamais ce genre de choses ? Peut-être même qu'on ne se souviendra de rien, surtout quand, la main sur le cœur, on fera semblant de ne pas oublier.

Là il y a aussi les tortures, vous voyez ? reprit Bonox Baker.

Il avait tourné la page : un croquis au crayon et à l'encre d'un Australien roué de coups par deux gardes. Puis une aquarelle représentant la tente où étaient soignés les ulcères. Puis un dessin au crayon d'hommes squelettiques s'évertuant à percer la roche dans la tranchée. Dorrigo sentit un certain agacement le gagner.

Mieux qu'un appareil photo Box Brownie, ce vieux Rabbit, dit Bonox Baker avec un sourire. Comment il s'est procuré ces aquarelles, je ne le saurai jamais.

Qui comprendra la signification de ces images ? demanda sèchement Dorrigo Evans. Qui racontera ce qu'elles représentent ? Quelqu'un pourra y voir une preuve de l'exploitation des prisonniers, quelqu'un d'autre une forme de propagande. Que nous disent les hiéroglyphes de ce qu'on ressentait sous les coups de fouet, pendant la construction des pyramides ? On en parle, de ça ? Hein ? Non, on ne parle que de la magnificence et de la majesté de l'Égypte ancienne. De la Rome antique. De Saint-Pétersbourg. Mais pas un mot sur les ossements des centaines de milliers d'esclaves sur lesquels ces villes sont construites. Voilà peut-être comment on se souviendra des Japonais. Voilà peut-être à quoi serviront tous ces dessins : à justifier la mégalomanie de ces monstres.

Même si on meurt, ils montreront ce qu'on était devenus, déclara Bonox Baker.

Pour ça il faut que vous restiez en vie, répliqua Dorrigo Evans.

Il était en colère, à présent, et plus encore d'avoir laissé un de ses hommes le voir perdre son calme. Car tandis que les premières flammes s'élevaient, il sut que déjà il l'oubliait, elle, qu'à cet instant précis il avait du mal à reconstituer son visage, sa chevelure, le grain de beauté au-dessus de sa lèvre supérieure. Il revoyait certains détails, des braises scintillantes, des étincelles dansantes, mais pas elle – pas son rire, le lobe de ses oreilles, son sourire radieux rehaussé d'un camélia rouge…

Allez, dit-il, hissons-le sur ce bûcher avant que le feu nous en empêche.

13

Ils soulevèrent Rabbit Hendricks dans sa couverture souillée par les excréments, l'installèrent contre les autres cadavres, posèrent près de lui son paquetage – qui ne contenait rien de plus qu'une gamelle, une cuiller, trois pinceaux, quelques crayons, une boîte d'aquarelles destinée à un enfant, son dentier et un peu de tabac local au parfum rance – et ajoutèrent le carnet de croquis. Les victimes du choléra étaient toujours d'une légèreté angoissante. Depuis la mort du père Bob, c'était Lindsay Tuffin qui assurait les offices funèbres, un ancien pasteur anglican défroqué suite à des turpitudes indéterminées. Or on ne trouvait pas trace de lui et le feu grillait déjà les cadavres.

Mon colonel ? dit Shugs.

Alors, parce que le temps pressait, que le devoir l'appelait et que son grade l'y obligeait, Dorrigo Evans improvisa un office funèbre. Il ne gardait aucun souvenir du cérémonial, qui l'avait toujours ennuyé, et se lança dans une tirade dont il espérait qu'elle serait appropriée. Avant de commencer, il avait dû demander le nom des deux autres cadavres.

Mick Green. Artilleur. Originaire d'Australie-Occidentale. Jackie Mirorski. Mécanicien à bord du *Newcastle*, avait répondu Shugs.

Dorrigo Evans avait stocké ces noms dans sa mémoire infaillible qui ne les lui rappela qu'en deux occasions importantes : l'office funèbre qui suivit, et une rêverie au moment de sa propre mort, bien des années plus tard. Il conclut la cérémonie en louant la valeur de ces quatre hommes et en confiant leur âme à Dieu. Mais il ne savait pas trop ce que Dieu avait à voir dans cette affaire. Plus personne ne parlait beaucoup de Lui, pas même Lindsay Tuffin.

Tandis que Dorrigo Evans s'inclinait et s'éloignait des flammes, Jimmy Bigelow s'avança, secoua son clairon pour en déloger les scorpions ou les mille-pattes qui auraient pu y trouver refuge, et le porta à ses lèvres. Il avait la bouche à vif, des lambeaux de peau s'étant décollés de son palais. Ses lèvres aussi avaient enflé, et sa langue – si gonflée et douloureuse que le riz avait un goût de mitraille brûlante – reposait dans sa bouche comme une horrible planche inutilisable. Big Fella avait diagnostiqué la pellagre, causée par le manque de vitamines dans la nourriture. Tout ce qu'il savait, c'était que sa langue barrait à présent la route à l'air qu'il devait souffler dans le clairon.

Pourtant, quand il porta l'embouchure à ses lèvres pour jouer cette mélodie qu'il ne connaissait que trop, il put s'absorber dans ses étranges sonorités. Avec les notes les plus lentes du début, il s'en tira. Mais quand elles s'accélérèrent à ce moment terrible où la sonnerie aux morts le prenait toujours aux tripes, il dut se faire violence pour respecter les intervalles permettant à la musique de gagner en puissance avant de décroître. Il jouait avec la sensation de n'avoir plus de langue, seulement cette planche qu'il tapait en désespoir de cause sur l'embouchure pour détacher les notes et infléchir la mélodie, afin que la magie opère.

Comme toujours dans cette jungle sombre et monotone, Jimmy Bigelow improvisa, rusa pour faire passer l'air de part et d'autre de sa langue aussi volumineuse qu'une baleine, endormit ses terminaisons nerveuses en se concentrant pour jouer juste, tint bon une fois encore pour tous ceux qui resteraient dans la jungle et ne rentreraient jamais chez eux. À la fin, gêné par ses larmes qui ne venaient pas d'une quelconque émotion – il n'était pas plus ému à ce moment-là que lors des cinq offices funèbres de la veille ou de l'avant-veille – mais de la douleur physique de jouer, il tourna le dos à tout le monde, afin que nul ne sache quel calvaire était devenue l'interprétation d'une malheureuse mélodie, ni ne se mette à le soupçonner de sensiblerie.

Même si son corps entier le brûlait quand il interprétait cette lugubre sonnerie aux morts, il la jouait quand même, l'entendant comme pour la première fois, sans en comprendre la signification, refusant l'idée que ses camarades étaient morts, conscient qu'il fallait continuer à jouer cet air qu'il détestait plus que tout, mais ne cesserait jamais de jouer. Sa signification n'était pas celle qu'on avait évoquée devant lui : le soldat qui repose enfin en paix, sa tâche accomplie. Quelle tâche ? Pourquoi ? Comment pouvait-on reposer en paix ? Voilà les questions qu'il jouait et rejouerait sans cesse jusqu'à la fin de ses jours, lors de l'hommage aux combattants australiens morts pendant la Seconde Guerre mondiale, des réunions d'anciens prisonniers de guerre, des cérémonies officielles, et parfois chez lui tard le soir, vaincu par le poids des souvenirs. Il espérait que ce qu'il jouait serait compris comme tel. Mais on en faisait autre chose et il n'y pouvait rien. La musique posait des questions aux questions, et ces questions n'avaient pas de fin, chaque souffle de Jimmy amplifié par un cône de cuivre s'élevait en spirale vers un rêve partagé de transcendance qui périssait aussitôt, tout simplement inaccessible, jusqu'à la note suivante, la phrase musicale suivante, la fois suivante…

Sitôt la guerre terminée, on aurait dit qu'elle n'avait jamais existé, resurgissait seulement par intermittence telle une bosse du matelas en pleine nuit, porteuse d'une forme de mauvaise conscience. Après tout, comme le dirait Shugs plus tard, elle n'avait pas duré si longtemps, bon sang, elle semblait juste ne jamais devoir s'arrêter. Mais elle avait fini par s'arrêter, et pendant quelque temps il fut difficile de se souvenir de grand-chose. Tout le monde faisait des récits tellement plus incroyables : les batailles d'El Alamein, de Tobrouk, de Bornéo, les convois de la mer du Nord. Par ailleurs, le quotidien reprenait ses droits. La guerre avait interrompu le monde réel, la vie réelle. Emplois, femmes, maisons, nouveaux amis, vieux parents, nouvelles vies, enfants, promotions, licenciements, maladies, décès, départs à la retraite : Jimmy Bigelow ne se rappelait même plus si Hobart se situait avant ou après les camps et la Ligne, c'est-à-dire avant ou après la guerre. Difficile de croire que toutes les choses qui lui étaient arrivées avaient vraiment eu lieu, qu'il avait vu toutes les choses qu'il avait vues. Difficile de croire, parfois, qu'il avait bel et bien fait la guerre.

Vinrent les meilleures années, les petits-enfants, puis le lent déclin, les souvenirs de la guerre de plus en plus présents et les quatre-vingt-dix autres années de sa vie se dissolvant lentement. À la fin, il ne pensait plus à grand-chose d'autre, ne parlait plus de grand-chose d'autre – parce qu'il ne s'était pas produit grand-chose d'autre, se disait-il. Un temps, il put jouer la sonnerie aux morts comme il l'avait jouée pendant la guerre, avec détachement, par devoir, son devoir de soldat. Ensuite, des années durant, des décennies durant, il ne la joua plus du tout jusqu'à l'âge de quatre-vingt-douze ans où, hospitalisé après son troisième accident vasculaire et mourant, de son bras valide il porta son clairon à ses lèvres, revit une fois encore la fumée, sentit l'odeur de chair grillée, et sut soudain qu'il ne lui était rien arrivé d'autre.

Je n'ai rien contre Dieu, dit Dorrigo Evans à Bonox Baker tandis qu'ils tisonnaient le bûcher pour que les flammes continuent d'entourer les cadavres. Pas envie de discuter de Son existence ni d'autre chose. Ce n'est pas après Lui que j'en ai, c'est après moi. De conclure ainsi.

Comment ça ?

Avec Dieu. Par ce laïus : Dieu par-ci, Dieu par-là.

Que Dieu aille se faire foutre, voilà ce qu'il aurait voulu dire. Que Dieu aille se faire foutre pour avoir créé ce monde, que Son nom aille se faire foutre, maintenant et pour l'éternité, que Dieu aille se faire foutre pour nos foutues vies, pour ne pas nous avoir sauvés, pour n'avoir pas été là et n'avoir pas sauvé non plus les hommes en train de brûler sur ces foutus bambous.

Mais parce qu'il était un homme, et le plus conformiste des anticonformistes, Dorrigo Evans s'était contenté d'invoquer Dieu et encore Dieu pendant son office funèbre chaque fois qu'il n'avait rien d'autre à dire, or il s'était aperçu que sur ces morts prématurées, inutiles, il n'avait pratiquement rien à dire. Les prisonniers avaient paru satisfaits, mais lui n'arrivait pas à avaler le crapaud du dégoût qui se tortillait depuis dans sa bouche. Il ne voulait pas de Dieu, il ne voulait pas de ces bûchers, il voulait Amy, et il ne voyait que des flammes.

Vous croyez encore en Dieu, Bonox ?

Aucune idée, mon colonel. C'est sur les humains que je commence à m'interroger.

Les cadavres grésillaient et pétillaient en brûlant. L'un d'eux leva le bras à cause des nerfs qui se tendaient sous l'effet de la chaleur.

Un homme chargé d'édifier les bûchers lui répondit d'un signe de la main.

Amuse-toi bien, Jackie. Tu es sorti de misère, mon pote.

Il faut s'y faire, dit Bonox Baker.

Il ne faudrait sans doute pas, répliqua Dorrigo Evans.

Ça a représenté quelque chose pour ces hommes. Même si ce n'est pas le cas pour vous.

Ah bon ?

Dorrigo Evans se souvint d'une blague qu'il avait entendue dans un café du Caire. En plein désert, un prophète explique à un voyageur mourant de soif qu'il lui faut juste un peu d'eau. Il n'y en a pas, dit le voyageur. Certes, dit le prophète, mais s'il y en avait, tu ne serais pas assoiffé et tu ne mourrais pas. Donc je vais mourir, dit le voyageur. Pas si tu bois de l'eau, dit le prophète.

Lorsque les flammes s'élevèrent, que l'air s'emplit de fumée et de tourbillons de cendres, Dorrigo Evans s'écarta. Il flottait une odeur d'une suavité écœurante. Avec dégoût, il se rendit compte qu'il avait l'eau à la bouche.

Rabbit Hendricks se redressa les deux bras levés, comme s'il étreignait les flammes qui lui calcinaient le visage, puis quelque chose explosa dans ses entrailles avec une force qui les fit tous reculer d'un bond pour éviter de recevoir des morceaux de bambous enflammés et des braises. Le bûcher se transforma en un brasier de plus en plus ardent, et Rabbit finit par basculer sur le côté et disparaître dans les flammes. Il y eut une forte détonation quand un autre cadavre explosa, et tout le monde se baissa.

Big Fella se releva et, empoignant un bambou, aida les prisonniers chargés du bûcher à repousser les cadavres au centre du brasier, où ils seraient mieux et plus vite incinérés. Ils unirent leurs efforts, tisonnant les bambous et les ramenant vers les flammes toujours plus hautes, transpirant et soufflant sans jamais s'arrêter, sans vouloir s'arrêter, se perdant quelques moments encore dans ces flammes qui s'élançaient vers le ciel.

Quand ils eurent terminé et furent prêts à partir, Dorrigo Evans remarqua quelque chose dans la boue : le carnet de croquis de Rabbit Hendricks, légèrement noirci, mais intact. Il avait dû être projeté hors du brasier par la force de la première explosion. La couverture en carton avait disparu, ainsi que les toutes premières pages. Il s'ouvrait à présent sur un dessin représentant Darky Gardiner assis dans un luxueux fauteuil tendu d'étoffe à motif de petits poissons, buvant du café dans une rue en ruine d'un village syrien avec quelques autres debout derrière lui, dont Yabby Burrows et ses cantines. Rabbit Hendricks avait dû le dessiner *après* l'explosion de l'obus, comprit Dorrigo. Ce dessin était tout ce qui restait de Yabby.

Dorrigo ramassa le carnet et s'apprêtait à le jeter à nouveau dans le feu, mais à la dernière minute il changea d'avis.

14

De plus en plus de prisonniers dépassaient Darky Gardiner, des sacs d'os informes, la bouche figée en un rictus ou béante, les yeux comme de la boue séchée, la démarche non plus fluide mais saccadée, tressautante, et il se retrouva de plus en plus loin à l'arrière de la file. Tout lui avait été enlevé. Et ce qui lui restait, il le savait, ce qui brûlait avec force dans sa tête et dans sa chair, c'était la maladie. Il suffisait que ses jambes couvertes d'ulcères frôlent un feuillage pour qu'un élancement atroce entraîne son corps dans d'étranges oscillations de douleur à l'état pur.

Pourtant, Darky Gardiner s'estimait heureux : il avait encore ses chaussures, et si l'une d'elles avait temporairement perdu sa semelle, il la réparerait d'une façon ou d'une autre ce soir-là. Aucun doute, conclut-il, c'est un point positif d'avoir des chaussures, même à moitié fichues. Ragaillardi par sa bonne fortune dans ce moment de détresse, il remonta le rouleau de corde sur sa clavicule pour éviter qu'il ne glisse, haussa l'épaule pour mieux le caler contre son cou et continua sa route.

Même s'il était distancé, il parvenait à pénétrer plus avant dans la jungle. Il voyait sa journée comme une série de batailles insurmontables qu'il surmonterait quand même. Atteindre la Ligne, et une fois sur la Ligne travailler jusqu'au déjeuner, puis après le déjeuner… et ainsi de suite, chacune de ces batailles désormais réduite à la prochaine prouesse qu'il lui faudrait accomplir.

Il tomba dans un fourré de bambous épineux, s'entaillant la main avec laquelle il avait tenté d'amortir sa chute. Quand il se remit debout, il n'avait plus ni l'agilité ni la force de bondir d'un rocher à l'autre, d'enjamber les obstacles. Tout allait de mal en pis. Il trébucha plusieurs fois. Chancelant, il perdait pour garder l'équilibre les quelques réserves d'énergie qui lui restaient. Il n'en finissait pas de tomber. Et chaque fois il avait plus de mal à repartir.

Lorsqu'il leva de nouveau les yeux entre deux embardées dans cette désolation verte, il s'aperçut qu'il était seul. Les hommes qui le précédaient avaient disparu derrière une hauteur, ceux qui le suivaient étaient loin derrière. Le cordage de chanvre s'imprégnait de pluie et pesait de plus en plus lourd sur son épaule. Il se défaisait, se déroulait, des bouts de corde pendaient, se prenaient dans les racines et entravaient Darky. Chaque fois qu'il s'arrêtait pour enrouler le cordage et le remettre sur son épaule, celui-ci paraissait un peu plus lourd et encombrant.

Il poursuivit sa marche titubante. Il se sentait terriblement faible, sa tête dodelinait en tous sens. Le cordage se prit à nouveau dans une racine, Darky trébucha, s'étala de tout son long dans la boue, roula lentement sur le côté et ne bougea plus. Il se dit qu'il avait besoin d'une ou deux minutes de repos, ensuite tout irait bien. Presque aussitôt il s'assoupit.

Il se réveilla dans une jungle sombre, un cordage emmêlé près de lui. Il se mit péniblement debout, exerça une pression de l'index sur une narine et souffla pour évacuer de l'autre un mélange de morve et de boue, puis, sonné, secoua la tête. Repartant d'un pas incertain, il heurta un affleurement rocheux et délogea un morceau de calcaire qui lui atterrit sur l'épaule.

Il faut que je continue ma route, pensa-t-il – ou crut-il penser, son esprit étant si ébranlé qu'il le percevait comme une chose distincte, un poids, une pierre. Seules certitudes : il paniquait et il s'était momentanément endormi.

Il retrouva son équilibre et, furieux contre ce morceau de calcaire – contre la terre entière, contre sa vie –, il se pencha pour en ramasser un fragment et le lancer vers la jungle de toute la force que sa colère pouvait puiser dans son corps enfiévré.

Il y eut un bruit sourd accompagné d'un juron. Il se raidit.

Va te faire foutre, Gardiner, siffla une voix familière.

Darky regarda autour de lui. Rooster MacNeice émergeait d'une bambouseraie en se frottant la tête.

Tu restes avec nous ou tu nous dénonces ?

Derrière Rooster MacNeice apparurent six autres prisonniers qu'il ne reconnut pas, suivis de Gallipoli von Kessler qui adressa nonchalamment à Darky son habituel salut nazi.

On a cru que tu avais découvert le pot aux roses, dit Kes.

Quel pot aux roses ? demanda Darky Gardiner.

On a cru que tu étais au courant, mais que tu nous surveillais discrètement, en faisant semblant de piquer un roupillon, répondit Rooster MacNeice.

Au courant de quoi ?

De notre jour de repos. Les Japs refusent de nous en donner un, alors on le prend.

Darky Gardiner inspecta la piste du regard.

Ils nous ont comptés ce matin, et ils ne nous recompteront pas avant l'appel de ce soir au camp, poursuivit Rooster MacNeice. Sur la Ligne, ils ne comptent jamais et ne remarquent rien. On se cache, on se repose, et on retrouve les autres quand ils rentrent au camp. On se glisse parmi eux, on est là pour l'appel et tout le monde est content.

Vous ne pouvez pas demander aux autres de vous couvrir, répliqua Darky Gardiner. Ça ne marchera pas.

On l'a fait la semaine dernière, pas de réaction chez les bridés. Alors on recommence aujourd'hui.

Mais aujourd'hui vous êtes dans mon équipe, les gars, dit Darky Gardiner.

Et alors ?

Alors ça te paraît juste pour les autres ?

Kes raconta qu'ils avaient trouvé une falaise en surplomb à moins d'un kilomètre de là, à l'abri de la pluie. Personne pour les voir ni les entendre, et ils avaient un jeu de cartes, il ne manquait que le valet de carreau. Tu te débrouilles comment, au cinq cents ?

Les Japs vont vous le faire payer, dit Darky Gardiner.

Comment ils le sauront ? demanda Rooster MacNeice.

Ils se douteront de quelque chose et ils vous tabasseront.

Tu nous couvriras, déclara Rooster MacNeice. Aujourd'hui c'est toi le sergent responsable de l'équipe. La fois dernière, c'était Micky. Il n'a rien dit. Il a réparti les autres un peu différemment pour qu'il y ait toujours du monde sur chaque poste de travail. Avec juste un gars en moins.

Kes expliqua que l'absence de valet de carreau rendait le cinq cents bien plus intéressant. Et…

Ce n'est pas ça, la question, coupa Rooster MacNeice. Pas du tout. C'est le refus de collaborer à l'effort de guerre des Japs. Il y a un moment où il faut résister, et ce moment est arrivé.

Darky Gardiner réfléchit, mais pas très longtemps.

J'ai horreur de jouer au cinq cents, dit-il.

Kes répondit qu'honnêtement, il n'y avait pas grand-chose d'autre à faire. C'était jouer au cinq cents ou dormir. Ou faire des réussites, peut-être, mais ça intéressait qui ?

Et puis merde, s'écria Darky Gardiner, à qui l'idée de dormir ne déplaisait pas et qui avait à nouveau des maux de tête. Je suis trop déglingué pour discuter. C'est un ordre. Je me fiche que vous tiriez au flanc, mais pas si les autres paient pour vous.

Personne ne paiera, assura Rooster MacNeice.

Sauf toi si tu me désobéis. En route.

Mais quand il ramassa le cordage, l'enroula et le remit sur son épaule, seul Gallipoli von Kessler le suivit.

Gardiner est trop faible pour nous dénoncer, lança Rooster MacNeice aux autres qui, déjà, quittaient la piste et retournaient dans la jungle. Il n'a pas l'autorité des chefs d'autrefois.

15

Le colonel Kota ne fut pas surpris outre mesure de voir ses craintes se réaliser. On ne pouvait pas faire confiance aux Thaïs en tant que peuple, et en tant qu'individus c'étaient des voleurs spectaculairement doués. Pendant les quatre heures de nuit entre le moment où son chauffeur et lui avaient laissé leur camion en pleine jungle, et celui où l'équipe de secours des prisonniers était allée le dépanner pour le ramener au camp, des bandits thaïs avaient dérobé plusieurs câbles et tuyaux, rendant le véhicule inutilisable. Le colonel était obligé de rester au camp jusqu'à ce qu'un garde – attendu avant la tombée de la nuit – vienne du camp voisin avec du matériel de remplacement.

Son départ retardé de vingt-quatre heures, le colonel Kota décida d'effectuer une tournée d'inspection des travaux sur la voie ferrée. Avec le Goanna pour guide, il rejoignait la Ligne lorsqu'ils tombèrent sur deux prisonniers, le premier assis, le second couché dans la boue. Celui qui était assis se leva d'un bond, mais celui étendu en travers de la piste ne bougea pas. Il semblait inconscient. Ils le crurent mort, mais quand le Goanna l'eut retourné du bout de sa botte, ils constatèrent leur erreur et se mirent à hurler. Devant l'absence de réaction, le Goanna lui donna un violent coup de pied, mais le prisonnier se borna à gémir. Ils se rendirent compte que les menaces et les coups n'auraient aucun effet.

Le colonel Kota trouva cela désespérant. Comment construire une voie ferrée, se dit-il, si les prisonniers ne peuvent même pas se rendre au travail ? C'est alors qu'il remarqua le cou de Darky Gardiner.

Il ordonna au Goanna de mettre Darky Gardiner à genoux, tête baissée. Il examina de près la nuque du prisonnier australien. Maigre, avec de la crasse entre les plis de la peau.

Oui, pensa le colonel Kota. La chair était de ce même gris bourbeux que la terre sur laquelle on pissait. Oui, oui. Quelque chose dans ces zébrures sombres et ces replis de peau étrangement reptiliens réveillait en lui un souvenir appelant une répétition. Oui ! Oui ! Le colonel Kota se savait sous l'emprise d'une force démente, inhumaine, qui avait laissé dans son sillage à travers l'Asie d'innombrables fins. Et plus il tuait négligemment, joyeusement, plus il prenait conscience que sa propre fin serait la seule dont il ne déciderait pas. Décider de la mort d'autrui – quand, où, comment faire en sorte que ce soit une fin bien tranchée –, c'était possible. Par un fait étrange, cette façon de tuer lui donnait l'impression de maîtriser ce qui restait de sa propre existence.

En tout cas, conclut-il, on ne ferait que gaspiller la précieuse énergie de l'autre prisonnier en lui demandant de porter son camarade malade jusqu'au camp, et là, on ne ferait que gaspiller la précieuse nourriture du camp en alimentant ce dernier alors qu'il n'en avait plus pour longtemps.

Tirant son sabre de son fourreau, il fit signe au Goanna de lui tendre sa gourde. Il vit ses propres mains trembler, ce qui l'étonna. Il n'avait ni peur ni mauvaise conscience.

Seuls la lune
et moi, sur notre pont de rencontre,
solitaires, prenant froid.

Le colonel Kota récita deux fois le haïku de Tagami Kikusha. Mais il dut empêcher ses mains de trembler. Il dévissa le bouchon de la gourde et, alors qu'elle aussi tremblait dans l'air devant lui, il versa de l'eau sur son sabre. Il regarda les gouttes d'eau rouler sur la surface étincelante, ondulant comme une couleuvre mouillée. Leur beauté l'apaisa.

Relevant la tête, il se concentra pour ralentir le rythme de sa respiration avant d'abaisser avec soin la lame du sabre jusqu'à la nuque de Darky. Il la maintint là, manifestant clairement ses intentions, préparant son propre corps.

Yeux, fermés ! aboya le Goanna à l'intention de Darky Gardiner. Yeux, fermés !

Et allumant une cigarette, il cligna deux fois des yeux pour illustrer ce qu'il venait de dire.

Le colonel Kota se campa sur ses deux jambes, vérifia qu'il était bien en équilibre, leva avec un hurlement son sabre dans les airs et s'apprêta à réciter une dernière fois le haïku de Tagami Kikusha. Mais il ne put se souvenir de l'ordre exact des mots du vers central. Dans sa tête, le poème s'embrouillait.

Tout le monde attendait : le colonel au sabre immobile sur la nuque du prisonnier agenouillé, le Goanna qui avait porté sa cigarette à ses lèvres, Gallipoli von Kessler pétrifié devant cette scène. Seul à ne rien voir, Darky Gardiner n'avait conscience que de la chaleur moite, lourde comme une couverture, et de la sueur sur ses yeux fermés. Tout ce que son malheureux corps flasque, déformé par la terreur, percevait d'autre, c'était le sabre immobile entre le soleil et lui.

Il n'osait pas déglutir.

Il reconnaissait l'odeur du colonel Kota, aux relents de poisson pourri. Il sentait la lame du sabre assoiffée de sang dans l'air au-dessus de lui. Il entendait le sang. Le sien. Le leur. De plus en plus assourdissant.

Le colonel Kota, qui croyait à l'ordre et à la symétrie en toutes choses, fut troublé que son esprit tempête contre ses propres défaillances. Cela le déroutait. Il ne maîtrisait plus le déroulement des événements – donc il ne maîtrisait plus sa propre fin ni, en un sens qui lui paraissait aussi étrange que parfaitement logique, sa propre vie. Or il ne pouvait se le permettre.

Darky Gardiner avait l'impression que sa nuque hurlait. Il aspirait à ce coup de sabre afin que l'épreuve se termine. Il se demandait si déjà la lame s'abattait, si déjà sa tête…

Il est parti, entendit-il Kes déclarer.

Des bruits de pas s'éloignèrent, il y eut un bref silence, puis les mêmes pas revinrent.

Il a foutu le camp, dit Kes. J'ai vérifié. Tu peux regarder, Darky.

Et Darky Gardiner ouvrit les yeux.

Kota et son sabre avaient disparu. Le Goanna avait disparu. Seul restait Kes, qui le fixait de ses petits yeux bruns comme des pépins de pomme. Darky jeta un coup d'œil à la ligne de faîte noire des bambous au sommet d'une falaise voisine et, au-delà, à la silhouette d'un teck.

Oh que vous avez de grands yeux…, susurra Kes.

Darky entendit le cri des singes.

Il huma la boue puante de la jungle.

Et au milieu de toute cette vie qui l'entourait, il pressentit pour la première fois sa propre mort. Il comprit que tout continuerait, que de lui rien ne resterait, que son souvenir, même entretenu par des membres de sa famille ou des amis quelques années, voire quelques décennies durant, finirait par être oublié et n'avoir pas plus de signification qu'un bambou abattu, que cette boue incontournable. À la vue de la piste, à la pensée des esclaves nus qui trimaient à moins de deux kilomètres de là, il sentit une terrible rage le saisir. Tout cela continuerait éternellement, et lui seul ne serait plus là. Partout où il posait le regard, il voyait un monde vibrant de vie qui n'avait nul besoin de lui, ne s'apercevrait pas de sa disparition et ne garderait aucun souvenir de lui. Le monde continuerait sans lui.

Ça va, camarade ? demanda Kes.

Où qu'il pose les yeux, Darky Gardiner voyait un monde pour lequel il ne représentait rien, absolument rien, un monde qui se débrouillait très bien sans lui. On le jetterait sur un bûcher de bambous avec ou sans cérémonie, Jimmy Bigelow jouerait la sonnerie aux morts, et dans dix ou vingt ans, peut-être, ceux qui auraient survécu seraient tous esclaves d'un nouvel empire japonais. Et dans cinquante ans ou dans un siècle, tout le monde trouverait cela parfaitement normal, rien ne serait ni meilleur ni pire qu'à présent, à une seule différence près : lui-même ne serait plus là. Soudain il eut envie de dormir. Une envie irrésistible. Il s'étendit sur le dos et ne bougea plus. Il eut l'impression que son corps se dissolvait dans la boue.

Il faut qu'on y aille, dit Kes. Ils te tueront si tu restes là.

Se penchant pour forcer Darky à se remettre debout, Kes entendit un cri guttural et vit avec horreur le Goanna approcher à grandes enjambées sur la piste. D'une bourrade, le garde écarta Kes, et donna un coup de pied à Gardiner en criant : Maison *byoki* ! Maison *byoki* ! Il gesticulait en direction du camp à l'autre extrémité de la piste. Même délirant, Darky Gardiner n'en croyait visiblement pas ses yeux.

Maison *byoki* ? dit-il dans un souffle, incrédule.

Maison *byoki* ! répéta le Goanna dans l'argot du camp pour désigner l'hôpital, lui donnant un nouveau coup de pied pour mieux se faire comprendre.

Avec l'énergie qu'il pouvait encore mobiliser, Darky Gardiner se mit à quatre pattes et, tel un vieux chien las, fit demi-tour et commença de ramper vers le camp avant que le garde ne change d'avis. Kes partit rapidement dans la direction opposée, vers la tranchée de la voie ferrée. Le Goanna le doubla au pas de course pour rattraper le colonel. Dès qu'il eut disparu, Kes s'arrêta.

Il vit avec étonnement sa jambe gauche se contracter brusquement sans raison, tressauter comme si elle était branchée sur un courant électrique. Pendant quelques minutes son corps fut parcouru de frissons incontrôlables, secoué par de violents tremblements. Enfin tout cessa, et il put repartir vers la Ligne.

16

Il était un peu plus de midi, Shugs avait déjeuné d'une boule de riz d'un gris sale et allait aux cuisines récupérer un nouveau bidon d'essence vide pour réparer l'alambic. Il espérait aussi qu'un cuisinier lui donnerait quelques épluchures ou un reste de riz.

Shugs était bien plus âgé que la plupart des prisonniers, peut-être même proche de la trentaine, et ses yeux charbonneux que tout le monde comparait à des cendriers débordants, alliés à son caractère original et taciturne, amenaient certains à le soupçonner d'être un peu dérangé. Il avait été trappeur avant-guerre, un nomade des montagnes tasmaniennes, et ne possédait rien, pas même un paquetage. Il avait porté un caleçon pour la première fois le jour où il s'était engagé et où on lui en avait remis deux en même temps que son uniforme. La vie militaire lui apparaissait encore comme un luxe, dont le livre de cuisine gagné lors d'une partie de vingt et un à Java résumait à lui seul l'exotisme. Shugs prétendait qu'il rêvait à une recette de poitrine de porc farcie de Mme Beeton quand il était tombé sur Darky Gardiner, gisant dans la boue au milieu du terrain qui tenait lieu de cour d'honneur.

Dieu sait comment il a trouvé la force de rentrer par la Dolly, dit-il plus tard à d'autres prisonniers. Mais il l'a fait.

Eux aussi se demandaient comment Darky Gardiner avait pu rentrer à quatre pattes, venir à bout des rochers et des racines, traverser la boue et les flaques, descendre la falaise, et ils feignaient une stupéfaction qui était en réalité de la peur, car le lendemain ou la semaine suivante cela pouvait arriver à n'importe lequel d'entre eux, et il leur faudrait bien trouver en eux-mêmes autant de ressources que Darky Gardiner.

Ses intestins avaient lâché et il était couvert de merde, le malheureux, racontait Shugs. Il a dû ramper tout le long de cette foutue piste en lâchant des giclées de merde.

L'auditoire était captivé.

Pauvre bougre, impossible de savoir depuis combien de temps il était là, bordel. La fièvre le faisait trembler comme une feuille rongée par les vers un jour de grand vent. J'ai cru qu'il était mort. Il avait l'air foutrement mal en point. Et puis j'ai vu qu'il respirait. Il faut que je me débrouille pour empêcher les Japs de le voir, je me suis dit, parce que même mort, pour un Jap on tire au flanc du moment qu'on n'est pas sur cette bon sang de liste des malades. Je l'ai remis debout, ce squelette plein de merde, et voilà qu'il s'appuie sur moi et moi sur lui, et que je le traîne tant bien que mal vers les douches en bambou comme un vieux balai répugnant. Je vais chercher de l'eau, un bout de chiffon, je le lave, je le frotte, je le débarbouille, je récure son cul merdeux.

Les prisonniers voyaient comme s'ils y étaient Shugs mettre Darky sous la douche en bambou. Ils savaient quelle épreuve ç'avait dû être, deux types nus pareils à deux arbres tombés l'un sur l'autre. Ils voyaient le filet d'eau couler du tuyau de bambou qu'ils avaient raccordé au ruisseau, ils entendaient Shugs dire : Ça fait du bien d'être propre, mon pote. Ils voyaient Darky s'écrouler sans arrêt dans les bras de Shugs. Ils voyaient l'eau s'insinuer au creux des épaules de Darky et entre ses côtes saillantes, entendaient Shugs répéter : On va te débarrasser de cette foutue odeur de merde. Et ils se demandaient si un seul d'entre eux avait la moitié du courage de ce demi-fou mal embouché de Shugs.

D'après lui, Darky s'était un peu ressaisi à l'arrivée de Squizzy Taylor, le second de Big Fella, qui n'aurait pas fait de mal à une mouche malgré son air de gangster. Et là, Darky lui révèle que l'officier japonais allait le décapiter, mais qu'il ne l'avait pas fait et que le Goanna l'avait alors renvoyé au camp.

On ne peut pas accuser les Japs d'avoir de la suite dans les idées, répond Squizzy Taylor en secouant sa tête de gangster et en commençant à examiner Darky avec ses mains de gangster. À partir de là, Darky perd un peu la boule, il nous rebat les oreilles avec le restaurant de poissons Nikitaris au nord de Hobart, où il emmenait sa gonzesse manger un *fish and chips*. Il explique qu'il n'arrête pas de penser aux poissons qui nageaient en rond dans le grand aquarium de la vitrine. Des poissons-chats, des mulets, des saumons. Rien d'extraordinaire, dit-il pendant que Squizzy lui enfonce les doigts dans le ventre, lui soulève vaguement la paupière, lui tapote la poitrine, tous ces trucs de docteur.

Rien que des poissons ? demande Squizzy.

Oui, rien que des poissons. Pauvres bêtes, enfermées dans cette fichue boîte en verre.

Tire la langue, Darky, dit Squizzy.

Mais Darky continue. La séance en matinée à l'Avalon, et toujours le restaurant de poissons Nikitaris. Barracuda, frites, beignets de coquilles Saint-Jacques et pain beurré pour deux.

Avant, grogne Squizzy, ils voulaient faire travailler tous les prisonniers à l'article de la mort, et maintenant ils nous renvoient ce malheureux. Tire la langue, Darky.

Et Darky redémarre sur Edie qui adorait ça : un film, puis un repas de poissons.

Et alors ? Voilà ce que j'ai failli lui dire. Mais il répète qu'il pense sans arrêt à tous ces poissons dans l'aquarium de Nikitaris. Que ce n'est pas normal. Qu'ils sont prisonniers comme nous. Qu'à son retour il ira chez Nikitaris. Qu'il récupérera ces poissons et descendra sur les quais pour leur rendre leur liberté. Je me fiche de ce que pensera le vieux Nikitaris, dit-il. Je les lui achèterai, ou je cambriolerai sa putain de gargote, mais je les sortirai de là et je les remettrai à la mer qu'ils n'auraient jamais dû quitter.

Squizzy lui dit de ne pas s'énerver, il a toutes les maladies de la terre, il va rester à l'hôpital le temps qu'il faudra, et quand il sortira, sa gonzesse et les poissons n'auront qu'à bien se tenir.

Darky se balançait comme une herbe folle. Difficile de dire à quoi il pensait, ou même s'il savait où il était. Peut-être qu'il s'imaginait avec Edie au restaurant après un film à l'Avalon. Ou qu'il jubilait à l'idée de sortir les poissons de l'aquarium. Peut-être même qu'il ne pense plus à eux, qu'il n'a plus d'yeux que pour les seins d'Edie qui lui dit de s'occuper un peu moins des poissons et un peu plus d'elle. Ou pas. Peut-être qu'elle lui dit : Qu'est-ce que tu regardes ? Peut-être que Darky, tout intimidé, fixe les poissons, qu'il s'imagine être l'un d'eux nageant en rond dans l'aquarium. Ou alors, ajouta Shugs, quand Squizzy Taylor m'a demandé de l'emmener à l'hôpital, Darky s'est rappelé qu'il était un prisonnier de guerre nu dans la jungle avec son bras sur mes épaules.

Qu'ils lui fassent avaler toute la quinine qu'ils trouveront, a dit Squizzy, et de l'émétine en prime contre la dysenterie. Puis il s'est tourné vers moi avec ses grands yeux de gangster et il a chuchoté : Ils n'ont pas de quinine ni d'émétine, et presque plus rien à manger. Mais au moins il pourra se reposer.

Vous ne me croirez jamais, dit Shugs, mais Darky a éclaté de rire, comme s'il n'était pas là avec nous au milieu de cette fichue jungle, mais chez Nikitaris avant-guerre. Non, pas de quinine ni d'émétine, il répétait. Deux steaks de barracuda, douze beignets de Saint-Jacques et du pain beurré. Quoi ? demande Squizzy. Et moi je réponds : Deux steaks de barracuda, douze beignets de Saint-Jacques et ce foutu pain beurré, mon commandant.

Squizzy a éclaté de rire à son tour. Et moi aussi. Darky s'est remis à rire. Sans pouvoir s'arrêter. Deux steaks de barracuda, il disait, douze beignets de Saint-Jacques et du pain beurré. Et on se tenait tous les trois par le cou dans cette putain de boue, et on riait comme des fous. Je ne sais pas le moins du monde quel goût a la poitrine de porc farcie. Mais celui du poisson frit bien chaud et bien salé ? Aucun prisonnier ne peut l'oublier.

17

S'approchant de la tente où étaient soignés les ulcères, Dorrigo fut assailli par une odeur nauséabonde de chairs en décomposition. Des relents de viande avariée si épouvantables que Jimmy Bigelow – qui accompagnait Evans dans ses tournées en dehors de l'enceinte des malades du choléra pour faire office d'infirmier – devait parfois sortir pour aller vomir.

À l'intérieur, la puanteur s'accentua. Dorrigo Evans se boucha le nez, puis retira aussitôt sa main, voyant dans ce geste un affront supplémentaire fait à des hommes qui avaient déjà trop souffert. Il s'engagea dans une allée entre deux plateformes de bambou entièrement recouvertes de patients. Là, l'odeur était différente, à la fois plus forte et plus âcre, au point de lui faire venir les larmes aux yeux. Des rangées de prisonniers nus gisaient tels des insectes mourants tombés d'un étrange essaim, non pas alignés mais dans un curieux désordre, autant de cigales dont le thorax se soulevait à intervalles réguliers sur les lattes de bambou, avec leurs énormes yeux vides et sans éclat, et pour tout signe extérieur de vie cette cage thoracique décharnée qui se soulevait et retombait. Parfois Dorrigo croyait pourtant lire quelque chose dans leur regard, mais c'étaient des sentiments terribles : l'envie, un fatalisme terrifiant, ou une terreur vertigineuse dans laquelle ils s'enfonçaient toujours plus profondément ; certains étaient muets ; d'autres grommelaient et marmonnaient ; d'autres encore gémissaient sans cesse tandis que la douleur bouillonnait dans leurs veines comme la pluie à l'intérieur d'un bambou.

Dorrigo Evans s'avança entre les plateformes, aussi bavard que s'il retrouvait de vieux amis dans un pub de campagne un samedi après-midi, mais quand il vit deux infirmiers entrer avec Jack Rainbow sur un brancard, sa bonne humeur s'envola et son estomac se noua. Avec une poignée de chiffons sales, l'un d'eux tentait d'éponger le sang suintant d'un petit moignon, tout ce qui restait de la jambe droite de Jack Rainbow. Dorrigo Evans l'avait déjà opéré deux fois, amputant la première fois sous le genou quand l'ulcère avait attaqué le tibia et l'os de la cheville. La deuxième fois, la gangrène s'était mise dans le moignon et il avait dû amputer à mi-cuisse. C'était trois semaines plus tôt, et voilà que Jack Rainbow revenait. Les infirmiers l'installèrent sur une table réservée au nettoyage des ulcères à l'aide de cuillers aux rebords bien aiguisés. Dorrigo Evans vint inspecter le moignon.

Avant même de le regarder, il le sentit.

Il dut se retenir pour ne pas vomir.

C'était déjà arrivé : là où il aurait dû y avoir une cicatrice, tout était noirâtre et infecté, et du sang s'écoulait par intermittence du moignon décharné. Dorrigo Evans comprit que les points de suture qu'il avait faits sur l'artère fémorale avaient dû se déliter.

La gangrène, dit-il sans s'adresser à personne en particulier, car n'importe qui ayant un nez pour sentir savait déjà. Garrot.

Pas de réaction.

Garrot ? Mon Dieu non, s'exclama-t-il, se rappelant qu'il était dans la tente des soins aux ulcères, où il n'y avait ni garrots ni matériel de ce genre. Il défit rapidement son ceinturon, l'enleva de son short et l'enroula autour de ce qui restait de la cuisse de Jack Rainbow, à peine plus épaisse qu'un tuyau d'écoulement. Le moignon ressemblait à un gobelet en bitume malodorant. Dorrigo serra légèrement le ceinturon. Jack Rainbow laissa échapper une plainte sourde. Le saignement s'atténua.

Redressez-le.

Les infirmiers mirent Jack Rainbow en position assise, le tenant dans leurs bras. L'un d'eux lui proposa de l'eau dans une boîte de conserve, mais ses lèvres tremblantes ne purent en saisir le bord et l'eau se renversa.

On vous emmène en salle d'opération, caporal Rainbow, déclara Dorrigo Evans. Quand l'un des infirmiers s'interrompit pour se gratter le nez, il ajouta doucement : Au plus vite.

Les infirmiers savaient que plus il parlait doucement plus l'urgence était grande. Ils repartirent en toute hâte avec le brancard, tandis qu'Evans s'adressait à un troisième infirmier.

Allez chercher le major Taylor. Dites-lui que j'ai besoin de lui en salle d'opération immédiatement. Et pourriez-vous me trouver une ficelle ou une corde pour mon short ?

Le colonel et Jimmy Bigelow coururent vers la salle d'opération, ce dernier s'efforçant de ne pas se laisser distancer par Dorrigo Evans, dont la vitesse à laquelle il traversait l'étendue boueuse sur ses longues jambes ne semblait en rien ralentie par la nécessité de tenir son short d'une main.

Une sorte de petite hutte servait de salle d'opération. Sa qualité principale était sa situation : à mi-chemin de la tente abritant l'hôpital et de celle des soins aux ulcères, et donc à l'écart des malades et des problèmes d'hygiène insurmontables qu'ils posaient. Son toit était couvert de palmes, au lieu d'une bâche, ce qui la maintenait plus ou moins au sec. Le peu de matériel qu'elle possédait ressemblait à l'idée qu'un enfant se fait d'une salle d'opération. À base de bambous, de boîtes de conserve, de bidons d'essence vides et d'un bric-à-brac dérobé aux Japonais – gourdes, couteaux, câbles de camion –, c'était le triomphe de la pensée magique. Il y avait des bougies fixées à des réflecteurs réalisés avec des boîtes de conserve, un stérilisateur fabriqué à partir de bidons d'essence, une table d'opération en bambou et, au fond d'une mallette posée sur une table, hors de portée des rats et des souris, des instruments chirurgicaux en acier volé dans les moteurs.

Que faire ? s'interrogeait Dorrigo en les sortant pour les stériliser. Il n'en savait rien. Où diable vas-tu chercher des idées pareilles ? avait demandé Squizzy Taylor, un jour où Dorrigo avait joué aux cartes le sort d'un prisonnier que Nakamura voulait punir. Ma seule idée, avait-il confessé, a toujours été d'aller de l'avant, à l'assaut des moulins à vents. Taylor s'était esclaffé, mais Dorrigo ne plaisantait pas. Seule notre foi en des chimères rend la vie possible, Squizzy, avait-il ajouté – la plus proche explication de sa philosophie qu'il eût jamais donnée. C'est de trop croire au réel qui nous perd.

Il inventait sa vie tous les jours, et plus il se fiait à ses rêves, plus ça avait l'air de marcher. Mais là, comment aller de l'avant ? À l'autre extrémité de l'abri, loin de la table d'opération, il se lava les mains, effaçant les taches de sang poisseux sous un filet d'eau régulier qui sortait d'un tuyau de bambou, encore un bricolage des prisonniers pour amener l'eau d'un ruisseau voisin, que Dorrigo soupçonnait à présent de contenir le bacille du choléra. Tout semblait contaminé, et certains efforts ne faisaient visiblement qu'aggraver la situation, causer encore plus de décès. Il appela Jimmy Bigelow pour qu'il lui apporte le bidon de précieuse eau distillée et le pria de la lui verser lentement sur les mains.

En les rinçant, Dorrigo tenta de se rasséréner, de calmer son corps et son esprit.

Il paniquait. Il le savait et se ressaisit, essayant de s'absorber dans la procédure routinière du nettoyage préopératoire. S'assurer de la propreté de chaque doigt. Ça, je peux, se dit-il. Les ongles : vérifier qu'il ne restait rien dessous. Ça, il ne croyait pas pouvoir, mais les autres croyaient que si. Et s'il croyait à la foi qu'ils avaient en lui, peut-être pouvait-il se faire confiance. Les poignets : ne pas oublier les poignets. Tout cela était ridicule, mais pour vivre, se dit-il, il faut avant tout une foi ridicule en notre capacité à survivre.

Les infirmiers arrivèrent avec Jack Rainbow, désormais silencieux. Tandis qu'ils l'allongeaient sur la table d'opération, Squizzy Taylor fit son entrée. L'infirmier qui l'avait trouvé s'était procuré quelques bouts de tissu de couleur vive, attachés ensemble pour former une corde sommaire. Il la tendit au colonel.

Mon ceinturon ?

D'anciens saris. Apparemment. D'autrefois.

Le colonel sourit.

Tant mieux s'ils empêchent ce short de tomber, pour changer. Allez-y, dit-il, et il désigna le short d'un mouvement du coude en continuant à se récurer les mains.

L'infirmier fit passer la corde de fortune dans les passants et la noua sur le côté, donnant au grand chirurgien aux hanches étroites un petit air de flibustier.

Squizzy Taylor, lui, tenait son surnom du célèbre gangster de Melbourne, à la fois à cause de son patronyme et de son charme ténébreux – renforcé par des yeux de marsupial, à la fois vifs et vulnérables, et par une fine moustache. Autrefois mince, il était désormais d'une telle maigreur qu'il ressemblait comme jamais à un bandit, ce qui ajoutait à la pertinence de son surnom. Son passé de médecin dans une banlieue d'Adélaïde était aussi anodin que son apparence était exotique. Hormis ce qu'il avait appris en assistant Evans, il connaissait uniquement de la chirurgie ce que ses études et quelques anecdotes lui avaient enseigné.

Mon colonel ?

On ampute. Encore une fois, dit Dorrigo Evans sans quitter ses mains des yeux.

Dorrigo, insista Squizzy Taylor. Tu as vu le moignon ?

Je sais.

Il n'y a plus rien à amputer.

Dorrigo eut l'impression que ses mains se broyaient mutuellement. Il fallait qu'elles soient propres.

Je sais. On peut…, commença-t-il, puis il hésita.

Il frotta ses mains encore plus fort. Pouvait-on ?

Pour l'amour du ciel, Jimmy, dit-il sèchement à son infirmier. Cette putain d'eau est plus précieuse qu'un whisky pur malt. Pas question de faire de l'irrigation. Doucement, j'ai dit.

Il mourra à cause du choc opératoire, Dorrigo.

Il mourra si on n'opère pas. C'est la gangrène. Il a… Il a encore une chance si on ampute à la hauteur de la hanche.

Vraiment ? demanda Squizzy Taylor. Même dans les hôpitaux les plus modernes, désarticuler une hanche tue le patient. On enlève une trop grande partie du corps. Ici, ça n'a pas de sens.

Il nous reste quelle quantité d'anesthésique ?

Suffisamment.

Autrefois j'ai assisté un chirurgien lors d'une désarticulation. À Sydney, en 1936. C'est le vieil Angus MacNamee qui opérait. Le meilleur.

Le patient a survécu ?

La patiente. Une Aborigène. Vingt-quatre heures. Deux jours peut-être. Je ne m'en souviens pas exactement.

Pourquoi ne pas te contenter d'une amputation du reste de la cuisse ? Là, on aurait une chance.

La gangrène est montée trop haut.

Je ne suis pas chirurgien. Mais ça ne me paraît pas si haut. Ampute à la hauteur du garrot.

Quoi qu'il en soit, la cuisse ou la hanche, on n'aura nulle part où poser un garrot et Jack risque de se vider de son sang. Il n'a plus de jambe, Squizzy. C'est ça le problème.

Si je peux appuyer assez fort avec quelque chose de rond et de plat à peu près là… Taylor palpait le bas de son propre ventre, cherchait les artères, les muscles, mesurait l'ampleur du dilemme. Là, dit-il, enfonçant l'index et le majeur dans le pli de l'aine. Là ! Sur l'artère fémorale, on pourrait interrompre la circulation sanguine.

Ou pas.

Ou pas.

Peut-être avec quelque chose comme une cuiller dont on tordrait le manche ? Ça pourrait marcher.

Possible.

Possible.

Ça résoudrait le problème. Avec un peu de chance, ça interromprait la circulation juste assez pour que tu puisses opérer. Il saignerait quand même. Mais tu pourrais enlever le moignon, clamper les artères et recoudre. Oui, il saignera, mais pas au point d'en mourir.

Il ne faudra pas que je traîne.

Tu n'as jamais été du genre à flâner.

Le corps efflanqué de Jack Rainbow était parcouru de frissons. Un halètement discret s'échappait de sa bouche.

D'accord, dit Dorrigo Evans, secouant ses mains pour les sécher.

Il envoya Jimmy Bigelow chercher une cuiller à soupe et regagna la table d'opération en bambou.

On va juste raccourcir encore un peu cette jambe, Jack, enlever cette gangrène puante, et…

J'ai froid, dit Jack Rainbow.

18

Dorrigo Evans regardait ce visage émacié, aussi gris que de la graisse de bœuf, cette barbe de trois jours blanche et raide comme les fils d'un fusible, ces grands yeux d'opossum, ce nez en trompette couvert de taches de son.

Apportez-moi une couverture, dit-il.

Vous avez une Pall Mall, doc ?

Malheureusement non, Jack. Mais après, je me débrouillerai pour que vous ayez de quoi fumer.

Rien de mieux qu'une Pall Mall pour vous réchauffer, doc.

Jack éclata de rire, toussa, et se remit à trembler.

Van der Woude arriva avec son anesthésique fait maison. Jimmy Bigelow revint des cuisines avec une cuiller à soupe, et une louche en cas de besoin. On alluma deux bougies et deux lampes à pétrole, mais elles semblaient surtout accentuer la pénombre autour d'elles. Un infirmier alluma une torche électrique.

Pas encore, dit Dorrigo Evans. On n'a pas de piles de rechange. Attendez que je vous le demande.

Il fit signe à Jimmy Bigelow et à Squizzy Taylor de le rejoindre près de la table et de glisser leurs mains sous le corps de Jack Rainbow.

À trois, messieurs.

Ils mirent Jack Rainbow sur le ventre. Quand Squizzy Taylor inséra l'aiguille de la seringue dans la moelle épinière de Jack, celui-ci émit un bruit de succion semblable à celui d'un tuyau d'évacuation en train de se vider. Ils posèrent la perfusion pour lui administrer l'anesthésique. Wat Cooney, un cuistot incroyablement menu aux oreilles si petites qu'elles semblaient avoir été volées dans un sac de choux de Bruxelles, apporta des cuisines une scie à découper la viande.

Le cocktail de Van der Woude était efficace, mais peu stable. Jack Rainbow perdit rapidement connaissance et ils préparèrent l'amputation, faisant bouillir la scie et les quelques instruments chirurgicaux dont ils disposaient. Quand tout fut enfin prêt, Dorrigo Evans donna le signal. On enleva la perfusion et on remit Jack Rainbow sur le dos.

On ira le plus vite possible, déclara Dorrigo Evans. Procédure normale. L'essentiel est de réduire les saignements au minimum. Tenez-le, dit-il, se tournant vers Jimmy Bigelow et Wat Cooney. Cuiller prête ? demanda-t-il à Squizzy Taylor. Taylor leva la cuiller au manche désormais tordu, comme pour se mettre au garde-à-vous.

À l'assaut des moulins à vent, murmura Dorrigo Evans.

Il prit une profonde inspiration. Taylor appuya doucement, mais de plus en plus fermement, le dos de la cuiller dans le bas-ventre amaigri de Jack Rainbow.

Torche électrique, dit Dorrigo Evans. Jimmy Bigelow s'avança et braqua le faisceau de la torche sur le moignon.

Des bruits s'élevèrent des tentes de l'hôpital, presque aussitôt couverts par les hurlements de Jack lorsque Dorrigo Evans commença à découper son moignon. L'odeur de la chair gangrenée était si pestilentielle que Dorrigo faillit vomir. Mais les cris de Jack Rainbow lui confirmèrent qu'il faisait ce qu'il fallait : tailler dans de la chair vivante.

Un infirmier fit irruption dans l'abri.

Qu'est-ce que vous voulez ? demanda Dorrigo Evans sans lever les yeux.

Le Goanna a sorti Darky Gardiner de l'hôpital.

Quoi ?

On n'a pas pu l'en empêcher. Ils l'ont traîné par les bras. Une histoire de gars qui manquaient sur la Ligne. Ils sont en train de faire l'appel. Ils vont le corriger.

Plus tard, répondit Dorrigo, le visage presque à la hauteur du moignon puant de Jack Rainbow, se concentrant sur sa tâche.

Le major Menadue dit que vous seul pouvez les arrêter.

Plus tard.

Quand il sectionna l'artère fémorale, elle saigna beaucoup, mais pas démesurément.

Clamp, dit-il. Je ne peux rien faire pour le moment. Salauds de Jaunes. Clamp ! Salauds. Clamp !

Il clampa l'artère fémorale, mais les tissus s'étaient déchirés et le tuyau de chair cracha un jet de sang sur la table d'opération, puis plusieurs, telle une pompe.

Appuie plus fort, ordonna-t-il à Taylor. Il se reprochait de n'avoir pas été là pour empêcher un acte aussi scandaleux. Il pensait également à l'alambic cassé, à la nécessité de racheter de l'anesthésique aux marchands thaïs, et au fait qu'à l'avenir il devrait toujours pratiquer la première amputation le plus bas possible, en prévision de pareilles horreurs.

Il clampa une deuxième fois l'artère fémorale, et pour la deuxième fois elle céda, l'obligeant à replonger les doigts dans cette chair morte et malodorante et à clamper de nouveau. Il s'arrêta, attendit. Cette fois, ça tenait.

Bon, dit-il. D'accord.

Il découpa encore de la chair. En moins d'une minute, il avait enlevé le reste de cette viande avariée. Les saignements reprenaient, mais Taylor avait raison, ils n'étaient pas trop importants, et il restait juste assez de jambe pour amputer. Pour la première fois en une heure, il se détendit un peu.

J'enlève la cuiller ? demanda Taylor.

Pas encore, répondit Dorrigo Evans. Désignant la chair en décomposition sur la table d'opération, il dit à Jimmy Bigelow : Débarrassez-nous de ça, nom d'un chien.

Ensuite il souleva assez de peau pour former un rabat sur la plaie finale. Puis il détacha proprement de l'os les muscles vivants, afin de pouvoir scier l'os plus haut, pour que dessous la chair cicatrise et forme autour un moignon acceptable.

Scie, dit-il.

Un infirmier lui tendit la scie à découper la viande. Comme il avait du mal à exercer la pression nécessaire, il donna de petits coups répétés, entaillant le haut du fémur, évitant de projeter des éclats d'os et d'abîmer davantage la chair. Très vite, un tronçon d'os de la longueur d'un doigt se détacha.

Les trois hommes étaient à présent totalement absorbés par l'opération. Dorrigo Evans entreprit de ligaturer l'artère fémorale avec un fil improvisé par Van der Woude à partir de boyaux de porc. Ils avaient été lavés, bouillis, découpés pour en faire des fils, puis de nouveau lavés et bouillis, et rebouillis avant l'opération. S'ils n'avaient pas la finesse du fil chirurgical, ils étaient solides. Mais cette fois, Dorrigo cousait dans du rien, de l'humidité, un mélange de tissus et de sang. La torche électrique faiblissait, et il se concentrait de toutes ses forces pour faire chaque point de suture exactement au bon endroit.

Soudain les saignements s'interrompirent.

Il avait réussi. Il était parvenu à ligaturer l'artère et Jack Rainbow survivrait. Dorrigo prit conscience qu'il respirait bruyamment. Il sourit. Il prépara le reste des muscles et le rabat de peau dont il recouvrirait le moignon. Il jeta un coup d'œil à Squizzy.

On enlève la cuiller, major. Doucement.

Squizzy Taylor souleva la cuiller. Dorrigo Evans s'activait toujours, plus lentement désormais, avec plus de précautions. Jack survivrait. Il allait sauver la vie de cet homme. Il y aurait la phase de réanimation, les risques d'infection. Mais Jack Rainbow avait de bonnes chances de s'en sortir, à présent. Peut-être pas excellentes, mais bonnes. Dorrigo s'appliquait à faire le meilleur travail possible, imaginant un Jack Rainbow dans la force de l'âge, avec ses enfants, son moignon sur un coussin. Vivant. Aimé. Et il sut que ce qu'il faisait n'était pas dénué de sens ni de raison : il n'avait pas échoué.

Éteignez la torche, dit-il.

Il avait fini.

Il se redressa, se massa le dos, fit un clin d'œil à Jimmy Bigelow et baissa la tête pour examiner le moignon. C'était un travail d'une propreté remarquable. Il se sentit fier de son ouvrage. Il vit un peu de sang suinter là où il venait de suturer les rabats de peau, mais l'infirmier qui nettoyait le moignon l'essuya.

Dorrigo alluma une cigarette, aspira profondément cette fumée bienvenue et pouffa de rire.

Avec une cuiller, dit-il.

Une foutue cuiller au manche tordu, renchérit Squizzy.

Digne d'une publication dans le *Lancet*.

Lorsqu'il se tourna de nouveau vers Jack, quelques gouttes de sang étaient réapparues sur le moignon.

Pourquoi vous ne faites pas le pansement ? demanda-t-il à Wat Cooney qui essuyait le sang pour la deuxième fois.

Comme pour lui répondre, le sang recommença presque aussitôt à perler. Les rabats de peau enflaient, les quelques gouttes se transformaient en un suintement persistant, puis le sang se mit à ruisseler sur la plaie. Wat Cooney jeta un regard horrifié à Dorrigo.

La ligature de l'artère fémorale n'a pas tenu, déduisit Squizzy Taylor, mettant des mots sur une éventualité que Dorrigo préférait ne pas envisager. Il se figea quelques instants.

Cuiller ! cria-t-il soudain.

Quoi ? demanda Jimmy Bigelow, à l'autre bout de l'abri.

La ligature de l'artère fémorale a lâché. Il va falloir rouvrir.

Squizzy Taylor accourut avec la cuiller.

La torche, Jimmy ! La torche ! Il nous reste une demi-minute.

Car en trente secondes, il le savait, le cœur de Jack Rainbow aurait vidé son corps de son sang. Avant que Squizzy ait pu replacer la cuiller, le corps de Jack Rainbow fut secoué par un tremblement.

Cuiller !

Jack Rainbow avait des convulsions.

Cuiller !!! hurla Dorrigo Evans.

Squizzy Taylor appuya sur la cuiller, sans pouvoir maintenir la pression sur ce corps qui se cabrait. Jimmy Bigelow ralluma la torche électrique et se remit en place, mais le faisceau faiblit encore avant de s'éteindre complètement.

Torche ! hurlait Dorrigo Evans. Et de la lumière, bordel !

Le corps de Jack Rainbow faisait des bonds.

Tenez-le ! Immobilisez-le ! Complètement. Cuiller ! Immobilisez-le ! Tenez-moi ce con !

J'appuie aussi fort que je peux, mais cet enfoiré ne veut pas s'arrêter, répliqua Squizzy Taylor.

Il y avait du sang partout, sur la table en bambou, sur eux, du sang qui formait des rigoles huileuses dans la boue sombre à leurs pieds. Il fallut quelques instants de plus à Jimmy Bigelow et à Wat Cooney pour maîtriser Jack Rainbow, mais son corps émacié continuait à tressauter comme si un courant électrique le traversait, et leurs mains glissaient sur le sang qui enduisait tout.

La jambe, dit Dorrigo Evans. Tenez-moi cette jambe !

En réalité il ne restait plus de jambe, rien qu'une chose sanguinolente qui bougeait vaguement et semblait ne demander qu'une chose : qu'on la laisse tranquille. Le minuscule moignon de cuisse était à présent si poisseux à cause du sang qu'il était difficile de travailler dessus, et dans la pénombre et l'agitation Dorrigo Evans avait du mal à y voir clair. Les convulsions s'espacèrent, puis s'arrêtèrent, et il put retrouver les points de suture pour accéder à l'artère fémorale, mais quand il les sectionna, Jack Rainbow tressauta de nouveau. La cuiller de Squizzy dérapa sur la peau visqueuse et le sang jaillit brutalement en arc de cercle, retombant jusqu'au pied de la jambe valide de Jack Rainbow.

Les doigts dans les chairs en bouillie du moignon de Jack, Dorrigo Evans cherchait frénétiquement quelque chose à ligaturer, pinçant une masse gluante et agitée, fouillant dans une soupe déchaînée : il n'y avait rien, rien à ligaturer, absolument aucune prise pour le fil. Les parois de l'artère étaient du papier buvard mouillé. Non, comprit Dorrigo Evans avec une horreur croissante tandis que le sang continuait à jaillir, que le corps de Jack Rainbow était en proie à une terrible série de convulsions, il ne pouvait rien faire. Mais il doit pourtant bien y avoir quelque chose à tenter, se répétait-il. Réfléchis ! Réfléchis ! Regarde !

À chaque tremblement convulsif, un jet de sang s'élevait comme d'une petite fontaine. Comme si le corps de Jack Rainbow voulait se vider jusqu'à la dernière goutte. Dorrigo Evans s'efforçait de ligaturer l'artère le plus haut possible, le sang jaillissait toujours au galop, Squizzy Taylor n'arrivait pas à interrompre l'hémorragie, il y avait de plus en plus de sang partout, Dorrigo essayait désespérément de trouver un moyen de gagner du temps, en vain. Il ligaturait, le sang giclait, il n'y avait pas de lumière, les points de suture lâchaient sans arrêt, aucun ne tenait.

Appuie plus fort, hurlait-il à Squizzy Taylor. Arrête-moi cette putain d'hémorragie !

Mais plus Squizzy Taylor appuyait, plus le sang affluait, éclaboussait la main et le bras de Dorrigo Evans, se déversait dans cette boue asiatique, ce bourbier asiatique où ils étaient englués, cet enfer asiatique qui se refermait toujours plus sur eux.

Les convulsions firent place à des tremblements. Dorrigo Evans remontait toujours plus à l'intérieur du moignon, la chair se déchirait et cédait sous ses doigts ; son aiguille finit par heurter l'os. Alors qu'il tentait de réfléchir, de trouver une solution, de ne pas désespérer, il entendit Jack prononcer tout bas quelques mots, à peine plus que des soupirs et des râles.

Big Fella ?

Jack ?

Je vais mourir ?

Je crois que oui.

Froid. Tellement froid, putain.

Dorrigo Evans travaillait sans relâche sur le moignon de Jack, ses pieds nus enfoncés jusqu'à la cheville dans cette boue sanglante sous la table d'opération de fortune, avec ce calme apparent qu'il parvenait par un phénomène étrange à conserver dans ses pires moments de trouble intérieur. Il continuait à chercher un lambeau d'artère, quelque chose à quoi se raccrocher dans ses efforts, contractant inconsciemment les orteils pour se cramponner à la boue.

Enfin il trouva et fit de son mieux, avec application, pour être sûr que la ligature tiendrait et que Jack survivrait, et lorsqu'il eut fini et qu'il releva la tête, il comprit que Jack était mort depuis quelques minutes, mais que personne n'avait osé le lui dire.

19

Le colonel Kota trouvait ce sergent coréen de plus en plus exaspérant. Tout chez lui inspirait le doute, la méfiance. Même dans sa démarche guindée et sa lenteur excessive quand il se retournait quelque chose sonnait faux. Alors qu'il contemplait l'enchevêtrement de traverses, de rochers, de terre et de rails dans lequel les esclaves nus s'activaient comme des cafards, le colonel Kota comprit pourquoi on ne pourrait jamais envoyer des Coréens au front en première ligne.

Tout en inspectant le chantier – les talus et les voies, l'imposante tranchée percée dans la roche des collines, les falaises de calcaire gris qui arrêtaient les nuages noirs, et les magnifiques ponts de chemin de fer enjambant les gorges en pleine jungle comme autant d'arcs-en-ciel sous le déluge de la mousson –, il revoyait sans cesse le moment où il n'avait pas tué le prisonnier sur la piste, et où le sergent coréen avait été témoin de sa conduite étrange. Et pourtant il ne se souvenait toujours pas de l'ordre exact des mots de ce haïku. Le sergent coréen l'agaçait profondément, avec son sourire forcé et complaisant, son approbation ridicule du moindre commentaire de Kota, ses fanfaronnades sur l'efficacité de l'organisation. Le colonel était convaincu que derrière chaque sourire se cachait du mépris, derrière chaque approbation une moquerie, derrière chaque fanfaronnade un sentiment insolent de supériorité. Suivant une intuition dont il pensait qu'elle risquait au mieux de mettre le Coréen mal à l'aise, au pire de l'énerver, il ordonna que l'on recompte les prisonniers pour la seule et unique raison qu'il en avait le pouvoir.

À la stupéfaction des gardes, neuf d'entre eux manquaient à l'appel. Mystérieusement mis au courant, huit hommes réapparurent lors du second appel, une demi-heure plus tard. Le colonel japonais au visage en lame de couteau exigea que les huit prisonniers qui s'étaient cachés se dénoncent pour être châtiés, et révèlent l'identité de leur neuvième camarade ainsi que l'endroit où il se trouvait.

Personne ne se dénonçant, il ordonna qu'on aille chercher le sergent responsable de l'équipe des prisonniers et qu'il soit sévèrement puni pour l'exemple. Après un moment de confusion, il fut établi que ce neuvième homme était en fait le sergent lui-même, et qu'il ne se trouvait pas sur la Ligne, mais était rentré au camp.

De retour au camp en fin d'après-midi, le colonel Kota sermonna sévèrement Nakamura, sa colère redoublée par sa propre honte d'avoir oublié le contenu d'un haïku et de n'avoir donc pu décapiter un prisonnier – le tout sous les yeux d'un garde coréen. Lui-même en proie à un vif sentiment de honte, le major japonais retrouva le sergent coréen dont il n'arrivait pas à retenir le nom, le gifla violemment plusieurs fois, lui soutira le nom du prisonnier qui se cachait apparemment – et par-dessus le marché – à l'hôpital, et ordonna un rassemblement pour que le prisonnier soit châtié en présence de tous ses camarades.

Pour sa part, le Goanna ne se formalisait pas des gifles, mais n'était pas vraiment ravi de cet ordre : il s'entendait bien avec le prisonnier Gardiner, et trouvait l'accusation encore plus absurde que d'ordinaire. Même si Gardiner l'agaçait par son habitude de chanter et de siffloter, il pouvait se révéler utile. Voilà quelques jours encore, le Goanna s'était procuré auprès de lui de la viande de bœuf fraîche pour tous les sous-officiers. Enfin, ainsi allait la vie. C'était dommage, mais sans doute qu'après ce châtiment, Gardiner continuerait d'avoir besoin de lui et lui de Gardiner. Le monde continuait de tourner, sans jamais s'arrêter. On avait beau lui faire la guerre, c'était toujours lui qui gagnait. Qu'y pouvait-on ?

Aussi retrouva-t-on Gardiner là où le Goanna l'avait envoyé : à l'hôpital. Comme il était incapable de mettre un pied devant l'autre, le Goanna ordonna aux deux gardes qui l'accompagnaient de le traîner jusqu'à la cour d'honneur pour qu'il y reçoive son châtiment.

20

La journée passait, l'air fraîchissait, et les prisonniers se disaient que là, au moins, ils n'étaient pas obligés de travailler. Pendant quelques minutes ou le temps qu'il faudrait, ils pourraient se reposer, or le repos était toujours bon à prendre, meilleur que tout dans leur monde à l'exception de la nourriture. Mais ils n'avaient pas envie d'être là.

Ils étaient debout au centre du terrain servant de cour d'honneur, une centaine de prisonniers occupés aux tâches les moins pénibles, et rassemblés en ce début de soirée sous la pluie de la mousson pour assister au châtiment de Darky Gardiner – un homme qui prenait même les singes trempés en pitié –, administré par le Goanna pour un crime qu'il n'avait pas commis. Leur nombre s'accrut lentement à mesure que les gardes obligeaient les prisonniers de retour de la Ligne à se joindre à cette triste assemblée.

Lorsque le Goanna se lassa, deux autres gardes s'avancèrent pour prendre le relais. Un parfum fruité, humide, arriva de la jungle et rappela à certains d'entre eux le xérès, ainsi que les Noëls en famille ou les charlottes confectionnées par leur mère. Pendant que l'un des gardes giflait alternativement Darky Gardiner sur la joue droite et la joue gauche, et que le second lui rouait le torse de coups de poing, certains prisonniers tentaient de puiser du réconfort dans leurs souvenirs de citrouilles rôties, de gigots d'agneau et de pudding, le tout arrosé d'une bonne bière. Et même s'ils devaient revoir jusqu'à leur mort, six jours ou soixante-dix ans plus tard, les coups pleuvoir sur Darky Gardiner, sur le moment cet événement leur parut autant échapper à leur contrôle, et donc à leur conscience, que la chute d'une pierre ou l'arrivée d'un orage.

Il existait, voilà tout, et mieux valait donc l'affronter en pensant à autre chose.

Sheephead Morton – lentement, discrètement, pour ne pas attirer l'attention sur ce mouvement interdit – faisait jaillir de la boue entre ses orteils et construisait dans sa tête, comme il l'avait parfois fait en tant qu'ouvrier avant-guerre, les fondations d'une maison. Jimmy Bigelow passait et repassait le gras de son pouce contre son index, et ce doux frottement le transportait dans le lit d'une femme qui lui effleurait la hanche du bout des doigts. Il s'émerveillait encore de la caresse du léger duvet sur sa lèvre supérieure lorsqu'elle l'avait attiré à elle pour l'embrasser.

Dix minutes plus tard, le Goanna, reposé et percevant sans doute le manque d'attention des prisonniers, leur ordonna d'avancer de six pas. Là, le son des coups et des gifles, même sourd et répétitif, était perçu par toute l'assemblée. Impossible à présent de ne pas regarder l'homme à demi nu tabassé par les gardes en uniforme. Son visage moite, de plus en plus enflé, prenait une curieuse expression de stupeur chaque fois que les gardes le frappaient de leurs poings ou avec un bâton en bambou.

Au secours, gémissait-il. Aidez-moi.

À moins que ses cris atones n'aient simplement donné cette impression. Chaque étrange respiration laborieuse de Darky – mélange de râles, de gargouillis sanglants et de grognements épisodiques tandis que son corps peinait, lui aussi, pour survivre à cette épreuve –, chacun de ces sons ne pouvait être entièrement ignoré. Et pourtant les prisonniers réussissaient à les ignorer.

Lizard Brancussi essayait de revoir le visage de sa chère Maisie. Jour après jour, il contemplait avec amour le dessin au crayon de Rabbit Hendricks, mais quand il tentait d'aller au-delà – de se souvenir d'elle – tout devenait flou. L'image de Mae West devenait de plus en plus présente, et Maisie, la vraie, s'estompait toujours plus. Alors que le passage à tabac se prolongeait, pourtant, il continuait d'essayer, car il avait compris que l'intérêt de son existence tenait désormais à sa capacité de croire en quelque chose d'autre – n'importe quoi – que ce qui se déroulait sous ses yeux.

Aussi les prisonniers voyaient-ils sans voir, entendaient-ils sans entendre ; et ils savaient, ils savaient tout, en s'efforçant de ne rien savoir. Mais parfois le passage à tabac réussissait à attirer leur regard grâce à une nouveauté, par exemple cette petite bûche de teck que le Goanna avait trouvée et qu'il lança à la tête de Darky Gardiner, ou bien lorsqu'il s'acharna sur lui avec un bâton de bambou aussi gros que son bras, comme sur un tapis particulièrement sale. Coup après coup – sur le visage du monstre, le masque d'un monstre.

Les prisonniers étaient affamés, et leurs pensées se tournaient de plus en plus vers leur repas du soir, lequel, aussi maigre fût-il, avait néanmoins une réalité et les attendait ; ce châtiment les privait du plaisir de manger. Ils avaient travaillé toute la journée sans rien d'autre pour nourrir leurs efforts qu'une petite boule de riz gluant. Ils s'étaient échinés dans la chaleur et sous la pluie. Ils avaient percé la roche, transporté de la terre, tiré des tecks et des bambous gigantesques. Ils avaient parcouru plus de dix kilomètres pour aller jusqu'à la Ligne et en revenir. Or ils ne pourraient pas manger avant la fin du passage à tabac ou la mort de Darky, et leur secret espoir était que, d'une façon ou d'une autre, cette affaire se termine tôt plutôt que tard.

D'autres prisonniers rentrèrent de la Ligne, titubants, leur nombre total atteignit deux cents, puis plus de trois cents. Et ils durent regarder des hommes s'acharner sur un homme comme eux, sans qu'aucun d'eux ne puisse rien dire ou faire pour changer l'horrible cours des choses.

Ils auraient voulu se jeter sur les gardes, empoigner le Goanna et les deux autres, les battre à mort, leur fracasser le crâne jusqu'à ce que la matière grise dégouline, les ligoter à un arbre et leur enfoncer leurs baïonnettes dans les tripes, leur passer autour du cou, tels des colliers, leurs intestins bleu et rouge tant qu'ils étaient encore vivants, afin que ces gardes prennent la mesure de leur haine. Les prisonniers pensaient tout cela, puis ils se le reprochaient. Leurs visages devenaient encore plus vides et émaciés à mesure que le châtiment se prolongeait. Enfin ces hommes qui n'étaient pas des hommes, ces humains incapables de se montrer humains entendirent une voix familière crier :

Byoki !

Et leur moral remonta temporairement lorsqu'ils se retournèrent et virent Dorrigo Evans courir vers eux. Quand l'ulcère qu'il avait à la cheville frôla une souche de bambous, il cria deux fois plus fort :

Byoki ! Byoki !

Le Goanna ignora complètement la présence du médecin colonel australien. Un autre garde poussa Dorrigo Evans sans ménagement au premier rang des prisonniers, tandis qu'à l'autre bout du terrain le major Nakamura, suivi du lieutenant Fukuhara, venait vers eux à grandes enjambées pour assister au châtiment.

Sortant des rangs, Dorrigo Evans supplia les officiers japonais d'y mettre fin. Certains prisonniers remarquèrent que Nakamura s'inclinait légèrement devant lui, manifestant son respect envers un plus haut gradé, et que leur colonel, au risque de froisser le Japonais, ne le saluait pas en retour.

Ils entendirent Dorrigo Evans déclarer : Cet homme est gravement malade. Il a besoin de repos et de médicaments, et non de coups.

Derrière lui, le châtiment continua.

21

Nakamura se balançait d'avant en arrière en écoutant. Il avait la bouche sèche et l'envie de se gratter, se sentait en colère et angoissé. Il lui fallait du *shabu*, un cachet seulement. Le spectacle de la correction infligée au prisonnier ne lui procurait aucun plaisir. Mais que pouvait-on faire avec des gens pareils ? Que pouvait-on faire ? Des parents bons et sensibles l'avaient élevé pour qu'il devienne un homme bon et sensible. Et la douleur qu'il éprouvait devant des souffrances qu'il avait lui-même ordonnées lui prouvait combien il était bon et sensible. Sinon, pourquoi aurait-il tant de peine ? Mais précisément parce qu'il était un homme bon – pour qui la bonté résidait dans l'obéissance, la déférence, et un sens exacerbé du devoir –, il avait été capable d'ordonner un tel châtiment.

Car celui-ci servait l'intérêt général. Pendant la nuit, les travaux sur leur tronçon de voie ferrée avaient considérablement progressé. Et parce que ce jour-là les prisonniers s'étaient montrés particulièrement pénibles, que les gardes l'avaient senti et étaient à leur tour sur la défensive, ce châtiment leur permettait de réaffirmer leur autorité et rappelait à tous les prisonniers leur devoir sacré.

Il y avait en outre le problème de la découverte par le colonel Kota lui-même de l'absence d'un homme – une honte pour lui, Nakamura, et pour tous les gardes et ingénieurs sous son commandement. Châtier le coupable n'avait rien à voir avec le remords, c'était une question d'honneur. Il n'y avait pas le choix : ou bien l'on existait pour l'Empereur et pour la voie ferrée – laquelle incarnait, après tout, la volonté de l'Empereur –, ou bien l'on n'avait plus de raison de vivre, ni même de mourir.

Fukuhara lui expliquait que le colonel australien réclamait encore des médicaments. Quels médicaments ? pensa Nakamura. L'état-major ne leur envoyait rien : ni machines ni nourriture, et encore moins des médicaments – seulement quelques vieux outils et l'ordre impossible de faire des miracles dans ce désert vert. Et des Coréens. Des Coréens bons à rien. Pas étonnant qu'on ne les mette pas en première ligne au front. On ne pouvait même pas compter sur eux pour surveiller les prisonniers australiens. Lui aussi avait besoin de médicaments. De *shabu*. Car s'il n'achevait pas son tronçon de voie ferrée dans les temps, il n'aurait plus qu'à se suicider de honte. Il n'avait pas envie de se suicider, mais il ne pouvait pas rentrer dans son archipel natal en ayant trahi la confiance de l'Empereur. Il valait mieux que cela. Or pour accomplir la tâche qui lui incombait au cours des prochaines heures, il lui fallait un peu de *shabu*.

Tandis que la correction se poursuivait, Nakamura remarqua que le sergent coréen semblait frapper avec moins de force, un manque de conviction qui le contraria immensément. Les Coréens seraient toujours, eh bien, des Coréens, et celui-ci ne s'acquittait tout bonnement pas de sa mission. La fatigue, sans doute, mais ce n'était pas une excuse. Nakamura avait ordonné ce châtiment, un ordre nécessaire et justifié, or les gardes ne semblaient pas le prendre au sérieux.

Pendant que Fukuhara continuait de traduire les affirmations du colonel australien selon lesquelles le prisonnier n'était coupable de rien et avait été envoyé à l'hôpital par un garde à cause de la gravité de son état, Nakamura attendait, mourant d'envie de se gratter, perdant son temps, regardant le Coréen donner des pichenettes au prisonnier. Celui-ci paraissait groggy, mais réussissait encore à encaisser les coups peu sévères du garde. Quand il chancelait, Nakamura avait l'impression que c'était pour accompagner les mouvements du bâton en bambou et que le garde ne faisait rien pour mettre un terme à cette farce. Le prisonnier se jouait du châtiment. Nakamura, hors de lui, eut encore plus envie de se gratter – il lui fallait absolument ce comprimé de *shabu*, mais combien de temps encore allait-il devoir attendre, être témoin d'une telle absurdité, d'une telle stupidité ?

Le colonel australien avait changé de stratégie et semblait recourir à l'argument de l'autorité outragée pour interrompre la correction. Fukuhara rapporta à Nakamura que le colonel Evans accusait le sergent coréen de l'avoir totalement ignoré – lui, médecin colonel et commandant des prisonniers – lorsqu'il s'était adressé à lui, et d'avoir ainsi bafoué son grade et son honneur.

Nakamura pivota pour faire face à Fukuhara. Il allait mettre fin à ce châtiment sur-le-champ et tout le monde pourrait partir – malgré sa médiocrité, le spectacle avait rempli son office. Mais lorsqu'il se retourna, son pied gauche se posa sur sa bande molletière éternellement détachée, son pied droit fit un tour complet sur lui-même, et voulant dégager son pied gauche, Nakamura s'entrava lui-même et atterrit de tout son long dans la boue.

Personne ne réagit. La correction s'interrompit, puis reprit aussitôt que le major japonais se fut relevé. La moitié d'une jambe de son pantalon était maculée de boue et sa chemise était toute sale.

Scrutant les visages ennemis et alliés, Nakamura eut douloureusement conscience qu'ils avaient tous assisté à sa chute humiliante. Les prisonniers. Les Coréens. Les autres officiers japonais. Il en avait assez. Il était fatigué. Il était debout depuis trois heures du matin. Il avait encore tant à faire, la nuit tombait presque, et les travaux sur la voie ferrée avaient pris plus de retard que jamais. Dépité, furieux, couvert de boue, il aperçut des outils laissés en tas par les prisonniers. Ses idées s'éclaircirent. Il comprit la position de cet insupportable colonel australien : il s'était senti insulté en tant qu'officier. Et il vit comment résoudre à la fois le problème du colonel australien et le sien.

Il s'approcha du tas d'outils, choisit un manche de pioche, le soupesa et, le brandissant telle une batte de baseball, passa devant le colonel pour rejoindre l'endroit où le sergent coréen tabassait le prisonnier. Il appela le garde. Campé sur ses deux pieds, et comme avec un sabre de samouraï, Nakamura frappa le garde à la hauteur du rein gauche.

Le Coréen poussa un gémissement, tituba, faillit s'écrouler, et se redressa avec difficulté pour se mettre au garde-à-vous. Nakamura éleva de nouveau le manche de pioche et l'abattit violemment sur le cou du Coréen. Enfin, il le lui ramena d'un revers de main en pleine tempe et le Goanna mit un genou à terre. Nakamura lui hurla quelque chose en japonais, lui jeta le manche de pioche à la tête, retourna vers Dorrigo Evans et s'inclina. Sans réfléchir, celui-ci s'inclina à son tour.

Nakamura parla calmement. Fukuhara traduisit pour le colonel australien, disant que le garde venait d'être puni de son insolence envers le colonel australien, et que le châtiment du prisonnier pouvait reprendre.

Devant eux, le Goanna se remit debout, ramassa le manche de pioche, se rétablit, puis l'éleva avant de l'abattre sur le dos du prisonnier avec une ardeur renouvelée. Darky Gardiner tomba à genoux et s'apprêtait à se relever quand le Goanna lui donna un coup de pied au visage.

Alors que le colonel australien recommençait à protester, Nakamura éloigna son traducteur d'un geste.

Rien à voir avec le remords, dit-il avec lassitude.

Les déplacements de Darky Gardiner avaient perdu de leur agilité tandis que son corps nu et affaibli tentait de récupérer, de retrouver coordination et réflexes pour se protéger contre le coup suivant. Il réagissait plus souvent à contretemps. Au moment où il se remettait debout, un garde le frappa à la joue avec son bâton de bambou. Sa tête partit brutalement sur le côté, il laissa échapper un soupir et se retint pour ne pas basculer en arrière, mais son corps devenait malhabile. Il trébucha et tomba.

Pendant que les gardes se succédaient pour donner des coups de pied à Gardiner, Nakamura murmura un poème de Bashō. Fukuhara lui lança un regard interrogateur.

Oui, dit Nakamura. Récitez-le-lui.

Fukuhara continuait à le dévisager.

Il aime la poésie, insista Nakamura.

En japonais c'est très beau, répondit Fukuhara.

Récitez-le-lui.

Pas en anglais.

Récitez-le-lui.

Lissant de la main une jambe de son pantalon, Fukuhara se tourna vers l'Australien. Il se redressa, si bien que son cou parut encore plus long, et il récita sa propre traduction :

Un monde de douleur –
si le cerisier fleurit,
il fleurit.

22

Dorrigo Evans regardait Nakamura, qui se grattait frénétiquement la cuisse. Et, comprit-il, pour que cette voie ferrée soit construite, cette voie ferrée qui était l'unique cause des immenses souffrances de centaines de milliers d'êtres humains à cet instant précis – pour que cette absurde ligne avec ses talus, ses voies, ses cadavres, son sol creusé de trous, ses monceaux de terre, ses éclats de rochers, et encore des cadavres, avec ses chevalets en bambou, ses ponts branlants, ses traverses en teck, et encore plus de cadavres, avec ses innombrables éclisses et ses rails inexorables et, toujours, cadavre après cadavre après cadavre –, pour que cette maudite voie ferrée existe, se dit-il, il fallait que Darky Gardiner soit puni. À ce moment-là il admira la volonté inflexible de Nakamura – l'admira même plus qu'il ne se désolait du tabassage de Darky Gardiner –, sa sévérité, son obéissance sans faille à un code d'honneur qui ne laissait aucune place au doute. Car Dorrigo Evans ne trouvait en lui-même aucune force vitale équivalente pouvant s'en approcher.

Avec son visage figé et sa veste déchirée d'ascète, après la correction infligée au Goanna, les ordres qu'il venait d'aboyer, Nakamura n'apparaissait plus aux yeux de Dorrigo Evans comme l'officier bizarre et néanmoins humain avec lequel il avait joué aux cartes la veille, ni comme le commandant à la fois implacable et pragmatique avec lequel il avait marchandé des vies humaines le matin même, mais comme cette force terrifiante qui s'empare d'individus, de groupes, de nations, les fait plier malgré eux, au mépris de leurs convictions, et détruit tout devant elle avec un fatalisme désinvolte.

Le Goanna s'était penché pour soulever Darky Gardiner dans ses bras à la manière des pompiers. Il le jeta sur son épaule, puis le remit debout. Il y eut une pause insolite, comme si le châtiment était terminé, mais une fois que Darky eut retrouvé son équilibre, les trois gardes s'acharnèrent de nouveau sur lui avec leurs bâtons de bambou et le manche de pioche jusqu'à ce qu'il retombe à terre. Et ainsi de suite : les coups de bâton, la chute, les coups de pied, et debout pour une nouvelle série de coups.

Devant ce spectacle – alors que le Goanna relevait une fois encore Darky Gardiner pour le tabasser à nouveau, qu'il le giflait deux fois d'un revers de main –, Dorrigo Evans eut l'impression qu'une terrible vibration ébranlait la terre, et que chacun d'eux ne pouvait s'empêcher de battre la mesure. Et que ce tambourinement de mauvais augure était la vérité de son existence.

Il faut arrêter ça, disait-il. C'est injuste. Cet homme est malade. Très malade.

Mais il n'y avait pas de discussion, Nakamura se borna à l'arrêter d'un geste et couvrit ses mots d'une nouvelle voix, plus affable.

Le major Nakamura dit qu'il a une réserve de quinine, traduisit Fukuhara. Pour aider prisonniers malades à travailler. C'est la volonté de l'Empereur, la voie ferrée en a besoin.

Et la pluie de coups continuait, de plus en plus sonore.

Dorrigo Evans comprit que Nakamura essayait d'aider, mais ne pouvait plus rien contre le châtiment qu'il avait ordonné. La quinine aiderait les autres. Nakamura pouvait décider qui il voulait aider, et la quinine l'aiderait à les aider. Mais il ne pouvait arrêter ces coups. Il ne pouvait aider Darky Gardiner. La voie ferrée l'exigeait. Nakamura l'avait compris. Dorrigo Evans devait l'accepter. Lui aussi avait un rôle à jouer dans la construction de la voie ferrée. Comme Nakamura. Comme Darky Gardiner, dont le rôle était de recevoir une correction brutale, et tous – chacun d'eux à sa façon – avaient leur part de responsabilité.

Les mouvements saccadés du corps de Darky Gardiner, de ses bras et de ses jambes tandis qu'il essayait de se défendre – tout cela représentait désormais pour les gardes des obstacles naturels, au même titre que la pluie, les bambous ou les rochers, qu'il fallait ignorer, couper ou briser. Ils ne cessèrent de le remettre debout que lorsqu'il ne se défendit plus ; ses cris firent place à un long râle, comme celui d'un soufflet déchiré, et le rythme de leur sinistre besogne se ralentit.

Un changement s'opérait en Dorrigo à mesure qu'il observait la scène. Voilà trois cents hommes qui en regardaient trois autres en détruire un quatrième qu'ils connaissaient, et pourtant ils ne faisaient rien. Et ils allaient continuer à regarder et à ne rien faire. D'une certaine façon ils consentaient à ce qui se passait, ils battaient la mesure, Dorrigo le premier, lui qui était arrivé en retard, n'était presque pas intervenu, et approuvait à présent plus ou moins ce qu'il voyait. Il ne comprenait pas comment cela se pouvait, mais c'était le cas.

L'espace d'un instant, il crut saisir la nature d'un monde terrifiant où il serait impossible d'échapper à l'horreur, où la violence serait éternelle, la seule et unique vérité, plus grande que les civilisations qu'elle créait, plus grande que tout dieu idolâtré par l'homme, car c'était elle le seul véritable dieu. Comme si l'homme n'existait que pour transmettre la violence et veiller à jamais sur son domaine. Car le monde ne changeait pas, la violence avait toujours existé et ne serait jamais éradiquée, les hommes mourraient sous la botte, victimes de la poigne et des atrocités d'autres hommes jusqu'à la fin des temps, et toute l'histoire humaine était celle de la violence.

Mais c'étaient des sentiments trop bizarres et accablants pour que Dorrigo les approfondisse, ils flottèrent quelque temps dans son esprit, puis se dissipèrent. Derrière lui, Nakamura s'éloignait. Les pensées de l'officier japonais étaient elles aussi trop troublées et troublantes pour qu'il les comprenne, et à plus forte raison s'y attarde. D'autres prirent leur place, plus rassurantes et réconfortantes, des idées de devoir, de fidélité à l'Empereur et à la nation japonaise, des préoccupations immédiates et pratiques, la construction de la voie ferrée le lendemain, et, tel un hamster dans sa roue, l'esprit de Nakamura s'appliqua de nouveau à jouer servilement le rôle qu'on lui avait attribué.

En moins de dix minutes il oublia complètement le châtiment de Darky Gardiner, et une heure plus tard seulement, repassant le long du terrain qui servait de cour d'honneur et voyant les prisonniers encore au garde-à-vous, il s'aperçut que celui-ci n'était toujours pas terminé. Deux gardes supplémentaires éclairaient la scène avec des lampes-tempêtes puisqu'il faisait nuit, le prisonnier qui avait dû perdre ses derniers haillons était nu, et les uniformes des trois gardes chargés de le punir semblaient noirs de pluie, de boue et de sang. Le prisonnier ne cherchait plus à résister ni à échapper aux coups, mais les recevait aussi passivement qu'un sac de paille. Quand les gardes ne le frappaient pas avec leurs bâtons, ils tapaient dans son corps à coups de pied comme dans un vieux ballon. De toute façon il ne ressemblait plus à un homme, mais à une créature difforme et surnaturelle.

Nakamura aurait préféré que le châtiment ait déjà pris fin, mais mieux valait ne pas intervenir. Ragaillardi par trois comprimés de *shabu*, il allait chercher le caporal Tomokawa pour l'envoyer acheter dans un camp au bord de la rivière une bouteille de whisky du Mékong à un marchand thaï. Du *shabu* et du whisky, se dit-il, voilà ce qu'il me faut.

Et la correction continua, et quand les autres gardes se lassèrent et s'arrêtèrent, le Goanna poursuivit sa tâche avec diligence, frappant Darky Gardiner en cadence avec le manche de pioche.

Et à ses coups, il n'y avait qu'une issue possible.

23

Darky ouvrit les yeux et cligna des paupières. Des gouttes de pluie lui tombaient sur le visage. Il prit appui sur ses mains, mais elles s'enfonçaient dans la boue. Il nageait dans la merde. Il tenta de se mettre debout. Impossible. Il nageait dans toujours plus de merde. Il essaya de se recroqueviller pour se protéger. Cela ne servit à rien et il s'enfonça encore un peu plus dans ce trou puant. S'il fermait les yeux, il se retrouvait dans cet endroit où on le battait. S'il les ouvrait, il se noyait dans la merde, s'efforçait de flotter à la surface, de se hisser hors du trou. Mais ça glissait tellement, il faisait si noir, il n'avait pas de prise, et quand il en trouvait une il n'avait pas la force de grimper. Son corps ne pouvait rien pour lui. Il ne réagissait qu'aux coups de pied et de bâton qui le projetaient où ils voulaient. Il était incapable de dire depuis combien de temps il était là. Parfois ça lui semblait une éternité. D'autres fois il avait l'impression que c'était depuis peu. Il y eut un moment où il entendit sa mère. Il avait du mal à respirer. Il sentit la douceur d'autres gouttes de pluie, vit une tache d'huile rouge vif sur la boue marron, entendit encore sa mère l'appeler, mais ce qu'elle disait n'était pas clair, l'appelait-elle pour qu'il rentre ou bien était-ce la mer ? Il y avait un monde et il y avait lui, et le fil reliant les deux s'étirait à l'infini, il essayait de grimper à ce fil, faisait des efforts désespérés pour se hisser jusqu'à chez lui où sa mère l'appelait. Il tenta à son tour de l'appeler, mais son esprit s'échappait de sa bouche en un long, long fleuve qui coulait vers la mer. À nouveau il cligna des yeux. Un singe poussa un cri aigu, ses dents étaient toutes blanches. Au-dessus de la ligne de crête, la lune souriante. Rien ne tenait et il sombrait. Il entendit la mer. Non, dit-il ou crut-il dire. Non, pas la mer. Non ! Non !

24

On le retrouva tard dans la nuit. Il flottait à plat ventre dans le *benjo*, ce fossé long et profond, plein d'un mélange d'excréments et d'eau de pluie, qui servait de toilettes publiques. Sans que l'on sache comment, il s'était traîné jusque-là depuis l'hôpital où l'on avait transporté son corps brisé quand le châtiment s'était enfin terminé. Sans doute qu'en s'accroupissant, il avait perdu l'équilibre et basculé. N'ayant pas la force de se hisser hors du *benjo*, il s'y était noyé.

L'occasion fait le larron, dit Jimmy Bigelow, qui s'était porté volontaire pour descendre au bout d'une corde dans cette eau immonde et sortir le cadavre de là. OK d'ac, cria-t-il à ceux qui tenaient la corde en haut, quand il fut dedans jusqu'aux cuisses. OK d'ac !

En nouant la seconde corde autour du cadavre, il parlait à celuici.

Putain, Darky, espèce d'enfoiré. Tu ne pouvais donc pas te chier dessus en dormant comme tous ces abrutis de malades ? Tu ne pouvais donc pas plier cette foutue couverture comme il fallait ?

Pendant qu'on remontait le cadavre de Darky Gardiner, Jimmy Bigelow l'entrevit à la lumière de la lampe-tempête. Grouillant de vers, il était si étrangement meurtri, ratatiné, crasseux et informe que, durant quelques instants, Jimmy eut du mal à croire que c'était lui.

On le ramena à l'hôpital. Avec l'eau contenue dans un ancien bidon d'essence, et ses mains de mineur à la fois violentes et douces, Sheephead Morton fit la toilette du cadavre noirci pour qu'on puisse l'enterrer le lendemain.

C'était vraiment une journée faite pour mourir, non qu'elle ait eu quelque chose de particulier, mais parce qu'elle était comme les autres, et que désormais toutes les journées étaient faites pour mourir ; et la seule question qui les obsédait, celle de savoir qui serait le prochain, avait à présent une réponse. Et leur sentiment de gratitude à l'idée que c'était tombé sur quelqu'un d'autre leur rongerait les entrailles, avec la faim, la peur et la solitude, jusqu'à ce que la question se repose, ravivée, renouvelée, indéniable. Et la seule réponse possible était celle-ci : ils étaient là les uns pour les autres. Pour eux, à jamais, il ne pourrait plus y avoir "je", ou "moi", mais seulement "nous".

25

Le lendemain matin, Rooster MacNeice chercha dans les profondeurs de son paquetage son exemplaire de *Mein Kampf* pour commencer la journée par ses dix minutes de mémorisation. Il s'était réveillé en pleine nuit, torturé par une seule et unique pensée : s'il s'était dénoncé pour dire que l'idée de se cacher au lieu de travailler venait de lui, Gardiner ne serait pas mort. Mais, réfléchit-il, s'il l'avait fait, c'était peut-être lui qui serait mort. Ou non. Ou bien ils seraient morts tous les deux. Il se dit qu'avec les Japonais, on ne pouvait pas savoir. Il se rassura à l'idée que Gardiner était de toute façon condamné, en tant que sergent responsable de leur équipe, et en tant que malade.

La veille, lorsque Rooster MacNeice se trouvait dans la tranchée et que les Japonais avaient demandé aux coupables de se dénoncer, ce n'étaient pas leurs rugissements qui résonnaient le plus fort à ses oreilles, mais le rire de Gardiner quand lui, Rooster, avait été surpris la main sur cette coquille d'œuf. Au moment où Rooster aurait pu se dénoncer, il ne pensait qu'à l'œuf de cane noirâtre que Gardiner lui avait volé, et dont la coquille lui avait ensuite servi à se payer sa tête. L'humiliation infligée la veille à l'aube par Gardiner restait pour lui plus douloureuse que le souvenir récent des coups reçus par Gardiner. Non, avait conclu Rooster MacNeice, il n'aiderait pas un type pareil. Mais il n'avait pas souhaité sa mort.

Non, je n'ai pas souhaité ça. Vraiment pas, marmonnait-il entre ses dents.

Mordillant sa barbe rousse, il sentit sa cantine au fond de son paquetage, puis la couverture déformée par l'humidité de son exemplaire de *Mein Kampf*. Il allait le sortir quand sa main effleura une chemise d'uniforme qu'il avait réussi à garder envers et contre tout. Il la maintenait toujours à plat et bien pliée, mais là elle était roulée en boule. Il laissa tomber le livre, palpa l'intérieur du paquetage et en tira un œuf de cane. Il en resta bouche bée. Son soulagement d'avoir retrouvé l'œuf fut presque aussitôt remplacé par une horreur indicible. Il remit précipitamment l'œuf de cane dans le paquetage comme s'il s'agissait d'un gigantesque objet honteux qu'il fallait cacher, et prit *Mein Kampf*.

Malgré tous ses efforts, il ne put en mémoriser une seule ligne.

26

Quelques décennies plus tard, Jimmy Bigelow insistait pour que ses enfants plient leurs vêtements à son idée, le pli vers l'extérieur. Il ouvrait les tiroirs de leur commode dans leur maison de Hobart aux murs de bardeaux pour s'assurer que les vêtements étaient là, le pli bien visible. Jamais il ne les frappait ni ne les giflait parce que les vêtements n'étaient pas bien pliés. Il suppliait et implorait, exigeait et ordonnait, et à la fin, exaspéré, il repliait et rangeait les vêtements lui-même tandis que ses enfants attendaient avec anxiété. Il éprouvait une terreur sans nom qu'il était incapable d'expliquer – un trouble qui les accompagnerait eux aussi toute leur vie, un mélange d'amour et de peur qui allait au-delà de l'ouverture et de la fermeture d'un tiroir, au-delà de la contrariété et des reproches de leur père. Il savait qu'ils ne comprenaient pas. Mais ils ne voyaient donc pas ? Ce qu'il y avait à comprendre aurait pourtant dû être évident. On ne savait jamais quand tout pouvait basculer : l'humeur, une décision, une couverture.

Une vie.

Ils ne savaient rien de tout cela. Seulement que, quoi qu'ils fassent, jamais il ne leur ferait de mal. Au pire, il les mettait à plat ventre sur ses genoux, levait la main et la laissait en l'air, en suspens au-dessus de leur postérieur. Parfois ils sentaient ses genoux et ses cuisses frissonner. Ils lui jetaient un coup d'œil furtif et voyaient ses mains trembler, ses yeux pleins de larmes. Comment pouvaient-ils savoir que leur père tentait désespérément de leur épargner le choc de recevoir le canon d'un fusil dans leurs douces joues d'enfants, de les prévenir des horreurs que ce monde cruel réservait aux naïfs, aux irresponsables et aux imprévoyants – de les préparer à tout ce pour quoi personne ne serait jamais prêt ? Ils ne savaient qu'une chose : jamais il ne leur ferait de mal.

Lorsque son corps tremblant voyageait dans le temps, ils savaient ce qu'il voulait dire quand il s'exclamait : OK d'ac, avant de les faire descendre de ses genoux et de les remettre debout. Détournant le regard, il les éloignait d'un geste.

C'est fini. D'accord ? Presque. Mettez simplement le pli vers l'extérieur la prochaine fois. Vers l'extérieur. Toujours. OK d'ac ?

Et ils sortaient en courant au soleil.

Peut-être ne donnait-il pas à l'amour le temps et la place qu'il fallait. Il logeait celui-ci tant bien que mal, et il lui échappait d'un coup d'aile. Peut-être préférait-il – sans pouvoir dire pourquoi – la trajectoire prévisible du travail aux cercles désordonnés de l'amour, une couverture bien pliée à des bras qui s'ouvraient tout grands.

Et pourtant : voyant par la fenêtre la petite Jodie lever les yeux vers lui et lui faire un signe de la main avec un grand sourire, il n'en revenait pas de découvrir l'amour en train de jouer sur la pelouse grillée du jardin, sous les gouttes d'eau étincelantes du système d'arrosage – n'en revenait pas d'avoir eu la chance de vivre et d'en être conscient, d'aimer et d'être aimé. Il regardait ses enfants jouer dehors au soleil. Plein de honte. Émerveillé. Il faisait toujours beau.

27

Qu'advint-il de la Ligne ? Une fois les rêves d'empire planétaire du Japon réduits en poussière radioactive, la voie ferrée n'avait plus ni raison d'être ni soutien logistique. Les gardes et ingénieurs nippons qui en avaient la responsabilité avaient été emprisonnés ou rapatriés, et les esclaves qui en assuraient encore l'entretien libérés. À quelques semaines de la fin de la guerre, la Ligne accueillit sa propre fin. Elle fut abandonnée par les Thaïs, démantelée par les Anglais, interrompue et vendue par les tribus locales.

Encore plus tard, elle commença à céder du terrain. Ses voies s'abîmèrent, ses talus et ses ponts furent emportés par la mousson, ses tranchées se remplirent. L'abandon fit place à la métamorphose. Là où avait rôdé la mort, la vie reprit ses droits.

La Ligne accueillit la pluie et le soleil. Des graines germaient dans les fosses communes, entre les crânes, les fémurs et les manches de pioches, des lianes poussaient le long des éclisses et des clavicules, s'enroulaient autour des traverses en teck, des tibias, des omoplates, des vertèbres et des péronés.

La Ligne accueillit les mauvaises herbes sur les talus dont des esclaves avaient apporté la terre et les rochers dans leurs wagonnets ; elle accueillit les termites dans les poutres des ponts à terre, sciées, tirées et hissées par des esclaves ; elle accueillit la rouille sur les rails que des esclaves avaient transportés sur leurs épaules en longues files ; elle accueillit la pourriture et le délabrement.

À la fin il ne resta plus que la chaleur, les nuages, les insectes, les oiseaux, une faune et une flore ignorantes et indifférentes. L'homme n'est qu'une créature parmi beaucoup d'autres, toutes aspirent à vivre, et la forme de vie la plus noble est la liberté : pour un homme d'être un homme, pour un nuage d'être un nuage, pour un bambou d'être un bambou.

Plusieurs décennies passeraient. Quelques tronçons seraient débroussaillés par ceux qui attachaient de l'importance au souvenir, transformés au fil du temps en membres sans tronc étrangement ressuscités : sites touristiques ou sacrés, parcs nationaux.

Car la Ligne était brisée, comme toutes les lignes finissent par l'être ; tout cela pour rien, et il n'en restait rien. Les gens continuaient à vouloir du sens et de l'espoir, mais les annales du passé ne sont qu'une histoire confuse du chaos.

Et sur ces décombres colossaux, infinis, enfouis, s'étendait à perte de vue la jungle solitaire et uniforme. Des rêves d'empire et des morts ne restaient que des herbes folles.

Ce monde de rosée
n'est qu'un monde de rosée –
et pourtant.

Issa

1

Semés telles des graines de sésame noir le long de la crête déchiquetée du Rashomon de Shinjuku, les corbeaux – effrayés par une pierre qu'on leur avait jetée – s'élevèrent au-dessus d'un Tōkyō encore à reconstruire sur les cendres de son passé. Sous leurs battements d'ailes, la ville existait à peine. Il n'y avait pas si longtemps, ces mêmes corbeaux se nourrissaient des cadavres calcinés, si nombreux dans la capitale incendiée par les bombes. À présent ils survolaient une vaste plaine ravagée, carbonisée, dans les étranges terriers et labyrinthes de laquelle erraient les veuves et les orphelins, les soldats vaincus et invalides, les fous, les mourants et les désespérés dont la route croisait parfois celle d'une jeep de GI américains. En cet hiver rigoureux de 1946 la reconstruction se résumait à quelques tentes, quelques cabanes et abris en tôle dans lesquels se blottissaient les plus chanceux, pendant que le reste de la population devait se contenter des passages souterrains, des gares, ou de trous et de grottes parmi les décombres.

Tenji Nakamura, l'homme qui avait jeté cette pierre, un ancien major du 2e régiment ferroviaire de l'armée impériale japonaise, s'abritait de la pluie cinglante sous une voûte improbable composée des poutres et des gravats d'immeubles bombardés, qui s'était formée au-dessus d'une petite rue au fil des destructions et de quelques déblaiements judicieux. Comme si cet amas de débris était une porte magnifique donnant accès à leur prestigieuse capitale, les habitants qui passaient régulièrement dessous pour se rendre dans les ruines du quartier licencieux de Shinjuku l'appelaient le Rashomon de Shinjuku. Les renards, les rats, les prostituées et les voleurs en étaient les principaux occupants, vivant dans ses galeries, ses nids et quelques pièces dévastées. Le mont Fuji, que Nakamura apercevait même de ce tunnel délabré, dominait à nouveau leur monde comme un siècle et demi plus tôt il avait inspiré le grand peintre Hokusai, parfaitement visible, changeant et immuable, immobile et immortel.

Pourtant c'était un monde férocement mortel que dominait le mont Fuji, et l'on y mourait chaque jour, même s'il fallait continuer à y vivre. Les rues regorgeaient de gens hébétés par le *kasutori*, boisson de prédilection létale et bon marché des affamés et des désespérés, ou par le *shabu* volé dans les entrepôts de l'armée, ou par les deux. La pauvreté avait sevré Nakamura de sa propre dépendance au *shabu* et il s'était juré de ne pas y retoucher. Des chiens au ventre vide rôdaient en meutes menaçantes dans les ruelles encaissées qui avaient été des rues, et où apparaissaient des enfants pickpockets, mendiants ou entremetteurs.

Des loups, tous autant qu'ils sont, se dit Nakamura.

Avec leur regard fixe et leurs mouvements brusques, il leur trouvait quelque chose d'insolite, de vulnérable et de redoutable à la fois. Émaciés, ils paraissaient n'avoir que six ou sept ans, mais souvent ils étaient déjà adolescents. Partout des femmes se prostituaient, quelques-unes s'honorant curieusement – et réduisant leur revenu d'autant – de refuser leur corps aux diables américains. La plupart d'entre elles se félicitaient toutefois de s'enrichir en couchant avec l'occupant. Une nuit, après avoir recouru aux services d'une de ces femmes, il s'était déchaîné contre ce commerce qu'elle faisait de son corps, dans lequel il voyait à présent un reflet de sa propre existence, et lui avait demandé comment elle pouvait fréquenter les Américains. Allumant une Lucky Strike entre ses lèvres souriantes et fardées de rouge, elle avait répondu par une question :

Est-ce qu'on ne se vend pas tous aux Américains, maintenant ?

Depuis sa démobilisation deux mois et demi plus tôt, Nakamura vivait parmi ces gens et ces lieux en ruine, insignifiant au sein de cette multitude et heureux de l'être. Il n'avait d'autre arme qu'un pied-de-biche qui lui servait autant à assurer sa subsistance précaire qu'à se défendre, et sur l'arête duquel il écrasait toutes les cinq minutes les poux arrachés à son corps irrité par les démangeaisons. À l'aide de ce pied-de-biche, il extrayait les huisseries en bois des immeubles détruits, les extirpait de la suie, de la boue et des cendres qui avaient naguère été Tōkyō, les démontait de son mieux et vendait les morceaux à un fabricant de charbon de bois. Tandis qu'il retournait les décombres calcinés de l'ancienne capitale de l'Empire, ses pensées s'orientaient vers les endroits où il pourrait se procurer un peu de soupe *miso* ou un bol de riz. De temps à autre, ce travail de récupération apportait des récompenses inattendues : la veille, il avait exhumé quelques glands rances que même les rats n'avaient pas repérés, profondément enfouis sous les gravats. Mais depuis qu'il les avait mangés, plus rien.

Pour ne plus penser à la faim, il ramassa par terre un vieux journal que tout le monde avait piétiné. Il datait de plusieurs jours, et Nakamura parcourut quelques articles sans enregistrer un seul mot, jusqu'à ce que l'un d'eux attire son attention comme un aimant. Il le lut avec application, aux abois. On y évoquait de nouveaux mandats d'arrêt lancés par les Américains contre des officiers ayant encadré les camps de prisonniers, pour d'éventuels crimes de guerre. L'article se terminait par une liste des suspects recherchés, au milieu de laquelle Nakamura trouva ce qu'il redoutait depuis longtemps : son nom, suivi de la mention : "criminel de guerre, catégorie B".

Il se mit à se gratter. Il n'était pas un criminel de guerre, et pourtant les Américains, qui étaient les vrais criminels de guerre, le tueraient s'ils le pouvaient et saliraient sa mémoire. Il fut pris d'un accès de rage. Et sous cette rage, ponctuant ses efforts pour survivre au jour le jour, se cachait la peur sourde, mais toujours présente, d'un animal sachant que son destin cherche à le rattraper. Car Nakamura savait que les Américains, dont il croyait voir partout les corps monstrueux et bruyants, traquaient avec une efficacité sinistre ceux qu'ils soupçonnaient, au premier rang desquels les officiers ayant été en contact avec des prisonniers. Il était déterminé à survivre, à ne pas se faire prendre ni exécuter, parce que son sens de l'honneur l'exigeait. Il se gratta violemment, fourra la main dans son pantalon, se lacéra l'entrejambe. Il remonta un mélange de peau, de poils et de poux qu'il jeta à terre.

En attendant que la pluie se calme, il passa et repassa l'index sur la peinture verte et fatiguée du pied-de-biche, pour écraser entre son ongle et l'acier les quelques poux qui restaient sur sa main. Il réfléchit à sa situation : récupérer des planches n'assurerait pas sa survie ; son pied-de-biche avait perdu la moitié de son arrache-clou, et sa joue l'élançait, entaillée par une solive qui lui était tombée dessus deux jours plus tôt ; le froid terrible, invincible, avivait encore sa faim, et voilà que les Américains le recherchaient. Regardant à nouveau la liste sur le journal, il prit conscience avec horreur qu'ils étaient à ses trousses depuis plusieurs jours au moins – ne négligeant aucun indice, éliminant les fausses pistes, suivant toutes les autres –, qu'ils se rapprochaient de lui d'heure en heure, et lui de sa mort au bout de la corde d'une potence. Pour survivre, comprit-il, il fallait agir, ce qui signifiait être prêt à tout. Mais cette réaction de défi fit place à un sentiment de désespoir absolu et d'abattement. Que faire ? Oui, que faire ? La seule attitude honorable, pensa-t-il, serait de se donner la mort comme d'autres avant lui.

Au moment où il décidait de prendre son destin en main et de mourir honorablement, des cris étouffés s'élevèrent au-dessus de lui. Il se sentit assailli par une curiosité insatiable quant à l'origine de ces cris, comme si faire quelque chose, n'importe quoi, valait mieux que se lamenter sur son sort.

Il sortit de son abri et, debout sous la pluie, tourna lentement la tête, l'oreille tendue. Puis il entendit une femme parler entre ses dents. Ce son provenait de l'amas de débris qui formait la partie gauche du Rashomon.

Le plus silencieusement possible, Nakamura escalada les gravats et les ruines branlantes, serrant son pied-de-biche de toutes ses forces. Il arriva devant un petit trou de la taille de son poing. Par cet orifice, il distingua les vestiges d'une pièce bombardée, éclairée par une ouverture là où aurait dû se trouver le haut d'un mur. La pièce avait dû être propre et agréable à vivre, mais sa tapisserie à motifs de chrysanthèmes était désormais à peine visible sous une épaisse couche de poussière et de suie, et il eut l'impression que l'endroit avait été transformé en une sorte de tanière. Un tatami moisi et quelques coussins tenaient lieu de lit, à côté duquel un miroir sale trônait sur une table à trois pieds, calée par un empilement de briques cassées.

Les chuchotements de la femme reprirent, tout près de lui cette fois, et se tournant tant bien que mal vers cette voix, il put apercevoir un recoin de la pièce. Là, debout, une prostituée et un très jeune homme, âgé de seize dix-sept ans, un long couteau de cuisine à la main. À leurs pieds gisait le cadavre en uniforme d'un soldat américain dont on avait si récemment tranché la gorge qu'un peu de sang jaillissait encore. La prostituée s'adressait avec véhémence à l'adolescent, lui demandait pourquoi il avait tué l'Américain, mais elle n'était pas triste, en colère seulement.

Sans qu'ils puissent le voir, Nakamura inspecta rapidement la pièce du regard, et ce ne fut pas ce drame – dont il se fichait complètement – qui retint son attention, mais ce qui était posé sur la table de chevet improvisée : deux *gyozas* et une tablette de chocolat.

2

Sans bruit et avec précaution, Nakamura quitta son poste d'observation et rampa jusqu'à l'autre versant du Rashomon pour atteindre l'ouverture dans le mur. Lorsqu'il leva lentement la tête au-dessus d'une tôle de zinc, la prostituée faisait les poches du mort. Quand elle le fit rouler sur le côté, il émit un murmure rauque. Elle sursauta, mais comprenant que c'était simplement l'air qui s'échappait de ses poumons, elle se remit à fouiller ses vêtements. D'une poche arrière de son pantalon, elle tira une liasse de dollars américains.

Nakamura n'avait d'yeux que pour les deux *gyozas*. Il se souvenait d'en avoir mangé sans arrêt à l'époque où il servait à Manchukuo, comme si cela allait de soi. Ce souvenir et la proximité des deux ravioles de porc lui firent venir l'eau à la bouche.

Incapable de penser à autre chose qu'aux *gyozas*, il contracta ses muscles, s'élança à travers l'ouverture. Il atterrit au centre de la pièce et se remit debout d'un bond, brandissant son pied-de-biche. Un bref moment, tous trois se dévisagèrent autour du cadavre de l'Américain : la prostituée dans un somptueux chemisier à motif floral, un pantalon ample et des *geta* noires laquées, la liasse de dollars à la main ; l'adolescent armé de son couteau et Nakamura de son pied-de-biche.

Dans un rugissement, le jeune homme se jeta sur Nakamura avec son couteau, et celui-ci, en proie à une lucidité exacerbée à la fois par la terreur et par le calme de l'expérience, s'accroupit légèrement pour améliorer son équilibre et agita le pied-de-biche comme s'il s'agissait d'un sabre. Il lui fit décrire un arc de cercle ponctué par un coup sourd et mou quand il s'abattit sur le crâne du jeune homme. Ce son – celui d'un marteau s'enfonçant dans une pastèque – sembla aux oreilles de Nakamura flotter longtemps, très longtemps dans l'air. Et durant cette curieuse éternité qui n'était aussi qu'un instant, l'assaut de l'adolescent fut stoppé net. Nakamura crut sentir le temps s'interrompre étrangement avant que son agresseur ne s'écroule en silence sur le sol.

Ni la prostituée ni Nakamura ne dirent un mot. Même si le corps du jeune homme se contractait violemment, ils savaient qu'il était mort. Lorsque du sang apparut, les spasmes s'espacèrent, puis s'arrêtèrent, et Nakamura remarqua les poux qui grouillaient dans les longs cheveux crasseux de l'adolescent, comme pris de panique. Il eut une conscience aiguë du froid et de l'odeur de poussière mouillée qui emplissait la pièce.

La prostituée se mit à geindre. En deux enjambées, Nakamura rejoignit la table à trois pieds et enfourna les deux *gyozas* dans sa bouche qui salivait déjà. Il les engloutit sans quitter la femme des yeux. Une idée lui vint.

S'adressant à elle par l'intermédiaire du pied-de-biche, il désigna la liasse de billets qu'elle tenait. D'une main tremblante elle la lui remit. Il empocha les billets, puis souleva avec l'arrache-clou l'ourlet de son chemisier à fleurs. Lentement, elle détacha les yeux du pied-de-biche pour croiser le regard de Nakamura, s'inclina et recula d'un pas. Elle commença à se déshabiller.

Nue, elle avait les jambes arquées. Ses cuisses d'une maigreur déplaisante étaient couvertes de petites lésions jaune d'or. Sa toison soyeuse contrastait avec la peau blanche et sèche de son ventre. Ses seins d'une pâleur malsaine n'étaient guère que des boursouflures. Nakamura sentait à présent son odeur de femme mal lavée, en sueur, pareille à celle d'une vache dans son étable à la fin de l'hiver.

Elle alla jusqu'à la table de chevet et s'allongea sur le tatami taché, les pieds tournés vers Nakamura. Il l'entendait respirer, le souffle court. Elle le dégoûtait, de se vendre aux diables américains et de lui offrir à présent son corps souillé. Il prit ses vêtements, mit la tablette de chocolat dans sa poche, s'apprêta à sortir de cette grotte. Il s'arrêta un moment et contempla les deux cadavres.

L'Américain n'existait déjà plus. Le jeune Japonais avait le visage couvert d'acné. On attache trop d'importance au fait de tuer quelqu'un, pensa Nakamura. Peut-être devrait-on éprouver du remords, un sentiment de culpabilité, et au début ç'avait été le cas pour lui au Manchukuo. Mais les morts cessaient vite d'être des visages. Il avait du mal à se souvenir d'un seul d'entre eux. Les morts sont les morts, voilà tout, conclut-il. Cela dit, deux cadavres, dont celui d'un Américain… de quoi lui causer des ennuis s'il n'y prenait garde, d'autant qu'il était déjà recherché.

Évitant de marcher dans une mare de sang noirâtre, il vint s'agenouiller près de l'Américain. Il sentait le DDT avec lequel on avait débarrassé Nakamura de ses poux lors de sa démobilisation. Il donnait l'impression d'appartenir à une autre espèce, tant il avait l'air d'un géant. Dans la jungle, les Australiens ne ressemblaient en rien à cet Américain trop grand, trop mort.

Veillant à ne jamais toucher son cadavre, Nakamura glissa adroitement une extrémité du pied-de-biche dans son poing serré et le lui posa en travers de la poitrine. Puis, après réflexion, il frotta la barre de fer contre la paume de l'homme, contre ses doigts, et la lâcha dans la mare de sang. À condition que la prostituée disparaisse et tienne sa langue, les Américains et la police tireraient une conclusion évidente : un maquereau avait voulu dévaliser le client, une bagarre avait suivi et les deux hommes avaient perdu la vie.

Là-dessus, il tourna les talons et s'apprêtait à se hisser à l'extérieur de l'ouverture qui tenait lieu d'entrée à cette tanière, quand il entendit derrière lui la prostituée se lever. Il ne s'en soucia pas avant de sentir qu'elle essayait de l'attraper par les chevilles. Pour se dégager, il dut lui donner deux bons coups de pied qui la projetèrent sur le cadavre de l'Américain.

Dehors, en se laissant glisser sur les gravats, il entendit un hurlement. Il se retourna et vit la prostituée, un bras sur ses petits seins enduits de sang, se pencher hors de l'ouverture pour expliquer que l'Américain l'avait violée, que son frère était arrivé et tentait juste de la protéger.

Nakamura ne comprit pas grand-chose à son récit et cela ne l'intéressait pas. Il remonta précipitamment vers l'ouverture, empoigna la femme par l'épaule et approcha une brique de sa tête gémissante.

Oublie ça, ordonna-t-il. Oublie, oublie ton frère et oublie-moi.

Les gémissements redoublèrent. Il lui plaqua la brique sur la bouche.

Si tu oublies tu survis, dit-il avec colère.

Il la repoussa à l'intérieur, dévala le Rashomon de Shinjuku et se dirigea vers le centre-ville.

Grâce aux cinquante dollars volés à la prostituée, il put se procurer de faux papiers d'identité. Grâce à l'argent gagné en vendant ses vêtements à une autre prostituée, il put s'acheter un billet de train pour Kōbe. Dans un wagon de troisième classe dont toutes les vitres avaient été soufflées par une explosion, il s'éloigna par une nuit d'hiver glaciale du passé de Tenji Nakamura, ancien major du régiment de la voie ferrée, pour aller vers l'avenir sous le nom de Yoshio Kimura, ancien soldat de deuxième classe dans l'armée impériale japonaise.

La situation n'était pas meilleure à Kōbe qu'à Tōkyō. Cette ville-là n'était elle aussi que boue et cratères, monceaux de briques et d'acier tordu comme du fil de fer, parmi lesquels rampaient les Japonais tels des cafards. Mais Nakamura eut le sentiment d'avoir mis la distance nécessaire entre lui, cet Américain et cet adolescent morts. Pendant plusieurs mois, il vécut tant bien que mal de vols et du marché noir. Mais il ne se sentait jamais en sécurité. Un jour, il avait cru reconnaître de loin un grand officier australien d'un des camps de prisonniers de guerre. Une telle peur l'avait saisi que, la semaine suivante, il ne s'aventura dans les rues que la nuit.

Il se mit à suivre de près les procès intentés aux criminels de guerre. Il lut qu'un soldat japonais ayant frappé un prisonnier qui s'était évadé plusieurs fois avait été condamné pour crime de guerre et pendu. Cela dépassait Nakamura.

Pour une malheureuse correction ?

Lui-même avait sans cesse été frappé dans l'armée japonaise, et avait eu le devoir de frapper d'autres soldats. Même quand il faisait ses classes, il s'était fait tabasser deux fois, avait eu un tympan crevé. On l'avait frappé à coups de batte de baseball sur les fesses pour avoir "manqué d'enthousiasme" en lavant les sous-vêtements de son supérieur. Il avait perdu connaissance sous les coups de trois officiers quand, jeune recrue, il n'avait pas respecté un ordre. On lui avait ordonné de rester au garde-à-vous toute une journée dans la cour d'honneur, et lorsqu'il s'était écroulé les trois officiers lui étaient tombés dessus, le rouant de coups parce qu'il avait désobéi.

Alors comment une simple correction faisait-elle de vous un criminel de guerre ? Le code de conduite du soldat ne spécifiait-il pas qu'un officier capturé devait se donner la mort ? Que représentait donc un prisonnier de guerre ? Rien, voilà tout. Un homme sans honte ni honneur. Un homme qui n'était plus un homme.

Pour une malheureuse correction ?

Il avait été un bon officier, et certains de ses collègues lui reprochaient même de punir la plupart des manquements à la discipline par de simples gifles.

Vous êtes trop bon, entendait-il encore le colonel Kota lui dire lorsqu'il avait giflé le caporal Tomokawa pour une infraction au règlement. Une gifle ? Moi je lui aurais infligé une correction qu'il n'aurait pas oubliée de sitôt.

Après cela, aurait voulu crier Nakamura au ciel limpide de Kōbe, que représentait un prisonnier de guerre ? Oui, que représentait-il donc ?

3

Choi Sang-min était assis dans l'obscurité sur un tabouret de bambou, un luxe auquel il avait droit en tant que condamné. Il avait entendu dire que d'anciens prisonniers de guerre avaient tout bonnement jeté Kim Lee du dernier étage d'un bordel de Bangkok où ils l'avaient trouvé. Cela lui semblait raisonnable et sensé. Il espérait que Kim Lee leur avait craché au visage avant qu'ils ne le précipitent vers la mort. Kim Lee était un garde comme lui, il avait tué des prisonniers de guerre, et une fois la guerre finie, c'étaient eux qui l'avaient tué. Oui, cela semblait tout à fait compréhensible, contrairement à sa propre situation. Il méprisait l'hypocrisie des Australiens, qui habillaient leur vengeance de rituels judiciaires. En son for intérieur il savait qu'ils avaient toujours voulu le tuer, alors pourquoi cette mise en scène ?

Il n'avait ni montre ni pendule. Sauf en se fiant à son intuition, aucun moyen de savoir combien de temps durerait la nuit. Mais son intuition ne fonctionnait plus. La nuit n'en finissait pas et pourtant elle était déjà loin devant lui. Deux heures plus tôt, peut-être, on avait fermé les portes de la prison de Changi jusqu'au lendemain. S'il avait réfléchi à ce détail, il aurait pu en déduire qu'il était près de minuit. Mais il n'y avait pas réfléchi, ne réfléchissait à rien. Choi Sang-min était perdu en un lieu hors de portée de la réflexion. Son esprit oscillait entre deux émotions. La première était la panique qui s'emparait de lui comme une toux violente, persistante, et l'amenait une fois encore à faire les cent pas dans sa cellule de la prison de Changi pour tenter de découvrir un moyen de s'évader, avant de se résigner au fait qu'il n'y en avait pas, qu'il n'échapperait ni à cette cellule ni à sa mort imminente.

Puis son esprit cédait à la colère, non contre son destin ou l'impossibilité de s'évader, mais contre une réalité qui le tourmentait. Puisqu'il était emprisonné en tant que militaire de l'armée japonaise, on lui devait sûrement sa solde mensuelle de cinquante yens, dont il n'avait pas vu la couleur depuis la fin de la guerre deux ans plus tôt. Sa colère n'était pas causée par cette arithmétique ni par la cupidité, mais par les motifs de son emprisonnement doublés d'un sentiment d'injustice. Ces cinquante yens étaient l'unique raison pour laquelle il se trouvait là. Alors pourquoi ne les lui versait-on pas ?

Et parce qu'il savait tout au fond de lui qu'il ne recevrait plus jamais d'argent, que ces cinquante yens étaient une absurdité – même si on les lui volait plus ou moins –, la panique resurgissait brutalement et il recommençait à arpenter sa cellule, à inspecter les murs de ses doigts, les barreaux et la porte de ses mains, à pousser, palper, chercher un moyen de sortir, pour se rendre compte une fois de plus qu'il n'y avait pas d'évasion possible et se laisser à nouveau gagner par la colère d'être privé de ses cinquante yens.

Son procès s'était tenu devant un tribunal militaire et avait duré deux jours. Sauf pendant ses interrogatoires, toute la procédure s'était déroulée en anglais et il n'y avait pratiquement rien compris. À la fin, et pour la première fois, le juge – visage aussi éteint qu'une bougie soufflée par le vent et voix de fossoyeur – l'avait regardé en face avant de prendre la parole. Un interprète, qui semblait lire sur les lèvres du magistrat, avait chuchoté en japonais à l'oreille de Choi Sang-min des bribes du jugement :

À cause de… à cause de la nature contradictoire des preuves présentées à la cour… sous forme de témoignages écrits… l'accusation de complicité du meurtre de… du sergent de l'Australian Imperial Force Frank Gardiner… est rejetée.

D'un ton plus détendu, il avait ajouté : Voilà de bonnes nouvelles, de très bonnes nouvelles.

Puis il avait repris sa traduction hésitante.

L'accusation de… d'avoir ordonné le meurtre du soldat Wat Cooney… cette accusation est retenue… ainsi que plusieurs chefs d'accusation mineurs de… pour mauvais traitements, parmi lesquels le refus de fournir de la nourriture et des médicaments, cause de souffrances et de décès qui auraient pu être évités. Reconnu coupable de… de crimes de guerre de catégorie B… vous serez… exécuté par pendaison.

Cette fois l'interprète n'avait ajouté aucun commentaire.

D'autres paroles avaient suivi, mais Choi Sang-min n'entendait plus rien. Lorsqu'on l'avait interrogé, il avait tenté d'expliquer qu'en tant que sergent coréen, jamais il n'aurait pu ordonner la mort d'un prisonnier, mais les avocats australiens avaient cité des extraits de l'interrogatoire du colonel Kota, un officier japonais, prouvant le contraire. Les déclarations de Kota avaient déjà contribué à faire condamner plusieurs gardes coréens et formosans, à la suite de quoi le colonel avait apparemment été relaxé et libéré. Choi Sang-min avait fait valoir que Wat Cooney ne se trouvait plus au camp lorsque l'ordre de l'exécuter avait prétendument été donné. Mais les registres du camp, imprécis et incomplets, n'en apportaient aucune preuve.

Après sa condamnation, son avocat australien, un homme gras et mou aux yeux larmoyants, brillants comme des lames de scalpels, avait voulu le convaincre d'implorer la clémence du juge. Déterminé à mourir en terre étrangère, Choi Sang-min ne voyait pas l'utilité de prolonger le supplice. Il ne lui avait pas échappé, ainsi qu'à d'autres Coréens et Formosans détenus à Changi pour crimes de guerre de catégorie B ou C, que les Alliés semblaient souvent libérer des officiers issus de l'aristocratie japonaise, et faire des militaires de rang inférieur comme eux-mêmes des boucs émissaires qu'ils pendaient. Choi Sang-min pensait au major Nakamura, qui n'avait jamais été arrêté et ne le serait sans doute jamais ; au colonel Kota, à nouveau libre. Tous deux travaillaient sans doute quelque part pour les Américains.

Qu'importe, avait-il dit.

Comment ?

Son avocat le fixait de ses yeux larmoyants.

Qu'importe, avait répété Choi Sang-min, commentaire censé démontrer son fatalisme, mais que l'avocat avait pris comme un accord pour tenter de surseoir à l'exécution et faire commuer la sentence. Il avait réclamé la clémence, et la vie et les tourments de Choi Sang-min s'étaient prolongés quatre mois de plus.

Choi Sang-min remarquait qu'à Changi, chaque détenu concevait son destin différemment et s'inventait le passé correspondant.

Certains avaient catégoriquement nié les accusations, mais avaient quand même été pendus ou condamnés à de longues peines de prison. D'autres avaient reconnu les faits, mais ils rejetaient l'autorité des tribunaux australiens. Eux aussi avaient été pendus ou jetés en prison pour plus ou moins longtemps. D'autres encore refusaient d'admettre toute responsabilité, soulignant l'impossibilité pour un simple garde ou soldat de contester l'autorité des officiers japonais, et à plus forte raison la volonté de l'Empereur. En privé, ils posaient toujours la même question. Si eux et leurs actes n'étaient que l'expression de la volonté de l'Empereur, alors pourquoi celui-ci était-il encore libre ? Pourquoi les Américains soutenaient-ils l'Empereur et les pendaient-ils, eux qui n'étaient que les instruments de sa volonté ?

Mais au fond d'eux-mêmes, ils savaient que l'Empereur ne serait jamais pendu, contrairement à eux. Aussi sûrement qu'ils avaient frappé, torturé et tué au nom de l'Empereur, ces hommes qui refusaient toute responsabilité devaient être pendus à sa place. Ils affrontaient la pendaison aussi mal et aussi bien que ceux qui reconnaissaient les faits ou qui niaient, car tandis qu'ils gigotaient l'un après l'autre au bout de la corde, leurs jambes tressautaient tout autant, leurs sphincters les trahissaient tout autant, de leur pénis soudain gonflé l'urine et le sperme jaillissaient tout autant.

Pendant son procès, Choi Sang-min avait pris conscience de beaucoup de choses – la convention de Genève, la hiérarchie militaire, la structure de l'armée japonaise et ainsi de suite – dont il n'avait qu'une vague idée jusqu'alors. Il avait découvert que ces Australiens qu'il redoutait et haïssait lui témoignaient à l'époque une curieuse forme de respect due à quelqu'un de différent : un monstre qu'ils appelaient "le Goanna". Et à l'époque il ne lui déplaisait pas de se savoir à ce point l'objet de leur propre haine.

Car il percevait chez les Australiens le même mépris à son encontre que chez les Japonais autrefois. Il comprenait qu'à nouveau il n'était rien, comme durant son enfance en Corée, en pénitence au fond de la classe après avoir été surpris à chuchoter en coréen au lieu de parler japonais ; comme lorsqu'il avait travaillé pour une famille japonaise qui le traitait plus mal qu'un animal de compagnie ; comme au sein de l'armée japonaise où, en tant que garde, il avait un rang inférieur à celui du moindre soldat japonais. Mieux valait le sort réservé à Kim Lee que le sien à présent. Et pourtant d'autres gardes, qui s'étaient beaucoup plus mal conduits que lui ou que Kim Lee, avaient eu la vie sauve. Pourquoi ? Rien de tout cela n'avait de sens.

Frapper les prisonniers australiens avait au contraire beaucoup de sens. Même brièvement, il se sentait quelqu'un en rouant de coups ces Australiens deux fois plus costauds que lui, en sachant qu'il pouvait les gifler autant qu'il le voulait, leur taper dessus à coups de poing, de canne, de pioche et de barre de fer. Il existait, ne fût-ce qu'aussi longtemps qu'ils se tordaient de douleur en gémissant. Il avait vaguement conscience que certains étaient morts de ces corrections. Sans doute seraient-ils morts de toute façon. C'étaient l'endroit et les circonstances qui voulaient ça, et l'on aurait beau réfléchir, on ne comprendrait ni mieux ni plus mal ce qui avait eu lieu. Son seul regret à présent était de n'avoir pas tué plus de prisonniers. Et de n'avoir pas pris davantage de plaisir à tuer, à vivre cette vie si étroitement mêlée à la mort.

Pendant que les Australiens discutaient entre eux au procès, il s'était dit qu'il s'agissait d'autre chose que la haine. D'une conception de l'existence qui n'avait jamais été la sienne, mais celle de ses supérieurs japonais depuis toujours. Et quand on lui avait donné ce pouvoir de vie ou de mort sur les Australiens, au début il avait frappé uniquement parce que c'était la façon de faire des Japonais, avec laquelle il avait grandi, et qu'il ne voyait rien d'anormal à corriger un homme qu'il jugeait trop lent ou paresseux.

À Pusan, il avait suivi le même entraînement sévère que celui des soldats de l'armée impériale japonaise. À ceci près qu'eux n'étaient pas japonais, mais tous coréens, et ne seraient jamais soldats à part entière : ils auraient pour tâche de surveiller les soldats ennemis qui avaient capitulé parce qu'ils étaient trop lâches pour se donner la mort. En même temps qu'à marcher au pas, à tirer et à se servir d'une baïonnette, on lui avait enseigné le *binta*, ces gifles que les Japonais infligeaient à la moindre petite erreur. Si un seul d'entre eux se trompait, tout le monde était giflé. Chaque jour on faisait aligner toutes les nouvelles recrues coréennes sur deux rangées, l'une en face de l'autre, et chacun d'eux devait gifler le camarade d'en face, main droite joue gauche, main gauche joue droite, chacun son tour, sans s'arrêter avant que le visage de celui qui recevait les gifles ne commence à enfler. Il fallait obéir aveuglément aux ordres. Le *binta* et l'obéissance aux ordres, voilà ce qu'était devenue la vie de Choi Sang-min : main droite joue gauche, main gauche joue droite. Il rêvait de s'enfuir pour rentrer chez lui, mais savait que sa famille aurait des ennuis avec les autorités japonaises s'il le faisait. En outre, il gagnerait bientôt cinquante yens par mois.

Il se souvenait d'avoir chuchoté au camarade en face de lui qu'il le ménagerait s'il lui rendait la pareille. Une ruse vite repérée par leur officier japonais, bel homme, admiré par les nouvelles recrues. Choi Sang-min imitait même sa démarche et sa façon lente, précise, de se retourner quand on lui adressait la parole. L'officier lui avait hurlé dans les oreilles.

Tu veux faire semblant ? Alors fais semblant de ne pas avoir mal.

Avec une courte barre de fer il avait frappé Choi Sang-min dans les reins, de chaque côté, si fort qu'il avait eu du sang dans les urines pendant plusieurs jours. Le lendemain matin, lorsque les recrues furent une fois encore alignées sur deux rangées pour s'entraîner à se gifler, Choi Sang-min avait frappé son partenaire avec une rage désespérée qui ne le quitterait plus jamais – main droite joue gauche, main gauche joue droite.

Au début, quand on l'avait envoyé – adolescent coréen maigre et de petite taille, âgé de seize ans – dans la jungle d'un pays lointain, il avait eu peur de ces Australiens plus grands, plus forts et plus vieux, de ces orangs-outans aux épaules larges, aux bras musclés et aux cuisses velues. Ils chantaient et sifflotaient sans cesse. Dans ses souvenirs, les Coréens et les Japonais ne faisaient ni l'un ni l'autre en public, et il avait en horreur cette étrange bonne humeur. Aussi était-il allé plus loin que le strict nécessaire dans les corrections qu'il leur infligeait – pour bien leur mettre dans le crâne qu'il était davantage un homme qu'eux, que leur gaieté devait cesser. Et peu à peu les prisonniers avaient commencé à se ratatiner, leurs bras à se dessécher et leurs jambes à maigrir ; ils sifflotaient moins et ne chantaient que rarement.

À vrai dire, ils méritaient d'être punis. Ils tentaient d'éviter les corvées, et quand ils n'y parvenaient pas, ils tiraient au flanc. Même si c'était moins fréquent, il leur arrivait encore de siffloter et de chanter en sa présence. Ils volaient tout et n'importe quoi :

nourriture, outils, argent. Si une tâche était bâclée, ils y voyaient une victoire. Ils n'avaient plus que la peau sur les os, s'écroulaient soudain sur la voie ferrée et mouraient là. Ils mouraient pendant les trajets à pied pour aller au travail et en revenir. Ils mouraient en dormant, mouraient en attendant leur nourriture.

Cela mettait Choi Sang-min en colère contre le monde entier et contre eux, de les voir mourir. Parce que ce n'était pas sa faute s'il n'y avait rien à manger et plus de médicaments. Pas sa faute s'il y avait le paludisme et le choléra. Pas sa faute si on les traitait comme des esclaves. C'était le destin, leur destin et le sien d'avoir atterri là-bas, leur destin d'être morts là-bas et le sien de mourir ici. On lui avait seulement demandé de fournir le nombre d'hommes dont les ingénieurs japonais avaient besoin chaque jour, de veiller à ce qu'ils aillent au travail et atteignent les objectifs fixés par ces mêmes ingénieurs. Et il s'était acquitté de sa tâche. Il n'y avait ni nourriture ni médicaments, la Ligne devait être construite, le travail devait être fait, et les choses s'étaient terminées comme elles avaient toujours dû se terminer, pour eux et pour lui. Mais il s'était acquitté de sa tâche, leur tronçon de voie ferrée avait été construit. Et il s'enorgueillissait de cette réussite, la seule qu'il ait connue dans sa courte vie. Il y était arrivé, et cela lui faisait du bien.

Ces moments où il perdait tout contrôle de lui-même avaient été pour lui les plus euphoriques. Dans son monde de ténèbres et d'ignorance, il s'était senti libre – mieux, il s'était senti vivant pour la première fois de sa vie. Toute sa haine et sa peur, toute sa colère et sa fierté, tout son triomphe et toute sa gloire se mêlaient quand il faisait du mal à autrui, c'était du moins l'impression qu'il avait désormais, et durant cette brève période sa vie avait eu un sens. Dans ces moments-là, il avait échappé à la haine.

Même si la pression pour que la voie ferrée soit construite à temps venait des ingénieurs, il observait avec plaisir et intérêt que plus il frappait les prisonniers, moins ils étaient des hommes, moins ils sifflotaient ou chantaient, et plus lui-même se sentait un homme. Car en distribuant coups de pied, coups de poing et gifles, il se libérait. On racontait que des soldats de l'armée impériale japonaise avaient mangé des Australiens et des Américains en Nouvelle-Guinée, et il se doutait que ce n'était pas seulement à cause de la famine. Il savait qu'il ne pouvait rien invoquer de tout cela pour sa défense, rien de tout cela n'aurait de signification pour les Australiens, pour leurs avocats aux yeux brillants comme des scalpels et leurs juges au visage cireux. Car du temps où il était garde, il avait vécu comme un animal, réagi comme un animal, pensé comme un animal. Et il comprenait qu'un tel animal était le seul genre d'humain qu'on lui ait permis d'être.

Il n'avait pas honte de découvrir cette animalité dans son humanité, était seulement perplexe de voir où elle l'avait conduit. Quand on lui avait traduit sa condamnation à mort par pendaison, il avait encaissé comme un animal, sans comprendre, vaguement conscient d'avoir joui de sa liberté et d'approcher de sa fin.

Le juge avait baissé vers lui ses yeux éteints qui lançaient désormais des étincelles, et Choi Sang-min avait levé vers lui les siens qu'il savait déjà morts ; il avait longuement hoché la tête et senti quelque chose de considérable et de terrible descendre sur lui. Il aurait voulu s'enquérir de ses cinquante yens, mais il n'avait rien dit, et voilà qu'il se retrouvait une fois encore à faire les cent pas dans sa cellule, à chercher un moyen de s'évader. Or il n'y en avait pas, il n'y en avait jamais eu.

4

Ils mouraient rapidement, curieusement : accidents de voiture, suicides, longues maladies. Trop de leurs enfants semblaient nés avec des problèmes et des anomalies, des handicaps, des retards mentaux ou de simples bizarreries de caractère. Trop de leurs ménages trébuchaient et vacillaient, et s'ils duraient c'était parfois davantage grâce aux us et coutumes de l'époque qu'à leur capacité à réparer ce qui n'allait pas ; et ce qui n'allait pas dépassait certains d'entre eux. Ils disparaissaient seuls dans le bush ; sortaient en ville à plusieurs et buvaient plus que de raison ; devenaient un peu fous comme Bull Herbert qui, après avoir perdu son permis pour conduite en état d'ivresse, se rendait en ville à cheval chaque fois qu'il avait envie de boire, et cela lui arrivait souvent depuis que sa femme et lui avaient scellé un pacte pour se suicider ensemble, partagé le poison, mais que lui s'était réveillé vivant et l'avait trouvée morte. Ils s'enfermaient dans le silence ou parlaient trop, comme Rooster MacNeice qui, devenu obèse, exhibait sa cicatrice d'appendicectomie en expliquant que les Japonais lui avaient donné un coup de baïonnette. Encore un coup de ces putains de Japonais, avait lancé Gallipoli von Kessler, alors que Rooster faisait son numéro au club des anciens combattants de Broadmeadows.

Ne faites pas attention, avait dit Rooster MacNeice. C'est Kes. Un communiste de toujours, mais un gars bien. Je parle d'un garde qu'on appelait le "Lion de la montagne" ; j'ai témoigné contre ce salaud, après-guerre.

C'étaient de grands buveurs. Encore et toujours, ils buvaient, et ils avaient beau boire, ils n'étaient jamais soûls. Après la démobilisation les médecins militaires leur avaient dit, à eux et à leur famille, de ne plus parler de la guerre, qu'en parler ne servait à rien. D'abord il n'y avait rien d'héroïque à raconter. Ce n'était pas la piste Kokoda, ni un Lancaster au-dessus de la Ruhr. Ce n'était pas le *Tirpitz*, ni Colditz ou Tobrouk. C'était quoi, alors ? Avoir été l'esclave des Jaunes, répondit Chum Fahey quand ils se retrouvèrent au pub Hope and Anchor.

Pas vraiment de quoi se vanter, ajouta Sheephead Morton.

Certains étaient drôles. D'autres avaient disparu. Ronnie Owen avait épousé une Italienne, et elle confia ensuite à Sally, la femme de Sheephead Morton, qu'il lui avait fallu deux ans pour découvrir que son mari était un ancien soldat. C'était comme ça.

Bonox Baker n'a pas ouvert la bouche pendant des années, et puis un soir il a braqué un fusil de chasse sur son four, raconta Jimmy Bigelow. Il l'a criblé de balles. On aurait dit le dos d'une foutue râpe à fromage. Ensuite il est retombé dans son mutisme.

C'était aussi comme ça.

Ce pauvre vieux Lizard Brancussi, commença Sheephead Morton. Et l'histoire était trop triste pour que quiconque ait envie de la répéter. Il avait trimballé le portrait au crayon de son épouse d'un camp à l'autre, jusque sur ce navire de malheur qui l'emmenait au Japon, ne s'en était jamais séparé, même lorsque les chantiers navals Mitsubishi de Nagasaki, où il travaillait comme un esclave, avaient été soufflés par la bombe A et qu'il avait miraculeusement survécu. Il avait pu se réfugier dans les collines, laissant derrière lui les morts que la rivière charriait comme des bûches, et les vivants qui fuyaient tandis que leur peau se détachait en longs rubans pareils à des algues ; il avait continué sa route en trébuchant, croisé des êtres humains semblables à des sculptures carbonisées qui marchaient, roulaient à vélo, couraient ; tous ces Japonais en proie à d'atroces souffrances qui, comme les prisonniers de guerre dans ses souvenirs, appelaient leur mère avant de mourir. Et durant tout ce temps il s'efforçait de voir Maisie comme Rabbit Hendricks l'avait dessinée ce fameux matin dans un village syrien où flottait une odeur d'humanité en péril.

Il s'efforçait d'imaginer Maisie comme l'unique chose au monde n'ayant rien à voir avec ça, et tant qu'elle était là, il ne mourrait pas et ne deviendrait pas fou, tant qu'elle était là le monde serait vivable. Volant vers Manille à bord d'un avion américain de transport de troupes, il avait montré le portrait aux Marines, qui avaient envié sa chance. Il avait fini par rallier Fremantle sur un bateau qui continuait jusqu'à Melbourne, et là il avait téléphoné chez lui.

Vous êtes bien chez Dave et Maisie, avait répondu une voix masculine. Dave à l'appareil.

Lizard Brancussi avait raccroché. Quand son bateau avait quitté Fremantle, quelqu'un l'avait vu passer par-dessus bord le premier soir, mais on n'avait jamais retrouvé son corps.

Soudain la bière leur faisait l'effet d'un combustible. Ils buvaient pour se sentir aussi bien qu'ils auraient dû se sentir sans boire, aussi bien qu'ils se sentaient avant-guerre sans boire. Ce soir-là ils se sentaient féroces, entiers, pas encore vaincus, ils allaient rire ensemble de tout ce qui s'était passé. Quand ils riaient la guerre n'était rien, les morts vivaient à travers eux, et tout ce qui avait pu leur arriver se résumait à cette chose vibrante et bondissante qui battait si fort en eux qu'il leur fallait vite un autre verre pour diluer la sensation.

Ce soir-là Lizard Brancussi vivait à travers eux, le petit Wat Cooney aussi, Yabby Burrows, Jack Rainbow et Tiny Middleton aussi, tous ces morts si nombreux, et Sheephead Morton avoua qu'il lui arrivait même de se souvenir avec émotion de ce salopard de Rooster MacNeice qui aurait mérité de mourir. Puis Gallipoli von Kessler – venu dans un vieux pantalon en drap de laine si élimé qu'il semblait l'avoir acheté à un épouvantail – prononça le nom de Darky Gardiner, alors Jimmy Bigelow enchaîna en chantonnant :

Every day in every way it's getting a little bit better.*

Ils restèrent autour de la cheminée du pub, jusqu'à ce que leur fond de pantalon brûlant les ramène vers le bar pour une autre bière. On était en quarante-huit, ou en quarante-sept. En tout cas le temps était peu clément ce soir-là, et cela faisait du bien d'être à l'intérieur, au chaud. Ils ne s'étaient pas revus depuis la démobilisation. Jimmy Bigelow ne disait pas grand-chose. La vie

* "Chaque jour et à tous points de vue, je vais de mieux en mieux."

de couple qu'il avait retrouvée n'était pas celle qu'il avait quittée. À moins que ce ne soit lui qui ait changé.

Je fais de mon mieux, lâcha-t-il.

Il avait des gosses. Quatre, finalement, et il passait désormais pour un père de famille nombreuse. Ce qu'il n'était pas. Il avait simplement quatre gosses. Personne ne revint sur Darky Gardiner, sauf Gallipoli von Kessler qui lança : Nikitaris.

Oui, dit Sheephead Morton. Foutu restaurant de poissons. Jamais moyen de le faire taire quand il en parlait, pas vrai ?

5

Jimmy Bigelow ne disait rien. Il essayait de participer, c'était là l'essentiel, non ? Mais il ne parlait pas. Ses espoirs de devenir musicien, quelqu'un, quelque chose, ne s'étaient pas réalisés. Il travaillait à la fonderie de zinc comme magasinier. La musique orchestrale qu'il aimait était passée de mode. Les nouveautés, le be-bop et le modern jazz, n'étaient pas de la musique à ses oreilles. C'était du tintamarre, des bruits d'embouteillage qu'on voulait faire passer pour de la musique. Impossible de danser ou de tomber amoureux avec ça, pensait Jimmy. Rien à voir avec Al Bowlly. Ni avec Benny Goodman ou le Duke. C'était la fin de la musique. Et celle des espoirs de quelqu'un comme Jimmy Bigelow. Tous les grands orchestres mettaient la clé sous la porte, quand ils n'avaient pas déjà disparu.

Les choses auxquelles il croyait s'en allaient à vau-l'eau, étaient en voie d'extinction ou perdues à jamais. Ces choses qu'il comptait retrouver à son retour. Ces choses grâce auxquelles il avait espéré prendre un nouveau départ. Apparemment, elles ne valaient pas un clou. Sa vie ne lui correspondait plus, elle s'écroulait, et ce à quoi il tenait encore – son métier, sa famille – semblait tomber en morceaux. Il aurait voulu se réconcilier avec Dulcie, avec sa vie, avec le be-bop et le swing, mais c'était fini. Il aurait aimé redresser la situation, mais c'était impossible.

Ce ne fut pas pour cette raison qu'ils quittèrent le pub et longèrent Elizabeth Street en direction du restaurant Nikitaris. Ce ne fut pas pour redresser tous les torts. Ils partirent parce qu'il était près de minuit, que l'heure de fermeture avait sonné depuis longtemps, qu'ils étaient soûls, qu'on les avait mis dehors et qu'ils n'avaient rien de mieux à faire.

C'était encore l'une de ces nuits de printemps froides comme la mort à Hobart : il neigeait à gros flocons dans la montagne, le port était blanc d'écume, la neige fondue éraflait et giflait les fenêtres et les toits de tôle tel un ivrogne trouvant porte close.

Ils remontèrent laborieusement Elizabeth Street jusque chez Nikitaris, suivant le pantalon élimé de Gallipoli von Kessler qui marchait en tête. On aurait pu tirer un obus de mortier dans la rue sans atteindre personne. Le restaurant ne ressemblait pas à ce qu'ils avaient imaginé dans les camps : des gens partout, de la vapeur, une odeur de friture, et la petite amie de Darky assise là, attendant qu'ils viennent lui dire la vérité. Non, rien de tel.

Fermé comme un couvent, déclara Sheephead Morton en arrivant.

Nikitaris était bel et bien fermé : portes verrouillées, intérieur sans vie, aucune lampe allumée sauf celles qui éclairaient l'aquarium tout en longueur derrière la vitrine. Les poissons nageaient en rond. Deux poissons-chats, une morue de Saint-Paul, deux carangues australiennes et un leather-jacket. À l'exception de ces hommes qui contemplaient l'aquarium, la rue noyée dans la nuit était déserte.

Bon, reprit Sheephead Morton. On ne peut pas dire qu'ils aient l'air *vraiment* malheureux.

Peut-être que nous non plus à certains moments dans les camps, répondit Jimmy Bigelow.

Ils restaient là, les mains dans les poches, haussant mécaniquement les épaules pour se réchauffer, dansant d'un pied sur l'autre comme s'ils attendaient l'arrivée du train de minuit, ou son départ.

Rien de plus bête qu'une assemblée de pochards, dit Gallipoli von Kessler. Même les poules font quelque chose.

Jimmy Bigelow avait l'impression de n'être qu'apparence, sans rien à l'intérieur. Il avait du mal à ressentir quoi que ce soit. Il aurait souhaité être ému, mais il ne suffisait pas de le souhaiter pour l'être. Il ramassa un caillou, le fit rouler au creux de sa paume. Il leva les yeux vers la vitrine. Elle était immense, avec le nom NIKITARIS peint en lettres magnifiques, d'une sophistication tapageuse. Jimmy Bigelow leva le bras, prit son élan et, sans prévenir, jeta le caillou de toutes ses forces dans la vitrine.

Ils entendirent la vitre se briser. Pas d'un seul coup. À l'image du temps, elle se fractura lentement avec un soupir. Jimmy

Bigelow souriait comme si quelqu'un lui tirait sur la commissure des lèvres.

Puis ils se mirent tous à jeter des cailloux, la vitrine vola en éclats et ils entrèrent dans le restaurant. Avec sa débrouillardise de pépiniériste, Gallipoli von Kessler empoigna une poêle à frire et s'en servit pour récupérer les poissons. Après quelques mésaventures, ces derniers se retrouvèrent dans deux seaux d'eau, et le petit groupe descendit sur les quais en essayant de ne pas trop s'éclabousser.

Quelques bateaux pour la pêche au barracuda et à la langoustine se balançaient sous l'effet de la houle qui venait jusque dans le port de Hobart, poussée par le vent cruel du large. Debout au bord de Constitution Dock, Sheephead Morton approcha la tête d'un seau d'eau et hurla :

Vous êtes libres, bordel !

Et il vida le seau dans les eaux du port.

Les poissons disparurent dans le bruit du ressac.

6

Au pub Hope and Anchor le lendemain soir, l'anecdote fut racontée avec une jubilation accompagnée d'un remords croissant. Finalement, Jimmy Bigelow déclara qu'il fallait aller voir le vieux Nikitaris et le dédommager pour sa vitrine. Il était encore tôt et il y avait de la lumière dans le restaurant. La vitrine avait déjà été remplacée, mais l'inscription n'était pas encore repeinte.

À l'intérieur deux ou trois femmes âgées s'activaient devant les friteuses et, dans la partie qui faisait poissonnerie, un jeune homme récurait l'étal. Sheephead Morton lui demanda si Nikitaris était là. L'adolescent disparut dans l'arrière-boutique et revint avec un vieillard de petite taille, dont le corps rabougri gardait intacte la détermination tranquille du tailleur de pierre qu'il avait été dans sa jeunesse. Il avait des cheveux argentés et la peau de la couleur d'une tache que l'on aurait tenté en vain d'enlever à l'eau de Javel. Ses yeux sombres paraissaient vides et embrumés. Il sentait le tabac et l'anis.

Monsieur Nikitaris, dit Jimmy Bigelow.

Vous êtes là pour quoi, les gars ? demanda le vieil homme avec un accent très marqué. Il semblait las et agacé. J'ai eu une journée épouvantable. Que voulez-vous ?

Monsieur Nikitaris, répéta Jimmy Bigelow, on…

Vous n'avez qu'à donner votre commande à la dame là-bas.

On…

À Mme Pafitis, là-bas, insista-t-il en la désignant de son index noueux. Elle va vous servir.

On est venus s'excuser, dit Jimmy Bigelow.

On avait un camarade, commença Sheephead Morton.

Cette fois, le vieux Grec se tut. Il était si voûté que l'on voyait mal ses yeux, qui parcoururent le carrelage noir et blanc pendant que Sheephead Morton faisait son récit.

Lorsqu'il eut terminé, Jimmy Bigelow ajouta qu'ils souhaitaient le dédommager pour la vitrine brisée, les poissons et tout autre dégât.

Le vieux Grec mit du temps à répondre. Il leva les yeux, puis regarda les hommes autour de lui, s'arrêtant sur chacun avec un léger hochement de tête.

C'était votre copain ?

Comme tous les immigrants, il semblait choisir avec un instinct sans faille les mots les plus anciens, les plus justes de sa nouvelle langue. Dans sa bouche, "copain" n'avait pas le poids redoutable de "camarade".

Oui, répondit Sheephead Morton. Notre copain à tous.

Il sortit son portefeuille. On vous doit combien, monsieur Nikitaris ?

Je me prénomme Markos. Mais appelez-moi Marco.

Monsieur Nikitaris. C'était votre vitrine, et c'est nous qui l'avons brisée.

Il agita sa main tremblante de vieillard en signe de refus.

Non, rangez-moi ça.

Il leur demanda s'ils avaient faim et sans attendre leur réponse annonça qu'il les invitait à dîner.

Asseyez-vous et mangez. Ça fait du bien de manger, les gars.

Ils se dévisagèrent, ne sachant que faire.

Vous êtes mes invités, dit-il. Il tira une chaise et posa la main sur l'épaule de Jimmy Bigelow. Asseyez-vous, je vous en prie. Asseyez-vous. Il faut manger quelque chose.

Alors ils s'assirent.

Vous aimez le vin ? J'ai un vin rouge qui devrait vous plaire. Je ne suis pas censé servir d'alcool, alors ne vous faites pas remarquer, mais buvez-en autant que vous voudrez, les gars.

Il s'approcha des friteuses, emplit de frites un panier en fil de fer, puis se retourna.

Vous aimez mieux l'émissole ou le barracuda ? Certains préfèrent le requin, mais faites-moi confiance : bien sûr, il y a des arêtes dans le barracuda, mais la chair est savoureuse. Très savoureuse. Il faut manger, répéta-t-il. Ça fait du bien de manger.

Il apporta le poisson et les frites à leur table, leur servit derrière le comptoir du vin rouge dans de petits verres à apéritif et les leur apporta également. Puis il s'assit avec eux. Pendant qu'ils dînaient, il les laissa parler. Quand la conversation retomba, il expliqua qu'après ce genre d'hiver, ce serait un bon été pour les abricots, ça oui. Puis il évoqua sa propre vie, son île natale de Lipsos, la beauté de l'existence là-bas, mais aussi sa dureté, le décès de son épouse, le fait que jeunes comme ils l'étaient, ils avaient la vie devant eux. Une vie riche. Une vie facile. Oui. Il ajouta que certains clients lui confiaient qu'ils repartaient heureux de son restaurant. Il espérait que c'était vrai.

Oui, je l'espère, dit-il. C'est ma raison de vivre.

Vous avez des enfants ? demanda Jimmy Bigelow.

Trois filles. Dévouées. Bien mariées. Et un fils. Un bon garçon. Oui, vraiment…

Il bredouilla quelques paroles inintelligibles, et sa tête parut dodeliner autour de son axe. Il porta à sa joue une main aux doigts tordus, aussi tremblants que les branches dénudées d'un vieil abricotier dans la bourrasque de l'automne. Comme pour tenter de rendre à son visage son expression déterminée.

Il a été tué en 1943 en Nouvelle-Guinée, lâcha-t-il. À Bougainville.

Le restaurant se vida lentement, les employés nettoyèrent et fermèrent l'établissement, puis partirent, et au-dehors l'animation de la rue se réduisit à quelques rares voitures roulant dans les flaques d'eau. À l'intérieur, ils continuèrent à parler de choses et d'autres avec le vieux Grec jusqu'à ce qu'il soit si tard qu'il ne restait pas un seul pub ouvert. Mais ils s'en moquaient. Ils restaient assis. Ils parlèrent de pêche, de nourriture, du vent et du métier de tailleur de pierre ; de la culture des tomates, de l'élevage des poulets, de la cuisson du gigot d'agneau, de la pêche aux langoustines et aux coquilles Saint-Jacques. Ils échangèrent des anecdotes, des blagues ; peu importait le contenu, seul comptait l'esprit ; la fragilité et la beauté du rêve.

Difficile d'expliquer l'effet bienfaisant de ce poisson, de ces frites et de ce vin rustique dans leur organisme. Ils avaient exactement le goût qu'il fallait. Le vieux Grec leur prépara lui-même du café – dans des tasses minuscules, épais, bien noir et bien sucré – et leur offrit des pâtisseries aux noix confectionnées par ses filles. Tout était insolite et accueillant à la fois. De simples chaises leur semblaient confortables, l'endroit lui-même était juste comme il le fallait, chacun se sentait bien, et aussi longtemps que durerait cette soirée, se dit Jimmy Bigelow, il n'y avait aucun autre lieu au monde où il préférerait être.

7

À sa descente du DC3 Douglas à Sydney en cet automne de 1948, Dorrigo Evans fut à la fois horrifié et impressionné de voir qu'elle était venue l'attendre. Peut-être les Japonais et les Allemands avaient-ils capitulé en 1945, mais lui, non, et il lui avait fallu un certain temps pour s'y résoudre. Il s'était vaillamment efforcé de rester en guerre, saisissant toutes les occasions qui se présentaient d'affronter l'adversité, d'intriguer, de frôler l'abîme et de tenter l'aventure. Inévitablement, ces occasions s'étaient raréfiées. Bien des années plus tard, il eut du mal à admettre que pendant la guerre, malgré ses trois ans et demi dans les camps de prisonniers, il avait été fondamentalement libre.

Aussi avait-il reculé le plus longtemps possible la date de son retour, mais après dix-neuf mois au service de divers corps d'armée en Asie du Sud-Est – à s'occuper aussi bien de rapatriement que de cimetières militaires ou de reconstruction dans l'immédiat après-guerre – il avait épuisé toutes les diversions et se trouvait contraint d'envisager soit une carrière militaire conventionnelle, soit les possibilités offertes par la vie civile. Il n'avait aucune idée de ce que celles-ci recouvraient, mais elles présentaient soudain un certain attrait, et puis l'armée n'offrait plus autant d'imprévu qu'autrefois avec ses défaites, ses victoires et cette soif de vivre – oui, de vivre ! – qui mettait en lambeaux les certitudes établies, réduisait à néant ce qu'on avait cru solide. Fortune, célébrité, réussite, honneurs : tout ce qui vint ensuite lui parut seulement exister pour compenser le sentiment d'absurdité que lui inspirerait la vie civile. Il ne pouvait s'avouer que c'était la mort qui avait donné du sens à sa vie.

L'adversité révèle ce qu'on a de meilleur en soi, avait dit l'officier replet, membre de la commission des cimetières militaires, assis près de lui dans le DC3 secoué de manière inquiétante par des turbulences tandis qu'ils décrivaient des cercles au-dessus de Sydney en attendant la fin de la tempête. C'est la vie quotidienne qui nous abîme.

Traversant le tarmac en direction d'un groupe de gens qu'il ne reconnaissait pas, Dorrigo Evans prit la résolution d'affronter cette nouvelle vie civile comme il avait affronté et surmonté tant d'obstacles durant les sept années écoulées depuis leur dernière rencontre – avec élégance, audace, et la conscience que le temps effacerait bientôt ses anciennes folies comme il le faisait, semblait-il, pour la plupart des choses.

En avant, se murmura-t-il à lui-même, affichant ce sourire que l'on trouvait apparemment charmeur. À l'assaut des moulins à vent !

Une femme à la beauté convenue agitait sa main gantée d'un geste convenu qui était censé exprimer une panoplie d'émotions convenues : la joie, l'extase, le soulagement – *l'amour*, supposa-t-il ; la fidélité récompensée, redouta-t-il. Aucune de ces émotions ne signifiait grand-chose pour lui, car il se sentait extérieur à tout cela. Même s'il reconnut sa voix dès les premiers mots, la douceur et l'insipidité de l'air automnal le déçurent après l'odeur rance et moite de l'Asie, et même quand ils eurent échangé un baiser, il se souvenait à peine de son prénom. La sécheresse de ses lèvres était frustrante – comme s'il avait embrassé de la poussière –, mais il finit heureusement par retrouver la mémoire.

Ella, dit-il.

Oui, c'est bien ça, pensa-t-il. Deux syllabes plus que rouillées dans sa bouche.

Oh… Ella.

Oh, Ella, répéta-t-il plus doucement, dans l'espoir que suivent d'autres mots donnant un sens à ce prénom, à sa propre présence, à eux deux. En vain. Ella Lansbury se contenta de sourire.

Ne dis rien, chéri. Surtout ne dis rien qui sonne faux. Je ne supporte pas les simulateurs.

Mais je simule toujours, répondit-il. C'est tout ce que je sais faire.

Elle avait déjà ce sourire fade qui semblait savoir tout et rien, et qu'il trouverait de plus en plus désagréable ; ses lèvres d'une sécheresse inattendue lui disaient que tout était organisé, qu'il n'avait à se soucier de rien. Il se remémora soudain lui avoir demandé de l'épouser en 1941 afin de pouvoir lui embrasser les seins. Pour autant qu'il s'en souvienne, c'était la dernière soirée de ce qui se révélerait être sa dernière permission avec Ella avant l'embarquement, et il ne pensait qu'à Amy. Afin de faire taire les questions incessantes d'Ella qui voulait savoir pourquoi il ne l'avait pas demandée en mariage, et d'échapper à l'image obsédante d'Amy et au sentiment de culpabilité qui le gagnait, il s'était engagé dans le labyrinthe conduisant au décolleté d'Ella, pour sortir duquel il avait dû lui poser la question incontournable : Ella, veux-tu m'épouser ?

Ne savait-elle pas ce qu'il pensait vraiment ? Ne le savait-elle donc pas ?

Il n'avait pas trouvé l'oubli entre ses seins. Tout chez Ella lui rappelait encore plus douloureusement Amy. Il avait eu honte à l'époque, il avait encore plus honte à présent.

Voilà pourquoi je t'aime, Alwyn, dit-elle.

Alwyn ? Pendant quelques instants, il se demanda de qui elle parlait. Puis se souvint que c'était de lui. Encore deux syllabes plus que rouillées.

Parce que tu es tout sauf un simulateur.

Et avec autant de conviction qu'elle en avait alors mis à l'embrasser, une étreinte étouffante à laquelle il était impossible de se soustraire, tous ceux qu'il rencontra les jours suivants embrassèrent eux aussi l'idée qu'ils allaient se marier – que cela ne faisait aucun doute, des fiançailles décidées en toute hâte sur fond de menaces de guerre sept ans plus tôt et à l'annonce de son propre embarquement imminent devaient connaître au plus vite un dénouement qui ne laissait place ni à la réflexion ni aux hésitations. Durant ces sept années il avait vécu plusieurs vies, alors qu'Ella – lui semblait-il – en avait vécu une seule, centrée sur une image de lui qu'il reconnaissait à peine. De temps à autre il sentait monter en lui de la colère et de la défiance, mais il éprouvait aussi une lassitude inconnue, et il paraissait plus simple de laisser sa vie s'organiser sous la pression d'une sorte de volonté générale plutôt que sous celle de ses propres terreurs irrationnelles, et sans doute déplacées. De toute façon, il percevait son esprit comme un camp de l'horreur. Mieux valait ne pas lui donner plus de poids que nécessaire. Il jugeait les nombreuses personnes de son entourage qui se félicitaient de son mariage imminent bien plus lucides et sensées que lui, et s'en remettait à leur lucidité et à leur bon sens – aux antipodes de ses pensées toujours plus bizarres – dans l'espoir qu'elles l'entraînent vers un ailleurs qui lui conviendrait mieux. Avec une certaine puérilité qui faisait partie de sa nature, il cédait inévitablement à l'attrait de la nouveauté et de l'inconnu, surtout quand celui-ci était effrayant. Et parce que rien ne l'effrayait davantage que la perspective d'épouser Ella Lansbury, c'est ce qu'il fit trois semaines plus tard, le cerveau embrumé par l'alcool, dans un costume neuf qu'elle lui avait choisi et qui lui semblerait toujours aussi guindé que leur mariage dans la cathédrale Saint-Paul de Melbourne.

Avant même qu'ils ne s'embrassent devant l'autel, il oublia une fois encore son prénom officiel – perdu dans les effluves de la poudre de riz d'Ella –, puis celui-ci lui revint enfin. Alwyn, oui, c'était bien ça. Moi, Alwyn…, commença-t-il. Il se tourna vers elle et la regarda, maquillée, noyée dans la dentelle et les fleurs d'oranger, mais ne vit que ce visage étroit, ce drôle de nez qui lui avait toujours paru vaguement répugnant, ces minces sourcils arqués, et il ne lui trouva rien de séduisant. Je te prends pour épouse, Ella, continua-t-il plus doucement, et Ella Lansbury, qui serait bientôt Ella Evans, se contenta de sourire, lèvres entrouvertes, mais sans rien dire.

Je ne suis pas Alwyn, eut-il envie de lancer lors de la réception, je suis un simulateur. Au lieu de quoi il mentit et parla d'un amour qui avait survécu à sept ans de séparation, une durée mythique digne d'Ulysse et de ses marins. Et même si le seul héros de l'Antiquité auquel il ressemblait vraiment était le dieu Pan – rires dans l'assistance –, Ella était réellement sa Pénélope, et il se réjouissait de retrouver enfin son Ithaque – nombreux applaudissements.

Durant le reste de son existence il se plierait aux circonstances et aux attentes d'autrui, finissant par appeler “devoir” ces poids étranges. Plus il se sentait coupable de s'être marié, d'avoir échoué d'abord comme mari, puis comme père, plus il tentait désespérément de faire le bien dans sa vie publique. Et le bien, le devoir, l'échappatoire la plus pratique à laquelle il ne pouvait échapper, c'était ce que les autres attendaient de lui. Moi je suis le mal et la dépravation, pensa-t-il la première fois qu'il trompa son épouse avec la meilleure amie de celle-ci, Joan Newstead – une femme aux lèvres humides et fascinantes, au sourire espiègle –, un mois après leur lune de miel. C'était dans une cabane de pêcheur de Sorrento en plein après-midi, alors que tout le monde avait opportunément pris le large.

Pourtant toute expérience est une arche sous laquelle
Miroite ce monde inexploré…

murmura-t-il ensuite, caressant de son index la moustiquaire avant de se pencher à nouveau sur Joan pour effleurer de la lèvre inférieure son mamelon sombre et continuer à lui réciter Tennyson, le souffle court au-dessus de son sein :

… dont les contours s'effacent
Encore et toujours dès que je me déplace.

Ce soir-là il y eut un barbecue parce que la viande, laissée dans une glacière Coolgardie, commençait malgré tout à subir les effets de la chaleur, et que même si le rationnement venait de prendre fin, ils auraient trouvé dommage de gâcher un si beau morceau. Il avait peut-être trop bu, ou pas assez, se dit-il ensuite, mais la tête lui tournait, il était barbouillé. Il se sentait ballonné, boursouflé par quelque chose d'immense, de mauvais et de caché qui le séparait d'Ella à laquelle il ne voulait rien cacher désormais, cependant que Joan Newstead semblait à présent jalouse dès qu'il se montrait un mari attentif avec Ella, sa meilleure amie. Il s'interrogea. À quoi jouait-il ? À se faire prendre ?

Le chateaubriand fut grillé sur un lit de braises féroces d'eucalyptus, mais quand il coupa la viande, elle n'était toujours pas cuite et durant quelques instants il fut de retour là-bas, se revit traverser le camp pour la seconde partie de sa tournée de consultations en cette terrible journée de mousson et de course contre la montre. Près de la tente où étaient soignés les ulcères, il avait été assailli par la puanteur de la chair en décomposition. Et il sentait encore ces relents de viande avariée si insoutenables que Jimmy Bigelow devait parfois sortir vomir dehors.

8

Après sa condamnation, on transféra Choi Sang-min dans l'aile P de la prison de Changi, où tous les détenus, qu'ils soient japonais, coréens ou formosans, vivaient ensemble sur un pied d'égalité. On lui attribua un uniforme brun taupe avec l'inscription CD, les initiales de "condamné à mort" en anglais, lui expliqua-t-on. Il remarqua que les autres condamnés tentaient désespérément d'occuper leurs journées à l'aide d'une activité quelconque, et qu'aucun d'eux ne paraissait déprimé ni excessivement inquiet à l'idée de ce que pouvait réserver l'avenir. Lui-même se sentit libéré de quelque chose, aussi sûrement qu'autre chose l'enveloppait lentement tel un linceul, comme si le sentiment de peur et d'infériorité qui l'avait accompagné toute sa vie venait de se dissiper. Ce sentiment n'avait plus aucun sens. Parce que c'était son tour d'être tué.

Chaque matin on les obligeait à quitter leur cellule, à se laver, puis commençait une nouvelle journée de néant à occuper. Torse nu dans le couloir étouffant entre leurs cellules, ils jouaient au go ou au *shogi*, relisaient l'un des quelques livres ou magazines disponibles, ou bien restaient assis seuls. Toutes les deux ou trois semaines arrivait un capitaine indien, avec des lunettes à monture argentée derrière lesquelles il roulait lentement ses yeux luisants de têtard, porteur d'une liste d'exécutions. Les prisonniers attendaient en silence, pétrifiés, se demandant qui serait le prochain à mourir, chacun d'eux immensément soulagé lorsque ce n'était pas lui, mais son voisin.

À la troisième de ces visites, Choi Sang-min prit conscience qu'il allait mourir, non parce qu'il le sentait, car à cet instant précis, il semblait ne rien sentir du tout. Il ne le devina pas non plus à la vue du bout de papier qu'on lui tendit. Il le tenait, mais sans pouvoir associer sa personne et sa vie à ce qu'on lui disait sur la signification de ce papier.

Il leva les yeux et inspecta l'aile P du regard. Ce n'était qu'un bout de papier – rien – et lui était un homme. Un homme, raisonna-t-il, c'était quelque chose. Un homme, aurait-il voulu dire, contenait tant de choses, tant de changements. Un homme, bon ou mauvais, c'était magnifique. Il était impossible que ce papier qui n'était rien et ne changerait jamais puisse annoncer la fin de tout ce qui bougeait et changeait en lui – bon, mauvais ou magnifique.

Et pourtant si.

Et ce fut à cause du terrible soulagement affiché par les autres prisonniers, un soulagement qui le brûla comme une flamme, qu'il finit par comprendre qu'il serait exécuté le lendemain matin.

Aux quatre hommes qui allaient mourir, on fournit un repas japonais et des cigarettes. Un moine bouddhiste était présent. Choi Sang-min, qui pensait rarement à la religion, se souvint que son père, auquel il pensait tout aussi rarement, s'était un jour dit social-démocrate, aussi la présence de ce moine bouddhiste l'exaspéra-t-elle.

Il contempla son riz, sa soupe *miso* et ses *tempuras*. Il avait la nostalgie du *kimchi* épicé de sa mère et détestait cette nourriture japonaise trop fade. Mais la haine et la colère ne lui étaient plus d'aucune utilité. Il se sentait incapable de manger son dernier repas. S'il le mangeait, ce serait en effet son dernier repas. S'il s'y refusait, il ne pourrait pas mourir avant de l'avoir mangé. Peut-être y aurait-il d'autres repas jusqu'à ce qu'il choisisse lequel serait le dernier. Mais il n'était pas d'accord avec cette idée d'un dernier repas. Manger son dernier repas, c'était accepter le caractère inéluctable de sa mort. Or il n'acceptait pas de mourir.

Il fuma ses cigarettes sans rien dire pendant que les autres condamnés évoquaient ceux qui leur étaient chers. Il n'acceptait pas non plus cette conversation, ni ce bout de papier à côté duquel sa vie lui semblait une force cosmique.

Après le repas, il ne posa pas de question lorsque les gardiens apportèrent une balance, la posèrent sur le sol et lui firent signe de monter dessus. Ils pesèrent Choi Sang-min. Le mesurèrent. Il savait pourquoi parce que les autres le lui avaient expliqué. Comment ils l'avaient appris était un mystère. Ils lui en avaient parlé comme si leur connaissance des exécutions par pendaison leur était venue avec le lait de leur mère.

D'après eux, le bourreau calculerait la longueur de la corde en fonction de sa taille et de son poids de sorte qu'il tombe comme il le fallait, avec la force maximale pour que sa nuque se brise pendant sa chute. Puis le bourreau remplirait un sac de sable jusqu'à ce qu'il pèse le même poids que Choi Sang-min, l'attacherait à la corde et le laisserait se balancer toute la nuit afin de tendre la corde pour que le lendemain, quand Choi Sang-min tomberait, elle n'ait aucune élasticité. Ainsi il aurait aussitôt la nuque brisée.

Choi Sang-min se souvenait d'un officier japonais qui avait fait preuve d'une maîtrise remarquable au cours de la soirée précédant son exécution. Quand les gardiens étaient venus le peser, il leur avait dit dans son anglais hésitant qu'il mourait pour le Japon, qu'il n'avait pas honte d'avoir fait travailler les prisonniers de guerre si dur pour l'Empereur, et qu'en tant que soldat, il comprenait qu'il devait mourir tout simplement parce que son pays avait perdu la guerre.

Choi Sang-min aurait voulu posséder une telle lucidité et une telle détermination. Ce Japonais les possédait – c'était du moins son impression. À présent il voyait ce dont il avait eu l'intuition lorsqu'il avait tenté de faire plier les prisonniers de guerre à coups de poing et de botte : les Australiens possédaient eux aussi cette lucidité et cette détermination. Tout le monde les possédait, partout sur la planète. Sauf lui, peut-être.

La potence se trouvait derrière le couloir où Choi Sang-min et les trois autres condamnés attendaient, assis, qu'on les enferme une dernière fois pour la nuit. Le jour des exécutions, les détenus auxquels on n'avait pas encore confirmé la date de leur propre mort restaient en silence dans ce couloir, d'où ils pouvaient entendre les pas du condamné montant vers la potence et ses dernières paroles. L'officier japonais avait crié : Vive l'Empereur ! La trappe s'était ouverte et presque aussitôt un bruit sourd avait suivi.

Mais à quoi bon pareille attitude chez lui, un Coréen ? Choi Sang-min s'interrogeait. Il n'avait rien fait pour son pays et son pays n'avait rien fait pour lui. Il n'avait aucune croyance particulière. Il pensa à ses parents, à leur détresse quand ils apprendraient sa mort, et se rendit compte qu'il n'aurait aucune raison valable à leur fournir pour expliquer sa pendaison, sauf les cinquante yens par mois.

Tandis qu'ils attendaient dans cette antichambre de la mort, un détenu du nom de Kenji Mogami, un ancien garde, chantait. Ils avaient brièvement travaillé ensemble dans le même camp de prisonniers de guerre. Il était surnommé le Lion de la montagne, et bien qu'il n'ait jamais fait de mal à quiconque, il devait également mourir. Choi Sang-min se rappela un Australien qui chantait lui aussi et la façon dont il l'avait fait taire, mais contre les chansons de Kenji Mogami il ne pouvait rien. Un officier japonais était seul face à la mort. Puis on les emmena dans leur cellule.

Il ne trouva pas le sommeil. Il se sentait presque douloureusement vivant, éveillé, voulait savourer et connaître chaque seconde de son existence. Pour empêcher son esprit d'osciller furieusement entre la panique devant l'impossibilité de s'évader et la colère d'être privé de ses cinquante yens, il tenta de se remémorer comment d'autres condamnés avaient affronté leur exécution.

Hourra pour la Grande Corée ! s'était écrié un Coréen en gravissant les treize marches fatidiques.

Quelle Grande Corée ? se demanda Choi Sang-min. Et mes cinquante yens ? Je ne suis pas coréen. Ni japonais. Je suis né dans une colonie. Où sont mes cinquante yens ? Où ?

Son père, un paysan, aurait voulu qu'il ait de l'instruction, mais les temps étaient difficiles et après trois années d'école primaire où il avait appris un peu d'histoire et de mythologie japonaises, on l'avait placé comme domestique dans une famille coréenne. Il était logé, recevait deux yens par mois et de nombreuses corrections. Il n'avait que huit ans. À douze ans, il était entré au service d'une famille japonaise qui lui donnait le gîte, six yens par mois et parfois des coups. À l'âge de quinze ans, il avait entendu dire que les Japonais recrutaient des gardes pour les camps de prisonniers de guerre dans d'autres contrées de l'Empire. Le salaire était de cinquante yens par mois. Sa sœur de treize ans avait été engagée par les Japonais pour travailler comme femme de réconfort au Manchukuo à peu près au même salaire. Elle lui avait raconté qu'elle aiderait les soldats dans les hôpitaux et partageait son enthousiasme. Comme elle ne savait ni lire ni écrire, il n'avait plus jamais eu de nouvelles d'elle, et à présent qu'il savait à quoi servaient les femmes de réconfort, il essayait de ne plus penser à elle, mais quand cela lui arrivait, il espérait pour son bien qu'elle était morte.

Malgré ses nombreux noms – Choi Sang-min, son patronyme coréen ; Akira Sanya, le nom japonais qu'on lui avait donné à Pusan ; le Goanna, son surnom australien que ses gardiens employaient à présent –, il s'aperçut qu'il ignorait complètement qui il était. D'autres condamnés avaient des idées bien arrêtées sur la Corée et le Japon, la guerre, l'histoire, la religion, la justice. Lui n'en avait aucune sur quoi que ce fût. Mais les idées des autres ne valaient pas mieux à ses yeux que le fait de ne pas en avoir. Car ce n'étaient pas des idées bien à eux, mais celles des slogans, des bulletins radiophoniques, des discours, des manuels militaires, ces mêmes idées que celles assimilées avec les châtiments corporels incessants qu'ils avaient tous endurés pendant leur formation au sein de l'armée japonaise. À Pusan, on le giflait parce qu'il parlait trop bas, ne se tenait pas assez droit, ou parce qu'il était trop coréen ; on le giflait pour lui montrer comment gifler les autres – le plus fort possible. Il détestait cela. Il aurait voulu s'enfuir, rentrer chez lui. Mais il savait que s'il mettait ce projet à exécution, il serait puni et, pire, sa famille avec lui. On le giflait, disait-on, pour qu'il devienne un valeureux soldat japonais. Il serait garde dans un camp de prisonniers, surveillerait des hommes qui étaient moins que des hommes – qui avaient préféré capituler plutôt que mourir.

Assis dans sa cellule de condamné à mort, Choi Sang-min cherchait avec l'énergie du désespoir une idée qui ne soit qu'à lui. Il espérait que, durant cette longue nuit, il lui en viendrait enfin une qui le libérerait, lui permettrait à la fois de tout comprendre et de connaître la paix. Il espérait ressembler à cet officier japonais qui croyait en l'Empereur, ou à ce garde coréen qui croyait en la Corée. Peut-être aurait-il dû demander à recevoir plus de cinquante yens. Mais aucune idée ne lui vint, contrairement au matin qui, lui, venait bien trop vite. Plus le jour pointait dans sa cellule, plus il avait besoin de calme, du sentiment qu'il avait éprouvé pour la première fois enfant, au service de cette famille japonaise. Le père, un ingénieur, avait fait ses études en Écosse. Il portait un costume de tweed et, comme les Britanniques, avait un chien qui était beaucoup mieux nourri que Choi Sang-min, puisqu'on lui donnait les mêmes morceaux de choix que ceux servis à table. Toute la famille adorait ce chien, et l'une des tâches quotidiennes de Choi Sang-min était de le sortir. L'animal avait de grands yeux et agitait la tête en fixant Choi Sang-min dans l'espoir qu'il lui lance un bâton. Un jour, le chien le suivit au marché. Choi Sang-min avait pris un raccourci, et dans une ruelle il se cogna le gros orteil contre une vieille brique qui traînait. Furieux, il la ramassa, et le chien, avec son regard plein de confiance et de tendresse, agita la tête en attendant que Choi Sang-min lui lance la brique comme s'il s'agissait d'une balle ou d'un bâton. Choi Sang-min la lui abattit sur le crâne et frappa à coups redoublés, jusqu'à avoir les mains rougies et poissées par le sang.

Après avoir vendu la carcasse du chien à un boucher pour dix yens, il était rentré à pied au domicile de la famille japonaise. Une grande douceur flottait dans l'air, une petite brise lui rafraîchissait le visage, tous les passants paraissaient souriants et aimables, et il avait éprouvé un immense sentiment de tranquillité et de plénitude. Combien il aspirait à l'éprouver une fois encore, à connaître de nouveau ce moment d'euphorie, cette étrange sensation de puissance et de liberté qui avait accompagné le meurtre d'un autre être vivant. Mais il n'y avait rien dans sa cellule qu'il puisse tuer pour retrouver cette sensation, et d'autres êtres vivants prendraient bientôt autant de plaisir à le voir mourir que lui-même en avait pris à massacrer le chien de l'ingénieur japonais. Alors que le jour éclairait de plus en plus sa cellule – il voyait parfaitement ses mains, puis ses cuisses, puis ses pieds –, une terreur soudaine lui noua l'estomac. Car il savait qu'il ne serait plus jamais éclairé par la lumière de l'aube.

Il se débattit quand les gardiens vinrent le chercher pour le conduire à la potence. Il avait repéré un cafard et voulait le tuer. Il n'y avait plus le temps. Après qu'on lui eut ligoté les poignets derrière le dos, on fit venir un médecin, et un interprète lui demanda s'il voulait des sédatifs. Choi Sang-min se mit à hurler. Il voyait encore le cafard. On lui donna quatre comprimés de phénobarbital pour le calmer, mais son excitation nerveuse était telle qu'il les vomit aussitôt. Avant que le médecin ne lui fasse une piqûre de morphine, il réussit à écraser le cafard d'un coup de talon. En proie à des nausées et à des vertiges, il parcourut la courte distance séparant l'aile P de la potence, soutenu de chaque côté par un soldat. Tout s'accélérait. Il aperçut deux sacs de sable appuyés contre un mur en pénétrant dans la cour. Il y avait une douzaine d'hommes, six près de la potence, les autres au pied de l'estrade. On le fit monter sur l'estrade par un escalier recouvert de paillis. Il fut impressionné par l'épaisseur de la corde. Elle lui rappelait une aussière de voilier. Il trouva une brutalité joyeuse à l'énorme et solide nœud coulant. Je comprends, aurait-il voulu dire à la corde. Tu m'attends. Ses pensées étaient calmes, presque agréables, mais son visage se contractait nerveusement. Tant de gens, personne ne parlait, et son visage qui n'arrêtait pas de se contracter. Sur sa droite, à cinq mètres de lui environ une autre trappe était ouverte, venant de servir, reliée à la potence par une corde tendue. Il comprit qu'à son extrémité, invisible, se balançait Kenji Mogami.

On lui demanda s'il souhaitait dire quelque chose. Il leva les yeux. Quelque part une cloche sonnait l'heure. Il aurait voulu répondre qu'il avait une idée. Quelqu'un rit discrètement. Il baissa les yeux, contempla les soldats et les journalistes. Aucune idée ne lui venait. On l'avait payé cinquante yens, ce n'était même pas une bonne affaire, et encore moins une bonne idée. Cinquante yens n'étaient rien. Sur la trappe fermée devant lui, il vit des lignes à la craie dont il savait qu'elles indiquaient l'endroit où il devait mettre les pieds. Cinquante yens ! aurait-il voulu s'exclamer. Les soldats continuaient à le soutenir. Les grains de poussière de craie lui paraissaient aussi gros que des rochers. Il inclina la tête et on lui enfila une cagoule. Il ferma les yeux, les rouvrit. Après ces mois qui étaient passés avec une lenteur interminable, tout arrivait trop vite. Il percevait la trame de la toile, sa noirceur l'effrayait curieusement plus que la nuit qui emplissait déjà ses yeux, et il les referma. La chaleur de la matinée était intense. Il étouffait sous cette cagoule. Il sentit le nœud coulant glisser sur sa tête et s'aperçut qu'au même moment on lui ligotait les chevilles. Il s'apprêtait à demander qu'on ralentisse, qu'on attende, mais avec une secousse brutale, décisive, le nœud coulant se resserra autour de son cou et l'unique son qu'il put émettre fut un hoquet. Il avait du mal à respirer. Son visage se contractait plus que jamais. Il ne pouvait même pas cracher sur ses bourreaux, comme il espérait que Kim Lee avait pu le faire quand les siens l'avaient tué. Les soldats qui le soutenaient le firent avancer de deux pas, et il sut qu'il avait à présent les pieds sur les lignes tracées à la craie. Sa dernière pensée, alors que le sol se dérobait sous lui et qu'il entendit la trappe se rabattre avec fracas, fut que son nez le démangeait. Stop ! voulut-il crier. Et mes cinquante…

9

Les années passèrent. Il rencontra une infirmière du nom d'Ikuko Kawabata, une jeune femme dont les parents avaient été tués dans le bombardement de Kōbe durant les derniers mois de la guerre. La paix revenue, son frère était mort de faim. Cette ville-là aussi ressemblait à un champ de ruines et de décombres, et l'histoire d'Ikuko était si ordinaire que, comme tant d'autres, elle préférait ne pas en parler.

Elle avait une peau nacrée et une tache de vin sur la joue droite qui troublaient Nakamura plus qu'il ne voulait l'avouer. Et un sourire nonchalant qu'il trouvait à la fois érotique et agaçant. Elle s'en servait pour clore toute discussion entre eux, ce qui était agréable, mais aussi, se disait-il parfois, l'expression d'une forme de stupidité et de lâcheté.

Grâce à Ikuko, il trouva du travail dans un hôpital, d'abord comme infirmier, puis comme intendant. Il abandonna avec joie ses transactions au marché noir, puisqu'elles n'étaient ni très lucratives ni particulièrement sûres, et qu'il redoutait souvent d'être découvert et remis aux Américains. Même dans son nouvel emploi, il évitait ses semblables – mais beaucoup faisaient comme lui, et apparemment tout le monde comprenait pourquoi tant de gens préféraient que personne ne s'intéresse à eux. Il alla vivre avec Ikuko, autant pour préserver son isolement que par besoin de compagnie. Elle était en excellente santé et se révéla une bonne ménagère, et il se félicita d'avoir trouvé une femme ayant de telles qualités.

Malgré son goût de la solitude, il prit l'habitude de jouer au go avec Kameya Sato, un médecin de l'hôpital ; au fil des ans une confiance mutuelle se développa entre eux et se transforma en amitié paisible. Originaire d'Oita, Sato était un homme calme et humble qui se dévouait pour ses patients, et passait pour un original car il ne portait jamais de blouse blanche. C'était un bien meilleur joueur de go que Nakamura, et un soir l'ancien militaire demanda au chirurgien s'il avait un secret.

Le voici, monsieur Kimura, répondit Sato. Toute chose possède un motif et une structure. À ceci près que nous ne les voyons pas. À nous de les découvrir et d'agir de l'intérieur, à la manière d'un rouage.

Sato vit bien que sa réponse n'avait pas grand sens pour le vieux soldat. Aussi poursuivit-il, enfonçant l'index et le majeur dans le ventre de Nakamura, en bas à droite :

Si je dois pratiquer une appendicectomie, j'interviendrai ici, je séparerai les muscles en fonction du motif et de la structure que l'on m'a enseignés à Kyūshū, et pourrai ainsi retirer l'appendice infecté avec le minimum de risques et de stress pour le patient.

Ils en vinrent à évoquer Kyūshū, l'une des plus prestigieuses facultés de médecine au Japon. Nakamura se souvenait d'avoir lu un article de journal sur plusieurs médecins de Kyūshū, jugés et emprisonnés pour avoir prétendument disséqué des pilotes américains vivants sans utiliser d'anesthésiques. Cet article et ces condamnations avaient indigné Nakamura à l'époque, et il aborda le sujet avec véhémence, avant de conclure :

Encore un mensonge des Yankees !

Sato leva les yeux de la table de go, puis se concentra de nouveau sur le jeu et déplaça un pion noir.

J'étais présent, monsieur Kimura, dit-il.

Nakamura le dévisagea, jusqu'à ce que l'humble chirurgien relève la tête et soutienne étrangement son regard.

J'étais interne là-bas un peu avant la fin de la guerre, dans le service du professeur Fukujori Ishiyama. Un jour, on m'a demandé d'aller chercher un pilote américain dans une salle commune où il était sous bonne garde. Un vrai géant avec un nez tout mince, des cheveux roux et bouclés. Il avait été blessé par balle lors de sa capture, mais il m'a fait confiance. Je lui ai montré le brancard et il s'est installé dessus lui-même. On m'avait dit de l'emmener non pas au bloc opératoire, mais dans une salle de dissection du département d'anatomie.

Nakamura était intrigué.

Et là ?

Là, il m'a de nouveau fait confiance. J'ai désigné la table de dissection. La salle était remplie de médecins, d'infirmières et d'autres internes, ainsi que de quelques officiers. Le professeur Ishiyama n'était pas encore arrivé. L'Américain s'est même levé pour s'allonger sur la table de dissection. Et il m'a adressé un clin d'œil. Un clin d'œil et un sourire. Comme si on se préparait à faire une blague.

Et alors, enchaîna Nakamura, on l'a anesthésié, et le professeur Ishiyama a opéré sa blessure.

Sato avait un pion de go au creux de sa paume, il en caressait mécaniquement la surface lisse et bombée avec le gras du pouce, comme s'il massait un œil noir aveugle.

Non, répondit-il. Deux infirmiers lui ont attaché les membres, le torse et la tête à la table avec des sangles en cuir. Le professeur Ishiyama est arrivé pendant ce temps-là et a pris la parole. Il a expliqué à son auditoire que la dissection d'un patient avant sa mort permettait d'obtenir d'importantes données scientifiques qui aideraient nos soldats lors des grandes batailles à venir. Ce n'était pas un travail facile, mais toutes les avancées scientifiques exigeaient des sacrifices et de la détermination. Ainsi les médecins et les chercheurs prouvaient-ils qu'ils étaient les serviteurs dévoués de l'Empereur.

Nakamura jeta un coup d'œil au plateau du jeu de go, mais ses pensées étaient désormais ailleurs.

Je me rappelle avoir éprouvé de la fierté d'être là, ajouta Sato.

Nakamura comprenait parfaitement tout ce que disait Sato – au fond, les mêmes arguments, formulés différemment en des circonstances différentes, avaient guidé toute sa vie d'adulte, et même s'il n'en avait pas conscience, les motifs et le tempo familiers du récit de Sato confirmaient pour lui le fait que le professeur Ishiyama, même s'il n'avait pas utilisé d'anesthésiques, s'était conduit correctement et conformément à la déontologie.

L'Américain ne se débattait toujours pas, continua Sato. Jamais il n'aurait pu imaginer ce qui l'attendait. Avant que le professeur Ishiyama ne commence, nous nous sommes tous penchés vers le patient, comme pour une opération normale. Peut-être a-t-il été rassuré. Le professeur lui a incisé l'abdomen, lui a retiré un lobe du foie, puis a recousu. Ensuite il a pratiqué une ablation de la vésicule biliaire et lui a découpé une partie de l'estomac. L'Américain, qui avait l'air d'un jeune homme intelligent et plein de vie au début, paraissait à présent vieux et faible. On l'avait bâillonné, mais il n'était plus en état de crier depuis longtemps. Finalement, le professeur Ishiyama lui a prélevé le cœur. Il battait encore. Quand il l'a posé sur la balance, les poids ont tremblé.

Le récit de Sato s'était déversé sur Nakamura comme une rivière en crue sur un affleurement rocheux. Il l'avait encerclé, puis avait déferlé sur lui, pour finir par le recouvrir complètement. Mais rien n'avait bougé en lui. Même si cela signifiait que tout ce qu'avaient dit les Américains était vrai, et que lui, Nakamura, avait tort, les raisons pour lesquelles cette expérience avait eu lieu lui semblaient tellement compréhensibles qu'il ne trouvait rien d'extraordinaire à ce récit de dissection d'un homme vivant et parfaitement conscient.

Ça paraissait bizarre, mais dans un premier temps je ne me suis pas trop interrogé, reprit Sato. C'était la guerre, après tout. Et puis les jours suivants, il y a eu d'autres opérations sur d'autres pilotes – l'ouverture du médiastin pour l'un, le sectionnement des nerfs faciaux pour un autre. Lors de la dernière à laquelle j'ai assisté, ils ont percé quatre trous dans le crâne du soldat, puis inséré un scalpel dans son cerveau pour voir ce qui allait se produire.

Nakamura et Sato jouaient au go dans un petit jardin réservé au personnel soignant. C'était le printemps, et quand Sato marqua une pause, Nakamura entendit les chants d'oiseaux annonçant le crépuscule. Un érable transformait les derniers longs rayons du soleil en fils scintillants d'ombre et de lumière.

Après la guerre, le professeur Ishiyama s'est pendu dans sa cellule, dit Sato. D'autres ont été arrêtés, condamnés à mort, puis leur peine a été commuée et finalement on les a tous libérés. J'ai cru un temps que je serais jugé à mon tour, mais maintenant tout ça est trop loin. Les Américains veulent tourner la page, et nous aussi.

Sato poussa vers Nakamura le journal qu'il avait sous les yeux.

Regardez ça.

Il désignait un petit article accompagnant une photo. L'article portait sur les œuvres de bienfaisance de M. Ryoichi Naito, fondateur de la Banque du sang du Japon, une firme prospère qui vendait et achetait du sang.

J'ai des collègues qui ont travaillé avec M. Naito au Manchukuo. Là-bas, M. Naito était l'un de nos meilleurs chercheurs dans ce domaine. La vivisection. Et dans bien d'autres. L'expérimentation d'armes biologiques sur les prisonniers. L'anthrax. Et la peste bubonique, paraît-il. On testait aussi sur eux des lance-flammes et des grenades. Un projet de grande envergure avec le soutien des plus hautes autorités. Aujourd'hui M. Naito est une personnalité respectée. Pourquoi ? Parce que ni notre gouvernement ni les Américains ne veulent exhumer le passé. Les Américains s'intéressent à nos recherches sur les armes biologiques ; elles les aident à se préparer à une guerre contre les Soviétiques. Nous avons testé ces armes sur les Chinois ; ils veulent maintenant les utiliser contre les Coréens. En réalité, seuls les plus malchanceux ou les lampistes ont été pendus. Et les Coréens. Mais les Américains ne pensent qu'à faire des affaires, désormais.

Nous aussi, nous sommes des victimes de la guerre, dit Nakamura.

Sato ne répondit pas. Nakamura sentit tout au fond de lui que, comme le peuple japonais, il était quelqu'un de bien et d'honorable, accusé à tort. Une victime, oui – lui, Ikuko, ses camarades exécutés, et le Japon. Ce sentiment lui permettait de comprendre tout ce qui lui était arrivé, conférait même une certaine grandeur à son existence minable faite de secrets et d'évasions, de fausses identités et d'un éloignement croissant de ses semblables. Mais le récit de Sato le ragaillardit. La perspective lointaine d'une forme de libération divine semblait exister à nouveau en lui.

Vous avez déjà entendu ce son bizarre à la fin d'un tremblement de terre ? demanda Sato. Dans le jour déclinant les traits de son visage las s'estompaient. Une fois que les secousses et ce roulis dément ont cessé, continua-t-il, et que tous les objets – les tableaux et les miroirs sur les murs, les huisseries des fenêtres, les clés accrochées à un clou –, que tout cela se met à vibrer en produisant ce son insolite ? Et que dehors, tout ce que l'on connaissait risque d'avoir disparu à jamais ?

Bien sûr, dit Nakamura.

Comme si cette vibration émanait du monde lui-même ?

Oui, dit Nakamura.

Quand le plateau en inox de la balance de la salle de dissection a tremblé parce qu'on y posait ce cœur, voilà l'effet que ça m'a fait. Comme si le monde tremblait.

Sato eut un étrange sourire.

Vous savez pourquoi il m'a fait confiance ?

Le professeur Ishiyama ?

Non, ce pilote américain.

Non.

Parce qu'à cause de ma blouse blanche, il a cru que j'étais là pour l'aider.

10

Nakamura et Sato ne reparlèrent jamais du passé. Mais quelque chose dans le récit de son ami commença à troubler Nakamura. Au fil des mois, leurs parties de go se firent moins fréquentes. Nakamura trouvait le chirurgien – qui lui avait paru jusqu'alors intéressant et de bonne compagnie – plus ou moins terne et ennuyeux, et les parties de go devinrent une corvée plutôt qu'un plaisir. Sans pouvoir s'expliquer pourquoi, il eut l'impression que ce sentiment était réciproque. Sato cessa de passer à l'intendance pour fumer une cigarette avec Nakamura, et Nakamura se surprit à éviter les ailes de l'hôpital où il risquait de tomber sur Sato. Finalement, ils cessèrent de jouer au go.

À mesure qu'il s'éloignait de Sato, Nakamura se rapprocha d'autres personnes, trouva en lui la force de devenir un être humain plus honnête. Il finit par comprendre qu'il y avait beaucoup d'hommes comme lui – des types bien, fiers, qui n'avaient fait que leur devoir et refusaient d'avoir honte – et qu'eux aussi se voyaient comme des victimes de la guerre. Il prit conscience que la période où nul n'était ce qu'il prétendait ou semblait être, où tout le monde ne se souvenait que des choses avouables, venait de se terminer. Alors qu'on libérait les derniers criminels de guerre emprisonnés, Nakamura renonça aux faux-semblants et, considérant qu'il valait mieux sauver l'honneur en assumant la vérité, il reprit son vrai nom. L'année suivante, il épousa Ikuko.

Ils eurent deux filles, des enfants pleines de santé qui, en grandissant, aimèrent de plus en plus profondément leur père si bienveillant. À l'âge de six ans, Fukuyo, la cadette, faillit mourir après avoir été renversée par un car scolaire. Le souvenir qu'elle garda de cette époque fut celui de son père à son chevet jour et nuit, tête baissée. Aux yeux de ses filles, il semblait presque venir d'une autre planète, boutonnait ses chemises de travers, oubliait de porter une ceinture, refusait de tuer les araignées, qu'il attrapait et mettait dehors, ou les moustiques, qu'il n'écrasait jamais.

Lui seul percevait l'étrangeté de sa transformation pour ressembler à l'idée qu'il se faisait d'un homme bien. Était-ce de l'hypocrisie ? Une expiation ? Du remords ? De la honte ? Était-ce délibéré, ou inconscient ? Un mensonge, ou la vérité ? Après tout, il avait assisté à la mort de beaucoup d'hommes – peut-être même, pensait-il parfois avec un orgueil presque féroce qu'il ne trouvait nullement contradictoire, avait-il été complice de certaines de ces morts. Mais il ne se sentait pas coupable, et le temps émoussait le souvenir de ses crimes, l'autorisant à entretenir plutôt celui de ses bonnes actions et de ses circonstances atténuantes. Les années passant, il s'étonnait seulement d'être si peu hanté par le passé.

Plus par curiosité que par foi en ses chances, il posa sa candidature au printemps 1959 pour un emploi à la Banque du sang du Japon. À sa grande surprise, il fut convoqué à un entretien d'embauche. Il prit le train pour Osaka tôt un matin d'hiver. Au siège social de la Banque, il dut patienter presque jusqu'à l'heure du déjeuner où, enfin, on le conduisit non pas dans une salle de réunion comme il s'y attendait, mais dans un immense bureau directorial. On le fit asseoir et on lui demanda encore de patienter. Il n'y avait personne dans la pièce. Au bout d'un quart d'heure, la porte derrière lui s'ouvrit et une voix masculine le pria de ne pas se retourner, mais de rester assis. Il sentit des doigts tracer un arc de cercle sur sa nuque. Soudain, la voix derrière lui se mit à réciter :

Partout sur la mer, des cadavres dans l'eau,
Partout dans la montagne, des cadavres sur l'herbe…

Bien entendu, Nakamura connaissait *Umi Yukaba*, le poème d'antan, devenu si populaire pendant la guerre que chaque bulletin radiophonique après une bataille – annonçant invariablement que les soldats japonais avaient affronté une mort honorable plutôt que le déshonneur d'une capitulation – commençait par ces vers. Nakamura récita à son tour les deux derniers vers comme s'il s'agissait d'un mot de passe :

Nous mourons aux côtés de notre Empereur,
Sans jamais regarder en arrière.

Il sentit à nouveau cette main sur sa nuque.

Une si belle nuque, magnifique, déclara l'homme derrière lui.

Nakamura se retourna et leva les yeux. Les cheveux coupés en brosse avaient blanchi et le corps était plus massif, mais au centre de ce visage un peu plus flasque et souriant, le nez rappelait encore un aileron de requin.

J'avais besoin de revoir votre nuque. De m'assurer que vous étiez bien celui auquel je pensais. Je n'oublie jamais, voyez-vous.

Surprenant le regard interrogateur de Nakamura, Kota expliqua :

Certains de mes anciens camarades de Manchukuo ont estimé que je pourrais faire du bon travail ici.

La suite de l'entretien avec Nakamura fut de pure forme, comme si tout était décidé depuis longtemps. Au moment de prendre congé, Kota félicita Nakamura de ses nouvelles fonctions. À son retour chez lui ce soir-là, Nakamura sanglotait presque en racontant à Ikuko ce qui s'était passé.

Comment s'attendre à tant de gentillesse ? lui demanda-t-il.

Bien des décennies plus tard, Taro Ootomo, un jeune journaliste nationaliste japonais qui souhaitait dissiper les nombreux malentendus sur le rôle du Japon pendant la guerre en Asie du Sud-Est, alla interviewer l'honorable soldat Shiro Kota, désormais âgé de cent cinq ans. Il avait lu dans diverses revues consacrées au zen les articles de Kota sur les fondements spirituels du *bushido* japonais. Kota affirmait que c'était la capacité des Japonais – inspirée par le zen – à admettre que rien ne distingue intrinsèquement la vie de la mort qui avait fait de leur nation une si formidable puissance militaire, malgré l'insuffisance des moyens matériels. Mais quand Taro Ootomo se présenta avec des personnalités officielles et une équipe de la télévision locale pour rendre hommage à Kota le jour de son cent cinquième anniversaire, il n'y avait personne chez lui.

Taro Ootomo était jeune et curieux, et il persista, allant jusqu'à rendre visite à Ryoko, la fille aînée de Kota, pour l'assurer de ses bonnes intentions, dans l'espoir de pouvoir rencontrer le vieux soldat par son intermédiaire. Mais Ryoko l'en dissuada, disant que son père n'était pas en état de parler à des inconnus, surtout de la guerre et de sa carrière militaire, dont on donnait si facilement une image erronée. Il s'efforçait dans son grand âge de devenir un Bouddha vivant, confia-t-elle à Taro Ootomo.

Il était évident pour Ootomo que Ryoko se souciait peu de son père. Choisissant d'ignorer ses remarques, il entreprit avec des amis nationalistes d'organiser une cérémonie en l'honneur du cent cinquième anniversaire de Kota. Elle serait digne et respectueuse, et viserait autant à honorer les anciens combattants qu'à faire connaître les fondements spirituels mal compris des guerres menées par le Japon au XXe siècle. Mais chaque fois qu'Ootomo se rendait chez Kota, celui-ci ne semblait pas être là.

Intrigué par l'attitude de Ryoko et l'étrange refus de Kota d'ouvrir à ses visiteurs, Taro Ootomo s'en ouvrit à Takeshi Hashimoto, son ancien camarade de classe devenu lieutenant de police, un soir où il buvait un verre avec lui.

Hashimoto flaira quelque chose de louche. Non sans difficulté, il parvint à consulter les fichiers de sécurité sociale et découvrit que Ryoko assurait la tutelle des biens de son père. Deux mois plus tôt, on avait retiré deux millions de yens sur le compte bancaire de Kota. Hashimoto obtint un mandat pour perquisitionner l'appartement du vieil homme. L'immeuble, situé dans un quartier autrefois chic et résidentiel, s'était délabré ces dernières années. On avait fixé tant bien que mal sur la façade, au-dessus du premier étage, un filet en fil de fer censé arrêter d'éventuelles plaques de crépi dans leur chute. Les portes de l'ascenseur refusant de s'ouvrir, Hashimoto et ses trois collègues durent monter jusqu'au septième étage par l'escalier.

Dans un appartement aux murs recouverts d'étagères emplies de recueils de poésie, Hashimoto trouva le cadavre momifié d'un grand vieillard sur le lit. Aucune odeur. Il était mort depuis des années, voire des décennies, se dit Hashimoto. De la main gauche, il souleva très délicatement le couvre-lit à fleurs. Les sécrétions du corps au cours de sa lente décomposition avaient laissé une épaisse tache sombre sur les draps. Au centre de cette auréole, la peau tendue tel un parchemin sur ses os, gisait Shiro Kota.

Sur la table de chevet du Bouddha désormais mort était posé un vieil exemplaire de *La Route étroite vers le Nord lointain*, le célèbre récit de voyage de Bashō. Hashimoto l'ouvrit à une page marquée par un brin d'herbe sèche.

Les jours et les mois sont les voyageurs de l'éternité, lut-il. De même les années qui passent.

11

En tant qu'officier supérieur, John Menadue aurait dû s'acquitter de la tâche, mais il n'en avait pas le courage ; John Menadue n'avait jamais eu le courage de rien, ni sur la Ligne ni depuis son retour en Australie. Dorrigo Evans avait reçu une lettre de Bonox Baker l'informant qu'à sa connaissance personne n'était allé voir la veuve de Jack Rainbow, que John Menadue devait lui remettre les décorations de Jack, mais ne semblait jamais trouver le temps. Aussi, quelques mois après sa lune de miel, alors qu'il commençait à voir sa vie de couple pour ce qu'elle était, c'est-à-dire rien qui fasse envie, Dorrigo Evans prit-il l'avion pour Hobart. Il rencontra John Menadue dans un pub à deux pas du restaurant de poissons Nikitaris.

Dans la jungle, John Menadue avait découvert qu'il n'était pas un meneur d'hommes. Pour certains, comme Big Fella, cela allait de soi, pensait-il. Mais pas pour lui, ce qui paraissait bizarre – car son père lui avait dit qu'il était fait pour commander, que l'autorité n'était qu'une question de caractère. À la Hutchins School aussi, on lui avait dit qu'il avait l'étoffe d'un chef, car seuls les futurs cadres de la nation étaient admis dans l'établissement. Commander était son destin naturel, lui serinait-on, celui de ceux qui étaient nés pour commander, c'est-à-dire tous les élèves de la Hutchins School. Et tout le monde avait continué à le lui répéter, raison pour laquelle John Menadue – à cause de son éducation et de son milieu, de son caractère et de son destin irrévocable – était entré ensuite à l'école d'officiers. Il avait pris tout ce qu'on lui disait pour la vérité, pour une évidence, et lui-même pour un meneur d'hommes, jusqu'à son arrivée sur la Ligne. Là, il avait découvert que son souci premier n'était pas d'aider les autres, mais de sauver sa peau, et que son père avait raison au sujet de l'autorité, mais pas au sujet de son fils.

John Menadue savait ce qu'était l'autorité. Et ce jour-là, assis dans ce pub à deux pas de chez Nikitaris, devant une livre de filets de barracuda, avec son beau visage intact et la vie sauve, John Menadue savait qu'il n'avait pas d'autorité. Il se demandait comment il se faisait qu'elle existe chez quelqu'un comme Dorrigo Evans – un coureur de jupons quasiment laid, un solitaire qui se cachait dans la foule, un homme rebelle à toute forme d'autorité, sauf celle qu'il exerçait par la grâce insultante de Dieu –, quelqu'un capable de vous donner l'impression que le service qu'il vous rendait était un acte dérisoire, sans conséquence.

Désolé, dit-il à Dorrigo Evans. Je suis allé voir la femme de Les Wittle. Impossible de remettre ça. Tu te souviens de Les ?

Oui. Il faisait un merveilleux Robert Taylor dans *La Valse dans l'ombre*. Et en prime il donnait la réplique à Jack Rainbow, non ?

Je ne m'en souviens pas. Tu sais comment il est mort ?

Non.

Il s'est retrouvé dans un camp au Japon. Travail forcé pour les Japs dans une mine de charbon sous la mer Intérieure. Ils mouraient de faim. À la fin de la guerre, les Yankees ont parachuté des vivres dans les camps de prisonniers. Les libérateurs américains qui larguaient des barils d'une contenance de près de deux cents litres, pleins de nourriture. Les barils descendaient en se balançant – légers comme des graines de pissenlits en été, a dit quelqu'un. Il y avait des gars partout, surexcités. Les barils ont commencé à atterrir, à éventrer les toits, à tout écrabouiller sous leur poids. L'un d'eux, rempli de tablettes de chocolat Hershey, est tombé sur Les. Il est mort écrasé.

John Menadue tendit à Dorrigo Evans une boîte à chaussures dans laquelle roulèrent quelques rubans et médailles. Sur le couvercle, fixée avec du scotch, une adresse au nom de Mme Jack Rainbow.

Tu parles d'une mort, dit-il, fixant la boîte des yeux. Un homme affamé tué par un baril de vivres ? Largué par nos alliés ? Des tablettes de chocolat ? Nom de Dieu, Dorrigo, des foutues tablettes de chocolat Hershey ! Qu'est-ce que tu en dis ?

Et toi, qu'est-ce que tu as dit ?

Tout ce qu'il faut dire. Des mensonges. C'était une femme très digne. Petite et ronde. Mais digne. Et elle a écouté mes mensonges. Pendant un long moment, elle a gardé le silence. Puis elle a déclaré : Je ne l'ai jamais vraiment connu, vous savez. C'est ça le plus triste. J'aurais aimé mieux le connaître.

Mme Jack Rainbow vivait près de Neika, à quelques kilomètres d'un petit village en pleine forêt et à flanc de montagne au-dessus de Hobart. Entendant Dorrigo Evans demander comment s'y rendre, le barman le présenta à un homme de petite taille, le chauffeur du camion de la brasserie Cascade qui partait faire une livraison dans la même direction. Il pourrait déposer Dorrigo et le reprendre à son retour, deux heures plus tard.

À la sortie de Hobart, il se mit à neiger. Le camion n'avait qu'un essuie-glace branlant qui dégageait un petit triangle de monde hivernal où les eucalyptus et les fougères arborescentes, alourdis par la neige fraîche, s'inclinaient de part et d'autre de la route. Tout le reste disparaissait dans du blanc, et Dorrigo Evans sentit ses pensées prendre le même chemin. Il sortit une main par la vitre et agita les doigts, comme pour chercher un moyen encore inconnu d'empêcher l'artère fémorale de Jack Rainbow de se vider. Ses doigts s'enfoncèrent dans le vide, le froid, la blancheur, le néant.

Plutôt frisquet, hein ? dit le chauffeur, le voyant faire. Voilà pourquoi je mets ça, ajouta-t-il, levant une main gantée au-dessus du volant. Sinon on peut en mourir, de ces bon sang de gelures. Comme le capitaine Scott dans son foutu Antarctique, mon pote.

Ils montaient toujours, traversèrent Fern Tree, laissèrent Neika derrière eux. Redescendant de l'autre côté de la montagne, le chauffeur déposa Dorrigo Evans à l'entrée d'une ferme, deux piquets verdis par le lichen et une grille cassée, couchée sur le bas-côté d'un chemin enneigé. L'exploitation semblait dans un état de délabrement avancé ; la blancheur et le silence oppressant de la neige donnaient une impression d'abandon. Les clôtures et les tuteurs d'une houblonnière penchaient dangereusement, en certains endroits ils étaient à terre. Les bâtiments paraissaient fatigués ; un petit séchoir à houblon s'affaissait.

Dorrigo trouva Mme Jack Rainbow dans une modeste laiterie en béton, en train de baratter le beurre. Elle portait une jupe de coton à motifs d'hibiscus rouges et tourbillonnants, et un vieux pull-over en laine tricoté main, percé à un coude. Ses jambes nues et couvertes de bleus n'étaient pas rasées. Il ne vit sur son visage que l'expression d'un espoir brisé, une bouche réduite à une ligne tremblante qui retombait de chaque côté en formant de fines rides.

Il lui donna son nom, son numéro de régiment, et avant qu'il ait pu en dire plus elle lui fit traverser sa cuisine, réchauffée par un poêle à fuel qui grésillait en son centre, pour l'emmener dans son salon froid et sombre. Elle l'appelait "mon colonel". Quand il fit observer que ce n'était pas du tout nécessaire, elle l'appela "monsieur Evans". Il s'assit dans un fauteuil trop rembourré qu'il trouva humide.

De l'autre côté du couloir, par une porte ouverte, il apercevait un mur lambrissé et laqué couleur crème et, devant, un lit de fer. Il espérait qu'elle y avait été heureuse avec Jack. Il les imaginait ensemble par une nuit d'hiver comme celle qui allait tomber dans quelques petites heures, ensemble et bien au chaud, regardant peut-être le feu mourir dans la cheminée au milieu des braises, Jack tirant sur une Pall Mall.

12

On a cinq enfants, dit-elle. Deux garçons, trois filles. La petite Gwennie, c'est le portrait craché de son père. Le plus jeune, Terry, est né après le départ de Jack et n'a jamais vu son papa.

Il y eut un long silence. Dorrigo avait appris dans son cabinet à attendre que les gens disent ce qu'ils avaient vraiment envie de dire.

J'ai très mal supporté de rester seule, lâcha-t-elle enfin. J'ai une peur terrible de la solitude. Quand il était à la guerre, je dormais avec les enfants. Elle sourit à ce souvenir. Six dans le même lit, bon sang. Ridicule, non ?

Une bouilloire siffla et elle disparut dans la cuisine. Il regretta de l'avoir laissée le débarrasser de son manteau militaire. Elle revint avec une théière ébréchée en métal vert émaillé, et un reste de gâteau à la crème.

Tout est si calme, avec toute cette neige, dit-elle. Comme une épaisse couverture. Voilà pourquoi j'aime avoir les gosses avec moi. Mais les plus petits sont chez la sœur de Jack aujourd'hui et les plus grands à l'école. Elle s'interrompit. Jack adore la neige, mais moi, Seigneur, parfois ça me donne le cafard.

Elle lui offrit une part de gâteau qu'il refusa. Elle posa le plat sur une desserte, repoussa de l'index les miettes vers le centre pendant un moment, puis, sans lever les yeux, demanda :

Vous croyez à l'amour, monsieur Evans ?

La question était inattendue. Il comprit qu'elle n'appelait pas de réponse.

Moi je pense que c'est à nous de le construire. Il n'est pas donné tout cuit. Il faut le construire.

Elle marqua une pause, attendant peut-être un commentaire ou un jugement, mais comme Dorrigo Evans ne proposait ni l'un ni l'autre, elle parut s'enhardir et poursuivit :

Voilà ce que je pense, monsieur Evans.

Dorrigo, je vous en prie.

Dorrigo. C'est vraiment ce que je pense, Dorrigo. Et je croyais que Jack et moi, on allait y arriver.

Elle s'assit et lui demanda si cela ne l'ennuyait pas qu'elle allume une cigarette. Cela ne lui arrivait jamais du temps où Jack était là et fumait comme un train à vapeur, mais maintenant, dit-elle, eh bien c'est un peu de lui qui me reste, et ça m'aide à oublier... son absence et tout ça.

Des Pall Mall, s'il vous plaît, ajouta-t-elle en sortant une cigarette du paquet rouge vif. Pour Jack, pas de Woodbines. Quelque chose de raffiné, pour compenser tous ces jurons. C'était un immigrant, Jack. Un immigrant porté sur la boisson avec une femme de tête, il disait toujours, quel imbécile n'y trouverait pas son compte ?

Elle tira une bouffée, posa la cigarette dans le cendrier et la contempla. Sans lever les yeux, elle insista : Mais vous, monsieur Evans, vous croyez à l'amour ?

Elle écrasa le mégot et le promena dans le cendrier.

Vous y croyez ?

Au-dehors, songea-t-il, au-delà de cette montagne sous la neige, il y avait un monde avec des millions et des millions de gens. Il les voyait d'ici dans leurs villes, dans la chaleur et la lumière. Et il voyait cette maison, si loin de tout, si isolée, et il se dit qu'elle avait dû leur faire l'effet, à cette femme et à Jack, même brièvement, d'un univers dont eux deux étaient le centre. Pendant quelques instants, il se revit au King of Cornwall avec Amy, dans cette chambre qu'ils considéraient comme la leur – avec l'océan, le soleil et les ombres, avec la peinture blanche écaillée et la poignée rouillée de la porte-fenêtre, avec la brise en fin d'après-midi et le bruit du ressac la nuit –, et il se souvint qu'elle aussi avait un jour semblé le centre de l'univers.

Moi je n'y crois pas, lança Mme Jack Rainbow. Non, je n'y crois pas. C'est un trop petit mot, vous ne trouvez pas, monsieur Evans ? J'ai une amie à Fern Tree qui enseigne le piano. Elle est très musicienne, vraiment. Moi, je n'ai pas d'oreille. Mais un jour elle m'a expliqué qu'à chaque pièce correspond une note. Il suffit de la découvrir. Elle s'est mise à faire des vocalises, dans les aigus, dans les graves. Et soudain une note est revenue vers nous, elle a rebondi sur les murs, sur le sol, a empli toute la pièce d'une merveilleuse vibration. Un son magnifique. Comme si vous jetiez une prune et que tout le verger revienne vers vous. Jamais vous n'auriez pu y croire, monsieur Evans. Deux choses si différentes, une note et une pièce, qui finissent par se trouver. Ça ressemblait... à un accord parfait. Est-ce que je ne suis pas en train de me ridiculiser ? Vous ne pensez pas que c'est ce qu'on entend par "amour", monsieur Evans ? Cette note qui revient vers vous ? Qui vous trouve même quand vous n'avez pas envie d'être trouvé ? Comme si un jour vous rencontriez quelqu'un, et que tout ce qu'il y a dans cette personne vous revenait avec cette étrange vibration ? Cet accord parfait ? Ce son magnifique ? Je ne m'explique pas bien du tout, n'est-ce pas ? Mais c'est ce qu'il y avait entre Jack et moi. On ne se connaissait pas vraiment. Je n'aimais sûrement pas tout chez lui. Et sans doute que certaines choses l'agaçaient chez moi. Mais j'étais cette pièce et lui était cette note, et maintenant il n'est plus là. Et tout est silencieux.

J'étais avec Jack, commença Dorrigo. À la fin. Il a réclamé une Pall Mall.

13

Le matelas était tout bosselé, avec un petit cratère en son centre, mal rembourré par un vieux maillot de l'équipe de foot de North Hobart. Dorrigo se tourna sur le côté, essaya de composer avec les courbes, les oueds et les plaines, les inclinaisons, les dépressions et les ravins. S'étant fait à la forme du matelas, il se rapprocha de la femme de Jack, genoux contre genoux, cuisses contre cuisses, et posa le coude sur sa hanche, puis la main sur son ventre pour l'enlacer. Il y avait un profond soulagement à partager tant de choses qui les troublaient tous deux sans que les mots ne viennent s'en mêler. Elle ne supportait pas la solitude. Peut-être étaient-ils au lit ensemble pour se réchauffer. Peut-être se serraient-ils l'un contre l'autre pour vaincre le silence. Dans l'espoir de faire revenir cette merveilleuse vibration. Chacun sachant que la personne allongée tout près comprenait que cela n'arriverait jamais. Des flocons de neige fondue commencèrent à balayer le toit de tôle. Être au chaud avec cette femme suffisait à Dorrigo. C'était sans doute tout ce qui comptait. Il sentait le poids immense de l'âge. Il aurait trente-quatre ans en juillet. Ils s'étreignirent sans mot dire jusqu'à ce qu'il entende le klaxon du camion au bout de l'allée.

Après son départ, elle mit les décorations au feu. Quelques jours plus tard, elle déblaya les cendres et s'interrogea un moment sur ces scories grisâtres dans sa pelle à charbon avant de les jeter au milieu de la basse-cour. Dix-neuf ans plus tard, le grand incendie de 1967 passa par là, emportant tout sur son passage. La houblonnière dont s'occupait désormais son fils, sa maison en rondins et celle de son fils, plus récente et en brique, les photos d'elle avec Jack : tout partit en fumée. Et sur les scories grisâtres qui avaient été les décorations de Jack, enfouies dans ce qui avait été une basse-cour, se déposa une nouvelle couche de cendres. En quelques années il y poussa des fougères, des cornouillers et des myrtilles, jusqu'à ce qu'une forêt se dresse sur ce qui avait été le rêve de Jack, et que la forêt perde ses feuilles, ses écorces et ses branches, et que plus tard encore les cendres de l'incendie ne soient enfouies sous d'autres couches d'humus, de tourbe et d'une vie toujours recommencée.

La femme de Jack se remaria avec un homme plus jeune qui se montra attentionné avec elle, comme elle avec lui, mais ce ne fut jamais la même chose qu'avec Jack. Il mourut dans un accident de tracteur et elle lui survécut à lui aussi.

Vers la fin de sa vie, elle s'aperçut qu'elle avait oublié à quoi ressemblait Jack. Elle ne se souvenait plus du son de sa voix ni de son odeur, ni de la façon dont il la serrait dans ses bras et la caressait, tirant lentement sur une Pall Mall pendant que la neige tombait au-dehors. Parfois elle croyait sentir la fumée de ses Pall Mall en s'endormant. Parfois elle croyait entendre une vibration emplir la pièce. Mais elle ne parvenait à retenir ni cette odeur, ni ce souvenir, ni cette vibration, et le sommeil l'entraînait toujours plus profond, toujours plus loin. Malgré ses efforts, elle ne se souvenait de rien, sauf du fait que brièvement, très brièvement, elle n'avait souffert ni de la solitude ni du froid.

Tandis que le camion redescendait de la montagne, Dorrigo Evans conversa avec le chauffeur comme cela arrive parfois entre inconnus, expliquant de son mieux les raisons de sa visite.

Il y avait vraiment quelque chose entre eux, dit-il. Il est mort et je suis vivant, mais il a eu quelque chose que je n'ai jamais connu.

C'est-à-dire ?

Une vie de couple.

Une vie de couple, répéta le chauffeur. Ma mère et mon père aussi, ils formaient un vrai couple. Ma femme et moi, bon, on fait face. Tous les jours.

Il rétrograda deux fois, presque debout sur les freins pour ralentir son camion à l'approche d'un des nombreux virages en épingle à cheveux de la route qui traversait la forêt. À la ligne droite suivante, il accéléra et reprit :

Mais être un vrai couple ? Pour ça non. C'est une brave femme. Mais l'amour ?

L'amour, répéta à son tour Dorrigo Evans. Oui, sans doute.

Le chauffeur médita pendant deux ou trois kilomètres.

Peut-être que beaucoup de gens ne connaissent jamais l'amour, dit-il.

Cette idée n'avait jamais effleuré Dorrigo Evans.

Possible.

Peut-être qu'on nous donne notre visage, notre vie, notre sort, nos bonheurs et nos malheurs. Certains sont bien servis, d'autres moins. Pareil pour l'amour. Comme des chopes de bière plus ou moins grandes. On est bien servi ou pas, on boit, et il n'y a plus rien. On connaît l'amour ou pas. Peut-être qu'on ne maîtrise rien. On ne construit pas l'amour comme on construit un mur ou une maison. On l'attrape comme un rhume. On en souffre et puis ça passe, et prétendre le contraire, c'est se condamner à l'enfer.

Ah bon ?

Ainsi va la vie, déclara le chauffeur. Vous êtes d'où, déjà ?

Du continent.

Je m'en doutais, dit l'homme, pour qui cette information parut à la fois expliquer et conclure une conversation devenue trop privée.

Tandis que l'avion de l'après-midi pour Melbourne virait sur l'aile et se redressait, Dorrigo Evans vit par le hublot la montagne enneigée se détacher sur le bleu parfait du ciel. Le monde est ainsi, se dit-il. Il est ainsi, voilà tout. Puis tout disparut dans du blanc, et une fois encore ses pensées prirent le même chemin. Il leva le bras et agita les doigts, comme s'il lui restait une chance de trouver à temps cette fichue artère fémorale.

On sent le froid arriver par là, dit une voix agréable dans le cocon d'intimité qui résistait au vrombissement assourdissant des énormes hélices.

Dorrigo Evans tourna la tête et s'aperçut pour la première fois qu'une femme séduisante était assise à côté de lui. Son chemisier imprimé à motifs bleu centaurée laissait deviner son décolleté, la naissance de ses seins rebondis et très blancs.

En effet.
Et quelle est votre destination ? demanda-t-elle.
Il sourit.
Vos mains ont l'air gelées.
Ainsi va la vie, répondit-il, soudain conscient de ses doigts déployés qui s'agitaient dans le vide, le froid, la blancheur, le néant.

Dans ce monde
nous marchons sur le toit de l'enfer
en regardant les fleurs.

ISSA

1

Tenji Nakamura parlait d'une voix rauque depuis quelques semaines quand, après un long entretien d'embauche avec un candidat au poste de chef comptable adjoint, il massa son cou raide et perçut une grosseur étrange. Il n'y prêta pas attention – d'ailleurs il n'en avait pas le loisir, car son propre poste dans le service des ressources humaines l'occupait plus que jamais, il était sur les rangs pour devenir directeur et ne pouvait se permettre de tomber malade.

Mais sa gorge le gênait de plus en plus. Lorsqu'il eut du mal à avaler sa nourriture, il réduisit son alimentation au minimum et vécut pour l'essentiel de soupe *miso*. C'est seulement après avoir craché du sang qu'il consentit à consulter un médecin. Le diagnostic fut sans équivoque : Nakamura avait un cancer de la gorge.

La tumeur fut enlevée, et bien que son élocution ait quelque peu souffert de l'opération, Nakamura subit cette épreuve avec dignité. Il avait fini par se voir comme un survivant, et affichait son nouveau filet de voix flûté comme une décoration militaire. Il se trouvait incroyablement favorisé par le sort. Mais trois mois plus tard, passant l'index sur son cou, il sentit une petite boule dure et bizarre. Il la chassa de son esprit. Elle grossit, et il fallut une nouvelle opération, suivie de séances de radiothérapie qui le laissèrent faible et vieilli. Les radiations lui ayant brûlé les glandes salivaires, il ne pouvait désormais absorber qu'une alimentation liquide, et encore était-ce avec difficulté. Durant ce calvaire, il put mesurer quelle femme extraordinaire était Ikuko. Elle se dévouait à son chevet avec une jovialité et une amabilité sans faille, ne semblait pas incommodée par son corps desséché et malodorant. Récupérant des ravages de la radiothérapie, il devint très sensible au parfum frais et plaisant d'Ikuko, à sa peau toujours nacrée, comme si son corps même respirait la bonté. Nakamura se sentait parfois écrasé par sa santé rayonnante, qui s'exprimait le mieux dans ce sourire nonchalant dont elle semblait ne jamais se départir.

Chaque matin, avant d'aller au travail, elle se levait deux heures plus tôt pour répondre à tous ses besoins. Il admirait son sens pratique, mais c'était sa présence et le contact de ses doigts qu'il préférait. Au bout d'un certain temps, il aurait fait n'importe quoi pour qu'elle s'assoie près de lui et lui effleure la joue du dos de la main. Même si rester sans rien faire – comme elle disait – c'était pour elle perdre son temps, ce rien était la chose la plus importante dans la vie de Nakamura. Dans ces moments-là, il n'avait plus peur, la douleur redevenait brièvement supportable, et il se demandait comment il avait pu ignorer si longtemps la bonté de son épouse.

Et cela ne s'arrêtait pas là : la bonté d'Ikuko faisait ressortir ce qu'il y avait de meilleur en lui. Il affrontait la maladie avec stoïcisme et humour. Il prenait le temps de rendre visite à d'autres personnes plus souffrantes que lui, allait jusqu'à aider une œuvre de bienfaisance qui portait des repas aux pauvres. Il se montrait plus gentil et attentif avec tout un chacun : les membres de sa famille, ses amis, ses voisins, même des inconnus. Tenji Nakamura n'en revenait pas de découvrir autant de bonté en lui. Je suis quelqu'un de bien, décréta-t-il. Cette pensée lui apporta un immense réconfort, et une sérénité face au cancer qui émerveilla son entourage.

2

Ce fut à la même époque, alors que Tenji Nakamura restait fragile, mais reprenait des forces, et qu'il avait pris conscience des bénédictions que lui réservait son existence, qu'arriva pour lui une lettre d'Aki Tomokawa, un ancien de sa section sur la voie ferrée. Le vieux caporal cherchait son commandant depuis quelques années et lui écrivait son espoir que cette missive finisse par lui parvenir.

Tomokawa avait toujours agacé Nakamura par son étroitesse d'esprit et son obséquiosité, mais il le voyait à présent sous un jour complètement différent – comme un homme noble et généreux avec qui il avait partagé beaucoup d'épreuves. Il était en outre touché par la loyauté de Tomokawa, qui lui paraissait faite du même bois que la bonté de son épouse et la gentillesse de ses filles – chaque soir elles venaient s'asseoir avec lui pour bavarder – et qui appelait de sa part une bonne action en retour. Depuis cette journée dans le Rashomon de Shinjuku où il avait lu son nom sur la liste des soldats soupçonnés de crimes de guerre, Nakamura s'était fixé pour règle d'éviter tout contact avec ses anciens camarades et – hormis les circonstances qui l'avaient amené à travailler pour Kota – il s'y tenait.

Cette attitude lui paraissait désormais aussi égoïste qu'absurde. Le temps des représailles de la part des Alliés était depuis longtemps révolu. Tomokawa, parti vivre sur l'île septentrionale d'Hokkaidō, semblait avoir retrouvé la trace d'un grand nombre d'anciens de la section et eu connaissance de leurs divers destins. De plus, un groupe d'ingénieurs du régiment chargé de la voie ferrée était même retourné en Thaïlande – ainsi avait-on rebaptisé le Siam – et avait exhumé le châssis rouillé de la première locomotive à avoir parcouru en 1944 la ligne reliant le Siam à la Birmanie sur toute sa longueur. Ils étaient en train de la remettre en état afin de la ramener au Japon, où elle pourrait être exposée au sanctuaire Yasukuni en l'honneur d'un tel exploit.

Découvrant l'existence de ce merveilleux projet, Tenji Nakamura comprit qu'entre autres bénédictions accumulées avec l'âge, il n'avait plus rien à craindre. Et toute crainte ayant disparu, il souhaitait pouvoir être fier de lui et partager la fierté d'autrui. La lettre de Tomokawa marqua pour lui le moment où il échappa enfin au joug de la peur, sous lequel il vivait depuis cette journée sinistre au Rashomon de Shinjuku. Il décida, malgré la maladie, de se rendre jusqu'à la ville glaciale de Sapporo tout au nord du pays pour revoir son vieux camarade.

On était au milieu de l'hiver, et à son arrivée les préparatifs pour la fête annuelle de la neige battaient leur plein. Il avait vu à la télévision qu'en cette année 1966 la fête aurait pour thème les monstres devenus si populaires dans les séries télévisées et les films japonais. Durant le trajet en taxi entre l'aéroport de Sapporo et l'appartement des Tomokawa, il vit des soldats des Forces japonaises d'autodéfense aider à sculpter les gigantesques statues de glace.

Le chauffeur insista pour lui énumérer leurs noms au passage : Gamera, la tortue cracheuse de feu ; Godzilla ; Giant Robo ; Red Cobra au front immense et aux incisives supérieures saillantes ; Mothra la chenille géante ; et Guillotine l'Empereur, avec son énorme tête et ses tentacules. Ces noms ne disaient rien à Nakamura, mais il admira l'exquise habileté japonaise, l'indomptable esprit japonais qu'illustrait une telle entreprise.

Tomokawa habitait un appartement à loyer modéré dans une tour d'habitation et Nakamura se perdit. Lorsqu'il trouva le bon appartement, il était exténué par ses recherches et par le froid. Et pourtant : Tomokawa ! Quel plaisir de le revoir ! Il avait grossi, perdu ses derniers cheveux, et encore rapetissé, pensa Nakamura, mais c'était bien le même Tomokawa à tête de *daikon* – malgré les taches de vieillesse qui constellaient désormais le *daikon*, lui donnant une apparence vaguement reptilienne. Et bien qu'il soit resté passablement agaçant, Tomokawa semblait si ravi de revoir son ancien commandant, si sincère et spontané que Nakamura se promit de trouver attachant, et même attendrissant, ce qui l'exaspérait autrefois.

L'épouse de Tomokawa était encore plus petite que son mari, et affligée d'une lèvre supérieure proéminente donnant parfois l'impression qu'elle mangeait ses mots. Malgré ce défaut, ou à cause de lui, elle avait beaucoup d'aplomb – un peu trop au gré de Nakamura, mais il choisit de voir la familiarité excessive de son accueil comme une preuve de chaleur et de gentillesse, et donc comme une qualité faisant d'elle une femme exceptionnelle.

Que de talents pour un seul homme, mon commandant, dit-elle en le faisant entrer dans leur salon entièrement aménagé à l'occidentale, avec deux immenses fauteuils aux coussins moelleux. Soldat, homme d'affaires, et notre Hokusai à nous !

Tenji Nakamura sourit pour masquer sa gêne, se demandant si elle le prenait pour le peintre immortel ou si elle avait mangé une partie de ses mots. Mais il n'y avait pas de confusion.

Vous peignez toujours, mon commandant ?

Elle tenait une carte postale militaire et la tendit à Nakamura. Au recto, un petit portrait de Tomokawa sur la voie ferrée en 1943. À l'évidence elle pensait que Nakamura en était l'auteur, car au dos de la carte figuraient une formule de politesse et quelques lignes de sa main assurant que Tomokawa était en parfaite santé.

Au-dehors des nuages de neige assombrissaient la journée.

Pardonnez-moi, dit Nakamura, mais il faut que je me repose quelques instants.

Il demanda à s'asseoir. Le fauteuil occidental lui parut d'une esthétique sommaire et d'un contact déplaisant : une fois installé, on se sentait prisonnier de l'étreinte étouffante d'une créature monstrueuse. Le voyage l'avait beaucoup plus fatigué qu'il ne l'aurait cru possible et le traitement à base de morphine, qu'il tentait de réduire au minimum en cette occasion pour ne pas avoir l'air hébété, semblait pourtant lui faire plus d'effet qu'à l'accoutumée.

Il éprouvait une curieuse sensation de flottement et d'éloignement qui n'était pas totalement désagréable, tout en percevant intensément chaque son dans la pièce, chaque odeur, jusqu'au mouvement de l'air. Les meubles étaient des choses animées, même ces épouvantables fauteuils lui paraissaient vivants, il avait l'impression de comprendre chaque objet, mais dès qu'il s'efforçait de mettre des mots sur cette compréhension, elle lui échappait. Soudain il eut envie de rentrer chez lui, or il savait que ce serait impossible avant que le cérémonial de sa visite aux Tomokawa ne soit terminé. Il gardait les yeux fermés, conscient que le monde vivait tout autour de lui comme il ne l'avait jamais senti vivre, et alors même qu'il accueillait enfin cette joie, il se rendit compte qu'il était en train de mourir.

3

S'étoffant avec la maturité, Dorrigo Evans prit une apparence démesurée et donquichottesque, comme s'il débordait ou dépassait les bornes dans tous les sens du terme, comme si on avait monté le volume à fond, aimait à dire Ella : une présence remarquable, mais avec une réserve insolite et un étrange regard inquisiteur. Pour ses admirateurs, cela faisait son charme, voire son élégance. Pour ses détracteurs, c'était une preuve supplémentaire de son originalité exaspérante. Sa résolution virile demeurait intacte. Sa haute taille et sa silhouette voûtée par l'âge aidant, il savait qu'on y voyait souvent à tort le poids de l'expérience, et n'était pas fâché de se cacher derrière le masque offert par cette confusion.

Durant les décennies qui suivirent la guerre, il sentit sa force vitale se mettre en sommeil, et eut beau tenter de la réveiller par les secousses et les périls de ses liaisons successives – quand elles n'étaient pas menées de front –, par ses coups de colère, ses actes de générosité inutiles et ses interventions chirurgicales hasardeuses, rien n'y fit. Le grand sommeil continua. En tant que médecin, c'était un réaliste, il prêchait et pratiquait le pragmatisme. En vérité, il ne croyait pas au réel. Avoir été le rouage d'un système d'esclavage pharaonique ayant à son sommet un roi soleil d'essence divine l'avait amené à considérer l'irréel comme la principale force de l'existence. Et sa propre vie lui faisait à présent l'effet d'un monument d'irréalité, dans lequel tout ce qui ne comptait pas – les ambitions professionnelles, la poursuite d'un certain standing, la couleur du papier peint, la taille d'un bureau ou l'obtention d'une place de parking réservée – devenait de la plus haute importance, et tout ce qui comptait vraiment – le plaisir, les joies, l'amitié, l'amour – passait pour plus ou moins secondaire. Cela garantissait surtout la monotonie, et plus généralement un certain désarroi.

Il s'apercevait qu'il n'avait plus la phobie des lieux clos, de la foule, du tramway, du train – de toutes ces choses qui l'oppressaient autrefois et occultaient la lumière –, mais beaucoup d'autres choses lui apparaissaient désormais comme une façon de fuir cette même lumière. Il en avait trop vu pour appréhender tout ce qui permet d'occuper les soirées, les journées, les années, et parfois la majeure partie de l'existence, mais cela lui paraissait sans aucun intérêt. Pourtant il était capable d'affronter l'ennui, le faisait lors de ces innombrables soirées commémoratives, petits-déjeuners pour collecter des fonds, opérations de bienfaisance, apéritifs, et ces dîners d'une horreur abyssale, puis, plus tard, au conseil d'administration de l'hôpital, de la faculté de chirurgie, ou de tous ces clubs et organisations caritatives qui l'avaient convaincu de devenir donateur.

Tout cela l'ennuyait profondément. Ella l'ennuyait. Les amis d'Ella l'ennuyaient. Son foyer le lassait à lui en donner des maux de tête. Il s'ennuyait lui-même. Les interventions de routine l'ennuyaient de plus en plus, même s'il savait qu'une chirurgie responsable devait tendre vers la routine ; c'était lorsqu'on s'en écartait que surgissaient les complications, que les choses tournaient mal, que des vies étaient brisées ou brutalement interrompues – mais parfois sauvées. Sa sexualité adultérine l'ennuyait, raison pour laquelle, sans doute, il enchaînait les liaisons avec toujours plus d'ardeur, s'imaginant qu'il devait bien y avoir quelqu'un quelque part qui pourrait le réveiller de cette torpeur, tirer son âme de cet étrange sommeil. De temps à autre une femme se méprenait sur ses intentions et se voyait partager l'avenir avec lui. Il la guérissait rapidement de ce romantisme maladif. Par la suite, elles crurent que seuls les plaisirs de la chair l'intéressaient ; à vrai dire, rien ne l'intéressait moins.

Plus il avançait en âge, plus les moulins à vent reculaient. Il pensait à la notion de châtiment selon les Grecs : échouer constamment dans les entreprises qui vous tiennent le plus à cœur. Ainsi, à peine Sisyphe réussit-il à pousser son rocher au sommet de la montagne que celui-ci dévale la pente, et il lui faut redescendre pour répéter l'opération à l'identique le lendemain. Ainsi, Tantale, en proie à une faim et à une soif éternelles pour avoir servi les mets des dieux aux mortels, est-il condamné à voir les eaux d'un lac refluer chaque fois qu'il se penche pour se désaltérer, et la branche chargée de fruits au-dessus de sa tête s'élever hors de sa portée chaque fois qu'il veut cueillir de quoi manger. Voilà peut-être ce qu'est l'enfer, concluait Dorrigo, une répétition éternelle du même échec. Et peut-être en était-il lui-même déjà là. Tel Socrate découvrant l'immortalité de l'âme en buvant la ciguë, Dorrigo découvrait le véritable objet de son amour là où il serait toujours absent : avec des femmes qui n'étaient pas Amy.

Quand son ardeur vint à faiblir, il se rabattit sur le théâtre de la sensualité qu'il trouva encore plus triste que la sexualité sans atours. C'était ridicule, comique, cela dépassait l'entendement et, sans nul doute, la portée des conversations lors de ces soirées mondaines à Melbourne qui étaient devenues son milieu naturel.

Il aurait aimé se moquer de lui-même en si bonne compagnie, mais c'était impossible.

Caché au plus profond de lui-même se trouvait, il le savait, un immense tourbillon endormi qu'il ne pouvait ni comprendre ni atteindre, un tourbillon qui était également un vide, celui de l'inachèvement. Il buvait – pourquoi n'aurait-il pas bu ? Quelques verres de vin au déjeuner, parfois un whisky dans son thé du matin, un *negroni* ou deux avant le dîner (habitude empruntée à un major américain à l'époque où il faisait partie des forces d'occupation à Kōbe), puis du vin, et après le dîner du cognac et du whisky, et encore du whisky jusque tard dans la nuit. Il était sujet à des sautes d'humeur de plus en plus imprévisibles et incontrôlables, qui le rendaient parfois méchant. Aussi agressif qu'un vieux lion, il blessait fréquemment Ella par ses paroles, son indifférence, sa rage de la voir si attentive et affairée. Depuis les obsèques du père d'Ella, il élevait la voix contre elle sans raison, ou pour de mauvaises raisons. Il aurait voulu l'aimer, il regrettait de ne pouvoir l'aimer ; et il redoutait de l'aimer quand même, mais pas comme un homme est censé aimer sa femme – il voulait la blesser jusqu'à ce qu'elle parvienne à la même prise de conscience que lui, reconnaisse qu'il n'était pas fait pour elle, ait une réaction qui puisse le réveiller de son long sommeil. Il attendait un dénouement qui ne venait jamais. Et les blessures d'Ella, sa souffrance, ses larmes, sa tristesse, au lieu de mettre fin à l'hibernation de l'âme de Dorrigo, ne faisaient que la rendre plus profonde encore.

4

Ella ne concevait pas que l'on pût vivre sans aimer. Elle avait été aimée par ses parents et les aimait tendrement en retour. Son amour était tout simplement à son image, en quête d'objets auxquels prodiguer ses bienfaits. Elle tendait une oreille attentive quand Dorrigo évoquait ses problèmes à l'hôpital, pleurait avec lui la disparition d'un patient. Elle le soutenait dans ses combats contre ces imbéciles de bureaucrates qui, disait-il, auraient non seulement sa peau à lui, mais celle de tout le système de santé australien ; et contre les autres chirurgiens qui désapprouvaient ses méthodes.

La maturité avait fait d'elle une femme d'une beauté impressionnante, aux cheveux d'un noir de jais encore plus saisissant depuis qu'elle les colorait, à la peau hâlée ; une femme dont les autres femmes admiraient le calme et la classe, la compassion pour les malheurs d'autrui et le caractère accommodant. Que cela vienne de sa silhouette épanouie ou de son teint rayonnant, elle dégageait une énergie qui démentait son âge. Les hommes l'aimaient pour son apparence, sa façon d'être, le spectacle de ses jambes bronzées en été, l'attention toujours souriante avec laquelle elle les écoutait parler d'eux-mêmes. Seule tache dans ce portrait, un nez un peu trop retroussé qui, sous certains angles, faisait presque de son visage une caricature. La plupart des gens le remarquaient à peine. Mais au fil des ans Dorrigo le voyait de plus en plus, au point que parfois – tôt le matin ou quand il rentrait du travail – il n'avait d'yeux que pour ce défaut, ou presque.

Elle croyait si fort en lui et en sa carrière qu'elle répétait ses opinions comme si c'étaient les siennes, et d'une façon qui indisposait toujours Dorrigo. Bon sang de bureaucrates, déclarait-elle, ils finiront par ne pas avoir seulement la peau des patients. Ou bien, preuves à l'appui, elle dénonçait l'incompétence de certains chirurgiens.

Tout ce qu'il voyait en l'écoutant, c'était ce nez retroussé qui rendait plutôt comique son visage qu'au début il avait trouvé très beau, et il en concluait qu'elle n'était pas si belle, mais d'apparence un peu bizarre. Et chaque fois qu'il l'entendait répéter quelque chose qu'il avait dit, un mois ou une semaine plus tôt, il n'en revenait pas de la banalité du propos et de la loyauté dont Ella faisait preuve en citant ce qui lui semblait à présent un lieu commun stupide. Pourtant, si elle-même avait osé sous-entendre que ce qu'il disait était banal ou ridicule, il l'aurait très mal pris. Il avait besoin de son approbation, mais l'obtenant de manière si inconditionnelle, il la méprisait.

Elle était également toujours d'accord avec leurs enfants, au grand dam de Dorrigo.

C'est aux parents d'éduquer, et aux enfants de vivre leur vie, lui rappelait-il.

Après cela, il tentait de dissimuler sa contrariété et devait se détourner pour ne pas fixer avec insistance son nez retroussé.

Mais j'en suis convaincue, répliquait-elle. Difficile de l'être davantage. Si un parent n'éduque pas ses enfants, à quoi sert-il ?

Dorrigo, les enfants, ses meilleures amies, sa famille et ses proches : tous n'étaient là que pour l'aider à déchiffrer le monde. C'était un endroit bien plus vaste et merveilleux avec eux que sans eux. Si elle avait espéré recevoir autant d'amour de la part de Dorrigo, et si cet espoir était déçu, elle n'y voyait aucune raison de ne pas aimer son mari. Le problème était justement qu'elle l'aimait. D'un amour déraisonnable, et qui ne se rendrait jamais à la raison. Même si cet amour aspirait à une réciprocité, il ne l'exigeait pas.

Mais les nuits où Dorrigo n'était pas là, elle restait éveillée, incapable de trouver le sommeil. Elle pensait à lui et une tristesse extrême l'accablait. Elle avait beau lui faire confiance, elle n'était pas stupide, loin s'en fallait. Elle répétait ses paroles et faisait siennes ses opinions non parce qu'elle manquait de conviction, mais parce qu'il était dans sa nature de vivre pour autrui. Sans amour, à quoi se réduisait le monde ? À des objets, à des choses, à la lumière et aux ténèbres.

Ces maudits bureaucrates. Et ce chirurgien imbécile. Ah, le malheureux, se répétait-elle. Le malheureux ! Et soudain, inexplicablement, elle se mettait à pleurer toutes les larmes de son corps.

5

Pendant quelques minutes, Tenji Nakamura ne dit plus rien. Il tentait de se remémorer le Japon auquel il avait cru avant-guerre : un Japon noble, magnifique, dont lui revenaient la bonté et la force spirituelle, et qu'il avait servi en toute sincérité et de toute son âme. Mais le souvenir de ce prisonnier de guerre qui avait un jour peint son portrait et celui de ses hommes au Siam le perturbait. Pourquoi ? Aucune idée, et à cause de cet effort de mémoire ou de l'effet de la morphine, il avait déjà oublié à quoi il pensait. Tout ce qu'il revoyait, c'étaient ces monstres de glace qui dominaient la ville, près desquels il était passé pour se rendre à l'appartement des Tomokawa et qu'il croiserait à nouveau en retournant à l'aéroport. Il prit conscience que Tomokawa lui parlait et essaya de se concentrer, mais ces monstres semblaient se trouver dans la pièce.

Vous savez, disait Tomokawa qui ressemblait au monstre Gamera, au début j'étais terrifié à l'idée qu'ils m'arrêtent comme criminel de guerre. Et je me répétais : Quelle farce ! Parce que seul comptait pour eux le traitement infligé aux prisonniers alliés.

Nakamura entendait la voix de Tomokawa, mais voyait une tortue géante cracher des flammes.

Quand je pense à tout ce qu'on a fait subir aux Chinetoques à Manchukuo, continuait le monstre à l'haleine soufrée. Et aux bons moments qu'on a pris avec leurs femmes !

Bien réveillé, Nakamura regarda autour de lui d'un air gêné, mais Mme Tomokawa était dans la cuisine et n'entendait pas.

Bon, vous vous souvenez sûrement de tout ça, reprit la tortue géante – Nakamura devait faire un effort pour se rappeler que c'était Tomokawa. Donc je trouve que ces prisonniers de guerre alliés s'en sont tirés à bon compte, ils devraient être fiers de ce qu'ils ont accompli avec nous sur cette voie ferrée. Mais nous pendre pour ça, et pas pour ce qu'on a fait aux Chinois ! Vraiment, ça défie la raison. C'est mon avis, en tout cas.

Mme Tomokawa revint dans la pièce avec la nourriture, et Tomokawa, qui avait subitement repris figure humaine, changea de sujet de conversation. Mais Nakamura pensait encore à ce qu'avait dit l'ancien caporal, à ses remarques pleines de bon sens. Ils avaient bel et bien construit une voie ferrée en quinze mois, alors que les Anglais prétendaient que c'était impossible, même en cinq fois plus de temps. Il se massa le cou, où la nouvelle tumeur avait encore grossi ce jour-là, du moins était-ce son impression, car il croyait la sentir se développer en lui, le ronger un peu plus de minute en minute, d'heure en heure, de jour en jour. Il tentait bien sûr de ne pas s'en occuper. Avec quelques efforts, il parvenait à l'oublier et à se concentrer sur ce qui le préoccupait de plus en plus : la guerre, qui le rongeait elle aussi de l'intérieur.

Ils avaient résisté à la maladie, à la famine, aux raids aériens des Alliés. Ce n'était pas facile de faire travailler des malades, mais comment cette voie ferrée aurait-elle été construite s'ils n'avaient employé que les rares hommes encore en bonne santé ? Il se rendait compte qu'il aurait pu être accusé de la mort de centaines de *romushas* et de prisonniers de guerre. Combien, au juste ? Il n'en avait pas la moindre idée.

Mais dans une jungle sans fin où les déplacements étaient difficiles et la maladie et la mort une compagnie quotidienne, il savait qu'il avait fait son devoir honorablement, avec un dévouement désintéressé. La voie ferrée avait représenté la victoire de l'esprit japonais. Ils avaient prouvé que cet esprit pouvait triompher là où les Européens, avec toute leur supériorité technologique, n'avaient même pas osé se risquer. Faute de pouvoir fabriquer eux-mêmes les rails, les Japonais avaient démantelé les lignes ferroviaires de l'Empire ayant le moins d'intérêt stratégique – à Java, à Singapour, en Malaisie –, puis les avaient transportées jusqu'au Siam. Manquant d'engins lourds, ils s'en étaient remis aux miracles que peut accomplir l'esprit avec l'aide du corps. Il n'avait pas été en son pouvoir d'empêcher ces décès, parce qu'il fallait construire la voie ferrée pour l'Empereur, et qu'elle n'aurait pu être achevée autrement. Avec une tristesse qui lui donna l'impression de se grandir, il se souvint de la mort de ses camarades et de ceux de Tomokawa, emportés par la maladie dans la jungle ou pendus par les Américains.

Son esprit s'éloigna d'eux pour l'entraîner vers son enfance, et il essaya de retrouver le gamin qui vivait en harmonie avec un ordre naturel implicite. Mais il savait qu'il n'était plus ce gamin – qu'il avait quelque part, d'une façon ou d'une autre, rompu avec la compréhension que cet enfant avait du monde. Il entendit la voix d'Ikuko, vit son sourire exaspérant et stupide, et fut assailli par un sentiment de honte et de terreur. Toutes les choses qu'il avait crues justes et vraies se révélaient mauvaises et fausses, et lui avec elles. Comment était-ce possible ? Comment une vie pouvait-elle se résumer à cela ? Il se mit à redouter sa mort imminente, non par peur de disparaître, mais parce qu'il sentait qu'il n'avait jamais vraiment vécu comme il le souhaitait. Et Tenji Nakamura ne comprenait pas pourquoi il en était ainsi.

Il prit conscience que d'une certaine façon, la bonté que son épouse et ses filles aimaient chez lui, celle qui lui faisait sauver la vie d'un moustique, était cette même bonté inébranlable qui lui avait permis de consacrer son existence, malgré les angoisses et les doutes, à l'Empire et à l'Empereur. Et cette bonté-là ne ressemblait pas aux soins patiemment prodigués par Ikuko, à ses réveils matinaux deux heures avant d'aller travailler ni au contact de ses doigts sur sa joue. Il s'agissait d'une bonté différente, et l'Empereur en était l'incarnation présente et future. Pour elle et pour lui, Nakamura avait versé le sang d'autrui et aurait volontiers versé le sien. Il se dit qu'au service de cette bonté cosmique, il avait découvert qu'il n'était pas un seul homme, mais plusieurs ; il avait commis des atrocités dont il aurait perçu les effets néfastes s'il n'avait pas cru qu'elles servaient cette bonté supérieure. Car il aimait par-dessus tout la poésie, et l'Empereur était un poème d'un mot – peut-être, songea-t-il, le plus magnifique des poèmes –, un poème qui contenait l'univers entier et transcendait toute morale, toute souffrance. Et comme les chefs-d'œuvre, il se situait au-delà du bien et du mal.

Curieusement, pourtant – d'une façon sur laquelle mieux valait ne pas s'appesantir –, ce poème était devenu l'horreur, des monstres et des cadavres. Nakamura s'était également découvert une capacité presque infinie à étouffer la pitié, à jouer avec la cruauté avec une franche jubilation, car nulle vie humaine ne pouvait avoir la moindre valeur à côté de cette bonté cosmique. Pendant quelques instants, englouti par le fauteuil oppressant de Tomokawa, il s'interrogea : et si tout cela n'avait été que le masque du mal à l'état pur ?

Une idée trop horrible pour s'y attarder. Dans l'un de ses moments de lucidité, de plus en plus rares, il s'aperçut que la bataille la plus imminente n'était nullement celle entre la vie et la mort dans son corps, mais celle entre son rêve d'être quelqu'un de bien et ce cauchemar de monstres de glace et de cadavres rampants. Avec la volonté de fer qui l'avait tant servi dans la jungle siamoise, dans les ruines du Rashomon de Shinjuku et à la Banque du sang du Japon, il se promit de concevoir désormais l'œuvre de sa vie comme celle de quelqu'un de bien.

Son esprit atteignit soudain la sérénité. Il avait toujours mis ses pouvoirs au service de l'Empire et de l'Empereur. Il souhaitait dire à ses filles qu'il s'en allait en paix, de bonne grâce, vers le pays des morts, où l'attendaient ses parents et ses camarades. Il lui était toutefois de plus en plus difficile de se cramponner à l'idée qu'il se faisait de sa propre bonté. Elle était sur le point de s'effondrer dès que Ikuko le touchait, qu'il voyait sa peau encore belle pour une femme de son âge, son sourire un peu bête, et il eut l'intuition que la bonté de son épouse était quelque chose qu'au fond, il n'avait pas en lui. Il s'efforça de se remémorer ses bonnes actions – distinctes de la volonté de l'Empereur, des ordres et de l'autorité – à l'aide desquelles il se construirait une autre idée de la bonté, et qui prouveraient la valeur de son existence. Il se souvint d'avoir donné de la quinine à un médecin australien. Et de s'être affligé de la violence d'une correction. Mais ces pensées firent place à un sentiment d'impuissance auquel se mêlèrent les images d'êtres squelettiques à quatre pattes dans la boue sous la pluie, et parmi les monstres présents dans l'appartement de Tomokawa, il voyait à présent des cadavres ramper partout sous un déluge incessant ou dans les feux de l'enfer. Et Tenji Nakamura comprit que les êtres habitant ces horribles corps n'avaient pas mieux accueilli la mort que son propre corps ne l'accueillerait bientôt.

Vous vous souvenez de ce prisonnier qui peignait ? demanda Tomokawa. J'ai dit à mon épouse que ce n'était pas vous le peintre, mais elle n'écoute jamais. C'était un Australien. Il faisait souvent équipe avec ce sergent. Celui qui chantait certains soirs. Toutes ces horreurs qu'ils racontent sur nous ! Si les prisonniers chantaient… leur sort ne devait pas être trop épouvantable.

Dire que nous avons vécu ainsi, pensa Nakamura.

Cette époque a été la plus heureuse de mon existence, poursuivit Tomokawa.

Hors d'atteinte des pensées de Nakamura, la neige tombait sur le monde lourdement, interminablement, effaçant tout ce qui existait. Bientôt il mourrait, et il n'y aurait plus ni bien ni mal. Les monstres fondraient et s'écouleraient dans l'océan noir. L'espace d'un instant il crut sentir une odeur de DDT et beaucoup d'images lui revinrent : Sato levant les yeux du jeu de go pour dire quelque chose, des poux s'enfuyant du cadavre d'un adolescent, un homme qui n'était plus un homme s'écroulant dans la boue d'une clairière en pleine jungle. Il eut la sensation satisfaisante d'avoir trompé le destin. Son corps tressaillit et il s'éveilla. Il était incapable de dire combien de temps il avait dormi.

Quelques sushis de carpe, mon commandant ? demanda Mme Tomokawa avec son étrange élocution, à mi-chemin entre la conversation et la mastication.

Nakamura n'éprouvait aucune émotion, et pourtant son corps tremblait à l'image de la balance de cet hôpital lorsqu'on y avait posé le cœur du pilote américain.

J'achète les carpes au marché. Elles sont un peu salées, mais nous aimons bien nos sushis de carpe un peu salés.

Nakamura hocha la tête.

Au printemps suivant, les Tomokawa reçurent une carte de Mme Nakamura les informant du décès de son époux. Elle ne mentionnait pas ses ultimes divagations, ni ses accès de mauvaise humeur ou sa méchanceté envers elle et ses filles qui se relayaient à son chevet, provoqués par une simple caresse sur la joue ou un simple sourire. Elle avait préféré raconter que la nuit avant son décès, sachant que son temps était compté, et en tant que poète amateur souhaitant respecter la tradition, il avait entrepris d'écrire son poème de mort.

Humble jusqu'à la fin, poursuivait-elle, il s'était acharné quelques heures mais, affaibli par la maladie, avait conclu qu'il n'était pas en son pouvoir de surpasser le poème de mort de Hyakka, lequel exprimait tout ce qu'il ressentait, mais plus magnifiquement que tout ce que lui-même pourrait écrire. Selon Mme Nakamura, son époux s'était inspiré pour cette ultime œuvre de sa visite hivernale à Sapporo l'année précédente, raison pour laquelle elle joignait un exemplaire du poème. M. Nakamura était mort entouré de ses proches, concluait-elle. Ils savaient tous que c'était un homme bienveillant qui ne supportait pas de voir souffrir les animaux. Lui-même savait qu'il avait été favorisé par le sort et avait mené une existence gratifiante.

Mme Tomokawa saisit la feuille sur laquelle était recopié le poème de mort, et le lut à son mari :

La glace de l'hiver
donne une eau claire –
limpide est mon cœur.

6

Il m'arrive de penser qu'il est l'homme le plus seul au monde, annonça Ella Evans un soir, lors d'un dîner des responsables du conseil de l'ordre des chirurgiens. Et tous les convives éclatèrent de rire. Elle devina ce qu'ils se disaient : Ce cher vieux Dorry ? Le meilleur ami de tout un chacun ? L'homme dont chaque femme rêve en secret ?

Mais il savait qu'elle savait. Il était seul dans son couple, seul avec ses enfants, seul au bloc opératoire, seul dans les différentes instances des organisations caritatives, des associations sportives ou d'anciens combattants auxquelles il appartenait, seul quand il prenait la parole devant une assemblée de mille anciens prisonniers de guerre. Un vide las l'entourait, un néant impénétrable enveloppait ce chirurgien distingué, comme s'il vivait déjà dans un ailleurs – larguant et ferlant sans cesse la voile d'un rêve sans limites ou d'un cauchemar récurrent, difficile de savoir – dont il ne s'évaderait jamais. C'était un phare dont on ne pouvait rallumer la lampe. En rêve, il entendait sa mère l'appeler dans la cuisine : Viens ici, mon garçon ! Mais quand il rentrait, la maison était sombre et froide, de la cuisine ne restaient que des poutres calcinées, des cendres et une odeur de gaz, et il n'y avait personne.

Dorrigo Evans ne considérait pourtant pas sa vie de couple comme un désert stérile. Loin de là. D'une part il se refusait à croire que son mariage était un échec, ou qu'il n'avait pas aimé Ella. D'autre part, avec le pragmatisme de mise dans les mariages arrangés – par eux-mêmes en l'occurrence –, ils faisaient de leur mieux pour s'aimer. Quand il avait fait la connaissance d'Ella, tout le monde ne pensant qu'à les marier ou presque, il ne l'avait vue que comme future épouse. À cause de sa jeunesse, l'amour se résumait plus ou moins pour lui au mariage agrémenté d'une touche de poésie. En tant que future épouse d'un homme promis à une certaine réussite, Ella lui avait semblé parfaite : tendre, en adoration devant lui, plus déterminée encore que lui à ce qu'il gravisse les échelons. Elle se conformait aux conventions et allait chercher le reste dans la littérature. Il supposait que l'amour était la somme de tout cela, et même s'il avait vite compris après leur mariage que c'était insuffisant, il avait décidé de s'en accommoder.

Et puis, quand le corps d'Ella eut acquis ses rondeurs lustrées en portant leurs enfants – ses seins opulents aux mamelons sombres, une merveille, ses pensées imprévisibles, et son étrange aura tout sauf ennuyeuse –, il l'avait beaucoup aimée.

Avant que la multiplication de ses liaisons ne l'ait conduite à refuser de partager le même lit que lui, il se blottissait contre son dos, humait son parfum et connaissait une sensation de paix qu'il n'éprouvait nulle part ailleurs. Il n'essaya même pas de lui expliquer que pour lui, coucher avec une femme n'était pas une infidélité, mais que dormir avec cette personne, si. Or il ne le faisait jamais.

Quant à leurs trois enfants – Jessica, Mary et Stewart –, plus il s'éloignait d'eux, plus son amour pour eux était profond. Il les négligeait avec bienveillance ; il les avait vus contre toute attente reproduire entre eux sa relation difficile avec Ella. Leurs inimitiés et leur froideur mutuelle lui étaient insupportables, elles lui brisaient le cœur ; il espérait que cela ne durerait pas, les suppliait de ne pas se montrer durs ni cruels lorsqu'il les voyait faire écho à sa dureté et à sa cruauté avec Ella. Il se savait un mauvais père, mais maintenait le cap, parce qu'il l'avait toujours fait. Il se demandait s'il ne capitulait pas devant ses propres terreurs.

C'était en société qu'Ella et lui s'entendaient le mieux, et en ces occasions chacun trouvait l'autre admirable – voire adorable, comme l'avait dit Ella lors d'un dîner. Adorable ! En fait il l'admirait autant qu'il la prenait en pitié de rester avec lui. Il l'avait entendue déclarer en toute candeur à leurs amis que même la guerre et les camps n'avaient pas voulu se débarrasser de lui. Elle semblait vouloir faire de lui un personnage tragique, et lui qui avait vu des tragédies s'énervait qu'elle soit si naïve, qu'elle dramatise le sort de son mari pour le grandir encore. Il aurait préféré qu'elle maudisse celui qu'il était devenu : un salaud. Mais ç'aurait été trop direct pour Ella, et par ailleurs elle l'aimait à sa manière, c'est-à-dire en refusant de l'abandonner alors qu'il s'était abandonné lui-même depuis longtemps. Elle avait adopté la coupe de cheveux de Françoise Hardy et fumait des Sobranies parme, dans l'espoir d'acquérir une élégance distante qui le séduirait peut-être. Sa fragilité – trait de caractère qu'il trouvait depuis toujours le plus intéressant chez elle – demeurait, bien que de plus en plus enveloppée par cette fumée douceâtre qu'il abhorrait.

Tu cherches quoi ? lui demandait-elle, éloignant la Sobranie de ses lèvres, or c'était justement la question à laquelle il n'y avait pas de réponse. Quand il mentait et répondait : Rien, ou : La sérénité, ou bien : Nous, ou encore : Toi, elle revenait à la charge : Mais que cherches-tu vraiment, Alwyn ? Dis-le-moi. Que cherches-tu ?

Oui, je cherche quoi ? se demandait-il.

Ce n'est que leur corps, le sexe, n'est-ce pas ? disait-elle, et son calme le blessait bien plus qu'une réaction de colère. Il faut juste que tu tires ton coup ? C'est ça ?

Ce calme, cette infâme candeur, cette inestimable tristesse : était-ce à cela qu'il l'avait réduite ?

Il n'y a que ça qui compte pour toi ? insistait-elle, soufflant la fumée de sa Sobranie. Que ça, vraiment ?

N'y avait-il vraiment que ça ? Ce qu'il pouvait détester cette fumée ! Il redoutait d'avoir rendu Ella vulgaire, elle qui était tout sauf cela. Il pensait à la façon dont le monde s'organise pour que la civilisation commette chaque jour des crimes qui vaudraient à n'importe quel individu la prison à perpétuité. Et aussi à la façon dont les gens s'en accommodent, soit en fermant les yeux, soit en parlant d'affaires courantes, de politique ou de guerre, soit en se créant un espace distinct de la civilisation et en le baptisant "vie privée". Et plus ils se coupent de la civilisation dans cette vie privée, plus celle-ci devient une vie secrète, plus ils se sentent libres. Mais ce n'est point le cas. On ne se libère jamais du monde ; partager la vie, c'est partager la culpabilité. Rien ne pouvait effacer ce qu'il ressentait. Il leva les yeux vers Ella.

Il n'y a donc vraiment que *ça* ? demanda-t-elle.

Ce n'est point le cas, répondit-il.

La formulation de cette réponse leur parut à tous deux guindée et peu crédible ; pire, elle sonnait faux, et Ella se borna à hocher la tête. Quoi qu'elle en dise, elle avait toujours préféré les mensonges crédibles aux vérités insipides.

En même temps qu'une nouvelle candeur, elle avait adopté à l'approche de la maturité un parfum capiteux, dont les effluves mêlés aux relents des Sobranies lui donnaient une odeur que Dorrigo Evans trouvait parfois séduisante, voire érotique, mais surtout – et de plus en plus – rance et oppressante, comme une penderie pleine de vieux vêtements destinés à une œuvre de bienfaisance. Si seulement elle pouvait cesser de porter ce parfum, de fumer des Sobranies, de se coiffer comme Françoise Hardy ! Car tous ces partis pris n'étaient à ses yeux qu'un déguisement fait de courage, de fierté et d'une immense tristesse si douloureuse qu'elle flottait dans toute la maison. Ce qu'il pouvait regretter d'avoir fait d'Ella une femme dure !

7

Durant les premières années de sa vie avec Ella, il pensait fréquemment à Amy. Se demandait ce qu'il avait bien pu connaître avec elle. Il n'en avait aucune idée. Cela semblait être une force plus puissante que l'amour. Leur première rencontre lui laissait un souvenir peu marquant. Il avait remarqué le grain de beauté au-dessus de sa lèvre supérieure obscurcie par la poussière dans l'air non parce qu'elle était jolie, mais parce que le spectacle qu'elle offrait entre ces rais de lumière poussiéreuse l'avait saisi. Il se souvenait de leur étrange conversation non parce qu'elle l'avait charmé, mais plutôt vaguement amusé. Il se rappelait que le lendemain, lorsqu'il était retourné à la librairie pour acheter le Catulle, c'était de ce livre et non pas d'elle qu'il gardait le souvenir le plus vif. Cette rencontre fortuite avec la fille au camélia rouge était de celles dont il savait qu'elles seraient vite oubliées.

S'il n'avait pas oublié Amy pendant les premières années de l'après-guerre, elle disparaissait à présent de ses pensées aussi sûrement qu'elle était devenue un temps son unique raison de vivre. Essayant d'échapper à cette fatalité, il découvrait avec une tristesse infinie que la poursuite du passé accroît inévitablement la perte. Retenir un geste, un parfum, un sourire figeait ceux-ci dans le temps, tel un masque mortuaire que le moindre contact de ses doigts réduisait en poussière. Et tandis que ses souvenirs d'Amy s'atomisaient au fil des ans, Ella devint sa plus formidable alliée et sa meilleure confidente. Elle l'apaisait quand il était en furie, l'encourageait quand des obstacles se dressaient sur sa route, et peu à peu, au gré des événements, des secousses et glissements de terrain de l'existence, l'image qu'il gardait d'Amy s'enfouit lentement, jusqu'à ce qu'il ne sache plus trop à quoi elle ressemblait. Des semaines entières passaient, et il s'apercevait qu'il n'avait pas pensé à elle une seule fois, puis les semaines devinrent des mois, et plusieurs pouvaient s'écouler d'affilée sans qu'elle lui revienne en mémoire. Il sentait soudain sur lui la même odeur curieuse, enveloppante, du partage des petites choses – la nourriture, les serviettes, les tasses et les couverts, le but commun d'existences poursuivies conjointement –, qu'il avait autrefois trouvée repoussante sur Keith Mulvaney.

Entre Ella et lui se développait la complicité de l'expérience, comme si l'éducation des enfants, les efforts pour se soutenir l'un l'autre sur les plans matériel et affectif, ainsi que la somme des années, puis des décennies de conversations et de détails intimes – l'odeur de chacun au réveil ; la respiration haletante de l'autre lorsqu'un enfant était souffrant ; les maladies, les chagrins et soucis, les attentions inattendues –, comme si tout cela représentait en quelque sorte un lien plus solide, plus important et indiscutable que l'amour, quoi qu'ait pu être l'amour. Car il se sentait lié à Ella. Et pourtant cela engendrait chez lui la solitude la plus totale et la plus inébranlable, une solitude si criante qu'il tentait chaque fois d'en rompre le silence assourdissant avec une femme inconnue. Alors même que sa vitalité s'épuisait, il s'appliquait à faire de nouvelles conquêtes. Le peu de cœur qu'il y mettait, les nombreux dangers qu'il encourait, cela ajoutait à leur attrait. Mais loin de rendre sa solitude moins criante, elles l'amplifiaient.

De même que la chute antérieure d'une météorite explique la présence d'un lac, l'absence d'Amy influait sur tout, même – voire surtout – quand il ne pensait pas à elle. Il refusait catégoriquement de se rendre à Adélaïde, alors que s'y tenaient parfois d'importants congrès médicaux ou rassemblements d'anciens combattants. Le seul intérêt qu'il témoigna pour le jardinage – dont il laissait sinon le soin à Ella et au jardinier – fut de faire arracher un imposant et magnifique camélia rouge, au grand dam d'Ella, quand ils emménagèrent dans une nouvelle maison à Toorak. Ses infidélités récurrentes exprimaient paradoxalement sa fidélité au souvenir d'Amy – comme s'il ne trahissait Ella qu'en l'honneur d'Amy. Il ne voyait pas les choses ainsi et aurait été horrifié si on lui en avait fait la remarque, et pourtant aucune des femmes qu'il rencontra durant ces années ne représenta quoi que ce soit pour lui.

Elles ne faisaient donc que passer, furieuses, perplexes, choquées ; sa vie de couple continuait ; sa carrière se poursuivait et sa réputation croissait. Il dirigeait différents services, plusieurs revues, des enquêtes de santé, découvrait que la bonne volonté des gens était souvent inversement proportionnelle à l'importance de leur statut, et n'en revint pas d'entendre, lors d'un dîner, un orateur évoquer avec flagornerie sa "brillante carrière". Cette stupéfaction passa, se transforma en un mélange de déception et de désarroi. Il était fréquemment en déplacement : de longues périodes d'ennui et d'attente, entrecoupées de réunions inutiles avec des individus grisés eux aussi par la réussite. Durant ses nuits d'insomnie dans des chambres hermétiquement fermées où stagnait une odeur désagréable de produits chimiques, il se demandait pourquoi de moins en moins de gens l'intéressaient. Sans qu'il puisse se l'expliquer, sa réputation continuait de croître. Portraits dans la presse, entretiens télévisés, tables rondes, conseils d'administration, l'indicible monotonie des mondanités auxquelles il "se devait" d'assister, si plates et interminables qu'il redoutait d'apercevoir la courbure de l'horizon s'il regardait trop. Le monde est ainsi, se répétait-il. Il est ainsi, voilà tout.

Un soir, on le rappela à l'hôpital d'urgence pour une appendicectomie. La jeune patiente s'appelait Amy Gascoigne.

Amie, *amante*, *amour*, murmura-t-il en se lavant les mains.

Habituée aux déclamations du chirurgien, l'infirmière devant le lavabo voisin se mit à rire et demanda de quel poème il s'agissait. Lorsqu'ils pénétrèrent dans le bloc opératoire, Dorrigo Evans prit conscience que c'était la première fois depuis plusieurs années qu'il pensait consciemment à Amy.

J'ai oublié, répondit-il.

Il avait volé la lumière du soleil et était retombé sur terre. Pendant quelques instants il dut se détourner de la table d'opération pour se ressaisir, afin que le reste de l'équipe ne voie pas son scalpel trembler.

8

Ce fut durant ces années-là que Dorrigo Evans renoua avec son frère Tom. Il y trouva un remède à la solitude dont il souffrait par ailleurs, même – voire surtout – avec Ella et leurs enfants. Les moments qu'il réussissait à partager avec Tom – une conversation téléphonique une fois par mois et ce qui devint au fil du temps une visite annuelle à Sydney au milieu de l'hiver, puis, sa réputation croissant, des voyages plus fréquents à Sydney – lui offraient cette proximité particulière qui se développe parfois entre frères. C'était un compagnonnage facile autorisant les non-dits, les maladresses et les erreurs, et donnant cette impression mystérieuse, au cours des échanges les plus triviaux, de partager la même âme. Si, hormis le lien du sang, les deux frères n'avaient presque rien en commun, Dorrigo Evans éprouvait de plus en plus avec Tom le sentiment de ne représenter qu'une facette d'une réalité plus vaste, Tom en représentant une autre, différente mais complémentaire, et leurs rencontres étaient moins une affirmation de leur moi que sa dissolution bienvenue dans celui de l'autre.

Leur père n'avait survécu que quelques années à leur mère avant de mourir d'un infarctus en 1936 ; Dorrigo, le benjamin des sept enfants, avait peu de contacts avec ses autres frères et sœurs, qui s'étaient éparpillés à travers l'Australie avant la Dépression pour chercher du travail. Quatre sœurs étaient parties dans les manufactures de lainages à l'ouest de l'État de Victoria ; il ne les avait jamais vraiment connues et assista à leurs obsèques au fil des années 1950 durant lesquelles elles moururent, brisées par l'existence. Leur mari et leurs enfants étaient des étrangers pour lui, ce qui ne l'empêchait pas de continuer à les aider quand ils le lui demandaient. Marcy, le dernier d'entre eux, également le plus âgé et aux besoins duquel il avait subvenu pendant plus d'une décennie, mourut à Melbourne en 1962 d'un cancer non diagnostiqué à temps. Albert, le frère aîné de Dorrigo, après s'être fait embaucher comme coupeur de canne à sucre au nord de l'État du Queensland, était mort là-bas lors d'une explosion dans une raffinerie de sucre. Tom s'était retrouvé à Sydney, marié et sans enfant, ouvrier dans les immenses ateliers de la compagnie de chemin de fer Redfern, et passait depuis sa retraite ses journées à cultiver des légumes dans son jardin de Balmain et à jouer aux fléchettes au pub local.

En février 1967, Ella programma une semaine de vacances en Tasmanie avec les enfants chez sa sœur, qui s'était récemment installée là-bas avec son mari. Ces vacances organisées sans l'aide de Dorrigo, et sous prétexte d'en faire un temps fort de leur vie de famille, étaient plutôt le dernier vestige de celle-ci. Ella les programmait, Dorrigo donnait son accord et tous les détestaient, y voyant une forme de punition collective connue sous le nom de "vacances en famille".

Le samedi où ils étaient censés prendre l'avion pour Hobart, Dorrigo accueillit donc l'appel téléphonique lui annonçant l'infarctus de son frère Tom avec des sentiments mitigés. D'un côté il était bouleversé ; de l'autre, cela lui fournissait une bonne raison d'échapper au moins aux deux premiers jours en Tasmanie. Il réussit à prendre un avion pour Sydney le soir même, mais le dimanche Tom subissait encore trop l'effet des sédatifs pour que la visite ait grand sens. Le lundi seulement, Dorrigo put parler assez longuement avec lui.

Tom lui raconta qu'il avait eu son infarctus au Kent Hotel, à l'instant précis où il allait mettre dans le mille.

Dans le mille ?

C'était dans la poche. Une façon foutrement gênante de tirer sa révérence, cela dit. Par terre dans une flaque de pisse, avec une fléchette à la main. J'aurais préféré un endroit plus intime, comme mon carré de plants de tomates.

Son frère semblant plus bavard que d'habitude, Dorrigo fut vite plongé dans leurs souvenirs d'enfance en Tasmanie. Tom se révélait une mine inépuisable d'anecdotes sur leur village de Cleveland, qu'il avait déjà entendues pour certaines, mais dont la plupart lui étaient inconnues. Le nom de Doughy Yates venant dans la conversation, Tom rappela que Doughy se vantait fréquemment de pouvoir courir plus vite que le train. Mis au défi de le prouver, il s'était déshabillé, ne gardant que son caleçon long blanc, et avait fait la course avec l'express Hobart-Launceston à travers les eucalyptus et les mimosas du bush autour de Cleveland. Tandis que le train disparaissait avec un sifflement au détour du virage avant l'embranchement de Conara, Doughy s'était écroulé à terre, écorché, exténué, et contraint de reconnaître sa défaite.

Il savait tout faire, Doughy, dit Dorrigo.

Il allait encore tout seul dans les bals à quatre-vingt-cinq ans, ajouta Tom. À la fin, il collectionnait les Leyland P76. Une voiture dont on ne se séparait pas comme ça. Il s'est fait enterrer à plat ventre pour montrer ses fesses à tout le monde jusqu'au bout. Mais je le revois toujours faisant la course à travers le bush dans ce caleçon long blanc. C'est comme la vie, non ? Tu te crois plus rapide qu'elle, plus malin qu'elle, et à chaque fois elle te dame le pion. C'est elle qui t'enterre, et elle continue son chemin en sifflant et en crachant de la vapeur, foutrement ravie de son coup.

Ils éclatèrent de rire.

Tu sais que Doughy était le cousin de Jackie Maguire ? demanda Tom.

Dorrigo ne le savait pas. Il évoqua avec attendrissement ses réminiscences de l'époque où il lisait des poèmes et le courrier du cœur d'Aunty Rose à Tom et à Jackie Maguire.

Ce vieux Jackie, dit Tom. Un brave type. Le meilleur des hommes. Et il connaissait le bush. Sa femme était aborigène, tu le savais ?

Pendant un moment, Dorrigo ne revit pas du tout la femme de Jackie Maguire. Puis un souvenir longtemps endormi – un souvenir qui l'avait en un sens bien plus troublé et influencé qu'il ne le croyait – remonta à la surface. Bien qu'il ait vaguement entendu parler d'ancêtres de la noblesse espagnole, un alibi traditionnel en Tasmanie, Dorrigo ignorait qu'elle avait du sang aborigène, ce qui l'incita à poser des questions qui l'avaient toujours taraudé.

À l'époque, il y a tant d'années. Juste avant qu'elle disparaisse. Je t'ai vu avec elle.

Avec Mme Jackie Maguire ?

Tu étais en train de l'embrasser.

De l'embrasser ? Où ça ?

Dans la vieille basse-cour derrière l'auberge Saint Andrews.

Je ne l'embrassais pas.

Je vous ai vus tous les deux. Elle te serrait dans ses bras.

Je rentrais de la chasse aux lapins. Elle étendait sa lessive. Comme je n'avais rien à faire, je lui ai donné un coup de main. Avec le recul, je me rends compte qu'elle n'allait sûrement pas très bien. Mais ça ne se voyait pas. On s'est contenté de parler. D'histoires de famille. Des gens du coin. Et je me suis mis à lui raconter ce que je n'avais jamais vraiment dit à personne. Les choses que j'avais vues. À la guerre. Et soudain c'était trop. Ça me revient, maintenant. J'avais le souffle court et du mal à parler correctement. J'étais perdu. Et elle m'a pris dans ses bras comme un gosse. Voilà ce qui s'est passé, plus ou moins.

Tu avais le visage enfoui dans son cou.

Je pleurais, Dorry. Je pleurais, nom d'un chien.

Qu'est-ce qui lui est arrivé, Tom ? Pourquoi a-t-elle disparu ? Je me suis toujours demandé ce qu'elle était devenue.

Le vieux Jackie, il la cognait un peu. Il l'aimait, mais elle avait vingt ans de moins que lui, elle n'était pas heureuse et il le savait. Qu'est-ce qu'on y pouvait ? Ce n'était pas le courrier du cœur d'Aunty Rose qui allait les aider. Un brave type, Jackie, mais il aimait bien la bouteille, et il lui tapait dessus. Voilà ce que je sais. Où elle est allée, je ne l'ai jamais su. Pendant des années. Puis une lettre de Melbourne est arrivée pour moi, ici à Sydney. Elle était partie pour Melbourne, puis pour la Nouvelle-Zélande. Elle avait épousé un maçon là-bas, à Otago. N'en disait pas plus sur lui. La lettre non plus ne disait pas grand-chose. Elle était accompagnée d'un mot de la main de sa fille, là-bas, expliquant que sa mère lui avait demandé de me l'envoyer après sa mort. Et c'était tout. Sans doute parce que d'autres risquaient de la lire, il n'était pas question du vieux Jackie, ni de sa famille ici, à Tassie.

La conversation s'orienta vers les matchs de football australien à Cleveland, la charrette de Jo Pike, le jour où le colonel Cameron avait débarqué dans leur cuisine avec son fusil, à la recherche du chien de Tom qui avait apparemment tué des moutons appartenant au colonel, et Tom était sorti de sa chambre avec son fusil lui aussi, en disant : Tirez sur mon chien et je vous abats.

Tom se fatiguait. Dorrigo lui dit au revoir, vérifia qu'il était installé confortablement, lui assura qu'il était entre de bonnes mains et partit. Dans le couloir, une voix rauque de vieillard s'éleva derrière lui.

Ruth !

Dorrigo Evans s'arrêta et se retourna. Dans la lumière verdâtre de la chambre, son frère, essayant de se redresser contre le pan incliné formé par les oreillers, ne ressemblait plus du tout à Tom – cet homme qui, dans l'esprit de son petit frère, était jusqu'alors l'image même de la vitalité et de la force de la jeunesse –, mais à quelqu'un de très vieux et très malade.

Elle se prénommait Ruth.

Dorrigo Evans restait là, à contempler cet inconnu qui était son frère, ne sachant trop de quoi il parlait ni ce qu'il voulait. Il retourna dans la chambre et s'assit près du lit. Tom faisait des bruits de succion avec sa bouche, se préparant à reprendre la parole. Dorrigo attendit. Tom redressa de nouveau son corps affaissé, et quand il se lança, il ne regardait pas Dorrigo mais le mur du fond.

Mme Jackie Maguire. Elle s'appelait Ruth, Dorry. Ruth. Et elle a eu un bébé.

Là il s'interrompit. Dorrigo ne dit rien. Tom se redressa encore une fois, grogna et toussa.

Oui, un bébé. En juillet 1920. C'était son troisième. Comment elle avait caché sa grossesse, je l'ignore. Mais elle l'a fait. Jackie était parti chercher du travail sur le continent – je crois qu'il avait trouvé un emploi dans le comté de Diamantina, il avait un copain là-bas. Jamais il n'a connu l'existence de ce bébé. À Cleveland, personne n'était au courant. Elle portait des vêtements amples – bon, tu te souviens de la vie là-bas, on n'était pas à Paris, c'était le foutu Moyen Âge, on pouvait raconter n'importe quoi. Elle s'est débrouillée, j'imagine. Elle a accouché à Launceston. D'un garçon. Et il a été envoyé à Hobart. Le jour où j'ai… plus ou moins craqué en parlant de la guerre, elle m'a pris dans ses bras comme j'ai dit. Et elle m'a parlé du bébé. Elle venait d'apprendre ce qu'il était devenu.

Mais pourquoi, Tom ?

Le regard larmoyant de Tom devint sévère, son corps frêle se raidit, et Dorrigo retrouva quelque chose de l'homme qu'enfant, il avait tellement admiré.

Parce ce que c'était moi le père, bon sang, voilà pourquoi.

Et Tom se tourna enfin vers son frère. Il le regarda droit dans les yeux ; ses pupilles étaient vides et toutes petites, comme des trous percés dans un vieux journal avec la flamme d'une allumette.

Une famille du nom de Gardiner élevait le gosse. Des gens aisés. Ça la contrariait. Moi aussi. Mais qu'est-ce qu'on y pouvait ? Ce n'était pas qu'on s'occupe de lui qui nous contrariait, c'était que ce ne soit pas nous qui le fassions. On n'avait pas l'intention d'aller le chercher, de le récupérer et de ficher en l'air la vie de tout le monde : celle du gosse et de cette famille, celle de Ruth, la mienne, celle de Jackie. Non. On n'aurait pas fait ça. C'était juste une de ces choses avec lesquelles il faut vivre. Après la dernière guerre, je suis tombé sur un type de Hobart qui connaissait cette famille. Ils avaient appelé le gosse Frank, apparemment. Il est mort pendant la guerre. Mon seul fils, et je ne l'ai même pas rencontré une seule fois. C'était dans un de ces foutus camps de prisonniers de guerre où tu étais, tout là-bas en Thaïlande.

9

Sydney était empli de GI américains du Viêtnam en permission. En cette fin d'après-midi on étouffait en ville, et pour échapper à la chaleur et aux GI, pour encaisser tant bien que mal les révélations de Tom, Dorrigo Evans, qui recommandait à ses patients la marche à pied comme le meilleur des médicaments, décida de suivre lui-même ce conseil.

Il marcha de l'hôpital à Circular Quay où il finit par s'éloigner de la foule trop dense, pour traverser le Sydney Harbour Bridge dans le but de rendre visite à un ami chirurgien à Kirribilli. Il eut plaisir à se perdre parmi les touristes qui flânaient, la passerelle du pont était large et offrait de Sydney des vues qu'il trouva amples et rassurantes.

Il s'arrêta au milieu du pont. Un petit vent d'est venant du large rafraîchissait l'air, et il contempla l'eau en contrebas, agitée par des vagues bleues et blanches. Sur une pointe à proximité, des grues ocre montaient la garde comme des sentinelles autour des voiles géantes et nues du nouvel opéra, dont l'ossature sophistiquée lui rappelait la fine dentelle veinée des feuilles mortes d'eucalyptus. Au-delà, le soleil de la fin de journée découpait la ville en des bandes dures et brillantes de lumière et d'ombre. C'est alors qu'il s'écartait de la rambarde et se remettait à marcher qu'il la vit, d'abord de loin, sortant momentanément d'une de ces barres obliques et sombres pour pénétrer dans la lumière.

Quelques instants plus tard il l'aperçut à nouveau, se dirigeant vers lui, encadrée par l'arche de l'imposant pylône de grès qui soutenait l'extrémité nord du pont, la tête flottant comme un morceau d'épave sur la marée ondulante des promeneurs autour d'elle. Il était sur le côté extérieur de la passerelle, à l'ombre de la structure métallique du pont. Tout son être se concentrait sur cette inconnue qui approchait par le côté intérieur, un fantôme marchant au soleil, quand elle disparut de nouveau à sa vue.

La troisième fois qu'il la repéra dans la foule, elle était plus près. Elle portait des lunettes noires à la mode et une robe sans manches d'un bleu sombre avec une ceinture blanche à la hauteur des hanches. Deux enfants l'accompagnaient, deux fillettes qui la tenaient chacune par la main. Le bruit de la circulation dans la cage thoracique en acier du pont permettait seulement à Dorrigo de voir les deux enfants rire, bavarder, et cette femme leur répondre. Même s'il n'entendait pas, il savait : ce n'était pas un fantôme.

Il l'avait crue morte, et voilà qu'elle surgissait, marchait vers lui, visiblement plus âgée, bien qu'à ses yeux le temps l'ait rendue encore plus belle, et non pas moins. Comme si, au lieu de lui retirer quelque chose, l'âge avait simplement révélé qui elle était vraiment.

Amy.

L'abîme des années – avec leurs guerres historiques, leurs inventions célèbres, leurs innombrables horreurs et miracles – n'y avait rien fait, prit-il conscience. La bombe, la guerre froide, Cuba et les radios à transistor n'avaient rien changé à sa démarche de reine, à ses imperfections, à ses seins aspirant à une libération ni à ses yeux dûment cachés. Ses cheveux plus clairs, décolorés, lui parurent plus seyants que sa couleur naturelle ; son corps peut-être un peu plus mince ajoutait à son mystère ; son visage presque émacié, aux traits saillants, semblait exprimer une maîtrise de soi conquise de haute lutte.

Plus d'un quart de siècle après l'avoir vue pour la première fois entre deux rayons de soleil dans une librairie d'Adélaïde, il fut stupéfait du peu d'importance que ces changements avaient pour lui. Toutes les émotions qu'il croyait avoir perdues à jamais lui revenaient avec autant de force que la première fois qu'il les avait éprouvées.

Allait-il s'immobiliser, ou la croiser sans s'arrêter ? Allait-il l'appeler, ou ne rien dire ? Il devait se décider. Si peu de temps pour soupeser des vies connues et inconnues, la sienne désormais, la leur autrefois, la sienne à elle, inimaginable. Il voyait les fillettes assez nettement à présent pour distinguer chez elles ses traits si reconnaissables à ses yeux. Plus quelque chose qui n'était pas elle et le faisait souffrir plus qu'il n'aurait cru possible. Peut-être avait-elle fait un mariage heureux. Il respirait mal. Mille idées folles et affolantes lui traversèrent l'esprit tandis qu'il continuait d'avancer vers elle. Il se disait qu'il ne pouvait faire irruption dans son existence, causer le chaos ; il se disait qu'il le fallait, que tout n'était pas perdu, qu'ils pourraient prendre un nouveau départ.

Elle approchait. Il s'efforça de ralentir le pas alors que son esprit tournait toujours plus vite. Il avait l'estomac noué, tenait à peine sur ses jambes. Il était assez près pour voir le petit grain de beauté qui ornait sa lèvre supérieure. Il ne pensait plus qu'elle était aussi belle qu'avant, ni même qu'elle était belle. Seulement qu'il avait envie d'elle. Elle portait un collier dont les reflets scintillants provoquèrent un irrésistible afflux de souvenirs. L'avait-elle vu ? Il allait l'appeler. Oui ! Et soudain, éclairée par le soleil qui brillait derrière elle, elle pinça le décolleté de sa robe entre le pouce et l'index et le remonta sur sa poitrine. L'espace d'un instant, peut-être, il crut que dans cette lumière transcendante elle allait lui ouvrir ses bras et sa vie.

Mais il n'y a de lumière qu'au commencement des choses.

Alors qu'il allait lui parler, il s'aperçut qu'ils venaient de se croiser sans un mot. Il continua de marcher dans l'ombre, en regardant droit devant lui. Il s'était trompé. Sur elle, sur lui, sur eux, sur l'amour – sur l'amour surtout –, il avait tout faux. Il n'avait pas saisi l'instant. Il ne pouvait le croire, et pourtant il fallait se rendre à l'évidence. Sa mort à elle, sa propre vie, eux, *tout*, il avait absolument tout faux. Et la gravité de son erreur était si énorme, si écrasante qu'il n'arrivait pas à lutter, à faire demi-tour, à l'appeler, à se mettre à courir. À l'autre extrémité du pont seulement, il trouva la force de revenir sur ses pas.

Amy était invisible.

Il resta au milieu de la passerelle avec les gens qui se déversaient de part et d'autre – comme s'il n'était qu'un obstacle sur la voirie, une borne, une poubelle, un cadavre –, et il pensa à la femme de Loth, dont l'histoire était un mensonge. C'est lorsqu'on ne se retourne pas pour regarder derrière soi que l'on devient une colonne de sel. Il prit conscience qu'il aurait dû l'arrêter et que désormais cela lui serait impossible. Jamais il n'aurait dû continuer à marcher, et pourtant il l'avait fait.

Était-ce lui qui avait choisi ? Elle ? Avait-on jamais le choix ? Ou bien la vie ne faisait-elle qu'emporter les gens, les réunir et les séparer ?

Autour de lui, derrière lui et au-delà, les promeneurs marchaient en tous sens. Des particules tourbillonnaient dans la lumière, depuis longtemps perdues, de même qu'à présent, il le savait, tout était perdu dans la pierre et l'acier, dans la mer, le soleil, la chaleur qui montait se fondre dans le bleu du ciel sans nuage, perdu dans les grues ocre et le vrombissement de la voie express.

Il resta là encore quelques instants, silhouette insignifiante entre les arcs de cercle en acier et la circulation rugissante, entre l'azur et ces flots étincelants. Pensant : Que le monde paraît vide quand on perd celle qu'on aime.

Puis il tourna les talons et se remit à marcher, sans but au milieu de toutes ces trajectoires. Il l'avait crue morte. Mais il comprenait à présent : c'était elle qui avait survécu et lui qui était mort.

10

Après avoir traversé le pont, Amy offrit à ses nièces des cornets de glace sur Circular Quay et reprit le ferry pour rentrer chez sa sœur à Manly. Pendant des années elle l'avait cru mort. Elle n'avait appris que récemment, grâce à sa célébrité croissante, qu'il avait survécu à la guerre. Pourquoi, mais pourquoi, se disait-elle, assise sur le pont arrière du ferry, regardant s'éloigner les eaux coruscantes, pourquoi, s'il était vivant, n'est-il pas venu me chercher ? Pourquoi, mais pourquoi ? se dit-elle en arrivant chez sa sœur, puis en s'allongeant sur son lit, tellement lasse. Car elle ne lui pardonnait pas d'avoir trahi sa promesse.

Il ne lui était jamais venu à l'idée qu'il avait pu la croire morte dans l'explosion, dont elle avait en fait découvert l'existence le lendemain matin, rentrant au volant de la Ford Cabriolet de la plage où ils étaient allés ensemble la première fois, et où – après que Keith lui eut annoncé la mort de Dorrigo – elle s'était rendue, folle de chagrin, pour penser à lui, finissant par y passer la nuit.

Ces dernières années elle avait parfois eu envie de chercher à le revoir. Elle avait failli le faire plusieurs fois – avait même trouvé et noté son numéro de téléphone –, mais ce n'était jamais allé plus loin. Dès qu'elle envisageait de le contacter, elle se sentait paralysée. Qu'attendait-elle de lui ? Qu'attendrait-il d'elle, si toutefois il attendait quelque chose ? Il lui arrivait même de se demander s'il se souviendrait encore d'elle. Quoi qu'il en soit, que dirait-elle ? Qu'elle l'avait cru mort ?

Comment lui parler de l'héritage confortable, reçu au lendemain du décès de Keith ; de son remariage agréable, divertissant, longtemps après la guerre, avec un bookmaker plus doué pour perdre de l'argent que pour en gagner et qui avait tout flambé avant de disparaître, d'après la rumeur, en Amérique. C'était à peu près tout. Une ou deux autres brèves rencontres, plus ou moins. Plutôt moins. Comment lui dire que ce n'était pas de l'amour, pas même avec ce bookmaker ? Quelque chose de plus léger – comme un chapeau, une robe ou un nuage. Mais qui se souvient d'un nuage ?

Et chaque fois qu'elle s'apprêtait à lui écrire, à lui téléphoner, se dressait devant elle l'obstacle insurmontable de son rejet d'elle : il n'avait jamais tenté de la retrouver, n'était pas venu la chercher après la guerre comme il l'avait promis. À présent leurs situations respectives avaient radicalement changé : il était le célèbre Dorrigo Evans, une étoile montante, et elle une inconnue en train de sombrer. Et puis il y avait eu ce diagnostic. Comment lui annoncer ça ?

Sa sœur l'appela une deuxième fois.

Oui, répondit-elle, juste une minute.

Elle était si lasse. Elle avait oublié tant de choses le concernant. Mais c'était bien lui. Il n'était pas mort et elle non plus, pas encore. Cela lui suffisait. Elle retira son collier et fit rouler la perle au creux de sa main. Elle était très émue. Puis elle le posa. Il était désormais quelqu'un, plus que cela, même – elle voyait bien qu'il devenait quelque chose qui dépassait sa personne.

Elle, en revanche, ne serait bientôt plus rien. Il existait des traitements – très lourds et, lui avait dit son oncologue, inutiles pour l'essentiel. Elle avait eu deux emplois de femme de ménage, et réussi tant bien que mal à s'en sortir grâce à eux, mais y avait renoncé quand sa sœur avait accepté de s'occuper d'elle. Ses rêves s'étaient envolés depuis longtemps.

Désormais, elle prenait plaisir à observer les couchers de soleil, à voir ses amis – peu nombreux, mais tendrement aimés –, à profiter des charmes de sa ville : la chaleur du petit matin, l'odeur du bitume et des immeubles après une ondée, le carnaval quotidien de ses plages en été, la vue depuis le pont par un après-midi ensoleillé, les inconnus qu'elle y rencontrait parfois, ses nièces qu'elle choyait, l'agréable solitude du souvenir au soir d'une journée estivale. Il lui arrivait de se sentir heureuse.

De temps à autre lui revenait en mémoire une chambre d'hôtel au bord de la mer, la lune et lui, l'aiguille phosphorescente d'une pendule flottant dans l'obscurité, le son des vagues qui se brisaient, et un sentiment ne ressemblant à rien de ce qu'elle avait connu avant, et qu'elle ne connaîtrait plus jamais.

Elle se refusa à le contacter. Il avait sa vie, elle la sienne : les réunir était un rêve impossible. Et ce dont on ne peut même pas rêver ne s'accomplit jamais.

Dix-huit mois plus tard – six de plus que ce qu'on lui avait annoncé –, elle serait enterrée dans un cimetière de banlieue, une stèle ordinaire au milieu de quelques hectares de tombes tout aussi ordinaires. Personne ne la reverrait jamais, et au bout d'un certain temps même le souvenir que ses nièces gardaient d'elle s'estomperait, puis, comme elles aussi, il cesserait d'exister. Ne resterait, lumineux dans la longue nuit de la terre, que le collier à la perle avec lequel elle avait demandé à être enterrée.

11

Le soir même Dorrigo Evans s'envola pour Melbourne, d'où il prit dès le lendemain l'avion du matin pour Hobart ; dans le bourdonnement assourdissant des réacteurs du Boeing 707 et l'étrange oubli auquel ils l'invitaient, il trouva une apesanteur reposante. La descente sur Hobart fut gâchée par des vents violents et d'épaisses fumées provenant des feux de broussailles au sud de l'île ; l'avion tanguait et roulait, ballotté comme un petit pois dans une casserole d'eau bouillante. Ils quittèrent l'appareil dans une odeur de cendres, giflés par des rafales brûlantes.

Dorrigo fut accueilli par le vieux Freddy Seymour, un chirurgien dont l'âge exact était un mystère, responsable du bureau tasmanien du conseil de l'ordre des chirurgiens. Il conduisait, preuve d'une certaine excentricité, une Ford Mercury de 1948 maintenue comme lui-même dans un état impeccable qui démentait son ancienneté. Le conseil de l'ordre organisait ce jour-là un déjeuner en l'honneur de Dorrigo dans un hôtel de Hobart. Ensuite, Dorrigo devait prendre la route de Fern Tree – un village à la sortie de Hobart, situé dans une forêt pittoresque à flanc de montagne, où vivait la sœur d'Ella – pour rejoindre sa famille. Il appela Ella d'une cabine téléphonique de l'aéroport ; la sœur de sa femme s'était absentée jusqu'en milieu d'après-midi avec la voiture. De toute façon, il faisait trop chaud pour envisager autre chose que rester sur place avec les enfants. Elle ajouta que l'ombre des immenses eucalyptus procurait une fraîcheur bienfaisante et qu'il était impossible de trouver meilleur endroit.

Le déjeuner se révéla un moment plus agréable que Dorrigo ne s'y attendait ; du moins lui permit-il de se distraire de tout ce qui lui assaillait l'esprit. Mais alors qu'ils en étaient au xérès et aux cigares, on leur annonça une aggravation considérable sur le front des incendies, et les localités juste au sud de Hobart, dont Fern Tree, étaient directement menacées.

Dorrigo trouva un téléphone dans l'hôtel et tenta de joindre la sœur d'Ella, mais la ligne était coupée, comme presque toutes celles des maisons dans la montagne, lui précisa l'opératrice. Dorrigo se tourna vers Freddy Seymour – qui venait d'allumer son cigare et dont les joues flasques d'un rose corail tremblotaient tandis qu'il en aspirait la fumée par petites bouffées rapides – pour lui demander s'il pouvait lui emprunter sa voiture.

Je vous aime bien, Evans, répondit le vieux chirurgien, recrachant un panache de fumée. Comme un fils. Et comme un fils vous ne me rendrez pas ma voiture dans l'état où je vous la prête, mais je vous pardonnerai comme un père.

Il fallait vingt minutes pour aller de Hobart à Fern Tree. Les vents étaient à présent féroces, la chaleur oppressante et poussiéreuse. Quand il monta dans la Ford Mercury, Dorrigo sursauta en voyant dans le rétroviseur son visage taché par la cendre qui tourbillonnait au-dehors, épaisse comme de la neige noire.

La Ford avait une tenue de route approximative, mais un moteur V8 d'une puissance rassurante. La montagne, présence majestueuse en temps normal, était invisible, perdue dans un voile de fumée si opaque qu'au bout de quelques minutes Dorrigo n'eut plus que deux ou trois mètres de visibilité et alluma ses phares. Une autre voiture surgissait parfois des ténèbres, cherchant à gagner la ville avec des passagers à la même expression que celle qu'il avait autrefois vue chez les villageois syriens qui fuyaient la guerre. Certaines de ces voitures étaient roussies ; l'une d'elles n'avait curieusement plus de pare-brise ; de grosses cloques noirâtres boursouflaient la peinture d'une autre. Il quitta la banlieue de Hobart pour pénétrer dans une forêt haute et dense traversée par la route comme par une tranchée profonde et sinueuse.

Au détour d'un virage, il tomba sur un barrage de police où l'on interdisait à tous les véhicules d'aller plus loin. Un policier passa la tête à l'intérieur de la Ford Mercury et pria Dorrigo de faire demi-tour.

Là-haut c'est une zone de guerre, l'ami, dit-il, indiquant du pouce la direction de Fern Tree.

Dorrigo décrivit Ella et ses enfants et demanda s'ils avaient franchi le barrage dans l'autre sens. Le jeune policier, qui prétendait être là depuis deux heures, n'avait vu personne correspondant à cette description. Sans doute étaient-ils passés plus tôt.

Dorrigo calcula que depuis son appel, il s'était écoulé environ une heure et demie, durant laquelle Ella et les enfants avaient pu s'enfuir. Mais il était peu probable qu'Ella soit partie avant que le village ne soit menacé, et par ailleurs elle n'avait pas de voiture. Il espérait qu'ils avaient pu s'échapper, mais conclut qu'il devait agir comme si ce n'était pas le cas.

L'incendie remonte par la vallée de la Huon vers l'est, poursuivit le policier. J'entends des récits déments d'après lesquels il progresse à partir de braises distantes d'une trentaine de kilomètres du foyer principal.

Pendant que l'homme parlait, quelques-unes de ces braises incandescentes tombèrent sur le capot, comme pour illustrer ses dires.

Ce serait de la folie d'aller là-haut, conclut-il.

Toute ma famille est là-haut, dit Dorrigo, passant la première. Ce serait de la folie pour moi de ne pas y aller.

Sur ce, il demanda poliment au policier de s'écarter. Devant le refus de celui-ci, il accéléra, enfonça le barrage, et marmonna la première d'une série d'excuses à l'intention de Freddy Seymour.

À près d'un kilomètre à la ronde les flammes l'entouraient, mais ne semblaient pas assez agressives pour qu'il s'agisse du foyer principal, même s'il n'avait pas la moindre idée de ce à quoi ressemblait un foyer principal. Pas plus qu'il n'avait la moindre idée de l'endroit où vivait la sœur d'Ella, ne lui ayant encore jamais rendu visite, et même s'il connaissait l'adresse, aucun panneau routier n'était visible. La chaussée non plus, ou presque, jonchée de branches en feu, çà et là d'une voiture calcinée et abandonnée, sous une pluie de braises et une épaisse fumée. Il roulait pratiquement au pas sur cette route qu'il avait empruntée près de vingt ans plus tôt à bord d'un camion de la brasserie Cascade. Alors qu'à l'époque il tentait de pénétrer les mystères de l'amour en pleine tempête de neige, à présent il cherchait désespérément sa famille dans une sorte de brouillard, scrutant les allées, les bas-côtés, les abris, klaxonnant constamment. Mais il n'y avait personne. Il supposa qu'ils étaient tous partis ou morts. On ne voyait plus le ciel, seulement et par intermittence quelques nuages bleu-noir qui tourbillonnaient sauvagement devant une lumière rouge comme l'enfer. Il roulait toujours, concentré sur ses recherches, l'oreille contre la vitre, et la vitre baissée juste assez pour qu'il puisse entendre quelqu'un, n'importe qui, n'importe quoi.

Soudain, il crut distinguer une voix, mais à cause de tous les autres bruits, il l'attribua au sifflement de la sève jaillissant des arbres qui explosaient. Puis le son revint, plus sourd, différent. Dorrigo Evans coupa le contact et descendit.

12

Lorsque la cinquième maison à partir de celle de sa sœur s'embrasa, Ella trouva ses trois enfants – Jess, Mary et le petit Stewie – en train de jouer au jardin sous les minces filets d'eau produits par le système d'arrosage. Elle leur annonça qu'ils partaient tous pour Hobart à pied.

Hobart ? C'est à combien de kilomètres ? demanda Jessie.

Ella n'en avait aucune idée. Dix ? Quinze ? Elle sentit un certain effroi la gagner.

Il faut y aller tout de suite, ajouta-t-elle.

Les enfants n'avaient sur eux que leur maillot de bain et leurs sandales en plastique, sauf Stewie, en sous-vêtements. Des flammes surgissaient partout, et Ella n'essaya même pas de contredire Jess quand celle-ci insista pour emporter le mange-disque qu'elle avait reçu à Noël. Il avait la particularité de pouvoir servir de sèche-cheveux grâce à un tuyau adaptable, et s'accompagnait d'une charlotte en plastique que Jess décida de mettre pour empêcher des étincelles de lui roussir les cheveux. Elle prit également avec elle le seul quarante-cinq tours en sa possession, un vieux single de Gene Pitney offert par sa tante.

Ils dévalèrent la route, chassant de leur visage et de leur chevelure les feuilles brûlées et les fougères carbonisées qui tombaient du ciel. Les enfants regardaient sans s'émouvoir le goudron couler jusque sur les bas-côtés, les braises rougeoyantes flotter dans les airs comme autant de papillons, leur incandescence s'intensifiant au gré des rafales de vent. Ils croisèrent la vieille Mme McHugh, le professeur de piano, dont la palissade brûlait, et lui crièrent de venir avec eux, mais elle était trop occupée à abattre sa palissade à la hache afin d'empêcher l'incendie d'atteindre sa maison pour prêter attention à leurs cris.

Au début, il régnait une surexcitation magique, et quelque chose dans la terreur de leur mère donnait de l'assurance aux trois enfants, voire un sentiment de supériorité. Ils étaient passés dans un autre monde – le monde des adultes, où tout avait plus de poids, où les gens disaient ce qu'ils pensaient, où vos actions prenaient de l'importance et où votre propre existence, insignifiante jusque-là, comptait désormais à leurs yeux et aux vôtres. C'était leur premier contact avec la mort et ils ne l'oublieraient jamais.

Ils avaient dû descendre la montagne sur près de deux kilomètres quand leur surexcitation commença à décliner et leur peur à croître. L'incendie principal, qui leur avait paru à bonne distance lorsqu'ils avaient quitté la maison, était à présent tout proche. Stewie pleurait parce que les braises lui brûlaient la peau. Il se plaignait, non sans raison à mesure que les flammes emplissaient le ciel et dévoraient l'air, de la "sansfinitude" de ce feu. Ils arrivèrent devant une maison de brique donnant une impression de solidité et de sécurité, contrairement à celles, couvertes de bardeaux, qu'ils avaient dépassées et qui, longtemps avant que l'incendie ne les rattrape, fumaient déjà, la corniche du toit bordée de flammèches.

Ella s'approcha de la porte d'entrée et appuya sur la sonnette. Un carillonnement ridicule retentit. La porte s'entrouvrit juste assez pour permettre une conversation. Dans l'entrebâillement, Ella distingua une femme âgée dans un tailleur en drap de laine blanc à liseré noir, comme si elle s'apprêtait à se rendre au déjeuner d'une œuvre de bienfaisance. À ce stade, Ella, seulement vêtue de sa robe de coton vert imprimé et de ses tongs, était couverte d'une pellicule grasse, mélange de sueur et de suie. Aux yeux de la vieille dame, elles n'étaient visiblement pas du même monde, et ses trois enfants à demi nus et noirs de crasse devaient passer pour des garnements. Ella avait espéré trouver refuge dans cette maison, mais quand elle ouvrit la bouche, elle s'entendit demander simplement un peu d'eau pour les enfants. Elle dut répéter sa question. Sans un mot, la femme ouvrit la porte et les fit entrer dans une cuisine impeccable au fond de la maison. Elle sortit un seul gobelet en plastique.

Tenez, dit-elle, le tendant à Ella entre le pouce et l'index. Le robinet est là.

Les enfants n'avaient qu'une envie : s'en aller. Ils savaient qu'elle voulait qu'ils partent, et la haine qu'ils lui vouaient, à elle et à sa maison, était encore plus forte que leur peur de l'incendie. Mais quelque chose dans le snobisme de cette femme incita Ella à rester. Stewie continuait à pleurer à cause de ses brûlures et Ella demanda à son interlocutrice si elle n'aurait pas quelques vieux vêtements d'enfant à lui prêter pour protéger son fils des étincelles et des braises.

La femme ouvrit un placard et à l'intérieur Ella aperçut étagère après étagère de petits vêtements repassés et rangés avec soin. Des habits de bonne qualité. De garçon pour la plupart. Elle reconnut l'odeur du camphre, qu'elle associait depuis toujours à l'intemporalité, un parfum rassurant de lieux et de choses qui ne changent jamais. La vieille dame se retourna et lui remit un vêtement plié. Elle le déplia d'un geste sec des poignets.

C'était une vieille robe rouge usée.

Merci, dit Ella.

Elle se sentait étrangement incapable de concilier l'idée d'un refuge sûr avec une humiliation aussi cruelle. Enfilant cette robe rouge élimée à son fils, elle repartit avec les trois enfants vers l'incendie, estimant que c'était une décision aussi bonne que sage.

Quand ils eurent regagné la route, l'incendie ne ressemblait plus à rien. Il y avait du vent derrière eux, du vent devant eux, du feu partout, des rafales qui soulevaient des tornades de braises, des cônes luminescents qui avaient le pouvoir d'enflammer tout ce qu'ils touchaient. Ils avaient fui les flammes, mais là les flammes les cernaient.

On est encerclés, dit Stewie, et il recommença à pleurer.

Ça suffit, répliqua Ella, l'entraînant. Il faut atteindre Hobart. Mettez-vous derrière moi, tenez-vous par la main, et quoi qu'il arrive, ne vous séparez pas.

Ainsi reliée, cette mince file d'espoir et de terreur poursuivit son chemin dans le vent, la fumée et les flammes. Mary se mit elle aussi à pleurer parce qu'elle avait des ampoules aux pieds.

On soignera tes pieds en arrivant à Hobart, promit Ella.

Des arbres et des maisons brûlaient autour d'eux, et devant eux à présent, aussi Ella fit-elle presser les enfants. Elle portait Stewie, désormais, avec Mary derrière elle, tenant l'ourlet de sa robe d'une main, la main de Jess de l'autre, et tous étaient terrifiés à l'idée de ce qu'ils deviendraient s'ils cessaient de se cramponner les uns aux autres. Un craquement couvrit le bruit de l'incendie et du vent, et au loin un arbre s'abattit sur la route en une boule de feu. Ella parvint à contourner les flammes et ils continuèrent, dépassant l'arbre, dépassant une voiture calcinée, dépassant un poteau télégraphique à terre en train de brûler, et dont les câbles électriques serpentaient comme de la laine à tricoter autour d'eux. Mais l'incendie devenait plus menaçant devant eux que derrière, les pieds de Mary se couvraient d'ampoules, la chaleur était incroyable, et soudain Ella s'arrêta et se retourna vers ses enfants :

Il faut qu'on revienne sur nos pas. Vite. Plus question de déconner.

Jamais elle ne jurait. Ils comprirent que quelque chose avait changé.

Vite, répétait-elle. Vite !

Mais Hobart ? demanda Jess, qui n'avait encore rien dit. Si on atteint Hobart, on sera en sécurité. Elle avait le souffle court. Il faut y aller !

Elle fit volte-face et s'élança vers les flammes. Ella l'empoigna et la gifla.

On sera transformés en rôti du dimanche si on continue dans cette direction. Il faut absolument trouver un endroit pour s'abriter du feu.

Jess se mit à crier et Ella la gifla une deuxième fois. L'adolescente fondit en larmes et lâcha son mange-disque qui vola en éclats sur la route. Leur gorge les brûlait à cause du goudron contenu dans la fumée, ils avaient du mal à respirer, leurs yeux larmoyaient et de la morve s'écoulait de leurs narines. Il était impossible de voir à plus de quelques pas, et ils ne savaient où ils se trouvaient qu'en repérant de temps à autre l'entrée d'une allée, un virage, un panneau de signalisation.

Ils atteignirent une maison sans jardin, avec seulement un vieux pommier et un cabanon en fibrociment qui trônait au milieu d'un carré de pelouse grillée. Il n'y avait rien à brûler et l'incendie grondait derrière eux ; des flammèches apparaissaient sur cette pelouse grillée qui n'avait rien à leur offrir, mais elles brûlaient quand même.

Là, dit Ella, ouvrant la porte de l'abri et pensant : *Là ? C'est là qu'on va tous mourir ?*

Ils se blottirent à l'intérieur, serrés les uns contre les autres malgré la chaleur torride, réussissant à peine à respirer. Comme si l'incendie dévorait tout l'air du monde. Ils entendirent au-dessus d'eux un bruit pareil à celui d'un avion de ligne explosant en vol. Une langue de feu obscène, d'un bon mètre de long, lécha le sol sous la porte tel un animal affamé ; Jess fit un bond en arrière en hurlant et percuta une étagère emplie de bouteilles.

Jess ! cria Ella.

Elle retint l'étagère. Celle-ci était pleine de flacons avec des pinceaux baignant dans de la térébenthine ou du white-spirit. Sans lâcher l'étagère, Ella ordonna aux enfants de ne pas bouger.

Quoi qu'il arrive, ne bousculez ni cette étagère ni moi. Regardez Gene.

Et Jess, toujours avec sa charlotte en plastique sur la tête, constellée de petits trous noirs à cause des étincelles et des cendres, brandit dans l'obscurité le fameux quarante-cinq tours de Gene Pitney, qu'elle avait apporté jusque-là. Sous l'effet de la chaleur, il avait pris la forme d'un moule à pudding.

Regardez Gene, les enfants, répéta Ella. Regardez Gene.

Après quelques minutes, il faisait plus chaud que jamais, mais le bruit avait diminué et les flammes ne s'insinuaient plus sous la porte. Ils entendirent un son étrange. Très lentement, Ella ouvrit la porte. Personne ne bougea. Ils jetèrent un coup d'œil à l'extérieur.

Cela défiait l'entendement. La maison avait disparu. Près de ses décombres fumants, le pommier était encore là, intact quoiqu'un peu roussi, alors que de l'autre côté de la route la forêt brûlait furieusement.

Ils entendirent à nouveau le son étrange et comprirent qu'il s'agissait d'un klaxon, de moins en moins audible à mesure que la voiture continuait sa route et s'éloignait d'eux. Ella reprit Stewie dans ses bras, et ses filles s'élancèrent au-dehors avec elle, tous hurlant à travers les flammes, mais la voiture était déjà passée et disparaissait dans la fumée un peu plus loin sur la route. Ils hurlèrent encore plus fort.

Soudain la voiture s'arrêta. C'était une Ford Mercury 1948 verte avec des pneus blancs. Aucun des trois enfants ne l'oublierait jamais.

La porte du conducteur s'ouvrit et un homme sortit. Quand il se retourna, ils virent que c'était leur père, parti à leur recherche.

Ils coururent vers lui et lui vers eux, à travers la fumée, la chaleur et les flammes. Quand ils se rencontrèrent, Dorrigo attrapa Stewie d'un bras et l'installa sur sa hanche. Il ouvrit tout grand sa main libre, la posa sur la tête d'Ella et attira son visage contre le sien. Il serra Ella contre lui et les deux filles contre eux, comme s'ils étaient un entrelacs de racines soutenant un arbre vieillissant. Après quelques instants seulement il lâcha Ella et tous se ruèrent vers la voiture. Mais c'était plus de tendresse que ses trois enfants n'avaient vu leur père en témoigner à leur mère durant toute leur vie.

13

Considérant que leur meilleure chance de survie était de s'enfoncer dans la forêt qui avait déjà partiellement brûlé plutôt que de partir vers l'incendie qui était à présent aux portes de Hobart, Dorrigo prit la direction que sa famille avait fuie. Il restait quelques maisons et une partie de la forêt, mais à l'endroit où la vieille dame qui ne voulait pas d'eux avait gardé ses beaux vêtements d'enfant pour quelqu'un d'autre, il n'y avait plus que du métal fumant, des cendres et une cheminée. Là où Mme McHugh avait abattu sa palissade pour sauver sa maison, difficile dans la fumée de savoir ce qui restait de l'une et de l'autre.

Ils se retrouvèrent à rouler dans une curieuse nuit. Au détour d'un virage le ciel noir fit place à un gigantesque mur de feu, à moins d'un kilomètre environ, et dont les flammes s'élevaient bien plus haut qu'eux. C'était un nouvel incendie qui arrivait en rugissant d'une autre direction, réunissant apparemment plusieurs feux de moindre importance en un même brasier infernal. Le fracas était assourdissant. Ils contemplèrent quelques instants de plus le spectacle en roulant. Ella rompit le charme.

C'est le foyer principal, dit-elle.

Dorrigo freina, fit brutalement demi-tour et repassa la première pour repartir par où ils étaient venus. Laissant derrière lui les câbles électriques à terre et les épaves de voitures en flammes, il conduisait comme un possédé. Mais en quelques minutes l'incendie les rattrapa, et Dorrigo roulait entre deux parois de feu, évitant les branches qui tombaient, les maisons qui explosaient, accélérant à fond dès que la voie était libre, ralentissant ou slalomant en cas de besoin. Une boule de feu de la taille d'un tramway et du même bleu que la flamme du gaz apparut comme par magie sur la chaussée et roula vers eux. Tandis que la Ford Mercury faisait une embardée pour l'éviter et reprenait sa trajectoire, Dorrigo s'aperçut qu'il n'avait d'autre possibilité que d'ignorer les débris enflammés – brindilles, branches, piquets – qui surgissaient de la fumée et fonçaient sur eux, heurtant parfois la voiture et rebondissant sur la carrosserie. Il changeait sans arrêt de vitesse avec des grognements, donnait des coups de volant à droite ou à gauche, faisait crisser les pneus blancs sur le goudron noir bouillonnant, un bruit seulement audible par intermittence dans la cacophonie du rugissement des flammes, des hurlements du vent, du crépitement de mitrailleuse des branches qui explosaient au-dessus d'eux.

Au sommet d'une pente, ils virent un immense arbre basculer en travers de la route à une centaine de mètres devant eux. Des flammes jaillirent du tronc lorsqu'il tomba, son faîte atterrissant dans un jardin bien tenu et s'embrasant tel un feu de joie qui se communiqua à la maison voisine. Le genou calé contre l'intérieur de la portière, Dorrigo appuya de toutes ses forces sur la pédale du frein. La Ford Mercury dérapa, se mit en travers et glissa vers l'arbre, s'arrêtant dans une embardée à quelques mètres seulement du tronc en flammes.

Personne ne parlait.

Les mains moites de sueur sur le volant, respirant bruyamment, Dorrigo passa en revue les différentes possibilités. Rien de bon. La route était coupée dans les deux directions : devant eux par l'arbre tombé, derrière eux par l'avancée de l'incendie. Il se sécha les mains successivement sur sa chemise et son pantalon. Ils étaient pris au piège. Il se tourna vers ses enfants assis sur la banquette arrière. Il avait la nausée. Ils se serraient les uns contre les autres, leurs yeux effarés tout blancs dans leurs visages noirs de cendre.

Tenez bon, dit-il.

Il passa la marche arrière, recula vers l'incendie sur une courte distance, puis accéléra. Sa vitesse était suffisante pour qu'il enfonce la clôture du jardin où brûlait le faîte de l'arbre tombé. Ils se dirigeaient droit vers le feu de joie. Hurlant aux autres de se baisser, il rétrograda à fond, laissa revenir le levier de vitesse et écrasa l'accélérateur.

À l'assaut des moulins à vent !

Le moteur V8 rugit, les soupapes cliquetèrent, et ils percutèrent le buisson ardent au plus près de la maison, là où les flammes étaient plus hautes, mais où les branches seraient également plus courtes, avait parié Dorrigo. Pendant quelques instants, tout ne fut que feu et que fracas. Le moteur hurlait avec sauvagerie, une chaleur d'une telle intensité semblait traverser le verre et l'acier qu'il était douloureux de respirer, tout était d'un rouge éteint ; on entendait les flammes crépiter, les branches craquer, le métal grincer, les tôles gémir en se tordant et en se déformant, les roues peiner ou tourner dans le vide. La vitre latérale côté conducteur vola en éclats. Des étincelles, des braises, et quelques brindilles enflammées s'engouffrèrent dans la voiture ; Ella et les enfants se mirent à hurler, ces derniers tapis dans un angle de la banquette arrière. Durant une ou deux secondes terrifiantes la voiture ralentit et s'arrêta presque à cause de quelque chose coincé sous le châssis. Mais tout aussi vite le feu de joie se retrouva comme par miracle derrière eux, et déjà ils accéléraient vers une autre palissade délabrée que Dorrigo enfonça également dans un blizzard momentané d'éclats de bois. Le pare-brise se transforma en un nuage blanc fragmenté, Dorrigo cria à Ella de donner un coup de pied dedans, et alors qu'il partait en morceaux, ils se retrouvèrent sur la route, au-delà de l'arbre tombé, roulant vers Hobart. Dorrigo tournait le volant d'une main, se penchant vers la banquette arrière pour enlever les brindilles enflammées de l'autre – lui qui s'était toujours efforcé de protéger ses mains de chirurgien – et les jeter par la vitre brisée.

Tandis que la Ford Mercury 1948, peinture verte noircie et couverte de boursouflures, descendait en slalomant et tous pneus crissant la montagne en feu, Ella jeta un coup d'œil à Dorrigo, aux doigts de sa main gauche couverts de cloques pareilles à de petits ballons, si gravement brûlés qu'il lui faudrait ensuite une greffe de peau. Quel mystère que cet homme, songea-t-elle, quel mystère. Elle prit conscience qu'elle ne savait rien de lui ; que leur mariage était déjà mort avant même d'avoir eu lieu, et qu'il n'était ni en son pouvoir à elle ni en celui de Dorrigo d'y changer quoi que ce soit. Désormais sur trois roues et une jante en cours de désintégration, la Ford Mercury tangua en prenant un long virage, et à travers la fumée ils aperçurent enfin devant eux le sanctuaire du barrage de police.

Sans doute la dernière fois que Freddy Seymour t'invite à déjeuner, dit Ella Evans.

Sur la banquette arrière, rien n'échappait aux trois enfants maculés de cendre, et à présent silencieux : la puanteur de la créosote qui prenait à la gorge, le grondement du vent et des flammes, le violent roulis d'une voiture conduite si brutalement, la chaleur, les émotions à vif et à nu comme de la viande de boucherie ; les sentiments tourmentés, désespérés, de deux individus vivant un amour qui n'était pourtant pas de l'amour, quoi que ; une vie de solitude à deux partagée ; la complicité dans l'affection, la maladie, les tragédies, les plaisanteries et le travail ; un mariage. En d'autres termes, l'étrange, la terrible "sansfinitude" des êtres humains.

Une famille.

14

Les vieux sont rongés par le remords, avait un jour dit à sa fille le père de Jodie Bigelow. Son père. Jimmy Bigelow n'avait jamais été tout à fait le père de Jodie. Il semblait absent non seulement de la vie de sa fille, mais de la majeure partie de la sienne propre. Employé au tri postal, il n'avait apparemment jamais souhaité s'élever plus haut. Au lycée, Jodie avait un jour dû faire un exposé sur la journée commémorative de l'Australian and New Zealand Army Corps, et elle avait demandé à son père de lui parler de son expérience de la guerre. Il avait répondu qu'il n'y avait pas tant de choses que ça à raconter. La routine. Quand elle avait insisté, il était allé dans sa chambre et en avait rapporté un vieux clairon. Il avait essuyé l'embouchure et produit avec l'instrument quelques sons pareils à des pets qui avaient fait rire sa fille. Puis il avait joué quelques notes. Il avait abaissé le clairon, toussoté, bombé le torse, redressé la tête d'un air martial totalement inconnu de sa fille et interprété la sonnerie aux morts.

C'est tout ?

C'est tout ce que je sais. Et c'est à peu près tout ce qu'on a besoin de savoir.

Ça ne fait pas un exposé, papa.

Non.

Pas très gai, avait conclu Jodie.

Jimmy Bigelow avait médité cette remarque, et répondu que oui, sans doute, mais qu'il n'avait jamais eu cette impression-là. Au contraire.

Jodie avait parcouru quelques ouvrages sur les prisonniers de guerre.

Ça devait être difficile, dit-elle.

Difficile ? Pas vraiment. Il suffisait d'endurer. On avait de la chance.

Elle signifie quoi, cette musique ? demanda-t-elle.

C'est un mystère, dit-il après un temps de réflexion. Et plus le mystère est grand, plus il a de sens.

Jodie avait dix-neuf ans quand sa mère était morte d'une leucémie. Jimmy Bigelow avait survécu vingt-huit ans à sa femme. Il ne se prenait pas au sérieux et avait fini par croire que le monde était foncièrement comique. Il aimait la compagnie des autres et trouvait dans son existence – ou dans sa vision de l'existence – beaucoup de raisons de s'émerveiller, seul ou avec autrui. Une industrie du souvenir se développait autour de lui, et pourtant il se souvenait de moins en moins. Quelques blagues, quelques anecdotes, le goût d'un œuf de cane donné par Darky Gardiner, l'espoir. La bonté. Il se souvenait du jour où ils avaient enterré le petit Wat Cooney. Il se souvenait que Wat aimait tout le monde ; il attendait toujours aux cuisines le retour du dernier prisonnier, peu importait l'heure, et lui gardait de la nourriture, veillant à ce que, même en quantité insuffisante, chacun ait quelque chose à manger. Devant sa tombe, personne n'avait voulu être le premier à jeter une poignée de terre. Il avait oublié que Wat Cooney était mort pendant la marche vers le nord et le col des Trois Pagodes, ainsi que tous les sévices qui avaient accompagné cette marche. Pour lui, la vérité n'était pas là.

Ses fils rectifiaient de plus en plus ses souvenirs. Qu'est-ce qu'ils en savaient ? Beaucoup plus que lui, apparemment. Les historiens, les journalistes, les réalisateurs de documentaires, même sa bon sang de famille soulignaient les erreurs, les incohérences, les omissions, voire les contradictions de ses différents récits. Qu'est-ce qu'il était censé être ? Cette foutue *Encyclopædia Britannica* ? Lui, il avait été là-bas. C'est tout. Quand il passait *Without a Song* sur son lecteur de cassettes, c'était un mystère de plus, car pendant quelques instants il revoyait un homme debout sur une souche en train de chanter, et il ressentait toutes ces choses qu'il ne ressentait pas autrement, comprenait toutes ces choses qu'il ne comprenait pas autrement. Ses paroles et ses souvenirs n'étaient rien ? Mais parce que tout était à l'intérieur. Ils ne le voyaient donc pas ? Ils ne pouvaient donc pas le laisser tranquille ?

Son esprit distillait lentement ses souvenirs des camps de prisonniers pour en faire quelque chose de beau. Comme si, goutte à goutte, il en évacuait l'humiliation d'avoir été un esclave. D'abord il avait oublié toutes les horreurs, ensuite les violences infligées par les Japonais. La vieillesse venue, il pouvait affirmer en toute honnêteté ne se rappeler aucune de ces violences. Ce qui aurait pu lui rafraîchir la mémoire – les livres, les documentaires, les historiens –, il l'évitait soigneusement. Puis ses souvenirs de la maladie et de ces morts affreuses, du choléra, du béribéri et de la pellagre s'effacèrent eux aussi ; même celui de la boue, et plus tard celui de la faim. Un après-midi, il se rendit finalement compte qu'il ne pouvait plus rien se remémorer de son existence de prisonnier de guerre. Il avait encore toute sa tête ; il savait qu'il avait été prisonnier de même qu'il savait avoir été un fœtus à une époque. Mais de cette expérience il ne lui restait rien. Ce qui demeurait, c'était une conscience irrévocable de la bonté humaine, aussi indéniable que belle. À l'âge de quatre-vingt-quatorze ans, il était enfin un homme libre.

Dès lors il prit un immense plaisir à écouter le vent, le son de la pluie. Il s'émerveillait de la sensation de l'aube par une journée d'été. Il s'extasiait sur le souvenir d'un inconnu. Il entretenait les habitudes et l'amitié, ne voyant aucune alternative. Il s'occupait de perruches de Pennant aux tons éclatants, verts, bleus et rouges, qui se posaient dans son jardin, attirées par l'eau et la nourriture qu'il laissait pour elles. Puis vinrent les roitelets, les méliphages lancéolés, les pinsons jacassants et à l'occasion des passereaux, un mérion superbe et son harem brun-gris, des rhipidures à collier, des échenilleurs choucari, des zostérops à dos gris et des pardalotes gazouillants. Il pouvait rester assis des heures durant sur un banc de sa terrasse à les regarder picorer, se baigner, se reposer, lisser leurs plumes et jouer. Et dans le mystère de leur vol et de leur beauté, dans leurs arrivées et leurs départs inexplicables, il croyait voir sa propre vie.

Après sa mort en maison de retraite, suite à une chute du haut d'un escalier où il était en train de nourrir des oiseaux, Jodie retrouva le clairon dans la penderie de son père. Il était vieux, sale et tout cabossé. Un lambeau de chiffon rouge y était noué en guise de cordon. Elle le vendit lors d'une brocante.

Parfois le rire de son père lui revenait en des occasions inattendues – dans une allée de supermarché où elle cherchait un détergent pour lave-vaisselle, en feuilletant un magazine people dans la salle d'attente d'un dentiste. Dans ces moments-là, elle le revoyait incapable de la gifler, la main tremblante au-dessus de sa tête, et elle l'entendait encore dire :

C'est tout ce que je sais. Et c'est à peu près tout ce qu'on a besoin de savoir.

Elle se souvenait aussi de sa propre question : Elle signifie quoi, cette musique ?

Et du monde autour d'elle : l'allée du supermarché et ses rayons, la salle d'attente du dentiste et ses chaises métalliques, la brocante avec le bric-à-brac de son père sur deux tables à tréteaux devant elle, et une voix demandant : Vous en voulez cinq dollars ? Elle avait tendu le clairon cabossé qui tremblait sans répondre.

OK d'ac, avait-elle cru l'entendre dire, lorsqu'un inconnu l'avait saisi. À moins que ce n'ait été elle. OK d'ac.

15

Dorrigo Evans traversait un carrefour de Parramatta à trois heures du matin – un lieu et un moment qui ne seraient jamais expliqués publiquement, ni la question annexe du taux d'alcoolémie – lorsqu'il se sentit s'envoler, partir dans les airs pour ne jamais redescendre sur terre. Un groupe d'adolescents ivres qui fuyait la police dans une Subaru Impreza volée avait brûlé un feu rouge et percuté la Bentley vieillissante de Dorrigo Evans, détruisant les deux véhicules, tuant deux de ses passagers et blessant grièvement l'un des plus grands héros de guerre de l'Australie, passé à travers le pare-brise.

Il mit trois jours à mourir, et fit durant ce laps de temps les rêves les plus extraordinaires de son existence. La lumière inondait une salle paroissiale où il était assis avec Amy. Une magnifique lumière aveuglante, et lui allant et venant d'un pas mal assuré, pénétrant dans cette absolution transcendante et en sortant pour retrouver les bras des femmes. Il s'envolait, humait le dos nu d'Amy, s'élevait toujours plus haut. Tandis qu'autour de lui la nation se préparait à prendre le deuil tout en discutant du naufrage de la jeunesse, soulignant le contraste entre les actes nobles et héroïques d'une génération et l'infâme délinquance meurtrière d'une autre, il comprenait avec ahurissement que sa vie ne faisait que commencer, et que dans une lointaine jungle de tecks défrichée depuis longtemps, dans un pays baptisé Siam qui n'existait plus, un homme ayant perdu la vie avait fini par s'endormir.

16

Dorrigo Evans s'éveilla d'un terrible cauchemar dans lequel il mourait. Il prit conscience que d'épuisement, il s'était assoupi un instant pendant que les prisonniers se rassemblaient pour l'appel. Il était presque minuit. Il s'adressa aux sept cents hommes réunis devant lui, leur expliqua qu'on l'avait chargé de choisir cent d'entre eux capables de se rendre à pied jusqu'à un autre camp, cent cinquante kilomètres plus loin dans la jungle du Siam. Ils devaient partir aussitôt après l'appel du matin. On avait compté et recompté les prisonniers, et curieusement les chiffres ne concordaient pas. D'autres continuaient à rentrer de la Ligne, titubants de fatigue, ce qui compliquait encore les choses. Des sergents tentaient d'expliquer qui était là, qui était absent et pourquoi. Il y eut une discussion animée entre Fukuhara – immaculé dans son uniforme, même à cette heure tardive – et les gardes ; un sergent fut giflé plusieurs fois, et après une certaine confusion on refit l'appel.

Le major Nakamura était venu voir Dorrigo Evans une heure plus tôt avec Fukuhara et lui avait ordonné de sélectionner cent prisonniers pour rallier à pied un camp près du col des Trois Pagodes.

On ne devrait demander à aucun de ces hommes d'en faire plus, avait fait observer Dorrigo Evans. Aucun prisonnier de ce camp n'est capable de couvrir une telle distance.

Le major Nakamura avait insisté : il fallait trouver cent hommes.

Si vous ne modifiez pas le traitement infligé aux prisonniers, ils mourront tous, répondit Dorrigo Evans.

Le major déclara qu'il choisirait lui-même si le colonel australien s'y refusait.

Ils mourront tous, répéta Dorrigo Evans.

À nouveau le lieutenant Fukuhara traduisit, le major Nakamura écouta et reprit la parole. Le lieutenant se tourna vers Dorrigo Evans.

Le major Nakamura dit que cela être une très bonne chose. Économiser beaucoup de riz pour armée japonaise.

Evans comprit que si Nakamura choisissait, il le ferait sans discernement, que les plus souffrants seraient du nombre – à coup sûr, même, car ils étaient les moins utiles à Nakamura – et qu'ils mourraient tous. En revanche si lui, Dorrigo, les choisissait, il pourrait sélectionner les plus valides, ceux qui avaient le plus de chances de survivre. De toute façon la plupart mourraient. Telle était l'alternative : refuser d'aider l'agent de la mort ou accepter de le servir.

Pendant que l'appel se poursuivait, qu'on allait chercher des hommes supplémentaires, occupés à des tâches peu pénibles ou aux cuisines et qu'ils attendaient là, malades et affamés, que de temps à autre l'un d'eux s'écroulait d'épuisement et était laissé dans la boue, les prisonniers virent apparaître une longue colonne de soldats japonais, marchant au pas sur la piste grossière qui longeait l'extrémité opposée du terrain d'entraînement, et qui, lorsque la mousson ne la rendait pas impraticable, servait pour les livraisons sur la voie ferrée.

Ces soldats japonais étaient en route pour le front birman, à des centaines de kilomètres de jungle hostile. Crasseux, exténués, ils continuaient pourtant leur route dans la nuit, ne laissant échapper que quelques grognements et gémissements, poussant ou tirant des canons qui s'enfonçaient dans la boue jusqu'aux essieux. Certains paraissaient malades, d'autres si jeunes qu'ils auraient pu être encore sur les bancs de l'école, et tous avaient l'air malheureux.

Dorrigo Evans n'avait pas vu de troupes japonaises de près depuis des mois. À Java il avait fini par respecter ces hommes, les considérant non pas comme les abrutis binoclards décrits par les officiers australiens du renseignement, mais comme de redoutables soldats. Ceux-là, pourtant, qui venaient visiblement de marcher toute la journée et une partie de la nuit vers les horreurs d'un nouveau front, avaient l'air aussi éprouvés par la guerre que les prisonniers eux-mêmes, aussi brisés, dépenaillés, éreintés. Dorrigo croisa le regard de l'un d'eux, qui portait une lampe-tempête. Ses yeux bienveillants et vulnérables dévoraient son visage enfantin. Il ne pouvait avoir plus de dix-sept ans. Ce qu'il voyait sur les traits de cet officier australien, Dorrigo n'en avait aucune idée, mais ce n'était ni de la haine ni le diable. Il tituba, puis s'arrêta, fixant toujours Dorrigo. Peut-être avait-il remarqué quelque chose ; peut-être était-il trop fatigué pour voir quoi que ce soit. Dorrigo éprouva l'envie irrésistible de le prendre dans ses bras.

Soudain un sergent japonais – repérant ce soldat qui restait bouche bée – le rejoignit en quelques enjambées et le frappa violemment au visage avec une baguette de bambou. Le jeune homme se redressa aussitôt, aboya un mot d'excuse et n'eut plus d'yeux que pour la jungle devant lui. Pour Dorrigo, il était évident que le soldat ne comprenait pas davantage cette correction ni le but de cette marche que les prisonniers ne comprenaient leur misérable sort. À quelle distance se trouvait son domicile ? Dorrigo s'interrogeait. Était-ce une ferme ? Ou dans une grande ville ? Un lieu, une vallée, une rue, une allée dont il rêvait peut-être, un endroit ensoleillé connaissant la caresse de la brise et la fraîcheur de la pluie, avec des proches qui veillaient sur lui et riaient avec lui, un endroit éloigné de ces odeurs de décomposition, de ce vert oppressant, de la souffrance et des sévices infligés par des gens qui ne connaissaient et ne prêchaient que la haine, qui forgeaient un monde de haine. Tandis que cet enfant soldat s'éloignait, Dorrigo vit que son visage saignait là où on l'avait frappé, que son uniforme était souillé, déchiré, taché de moisissures, et qu'il n'avait aucune envie d'être là. Pourtant dès qu'on le lui ordonnerait, lui aussi – ce jeune porteur de lampe au regard si doux – tuerait avec brutalité et serait tué en retour.

Le sergent japonais qui l'avait corrigé sauvagement faisait une pause. Regardant la colonne défiler et s'enfoncer dans la noirceur de la jungle, il alluma une cigarette et tira une bouffée. Quand un autre sous-officier s'approcha, il lui tendit la cigarette avec un sourire et blagua. Alors que cette colonne de gosses était engloutie par les ténèbres, Dorrigo Evans eut le sentiment de voir passer toute la guerre devant ses yeux.

Aussitôt après, une pluie diluvienne s'abattit. Le ciel était noir, et hormis quelques lanternes et les torches des gardes, il n'y avait aucune lumière. L'unique son était celui de la pluie qui se déversait des tecks tout proches en cataractes, de la pluie qui balayait sans cesse le camp, et elle fit à Dorrigo l'effet d'une chose compacte, mobile, vivante ; avec l'immense jungle de tecks où se dressait leur camp dans cette petite clairière elle lui parut former une prison sans limites, inconnaissable, qui les tuait tous à petit feu.

Finalement il s'avéra que tous les prisonniers étaient là. Dorrigo Evans leva sa lanterne en même temps que les yeux, redoutant de donner l'impression d'être abattu, démoralisé par tout ce qu'ils avaient souffert. Il ne pouvait leur infliger ça. Il allait leur infliger tellement pire. Il contempla ces sept cents hommes qu'il avait soutenus, soignés, dorlotés, suppliés, embobinés, dont il avait organisé la survie et toujours fait passer les besoins avant les siens.

La plupart portaient un treillis japonais ou un pagne qui leur tenait lieu de short, et l'espace d'un instant, dans la lumière grasse et mouvante de la lanterne leurs corps squelettiques l'horrifièrent. Beaucoup grelottaient à cause du paludisme, certains faisaient sur eux à cause de la station debout prolongée, et voilà qu'il lui incombait de trouver parmi eux cent hommes capables de parcourir vers l'inconnu cent cinquante kilomètres dans la jungle, ce couloir de la mort.

Il baissa les yeux, et même sans rien voir, cela lui rappela qu'ils étaient rares à posséder la seule clé de la survie : des chaussures. Tenant sa lanterne à la hauteur de leurs chevilles, il longea lentement la première rangée, examina les pieds nus, certains purulents, d'autres enflés à cause du béribéri, d'autres encore avec des ulcères puants si énormes et répugnants qu'ils ressemblaient à des cratères en colère ayant creusé presque jusqu'à l'os. Il s'attarda sur l'un d'eux : non soigné, il n'avait laissé qu'une étroite bande de peau intacte à l'extérieur du mollet, le reste de la jambe n'étant qu'une plaie géante d'où s'écoulait un pus malodorant et grisâtre. Les tendons desséchés et les fascias étaient à nu, les muscles formaient des tunnels séparés par des sinus veineux bien visibles, entre lesquels il aperçut le tibia qui paraissait avoir été rongé par un chien. L'os même commençait à pourrir et à s'écailler. Levant les yeux, Dorrigo découvrit un gosse pâle, efflanqué. Non, Chum Fahey ne pouvait pas partir.

Présente-toi à l'hôpital dès que l'appel est terminé, ordonna-t-il.

Le suivant était Harry Dowling. Dorrigo lui avait enlevé l'appendice avec succès trois mois plus tôt, une victoire dont il s'enorgueillissait en pareilles circonstances. Pour l'heure, Dowling ne semblait pas en trop mauvais état. Il avait des chaussures et ses ulcères étaient bénins. Dorrigo le regarda, lui posa la main sur l'épaule.

Harry, dit-il le plus doucement possible, comme s'il réveillait un enfant.

Je me suis fait charognard.

Le voisin de Dowling était Ray Hale, qu'ils avaient réussi à guérir du choléra. À lui aussi, Dorrigo posa la main sur l'épaule.

Ray, dit-il.

Te voilà convié au festin de la mort.

Ray, répéta-t-il.

Redoute l'effrayant et repoussant Charon.

Ainsi Dorrigo continua-t-il, parcourant les rangées de ceux qu'il avait sauvés et devait à présent choisir, palpant, nommant, condamnant ceux de ces hommes qu'il considérait comme les plus aptes, des hommes qui avaient des chances de ne pas mourir, mais qui mourraient sans doute malgré tout.

Au bout de la rangée, Dorrigo Evans recula d'un pas et, de honte, il baissa la tête. Il pensa à Jack Rainbow, qu'il avait tant fait souffrir, à Darky Gardiner, à l'agonie prolongée duquel il avait assisté avec un sentiment d'impuissance. Et maintenant, ces cent hommes.

Quand il leva les yeux, ceux qu'il avait condamnés faisaient cercle autour de lui. Il s'attendait à ce qu'ils le maudissent, lui tournent le dos et l'injurient, car tout le monde avait compris que ce serait une marche forcée vers la mort. Jimmy Bigelow s'avança.

Prenez soin de vous, mon colonel, dit-il, et il tendit la main pour serrer celle de Dorrigo. Merci pour tout.

À vous aussi, Jimmy, répondit Dorrigo.

Et l'un après l'autre, les quatre-vingt-dix-neuf hommes restants vinrent lui serrer la main et le remercier.

Lorsqu'ils eurent fini, il s'enfonça dans la jungle en lisière du terrain d'entraînement et pleura.

17

On ne sait pas trop ce qu'il comprend, dit l'infirmière. Elle avait vu une lueur de vie éclairer ses yeux noirs de chien battu sous les néons de l'unité. Mais je crois qu'il m'entend, ajouta-t-elle. Oui, vraiment.

Dans son état de délabrement, il reconnaissait qu'on lui avait attribué une chambre magnifique, qui donnait sur des figuiers géants aux racines spectaculaires et au feuillage luxuriant. Mais il ne se sentait pas chez lui. Ni à sa place. Ce n'était pas l'île de sa naissance. Les oiseaux chantaient différemment à l'aube, des cris stridents, joyeux, de perruches vertes et de perroquets gang-gang. Pas les trilles plus doux, plus élaborés des roitelets, des méliphages lancéolés ou des zostérops de son île natale, ni l'appel irrésistible du pitohui, de tous ces oiseaux avec lesquels il avait envie de voler et de chanter. Ce n'était pas non plus cette route qui ondulait sur une mer d'étain, reliant la taille incurvée d'une femme à la lune montante.

Mon dessein ne varie pas, murmura-t-il.

Voguer au-delà du couchant, et des bassins
D'étoiles de l'Occident jusqu'à ma mort.

Qu'est-ce qu'il dit ? demanda une infirmière.

Il délire, répondit une autre. Il vaut mieux appeler un médecin. C'est la morphine ou la fin, ou les deux. Certains ne disent rien, d'autres cessent de respirer, d'autres encore délirent.

Pendant que les hommes politiques, les journalistes et les animateurs de radio et de télévision rivalisaient de superlatifs dans leurs panégyriques d'un homme qu'ils n'avaient jamais compris, il faisait toujours le même rêve : Darky Gardiner et Jack Rainbow, Tiny Middleton. Mick Green. Jackie Mirorski et Gyppo Nolan. Le petit Lenny retourné voir sa maman dans le comté du Mallee. Cent hommes lui serrant la main. Mille autres aux noms présents à sa mémoire, aux noms oubliés, une marée de visages. *Amie, amante, amour.*

Une multiplication de vies, marmonna-t-il, chaque mot représentant une révélation comme s'il avait été écrit pour lui, le poème étant sa vie et sa vie le poème.

Si peu me reste : mais chaque heure est sauvée
De ce silence éternel, une heure de plus…

… une heure de plus… une heure de plus… il avait oublié quelques vers en route et ne savait plus quel était ce poème ni qui l'avait écrit, tant il ne faisait qu'un avec lui. Cette âme grisonnante, pensa-t-il avec consternation, à moins que ce ne soit une citation ? Oui, voilà :

Et cette âme grisonnante mue par le désir
De s'élever encore, comme l'étoile déclinante,
Au-delà des confins de la pensée humaine.

Il avait honte et un sentiment de perte, et l'impression que sa vie n'avait été que honte et que perte, et c'était comme si la lumière s'éteignait à présent, sa mère l'appelait : Mon garçon ! Mon garçon ! Mais il ne la trouvait pas, retournait en enfer et c'était un enfer auquel il n'échapperait jamais.

Il revit le visage de Lynette Maison endormie, les mignonnettes de whisky Glenfiddich qu'il avait bues avant de partir, et le dessin de Rabbit Hendricks représentant Darky Gardiner assis dans un fauteuil cossu sur lequel nageaient de petits poissons, dans un village syrien où Yabby Burrows et ses cheveux en brosse allaient être réduits en poussière syrienne. Curieusement, que ce dessin ait survécu et soit reproduit à l'infini ne signifiait rien pour lui : Yabby Burrows avait disparu et aucun avenir ni aucune signification ne pouvaient s'attacher à sa vie. Quelqu'un en uniforme bleu se penchait sur lui. Dorrigo aurait voulu lui demander pardon, mais quand il ouvrit la bouche, seul un filet de bave en sortit.

Quoi qu'il en soit il était ramené en arrière, happé par un maelstrom toujours plus rapide de gens, d'objets, de lieux, ramené en arrière ou tournoyant sur place, s'enfonçant toujours plus dans une violente tempête endeuillée et dansante de choses oubliées ou à moitié seulement, des anecdotes, les vers d'un poème, des visages, des gestes mal compris, un amour dédaigné, un camélia rouge, un homme en pleurs, une salle paroissiale en bois, des femmes, la lumière qu'il avait volée au soleil…

Il se souvint d'un autre poème, le voyait dans sa totalité, mais sans vouloir le voir ni le connaître ; il voyait les yeux incandescents de Charon regarder droit dans les siens, mais ne voulait pas voir Charon, il sentit l'obole qu'on lui glissait de force sous la langue, sentit le vide l'envahir…

… et il comprit enfin le message.

Ses dernières paroles, sous les yeux d'un aide-soignant soudanais :

En avant, messieurs. À l'assaut du ventilateur.

Un nœud coulant se resserra autour de sa gorge ; il suffoqua et sortit une jambe du lit, où elle tressauta une seconde ou deux, martelant le cadre métallique, puis il mourut.

18

La longue nuit s'avançait, le croissant de lune continuait à gravir lentement les échelons noirs, l'obscurité bruissait de gémissements et de ronflements. Bonox Barker débarqua dans la tente des officiers avec la nouvelle de la noyade de Darky Gardiner. À la lumière d'une lampe à pétrole, Dorrigo la nota dans son journal en la qualifiant de meurtre. Le terme semblait inapproprié. Qu'est-ce qui ne l'était pas ? Dans le petit miroir dont il se servait pour se raser, posé près de son journal, il entrevit son reflet effrayant, cheveux blanchis et hirsutes, regard féroce et incandescent, chiffon crasseux autour du cou. Était-il devenu le passeur des morts ? Il retourna le miroir. Il était presque minuit, et il savait qu'il devait essayer de dormir quelques heures pour avoir la force de survivre un jour de plus. Il voulait arriver le premier à l'appel du lendemain matin pour voir les cent hommes et leur souhaiter bonne chance avant leur départ.

Un sac de courrier était arrivé ce matin-là avec le camion, le premier qu'ils aient vu depuis neuf mois. Comme toujours la correspondance était aléatoire. Certains hommes reçurent plusieurs lettres, la plupart aucune. Il y en avait une d'Ella pour Dorrigo Evans. Il avait eu l'intention d'attendre jusqu'à cette fin de journée l'immense plaisir de la lire, pour pouvoir s'endormir avec elle et qu'elle emplisse ses rêves, mais étreint par la nostalgie lorsqu'on la lui avait remise ce matin-là avant l'appel, il avait déchiré l'enveloppe et l'avait dévorée sur-le-champ. Il n'en avait pas cru ses yeux. Toute la journée la nouvelle donnée par Ella l'avait hanté. Relisant la lettre en cette fin de soirée il ne la digérait toujours pas.

La lettre remontait à six mois. Elle faisait plusieurs pages. Ella écrivait que même sans nouvelles de Dorrigo, ni d'ailleurs de son unité, depuis plus d'un an, elle savait qu'il était vivant. La lettre évoquait la vie d'Ella, Melbourne dans le moindre détail. Tout cela, il pouvait y croire. Mais contrairement aux autres prisonniers qui s'imprégnaient de chaque phrase des lettres et cartes de leur famille, Dorrigo Evans n'avait retenu qu'une information. Une coupure de journal jointe à l'envoi s'intitulait : TRAGÉDIE DANS UN HÔTEL D'ADÉLAÏDE. On y apprenait qu'après une explosion au gaz dans les cuisines, l'hôtel King of Cornwall avait été détruit par les flammes, faisant quatre victimes, dont le restaurateur très apprécié, M. Keith Mulvaney. Trois autres personnes étaient portées disparues et avaient vraisemblablement péri dans l'incendie, dont deux clients et Mme Mulvaney, l'épouse du restaurateur.

Dorrigo Evans relut la coupure de journal une troisième fois, puis une quatrième. Dehors il s'était remis à pleuvoir. Il avait froid. Il resserra sa couverture militaire sur ses épaules et, à la lumière de la lampe à pétrole, relut encore une fois la lettre d'Ella.

Un ami haut placé de papa s'est renseigné pour moi auprès du *coroner* d'Adélaïde, écrivait-elle. Il m'a dit que la nouvelle était désormais officielle, mais à cause de la tragédie, pour ménager les susceptibilités et le moral des gens, elle n'a pas été publiée dans la presse. Il a fallu utiliser l'implantation de leurs dents pour identifier les victimes. Tu te rends compte ? La mort de cette malheureuse Mme Mulvaney est officiellement confirmée. Toutes mes condoléances, Dorry. Je sais combien tu aimais ton oncle et ta tante. Ce genre de tragédie me fait mesurer la chance que j'ai.

Mme Keith Mulvaney ?

Pendant quelques instants ce nom le laissa aussi perplexe que la nouvelle de sa mort.

Mme Keith Mulvaney.

Pour lui elle n'avait toujours été qu'Amy. Il ne se doutait pas qu'il s'agissait d'un mensonge, le seul d'Ella à son égard.

Il éteignit la lampe pour économiser le pétrole et alluma un reste de bougie. Il regarda longuement la flamme refuser de mourir. La mèche fumait et projetait de minuscules cendres charbonneuses dans le halo vacillant. Dorrigo observait cette flamme, ces cendres. On aurait dit qu'il y avait deux mondes. Celui-ci et un monde caché, un monde réel de particules volantes qui tournoyaient follement sur elles-mêmes, miroitaient, se télescopaient et engendraient du même coup d'autres mondes. Les sentiments d'un homme ne sont pas toujours à la hauteur de ce qu'est la vie. Parfois ils ne sont pas à la hauteur de grand-chose. Dorrigo contemplait toujours la flamme.

Amie, *amante*, *amour*, murmura-t-il, comme si ces mots étaient eux-mêmes des cendres qui s'élevaient et retombaient, comme si cette bougie était l'histoire de sa vie, et Amy la flamme.

Il s'allongea sur son lit de camp branlant.

Au bout d'un moment il retrouva et ouvrit un livre qu'il avait commencé, un roman d'amour dont il s'attendait à ce qu'il finisse bien, dont il voulait qu'il finisse bien, avec le héros et l'héroïne qui tombent amoureux, la paix, la joie, la rédemption et la réconciliation.

L'amour, c'est deux corps partageant une seule âme, lut-il, et il tourna la page.

Mais il n'y avait rien : les dernières pages avaient été arrachées pour servir de papier toilette ou à cigarettes, et il n'y avait ni espoir ni joie, ni réconciliation. Pas de page finale. Le livre de sa vie s'arrêtait là. Il n'y avait que la boue sous son lit et le ciel sale au-dessus de lui. Il n'y aurait ni paix ni espoir. Et Dorrigo Evans comprit que cette histoire d'amour se poursuivrait éternellement, un monde sans fin.

Il vivrait un enfer, car l'amour, c'est aussi cela.

Il posa le livre. Incapable de trouver le sommeil, il se leva et alla jusqu'à l'entrée de la tente au-delà de laquelle il pleuvait à verse. La lune était invisible. Il alluma la lanterne et se dirigea vers l'urinoir en bambou à l'autre extrémité du camp, se soulagea, et remarqua à son retour qu'en bordure du sentier boueux, dans cette obscurité oppressante, poussait une fleur écarlate.

Il se baissa et éclaira de sa lanterne ce petit miracle. Il se releva, s'inclina sous la pluie torrentielle, un long moment. Puis il se redressa et continua son chemin.

OUVRAGE RÉALISÉ
PAR L'ATELIER GRAPHIQUE ACTES SUD
ACHEVÉ D'IMPRIMER
SUR ROTO-PAGE
EN FÉVRIER 2016
PAR L'IMPRIMERIE FLOCH
À MAYENNE
POUR LE COMPTE DES ÉDITIONS
ACTES SUD
LE MÉJAN
PLACE NINA-BERBEROVA
13200 ARLES

DÉPÔT LÉGAL
1re ÉDITION : JANVIER 2016
N° impr. : 89408
(Imprimé en France)